The Stars Were Out,
a Diamond Shimmer of Varying Brilliance
Above the Ship's Deck. . . .

"I thought you'd be safely tucked in your bed by now," Gard said, casually voicing his surprise at finding her there.

"It's such a beautiful night that I came out for some fresh air before turning in," Rachel said, disturbed by the effect he was having on her.

"What is it you're fighting, Rachel?" he asked with a quizzical look.

"I simply find it awkward being alone with you when so many people have made the mistake of thinking we're married," she insisted. "It's bound to put ideas into your head."

"And yours?" Gard suggested knowingly. He lowered his head to fasten his mouth onto her lips. . . .

Separate Cabins

Janet Dailey

PUBLISHED BY POCKET BOOKS NEW YORK

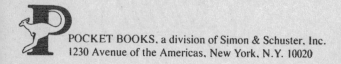

POCKET BOOKS, a division of Simon & Schuster, Inc.
1230 Avenue of the Americas, New York, N.Y. 10020

Originally published by Silhouette Books.

ISBN: 0-671-58029-9

First Pocket Books printing September, 1985

10 9 8 7 6 5 4 3 2 1

Map by Ray Lundgren

POCKET and colophon are registered trademarks
of Simon & Schuster, Inc.

Printed in the U.S.A.

SEPARATE CABINS

ACKNOWLEDGMENTS

We wish to offer a special thanks to the Princess Cruise Lines for their cooperation and assistance during our research on their ship, the *Pacific Princess,* on its cruise to the Mexican Riviera. And a special acknowledgment, too, goes to Max Hall with the Princess Cruise Lines for his assistance. It was greatly appreciated. Lastly, we'd like to thank Captain John Young and the crew of the *Pacific Princess* for practically allowing us the run of the ship. We enjoyed his company immensely and especially his wonderful British wit.

BILL and JANET DAILEY

Chapter One

"It will be approximately another twenty minutes before they'll begin boarding passengers. You'll be going through that door." The young woman, seated behind the table, pointed to the open doorway at the far end of the cavernous port terminal, then passed Rachel a long, narrow boarding card and two visitor passes. "Enjoy your cruise, Mrs. MacKinley."

"Thank you." Rachel stepped away from the table to make room for the next passenger in line, then paused to look around and locate the couple who had come to see her off.

The long table was one of several that had been set up to process the tickets and papers of arriving cruise passengers. Their location split the long half of the huge room nearly in the middle, separating the waiting area with seats from the baggage-handling section where passengers' luggage was loaded on a conveyer belt and carried out to the ship's hold. From there the luggage would be disbursed to the cabins indicated on their attached tags and be waiting in the passengers' assigned rooms when they came aboard.

The sitting area did not have enough seats to accommodate all of the hundreds of waiting passengers gathered in the terminal building of the port of Los Angeles. The size of the crowd was increased by the addition of friends or relatives who accompanied some of the passengers, like Rachel. The majority of the passengers and their guests were milling around the large open area near the entrance. Somewhere in that throng of people were Rachel's friends, Fan and John Kemper.

As Rachel moved toward the crowd her gray eyes made a slow, searching sweep of the faces, but it was the red-flowered silk of her friend's shirtwaist dress that caught her attention and guided Rachel to the waiting couple.

"Everything all set?" John Kemper inquired as Rachel rejoined them.

By profession he was an attorney, of medium height and blond hair thinning to show the start of a bald spot at the back of his head. On the weekends he avoided the conservative dress of his profession in favor of flashier garb, like the loud red slacks and plaid blazer he was wearing. Mac MacKinley had been a client of his. It was through that association and Rachel's long-time friendship with John's wife that she had met Mac, later marrying him.

"Everything is set," Rachel confirmed and handed him the two visitor cards. "Here are your passes. After all the passengers are on board, they'll let the visitors on the ship . . . which we won't board for another twenty minutes."

"If that's the case, let's wait outside," Fan suggested immediately. "It's so crowded and noisy in here that I can hardly hear myself think."

As Fan spoke Rachel was accidentally jostled by the person next to her, giving credence to her friend's suggestion. "Lead the way," she agreed.

John headed their exodus, threading a path through the press of milling people to the door. Single file, the two women followed after him with Rachel bringing up the rear. A faint smile touched the corners of her mouth at the way Fan kept glancing over her shoulder to be sure Rachel was behind them. It was a mother-hen trait that came naturally to Fan, accustomed to keeping track of her brood of four children, three boys and a much awaited girl.

The thought of the four towheaded youngsters brought a flicker of remorse, sobering the gray of her eyes. More than once in the last four years Rachel had wished she and Mac hadn't decided to wait awhile before starting a family. At the time it had seemed sensible, since their furniture business was expanding with branch stores. Mac had been such a big, strapping man, so full of life and ambition. No one could have foretold that a massive coronary would take his life before he turned thirty-five.

They passed out of the building's shade into the

slanting sunlight of a February afternoon. A drifting breeze picked up the scent of flowers from the bouquets for sale as bon voyage gifts just outside the terminal's entrance. Rachel made an effort to throw off those reflective thoughts of the past and look to the present and its surroundings.

A few other people shared their desire to escape the crowd inside the building and dawdled on the walk, watching the late arrivals as they drove up to the curb. A long row of buses was parked to one side, having already transported those passengers who had flown into the Los Angeles airport.

"We can sit over here on this ledge." Fan led them to a landscaped island of palms and shrubbery where there was room for them to sit on the concrete lip of the low wall.

Conscious of how quickly the skirt of her white suit showed the smallest trace of dust or dirt, Rachel brushed at the seat before she sat down. The femininely tailored suit was a flattering choice, showing the slimness of her long-legged figure. Its whiteness accented the ebony sheen of her black hair and the silvery lightness of her gray eyes, sooted in with dark, curling lashes. Her blouse was a jewel-bright shade of blue silk with a collar that tied into a wide bow. It was a striking outfit, made all the more stunning by the attractive beauty of the woman wearing it.

John remained standing, not taking a seat on the ledge beside them. "There's a catering truck parked down the way. Would you girls like something cold to drink?"

"I'll have a diet cola." Fan was quick to accept

her husband's offer, then glanced inquiringly at Rachel. "Rachel?"

"An orange drink, please."

"A diet cola and an orange drink coming right up," John repeated their orders, then sketched them a brief salute before moving away.

There was a thoughtful smile on Fan's face as she watched her husband leave. After a second she turned to Rachel and sighed, "I love it when he calls us 'girls.' It makes me feel as if I'm eighteen again." She laughed shortly, a merry sound full of fun at herself. "Half the time I think I still am. That is"—she qualified—"until those four little demons of mine come charging into our bedroom in the mornings. Then I'm forced to remember I passed the thirty mark two years ago."

"You look the same as you did the day we graduated from college," Rachel insisted, but made no comment about Fan's reference to her children. The mention of them came too quickly after her own thoughts of regret for her childless existence.

"Then how come the red dress I wore that day clings in all the wrong places when I try to wear it now?" Fan demanded with a mocking look. "I suppose after four children I should be grateful I can get into it at all."

"You look wonderful and you know it," Rachel assured her friend, because it was true.

There were minor changes in Fan's appearance. Her blonde hair no longer flowed silkenly to her waist; it was shorter and styled in a sophisticated French sweep. Her once pencil-thin figure was now well rounded but still slender. And Fan was the same person, actively involved in a half dozen projects at once and managing to successfully juggle them all. The quickest way to make an enemy of her was by still calling her Fanny instead of Fan, an appellation she hated.

"I look like exactly what I am—a country club mother of four children, wife of a successful attorney with a flourishing law practice, and committee member of a dozen charities. All the conventional things I vowed I would never be . . . until I met John. And I couldn't be happier and more fulfilled than I am now," she declared with a serenely contented smile.

"Sometimes I wonder where the years have gone." Rachel turned her wistful gray eyes to the pale blue sky and stared, lost in its infinity. "Graduation seems like only yesterday. I turn around, and here I am—thirty-two years old and—" She had been about to say "alone," but she stopped herself.

"And about to embark on a glorious seven-day cruise down the Mexican Riviera," Fan finished the sentence for her, deliberately steering it away from any potentially depressing thought.

Recognizing her friend's intention, Rachel swung her gaze around and smiled in silent gratitude of Fan's understanding. "I don't actually believe I'm going yet," she admitted with a touch of wryness. "I probably won't believe it until the ship leaves and I'm on it."

Her comment seemed to explain her lack of enthusiasm. She'd planned vacations before, but something had always come up at the last minute, forcing her to cancel. A small frown of concentration lay upon her features as Rachel mentally went over her checklist to see if she had overlooked any item that might now crop up.

"This time you're going," Fan stated. "John and I are personally going to make certain you are on the *Pacific Princess* when she leaves. After all I went through making the reservations and picking up your ticket last week, you're going."

Rachel smiled absently at the firm avowal. Something was nagging at her, holding any eager anticipation for the trip at bay. It darkened her gray eyes, giving them a vaguely troubled and faraway look.

"You could look a little more excited," her friend accused.

"Sorry." She flashed a glance at Fan, still slightly preoccupied. "I have this feeling I've forgotten something."

"I don't know what it could be." Now it was the blonde who frowned as she considered the possibilities. "Mrs. Pollock, next door, already has the key so she can water your houseplants. And you've arranged to have your mail held at the post office until you come back. You did check to make sure your passport hasn't expired, didn't you?"

"It's current," Rachel nodded. Even without it she had enough other identification with her to allow her to enter and leave Mexico.

"Everything else has been handled, and they've already taken your luggage aboard." Fan sighed and briefly shook her head. "I can't think of anything other than that."

"Other than what?" John returned with their cold drinks in time to catch the last part of his wife's remark. His fingers were splayed to grip the three containers, slippery with the condensation coating their sides. Plastic straws were poking out of their tops.

"Rachel thinks she's forgotten something," Fan explained as she took two of the drinks from him before John dropped them, and passed the orange soda to Rachel.

"She has," he stated without hesitation and reached in the side pocket of his plaid blazer to offer them napkins.

"What?" Her gray eyes widened, surprised that he seemed to know something she didn't.

"The cares of the world," he pronounced, then let a knowing little smile curve his mouth. "Or more specifically, the care of the Country House, home of fine furniture. Which is the same thing since you've made it your whole world after you lost Mac."

"I wouldn't say it's my *whole* world." Rachel was obliged to protest his all-inclusive assessment, yet she realized it was true.

The furniture company had almost become the child she and Mac never had, the recipient of her time and attention. In the last four years since Mac's death she had lost touch with most of the friends who were outside her business sphere—with the exception of Fan. Even then, the close contact had been maintained mostly because John acted as both her business and personal attorney. Nearly everything in her life revolved around the company and its stores.

Fortunately she had worked in the company, both at the retail outlets and in the office, putting to practical use her college degree in business management, after she and Mac were married, so she'd had the knowledge and experience to run it herself when she had acquired sole ownership of it on his death. It hadn't been easy, but the challenge of putting the company on a more solid footing had been rewarding, both emotionally and monetarily. She'd had the satisfaction of taking something she and Mac had dreamed and making it come true.

"For all intents and purposes it might as well be," John countered, knowing her too well.

"Perhaps," Rachel conceded absently. His reference to the business had unrolled a new string of thoughts. She lifted back the cuff of her jacket sleeve and glanced at the thin gold watch around her wrist. "I should be able to catch Ben Atkins at the office. I have time before they begin boarding passengers, so I think I'd better phone him. That ad campaign is going to start running on television next and I need—"

"You are not going to call anybody." Fan laid a restraining hand on her arm, firmly asserting an authority born of friendship. "You are staying right here. I'm not going to let a last-minute phone call interfere with your vacation plans."

"This is not the most opportune time to be gone for two weeks." As soon as she said it Rachel recognized it was this knowledge that had been troubling her. She began to have doubts about the wisdom of leaving on the cruise just at the launch of a major ad campaign. Granted, the cruise only lasted seven days, but she had planned on staying in Acapulco a few days longer before flying back. Of course, she could always cut short that stay and return within a week.

"One of these days you're going to learn there isn't an opportune time to take a vacation when you own your own business," John calmly informed her. "Besides, you are the one who said Ben Atkins was capable of handling things while you're gone."

"He is." It was a rather grudging admission. "But I've worked hard to build the company to its present status. I'm not sure it's wise to leave now when we're launching a critical phase of new advertising. You were the one who advised against selling the company after Mac's death, and encouraged me to operate it myself. Now I'm going to be gone at a time when fast decisions need to be made."

"And if something important arises, Ben can contact the ship by radio. You aren't going to be completely out of touch," he reminded, countering her argument with calm logic.

"No, I suppose not," Rachel acknowledged and sipped thoughtfully through the straw, coral-red lipstick leaving its imprint on the clear plastic.

"When was the last time you took a vacation?" John changed his tactics, challenging her with the question.

"Five years ago," she admitted, "when Mac and I went fishing in British Columbia."

"You need this vacation," he asserted. "There was a time, shortly after Mac's death, when working long and hard had a therapeutic value, but you're over that stage now. You need to stop working so hard and start enjoying life again."

"I enjoy my life," Rachel insisted, but she knew

she was beginning to feel the strain of the constant pressure. It was a long time since she had truly relaxed and taken it easy. This cruise would provide her with a much needed respite from meetings and telephones and paperwork. By the same token she was daunted by the prospect of doing nothing for seven days. "I admit I need to get away and relax for a while, but I don't know what I'm going to do with myself for all that time. It isn't as if I know anybody on board. They're total strangers."

"Strangers are what you need right now," John said wisely. "If you were surrounded by friends, you'd start talking about the business. Instead of leaving it behind, you'd be bringing it with you. Getting to know new people will be good for you. Besides, after working so hard, it's time you were pampered. And a sea cruise is just the place for it. If you don't believe me, ask Fan."

"These cruise ships treat you like a queen." His wife was quick to back up his assertion. "I never had to lift a hand to do anything when John and I went on that trip through the Caribbean last fall. After taking care of four children and a husband, believe me, that was heaven!"

"I'm sure it's very nice." Rachel didn't question that.

"And the food aboard—it's an epicurean delight," Fan declared. "Of course, it isn't so delightful when you have to lose the five pounds you gained during the cruise."

"All your arguments are very sound," Rachel said, because the pair seemed to be ganging up on her. "But I just have some misgivings about this trip. That doesn't mean I'm not going. I'm here and I have my ticket."

"Then stop saying things that make it sound like you're trying to back out at the last minute," Fan reproved her. "Especially after all I went through last week to make certain you had your ticket. Speaking of that"—a frown flickered across her expression as Fan was distracted by the run of her own thoughts—"I wonder what happened to the ticket they supposedly mailed to you. It's strange you never received it."

"It isn't so strange," John disagreed. "Considering how undependable the mail service is these days, it was probably lost."

"It was sent to the wrong address," Rachel said.

"How do you know that?" Fan looked at her with a frowning interest.

"I meant to tell you about it before, but with all the last-minute packing and preparations, I simply forgot to mention it." She began her answer with an explanation of why she hadn't cleared up the mystery before. "When the cruise line reissued the ticket, it was made out to Mrs. Gardner MacKinley all right, but the address they listed wasn't mine. Obviously the original one was mailed to that address, which is why I never received it."

"That explains it." John shrugged diffidently. "Sooner or later the missing ticket will be returned to the ship line."

"Do you suppose I should contact the Princess Cruises and tell them they have the wrong address listed for Rachel?" Fan asked, ever one to have things neatly in order.

"It's hardly necessary since I have my ticket and my pass to get on board." Rachel didn't see the need for it.

There was a lull in the conversation and Rachel sipped at her drink. A car pulled up to the curb to unload its occupants. Three young couples piled out, dragging with them a cooler and a large tray mounded with assorted sandwiches and cheeses —refreshments for their own private bon voyage party. As the luggage was unloaded from the trunk and given to a waiting baggage handler with a cart, it became apparent that only one couple in the group was going on the cruise. The other four had come along to see them off and tour the ship.

When the car had been emptied, the driver slipped behind the wheel to park it in the lot adjacent to the port terminal while the remaining five waited in front of the terminal entrance. A sleek black limousine swung quietly into the curbside spot the car had vacated and came to a halt. There was an immediate stirring of interest all around.

Fan leaned closer, murmuring to Rachel, "Who do you suppose is arriving?"

An answer wasn't expected for her question, but Rachel's curiosity was naturally aroused, like everyone else's. The limousine's smoked glass was designed to protect the privacy of the passenger, but it also heightened the interest of those wondering who might be inside.

The trunk latch was remotely released by a panel button. A second later a uniformed chauffeur was stepping out of the limousine and walking around the hood to open the rear passenger door. All eyes focused on the opening, including Rachel's.

A man emerged, unfolding his long length with loose-limbed ease. Tall, easily over six feet when he finally straightened to his full height, he was well built, wide shouldered, and slim hipped. A breeze immediately rumpled his hair as if it couldn't wait to run its fingers through the virile thickness and feel its vital texture. The slanting rays of an afternoon sun caught the desert-tan highlights that streaked his dark hair. His sun-browned features were strong and handsome, ingrained with a maturity tinged with wry cynicism.

As she studied him Rachel was reminded of a statue she'd seen once. Not because of his trimly muscled build or his male good looks. It was another quality that brought the memory to mind—a tempered hardness of form and character. Yet even that impression seemed belied by the laziness of his stance, so relaxed and at ease.

Rachel guessed he knew he was the cynosure of all eyes, but he appeared indifferent to the attention he attracted. His indifference did not appear to be arrogance, but as if he felt his presence was unimportant.

A slow smile pulled his lips apart, briefly showing a row of white, even teeth. He said something to the chauffeur, the words inaudible, but the soft timbre of his voice drifted to her, husky and warm. The uniformed driver immediately smiled back. Rachel had the feeling it was the natural response of anyone who was the recipient of that smile.

Her gaze traveled with the chauffeur as he moved

to the rear of the vehicle and began to unload the luggage from the carpet-lined trunk and pass it to the baggage handler. Then her glance swung back to the man in the tan sports jacket and brown slacks. In the brief interim he had squared around, providing her with a better view of his face.

Experience had hammered out any softness in his strongly handsome features and etched into them an understated virility that didn't rely on good looks for its attraction. A cigarette dangled from his mouth as he bent his head to the match flame cupped in his hand.

The unhurried action served as a misdirection while his partially lidded gaze made a slow sweep of the people on the walk outside. It paused to linger on Rachel with mild interest. There was a deliberateness about him, making no apologies for the good, long look he was taking. She had the sensation that his mind was absorbing her image, measuring her attributes against other women he'd known, but offering no judgment. She stiffened slightly, disturbed in some small way she couldn't define.

A pulsebeat later his gaze moved on as casually as it had paused. The match flame was shaken out while he exhaled the smoke he had dragged from the burning cigarette.

Fan's blonde head changed its angle, tipping a degree toward Rachel. "I don't know who he is," she murmured in an aside, "but he's one hunk of a man."

Silently Rachel agreed with that assessment of the man's potently attractive male looks. There seemed to be some magnetic pull that kept her gaze riveted to him even when she felt that her staring was bordering on rudeness.

Again that lazy smile spread across his face as he shook hands with the chauffeur, taking his leave of the man. A hint of it remained when he turned to the baggage handler and discreetly passed the man a folded bill with the ease of one accustomed to tipping. Then his easy-flowing stride was carrying him to the entrance of the terminal building. As Rachel followed him her gaze encountered John Kemper's frowning expression.

"His face is familiar," John said with a puzzled shake of his head. "But I can't think why I should know him."

"It's obvious he's going on the cruise," Fan said and slowly turned her head to look at Rachel. A light of scheming speculation gleamed in her eyes. "He's just the kind of man you need to meet."

"Fan, don't be silly," Rachel protested, her lips lying together in a patiently amused line.

"I'm serious," her friend insisted.

"Well, I'm not interested in getting involved with any man," Rachel asserted when she realized Fan wasn't teasing. "I'm going on this cruise to relax. I have no intention of being caught up in some shipboard affair."

"Who said anything about getting involved?" Fan lifted upturned palms in a blameless gesture. "But you are traveling on the *Love Boat*."

"Don't remind me." Rachel sighed with mild exasperation at the reference to the long-running television series, which had filmed its location shots aboard the *Pacific Princess*.

"Someone needs to remind you if you haven't thought about it." Fan's look was faintly skeptical.

"Let's just say that I haven't given it *much* thought," she replied. "And if I take any moonlight strolls around the deck, it will probably be alone. There's no percentage in becoming romantically entangled with a stranger for a week."

"I'm not suggesting romance," Fan corrected that impression.

"Then what are you suggesting?" Rachel demanded, becoming a little impatient with the subject.

Instead of immediately answering her, Fan threw a glance at her husband. "John, close your ears. A husband shouldn't hear the advice his wife gives to single women."

An indulgently amused smile twitched the corners of his mouth. "I'm as deaf as a mouse in a bell tower," he promised and looked in another direction, pretending an interest elsewhere.

Fan turned back to Rachel. "What I'm talking about is something a little more basic than romance," she said. "What you really need is a little sex; something to start the fires burning again. And that man looks like he's got what it takes to deliver the goods."

Advice like that had been offered before, but it was usually given by the man interested in becoming her sexual partner. If anyone else but her best friend had said that to her, Rachel would probably have thrown the orange drink in their face. Instead she set the container on the ledge and stiffly stood up, waiting as Fan rose also.

"My fires are burning nicely." At the moment most of the inner heat came from suppressed anger. She had never considered herself to be a prude. Lonely though she sometimes was, Rachel hadn't become so desperate for love that she resorted to casual sex.

Struggling against her rising agitation, she turned a cold shoulder to Fan. Her forward-facing gaze looked into the glass front of the terminal building. The shaded interior produced a mirrorlike backing for the glass, causing it to reflect a faint image of her own white-suited figure and obscuring the building's many occupants but not to the extent that she failed to recognize the tall, broad-shouldered man talking to one of the cruise staff.

The sight of him, posed so nonchalantly with one hand casually thrust in the side pocket of his slacks, seemed to add to the seething fury that heated her blood. Unquestionably he was sexy but not in any overt kind of way. It was much more subtle than that. Rachel recognized that and was impatient with herself because she did.

While she unwillingly watched him, he was taken over and introduced to another staff member, who greeted him familiarly. Then he was personally escorted past the roped-off boarding area around the open doorway. Her last glimpse of him was his tapering silhouette outlined briefly in the rectangular patch of light marking the doorway. While all the other passengers had to wait until the appointed boarding time, he was being escorted onto the ship. She supposed it meant he had friends in high places.

"I know I probably sounded crude," Fan continued, slightly defensive and apologetic. "But it seems to me that the longer you abstain from taking a lover, the more difficult it becomes. Rather like losing your virginity all over."

"Let's just forget it." Severely controlling her voice, Rachel was aware that her friend's advice was well intentioned. She was just personally uncomfortable with it.

There was a stirring of activity inside the terminal building. The crowd was beginning to bunch closer together and press forward against the ropes. It appeared that the boarding process would commence shortly.

Afraid that if she stayed Fan would continue on the same subject, Rachel decided that it would be better if she joined the other passengers inside before she lost her temper. She didn't want to start out on this vacation arguing with her best friend. And somewhere she seemed to have lost her sense of humor. She couldn't turn aside the conversation with a joke that would make light of it, even though she knew it was the best and the most diplomatic way to handle it.

"They've started boarding," she said. "They aren't admitting visitors until all the passengers are on the ship, so you two might as well wait here. I'll meet you later on the ship—by the gangway."

"We'll be there." John patted his breast pocket, where he had put their visitor passes.

With that agreement voiced, Rachel left them and walked briskly to the entrance, her white reflection in the glass following and merging as she passed through the open doors. It would be a slow process to board the hundreds of waiting passengers, but this was one time when Rachel didn't mind the long wait in line. It would give her a chance to simmer down. At the moment she was too tense, her nerves strung out like high-tension wires.

Voices ran together, creating a low din as Rachel reduced her pace and approached the pressing crowd of passengers. She found a place in the main flow and let it sweep her along to the gate that funneled them into a single line to the door.

Chapter Two

Shining pristine white, the ship loomed beside the terminal building, tied to the pier only a few feet from the building's outside walls. Its massive size and sleek, pure lines demanded attention as Rachel followed the slow-moving string of passengers traveling along the raised walk to the gangway.

On the bow of the ship, high blue letters spelled out her name—*Pacific Princess*. The blue and green emblem of the cruise line, a maiden's head with long hair streaming out in waves, was painted on the black-ringed smokestack. Rows of portholes and deck railings marked off her many levels. Rachel was slightly awed by her size and stately majesty.

Ahead photographers were snapping pictures of passengers next to signboards welcoming them aboard the *Pacific Princess*. Usually they took photos of a couple; sometimes two couples wanted their picture taken together; sometimes it was a family shot.

But Rachel was traveling alone. It was the first time she'd gone on a pleasure trip without Mac or some member of her family or even a friend. The point was brought home to her as she stepped forward to take her turn in front of the camera. She thought she had become used to her solitary state, but she felt awkward and self-conscious. It was an unexpected reaction to something she thought she had accepted.

"How about a big smile?" the photographer coaxed with the camera to his face so his eye could frame her in the lens.

Rachel tried to oblige, but the forced movement was stiff and strained. The click of the camera captured it on film. Then the photographer was nodding to her that it was over, smiling at her with a hint in his glance of male appreciation for her striking looks.

An absent smile touched the corners of her mouth in return, but it faded quickly on an inner sigh as she stepped forward to make room for the couple behind her. She blamed her raw sensitivity on the strain of overwork and quickened her steps to close on the line of passengers progressing slowly up the gangway. After a couple of days rest she'd be her old self again.

Members of the ship's crew were on hand to receive the boarding passengers and direct them to their assigned staterooms. Rachel walked onto the rich blue carpet of the foyer and paused beside the white-uniformed officer, who inclined his head in greeting to her.

"Welcome aboard the *Pacific Princess*. Your cabin, madam?" His voice carried a British accent, reminding Rachel that the ship was of British registry.

"Mrs. MacKinley. Promenade 347." She had the number memorized after writing it so many times on her luggage tags.

He turned to a young, blond-haired man in a steward's uniform and motioned him forward. "Promenade 347," he repeated to the steward, then turned to Rachel, smiling warmly. "Hanson will guide you to your stateroom suite, Mrs. Mac-Kinley."

"Thank you." Her mouth curved in an automatic response, then Rachel moved past him to follow the young steward across the wide foyer to the stairwell flanked by elevators.

The decision to reserve a suite instead of a simple stateroom had been an impulsive one and admittedly extravagant, since she was traveling alone. Part of it had been prompted by Fan's urging that Rachel should do this vacation up right and travel in style, and part of it had been motivated by a desire to have uncramped quarters where she could lounge in comfortable privacy.

A landing divided the stairs halfway between each deck and split it into flanking arms that turned back on itself to rise to the next deck. The landings, the turns, the lookalike foyers on each deck, began to confuse Rachel as she followed the steward. Already cognizant of the size of the ship, she quickly realized that it would be easy to become turned around with so many decks and the maze of passageways.

Instead of relying solely on her guide, Rachel began to look for identifying signs so she would learn her route to the stateroom and not become lost when she had to find it again. The striding steward didn't give her much time to dawdle and still keep him in sight.

When they stopped climbing stairs, the steward crossed the foyer and started down a long passageway. The level was identified as the Promenade Deck. Rachel stopped for a second to read the small sign indicating the range of cabin numbers located in the direction of its pointing arrow.

Her gaze was still clinging to the sign when she hurriedly started forward to catch up with the steward before she lost track of him. She didn't see the person approaching from the opposite direction until the very last second. Rachel tried to stop abruptly and avoid the collision, but she had been hurrying too fast to completely succeed.

Her forward impetus almost carried her headlong into the man. She cringed slightly in anticipation of the impact, but a pair of hands caught her by the arms and reduced the collision to a mere bump. She'd been holding her breath and now released it in a rushed apology.

"I'm sorry." Her head came back to lift her gaze upward.

A half-formed smile of vague embarrassment froze on her face as Rachel recognized the man from the limousine. Only now his face was mere inches from hers. The detail of his solid features was before her—the sun wrinkles at the corners of his eyes, the angled plane of his jaw and chin, and the smooth, well-defined strength of his mouth.

Her pulse rate shot up as her glance flicked to his lazy brown eyes. A smiling knowledge seemed to perpetually lurk behind their dry brown surfaces. She felt it licking over her as his gaze absorbed her features from the tip of her nose to the curved bow of her lips and the midnight blackness of her hair, then finally to the silver brilliance of her widened gray eyes.

This flash of mutual recognition and close assessment lasted mere seconds. On the heels of it came the recollection of Fan's advice concerning this very man whose hands were steadying her. Rachel went hot at the memory, her glance falling before his as if she thought he might be able to read her thoughts. She began to feel very stiff and awkward.

His hands loosened their hold on her arms and came away. Belatedly Rachel noticed that he was holding his tan jacket, which he swung over his white-shirted shoulder, casually hooking it on a forefinger. His shirt collar was open, exposing the tanned column of his throat.

"I'm sorry," she said stiffly, repeating her apology for bumping into him, trying to distract her thoughts from the tingling sensation on her arms where his hands had been. "I'm afraid I wasn't looking where I was going."

There was a lazy glitter in his eyes as his mouth quirked. "That was my good fortune."

She didn't want him to come back with a remark

like that, not with echoes of Fan's advice ringing in her ears. It only added to her discomfort in the whole situation. Unable to respond to the casual advice, Rachel chose to ignore it.

"Excuse me." Her young guide had long since disappeared down the passageway. She brushed hurriedly past the man and started down the corridor in the direction the steward had taken.

It seemed crazy, but she could feel his gaze watching her go. She even knew the moment he turned and continued on his way. Only then did some of the stiffness leave her, the tension easing in her nerves. Slowing her steps slightly, Rachel drew in a deep, calming breath and felt her pulse settling down.

At the aft end of the passageway there was another foyer with its own stairwell and elevators. It was almost an exact duplicate of the one at the forward end of the Promenade Deck. She halted, looking around for some sign to point her in the right direction. Just then the steward appeared, having retraced his steps to look for her.

"Sorry, ma'am." There was a look of chagrin on his young face. "I thought you were right behind me."

"It's all right," she assured him. It didn't seem necessary to explain why she had been detained.

"Your suite is this way."

This time he made sure she stayed at his side as he led the way past the elevator and down a galleria-type corridor to the next section of staterooms. He stopped at the first door on Rachel's left, opened it, then stepped aside so she could enter.

"If there's anything you need, press the button on the telephone," he said. "That will summon your room steward. There's someone on duty twenty-four hours."

"Thank you," Rachel nodded.

"I hope you enjoy your cruise," he said and left her to explore the suite on her own.

Rachel closed the door and turned to survey the large sitting room. The drapes were open, letting in the afternoon light. The room was a blend of warm coral colors with brown upholstered chairs for accent. In addition there was a table and four chairs so she could eat in her room if she preferred. A wet bar stood against one wall, fully stocked with glasses.

The bedroom was tucked in an alcove off the sitting room. The twin beds were built-in and covered with a coral patterned spread. Floor-to-ceiling curtains could be drawn to shut off the bedroom from the sitting area. Rachel inspected the available storage, opening drawers and doors.

Her three pieces of luggage sat on the floor by the bed. For the time being she stowed them in a closet. There would be time enough to unpack later in the evening. At the moment she was only interested in getting it out of the way.

There was a private bath as well, with a huge tub and shower combination, and a well-lighted mirror at the sink vanity. Her quarters were very definitely more than comfortable.

When she returned to the sitting room Rachel spied a cabin key lying on the table and slipped it into her purse. There was a copy of the ship's daily activity paper, the *Princess Patter,* beside it. Rachel glanced through its information section and the schedule of the day's events. There was another small card on the table that gave her the number of her assigned table in the dining room. She noticed that she was in the "late-sitting" group.

With Fan and John Kemper due to come aboard anytime, Rachel didn't think she should linger any longer in her room. She double-checked to be sure she had the key before she left the cabin and retraced her route to the lobby at the gangway.

All too soon, it seemed, the last call requesting all visitors ashore had sounded and Rachel was leaning on the railing on the port side of the Promenade Deck and waving to her friends on the pier below. Passengers were lined up and down the railing on either side of her. Some, like herself, had friends or relatives in the crowd on the wharf while others merely wanted to watch the procedures of the ship leaving port.

A few colored paper streamers were prematurely unfurled and tossed to those ashore. The curling ribbons of paper drifted downward. Rachel had a half dozen of the coiled streamers in her hand, presented to her by Fan Kemper for the occasion.

"They're hauling in the lines," someone down the line remarked.

Within minutes the ship began to maneuver away from the pier. The water churned below as the midship engines pushed it away. There was a cheering of voices, and Rachel threw her streamers into the air to join the cascade of bright paper ribbons onto the crowd waving a last good-bye.

As the ship sailed stately away from its port, Rachel lingered with the other passengers. The growing distance between the ship and the pier blurred the faces of the people ashore until Rachel could no longer distinguish her friends from the crowd. On either side of her people began to drift away from the railing. The sun was on the verge of setting, a gloaming settling over the sky.

An evening breeze swept off the water and whipped at her hair before racing on. Rachel lifted her hand and pushed the disturbed strands back into place. A faint sigh slipped from her as she turned from the railing to go back inside.

Her sliding gaze encountered a familiar figure standing at a distance. It was that man again, talking with one of the ship's officers. Irritation thinned the line of her mouth as her glance lingered an instant on the burnished gold lights the sun trapped in his chestnut-dark hair. Of the six hundred plus passengers on the ship it seemed incredible that she should be constantly running into this one person.

Before he had the opportunity to notice her, Rachel walked briskly to the double doors leading inside. Instead of going to her cabin, she descended the stairs to the Purser's Lobby on Fiesta Deck. There were some inquiries she wanted to make about the ship's services, including the procedure for making radio-telephone calls.

Judging by the line at the purser's desk, it seemed there were a lot of other passengers seeking information about one thing or another. There was another line on the mezzanine above her, passengers seeking table assignments or wishing to change the one they had been given. A small group of people were clustered around the board set up in the lobby with a list of all the passengers on board and their cabin numbers.

The congestion was further increased by passengers taking pictures of each other posing on the winding staircase that curved to the mezzanine on the deck above. Rachel decided against joining the line at the purser's counter and entered the duty-free gift shop to browse until some of the crowd cleared.

Half an hour later she realized there was little hope of that. There seemed to be just as many people now as before. Giving up until tomorrow, Rachel started for her stateroom by way of the aft staircase.

The Promenade Deck was three flights up. By the time she reached it, she felt slightly winded. Another couple were on their way down as she took the last step and released a tired breath. The pair looked at her and smiled in sympathetic understanding.

"I'm out of condition," Rachel admitted; she wasn't used to climbing stairs.

"You can always use the elevators," the man reminded her.

"I could, but I need the exercise," she replied.

"Don't we all." His wife laughed.

It was a friendly moment between strangers. When it was over and Rachel was walking down the passageway to her stateroom, there was a hint of a smile on her face. Being on the cruise gave everyone something they had in common and provided a meeting ground to exchange impressions and discoveries.

In this quiet and contemplative mood Rachel entered her stateroom and shut the door. She deposited her purse on the seat cushion of a chair near the door and slipped out of the white jacket, absently draping it over the same chair.

A footfall came from the bedroom. Rachel swung toward the sound, startled. Her mouth opened in shock when the man from the limousine came around the opened curtains. He was busy pushing up the knot of his tie and didn't see her until he lifted his chin to square the knot with his collar. There was an instant's pause that halted his action in mid-motion when he noticed her with a brief flare of recognition in his look.

He recovered with hardly a break in his stride. His glance left her and ran sideways to the wet bar, where a miniature bucket of ice now sat. A faintly bemused smile touched his mouth as he turned to it.

"I asked the room steward to bring me some ice." His lazy voice rolled out the statement. "But I didn't know I was going to be supplied with a companion as well." His sidelong glance traveled her length in an admiring fashion. "I must say I applaud his choice."

Rachel was stunned by the way he acted as if he belonged there. It was this sudden swell of indignation that brought back her voice.

"What are you doing here?" she demanded,

quivering with the beginnings of outrage. Her fingers curled into her palms, clenching into rigid fists at her sides.

Nonchalantly he dropped ice cubes into a glass and poured a measure of scotch over them. "I was about to ask you the same question." He added a splash of soda and swirled the glass to stir it.

"I'll have you know this is my cabin. And since I didn't invite you in here, I suggest you leave," Rachel ordered.

"I think you have things turned around." He faced her, a faint smile dimpling the corners of his mouth as he eyed her with a bemused light. "This is my cabin. I specifically requested it when I made my reservations."

"That's impossible!" she snapped. "This is my cabin." To prove it, Rachel turned and picked up her purse. She removed her cruise packet and opened it so he could see that she had been assigned to this stateroom.

He crossed the room to stand in front of her and paused to look at the ticket she held. His brown eyes narrowed slightly and flicked to her, a tiny puzzled light gleaming behind their sharply curious study.

"Is this some kind of a joke?" He motioned to the ticket with his drink. "Did Hank put you up to this?"

"A joke?" Rachel frowned impatiently. "I don't know what you're talking about."

"The name on that ticket," he replied and sipped at his drink, looking at her over the rim. There was a delving quality about his look that seemed to probe into sensitive areas.

Rachel felt a prickling along her defenses. She glanced at the ticket, then back to him. "It's my name—Mrs. Gardner MacKinley. I don't see anything funny about that," she retorted stiffly.

"Since I seem to be suffering from a memory blank, maybe you wouldn't mind telling me just when we were supposed to have been married," he challenged with a mocking slant to his mouth.

For a second she was too stunned to say anything. "I'm not married to you." She finally breathed out the shocked denial.

"At least we agree on that point." He lifted his glass in a mock salute and took another swallow from it.

"Whatever gave you the idea we were?" She stared at him, caught between anger and confusion.

He leaned a hand against the wall near her head, the action bringing him closer to her. There was a tightening of her throat muscles as she became conscious of his physical presence. There was a heightened awareness of her senses that noted the hard smoothness of his cheek and jaw and the crisply fragrant scent of after-shave lotion. The vein in her neck began to throb in agitation.

"The name and address on that ticket—" His glance slid to it again, then swung back to her face, closely watching each nuance in her expression. "If you leave off the Mrs. part, it's mine."

It took a second for the implication of his words to sink in. "Yours?" Rachel repeated. "Do you mean your name is—" She couldn't say it because it was too incredible to be believed.

"Gardner MacKinley," he confirmed with a slight nod of his head. "My friends call me Gard."

Rachel sagged against the wall, all the anger and outrage at finding him in her cabin suddenly rushing out of her. It seemed impossible and totally improbable, yet—her thoughts raced wildly, searching for a plausible explanation. Her glance fell on the ticket.

"The address—it's yours?" She lifted her gaze to his face, seeking confirmation of the claim he'd made earlier.

"Yes." He watched her, as if absorbed by the changing emotions flitting across her face.

"That must be how it happened," Rachel murmured absently.

"How what happened?" Gard MacKinley queried, tipping his head to the side.

"Last week my friend went to the offices of the cruise line to find out why I hadn't received my ticket. They assured her it had been mailed, but I'd never gotten it. They reissued this one," she explained as the pieces of the puzzle began to fall into place. "I noticed the address was wrong, but I just thought that was why I hadn't received the first one. But it was sent to you," she realized.

"Evidently that's the way it happened," he agreed and finished the rest of his drink.

"It sounds so incredible." Rachel still found it hard to believe that something like this could happen.

"Let's just say it's highly coincidental," Gard suggested. "After all, telephone directories are full

42

of people with the same names. Imagine what it would be like if your surname were Smith, Jones, or Johnson?"

"I suppose that's true," she admitted because he made it seem more plausible.

For a moment he studied the ice cubes melting in his glass, then glanced at her. "Where's your husband?"

Even after all this time the words didn't come easily to her. "I'm a widow," Rachel informed him, all her defenses going up again as she eyed him with a degree of wariness against the expected advance.

But there was no change in his expression, no sudden darkening of sexual interest. There remained that hint of warmth shining through the brown surfaces of his eyes.

"You must have a name other than Mrs. Gardner MacKinley, or is your first name Gardner?" There was a suggestion of a smile about his mouth.

"No, it's Rachel," she told him, oddly disturbed by him even though there had been no overt change in his attitude toward her. When he straightened and walked away from her to the wet bar, she was surprised.

"The foul-up must have happened when our two reservations were punched into the computer." He swung the conversation away from the personal line it had taken and brought it back to its original course. "No one told it differently so it linked the two of us together." His dark gaze ran back to her, alive with humor as his mouth slanted dryly. "What the computer has joined together, let no man put asunder."

His paraphrase of a portion of the marriage ceremony seemed to charge the air with a sudden, intimate tension. There was a knotting in the pit of her stomach, a tightness that came from some hidden source. The suggestion that this inadvertent union was in any way permanent sent her pulse to racing. It was a ludicrous thought, but that certainly didn't explain this sudden stimulation of all her senses.

Chapter Three

Rachel straightened from the wall she had so recently leaned against and broke eye contact with him, but that didn't stop the nervous churnings inside. Moving briskly, she returned the ticket packet to her purse, a certain stiltedness in her actions.

"That's very amusing, Mr. MacKinley." But there was no humor in her voice. Just saying his name and knowing it was the same as her own seemed to add to this crazy turmoil.

"Gard," he insisted, irritating her further with his easy smile because it had a certain directness to it.

She ignored his invitation to address him more familiarly. "We were both assigned to the same cabin by mistake, but it's a mistake that can be remedied," she informed him with a trace of curtness, her gray eyes flashing. "The simplest thing for you to do would be to simply move to another cabin."

"Now, I disagree." There was a negative tip of his head. "The simplest thing would be to let the present arrangement stand. This suite comes with two *separate* beds, and there's more than enough room for both of us." The corners of his mouth deepened in the suggestion of a dryly amused smile.

All sorts of images flashed through her mind—the prospect of lying in one twin bed knowing he was in the other, bathing with him in the next room, wakening in the morning as he was dressing. Rachel was disturbed by the direction of her own imagination.

It made her rejection that much stronger. "I think not."

"Why?" Behind the calmness of his question she could see that he was amused by her curt dismissal of the idea. "It could be interesting."

"I don't think that is the word I would use to describe it," she replied stiffly. "But it hardly matters, since I have no intention of sharing my cabin with you."

"Somehow I knew that would be your answer," Gard murmured dryly and set his empty glass down to walk to the telephone. She watched him pick up the receiver and dial a number. "This is MacKinley in 347 on the Promenade Deck," he said into the mouthpiece, sliding a glance at Rachel. "We have a rather awkward situation here. You'd better have the purser come up." The response must have been an affirmative one because a moment later he was ringing off. "Until it's decided whose cabin this will be, may I offer you a drink?" Gard gestured toward the wet bar, offering her its selection.

"No, thank you." The urge was strong to pace the room. The purser couldn't arrive soon enough and rectify this whole mess as far as Rachel was concerned, but she tried to control her impatience.

Gard took a pack of cigarettes out of his pocket, then hesitated. "Cigarette?" He shook one partway out of the pack and offered it to her.

"No, I don't smoke but go right ahead." She motioned for him to smoke if he wished.

He gave her a look of mock reproval. "You don't drink. You don't smoke. You don't share your cabin with strange men. You must lead a very pure . . . and dull life." A wickedly teasing light danced in his eyes.

"So others have informed me," Rachel acknowledged and wondered where her sense of humor had gone. Half the reason Gard MacKinley was making these baiting remarks was because she kept snapping at them. She was handling the situation poorly, and she wasn't too pleased about it.

A silence followed, broken only by the strike of a match and a long breath expelling smoke into the air. The quiet was nearly as unnerving to Rachel as the conversation had been.

Gard seemed to take pity on her and asked a casual question. "Is this your first cruise?"

"Yes." Rachel tried to think of something to add to the answer, but her mind was blank.

"Are you traveling alone or do you have friends aboard?" He filled in the gap she'd left with another question.

"No, I'm alone," she admitted. "I don't know a soul."

"You know me," Gard reminded her.

"Yes, I do—now." She was uncomfortable, but how could she be natural with him when they had met so unnaturally?

The knock at the door startled Rachel even though she'd been listening for it. She pressed a hand to her stomach as if to check its sudden lurch. Before she could move to answer it, Gard was swinging across the room to open the door.

"Hello, Gard. It's damned fine to see you again, boy." The officer greeted him with a hearty welcome, clasping his arm as he shook his hand. "Hank told me you were aboard this trip."

"Come in, Jake." Gard escorted the officer into the sitting room.

He was a short, rounded man with full cheeks and a jovial, beaming smile. When he noticed Rachel in the room, his blue eyes brightened with interest and he removed his hat, tucking it under his arm.

"What seems to be the problem?" he asked, looking from one to the other.

"Both Mr. MacKinley and I have been given this cabin," Rachel explained in an even voice. "But we aren't married."

"Even though the British pride themselves on running a taut ship, I doubt if Jake would be either shocked or surprised by such an announcement," Gard informed her dryly, then glanced at the officer. "I'm sorry, Jake. I didn't introduce you. Meet Mrs. Gardner MacKinley."

48

"Mrs. MacKinley?" he repeated and frowned as if he were sure he hadn't heard right. "But she just said you weren't married." He pointed a finger at Rachel. "Are you divorced? I don't even recall Hank telling me that you'd ever been married."

"I haven't." Gard assured him on that score. "Rachel and I merely share the same name. Unfortunately she doesn't wish to share the same cabin with me." His amused glance danced over to her.

She reddened slightly but managed to keep her poise. "Evidently Mr. MacKinley and I made our separate reservations at approximately the same time, and someone must have assumed that we were man and wife."

"I see how it could happen, all right." The officer nodded and raised his eyebrows. "Well, this is a bit awkward."

"What other staterooms do you have available?" Gard asked.

"That's the problem," he admitted reluctantly. "There aren't any comparable accommodations available. All the suites are taken, and the deluxe outside rooms. The only thing I have empty are some inside staterooms on Fiesta Deck."

"Is that all?" An eyebrow was lifted on a faintly grim expression.

"That's about it." A light flashed in the man's eyes, a thought occurring to him. "Maybe not." He took back his answer and moved to the telephone. "Let me check something," he said as he dialed a number.

Feeling the tension in the air, Rachel strained to

49

hear his conversation, but his voice was pitched too low for her to pick out the words. With his back turned to them, she couldn't even watch his lips. When the officer hung up the phone and turned around, he was smiling.

"The owner's suite is empty this cruise," he informed them. "It's on the Bridge Deck where the officers are quartered. Under the circumstances I can't offer it to Mrs. MacKinley, since it might not look right to have an attractive and unattached woman staying in their area, but you're welcome to it, Gard."

"I accept. And I'm sure Mrs. MacKinley appreciates your concern for her good reputation," he added with a mocking glance in her direction.

He was making her feel like a prude, which she certainly wasn't. The gray of her eyes became shot with a silvery fire of anger, but Rachel didn't retaliate with any sort of denial. It would only add to his considerable store of ammunition.

"I'll arrange for the room steward to bring your luggage topside to the owner's suite," Jake offered. "In the meantime I'll show you to your quarters."

"It's a good thing I didn't get around to unpacking. My suitcases are sitting in the bedroom." Gard turned and faced her. "It was a pleasure sharing the cabin with you—for however short a period of time. Maybe we can try it again sometime."

"I'm sure you'd like that." Her smile was tinged with a wide-eyed sweetness. At last she'd found her quick tongue, which could answer back his deliberately teasing remarks.

"I'm sure I would," Gard murmured, a new

appreciation of her flashing across his expression along with a hint of curiosity.

With his departure the room suddenly seemed very empty and very large. The sharp tang of his after-shave lotion lingered in the air, tantalizing her nose with its decidedly masculine scent. After his stimulating presence there was a decidedly let-down feeling. Rachel picked up the glass he'd drunk from and carried it into the bathroom, where she dumped the watery ice cubes into the sink and rinsed out the glass.

The piped-in music on the radio speakers was interrupted by a ship announcement. "Dinner is now being served in the Coral Dining Room for late-sitting guests." The words were slowly and carefully enunciated by a man with a heavy Italian accent. *"Buon appetito."* The bell-sweet notes of a chime played out a short melody that accompanied the end of the announcement.

But Rachel had no intention of going to dinner until the steward came for Gard's luggage. She didn't want any of her suitcases being accidentally taken to his cabin and have that mix-up on top of the duplicate cabin assignment.

A few minutes later the steward knocked at the door. Curiosity was in his look, but he never asked anything. As soon as Rachel had supervised the removal of Gard's luggage, she freshened her make-up, brushed her waving black hair, and put the white jacket on.

When she arrived at the dining room on the Coral Deck, the majority of the passengers had already been seated. Tonight they weren't expected to sit at their assigned table. Since she was arriving late, Rachel requested one of the single tables.

After she'd given the dark-eyed Italian waiter her order, her gaze searched the large dining room, unconsciously looking for Gard. Only when she failed to see a familiar face did she realize she'd been looking for him. She immediately ended the search and concentrated on enjoying the superb meal she was served.

Upon entering the cabin on her return from the dining room, Rachel discovered that the steward had been in the room during her absence. The drapes at the window were pulled against the rising of a morning sun and one of the beds was turned down. There was a copy of the next day's *Princess Patter* on the table with its schedule of events.

Briefly she glanced through it, then walked to the closet to take out her suitcases and begin the tedious business of unpacking. It was late when she finally crawled into bed, much later than she had anticipated retiring on her first night at sea. There was little motion of the ship, the waters smooth and calm.

In the darkness of the cabin her gaze strayed to the twin bed opposite from the one she lay in. Its coral spread was smoothed flatly and precisely over the mattress and pillows. Its emptiness seemed to taunt her. She shut her eyes.

The February sky was blushed with the color of the late-rising sun as Rachel opened the drapes to let the outside light spill into her cabin. According to her watch, it was a few minutes after seven. It seemed that the habit of rising early was not easy to break even when she could sleep late.

She paused a moment at the window to gaze at the gold reflection of the sunlight on the sea's serene surface, then walked to the closet and began to go over her choices of clothes. Her breakfast sitting wouldn't be until half past eight, but coffee was available on the Sun Deck. Although it would probably be warm later in the day, it would likely be cool outside at this early hour of the morning. Rachel tried to select what to wear with that in mind.

A gentle knock came at her door, just loud enough to be heard and quiet enough not to disturb her if she was still sleeping. Rachel tightened the sash of her ivory silk nightrobe as she went to answer the door. A few minutes earlier she had heard the room steward in the passageway outside her stateroom. She expected to see him when she opened the door.

She certainly didn't expect to see Gard MacKinley lounging indolently in her doorway, a forearm braced nonchalantly against its frame. He was dressed in jogging shorts and shoes, a loose-fitting sweatshirt covering his muscled shoulders and chest. Rachel wasn't prepared for the sight of him—or the sight of his long legs, all hard flesh and corded muscle.

The upward-pulled corners of his mouth hinted at a smile while the warm light in his brown eyes wandered over her. Rachel was immediately conscious of her less than presentable appearance. The static cling of her robe's silk material shaped itself to her body and outlined every curve. Her face had been scrubbed clean of all makeup the night before, and she hadn't even brushed her sleep-rumpled hair, its tousled thickness curling in disorder against her face and neck.

Before she could check the impulse, she lifted a hand and smoothed a part of the tangle, then kept her hand there to grip the back of her neck. The suggestion of a smile on his mouth deepened at her action, a light dancing in his look.

"I wouldn't worry about it," Gard advised her with a lazy intonation of his voice. "You look beautiful."

With that, he straightened, drawing his arm away from the frame and moving forward. Her instinctive response was to move out of his way and maintain a distance between herself and his blatantly male form. Too late, Rachel realized that she should have attempted to close the door to her cabin instead of stepping back to admit him. By then his smooth strides had already carried him past her into the sitting room. It was this lapse on her part that made her face him so stiffly.

"What do you want?" she demanded.

There was an interested and measuring flicker of light in his eyes as he idly scanned her face. He seemed to stand back a little, in that silent way he had of observing people and their reactions.

"I made a mistake yesterday evening when I said I hadn't unpacked," Gard replied evenly. "I'd forgotten that I'd taken out my shaving kit so I could clean up before going to dinner. I didn't discover it until late last night. Somehow"—a hint of a mocking twinkle entered his eyes—"I had the feeling you'd get the wrong idea if I had come knocking on your door around midnight."

"You're mistaken about the shaving kit." Rachel ignored his comments and dealt directly with the issue. "You didn't leave it here. I unpacked all my things last night and I didn't find anything of yours while I was putting mine away."

"You must not have looked everywhere because I left it in the bathroom." He was unconvinced by her denial that it wasn't in the cabin.

"Well, you didn't—" But Rachel didn't have a chance to continue her assertion because Gard was already walking to the bathroom door. She hurried after him, irritated that he should take it upon himself to search for it. "You have no right to go in there."

"I know you won't be shocked if I tell you that I've probably seen the full range of feminine toiletries in my time," he murmured dryly and paid no attention to her protests, walking right into the bathroom.

Rachel stopped outside the door, her fingers gripping the edge of the frame, and looked in. The bathroom was comfortably spacious, but she still didn't intend to find herself in such close quarters with him.

"You look for yourself," she challenged, since he intended to do just that anyway. "You'll see it's not here."

He cast her a smiling look, then reached down and pulled open a drawer by the sink. It was a drawer she hadn't opened because she hadn't needed the space. When she looked inside, there was a man's brown shaving kit.

"Here it is—just where I left it," he announced, dark brows arching over his amused glance.

"So it is." Rachel was forced to admit it, a resentful gray look in her eyes. "I guess I never looked in that drawer."

"I guess you didn't," Gard agreed smoothly—so smoothly it was almost mocking.

He half turned and leaned a hip against the sink, shifting his weight to one foot. A quiver of vague alarm went through Rachel as she realized that he showed no signs of leaving either her cabin or her bathroom. There was a slow, assessing travel of his gaze over her.

"How long will it take you to dress and fix your hair?" he asked.

"Why?"

"So I'll know what time to meet you topside for some morning coffee."

"It won't make any difference how long it takes for me to get dressed, since I won't be meeting you for coffee," Rachel replied, stung that he was so positive she would agree.

"Why?" he asked in a reasonable tone.

"It hardly matters." She swung impatiently away from the bathroom door, the silken material of her long robe swishing faintly as she moved to the center of the sitting room. When she heard him following her, Rachel whirled around, the robe swinging to hug her long legs. "Hasn't anyone ever turned down an invitation from you?"

"It's happened," Gard conceded. "But usually they gave a reason if only to be polite. And I just wondered what yours is?"

Her features hardened with iron control. Only her eyes blazed to show the anger within. "Perhaps I'm tired of men assuming that I'm so lonely I'll accept the most casual invitation. Every man I meet immediately assumes that because I'm a widow I'm desperate for male companionship." Her scathing glance raked him, putting him in the same category. "They're positive I'll jump at the chance to share a bed with them—or a cabin—just because they can fill out a pair of pants. According to them, I'm supposed to be frustrated sexually."

It didn't soothe her temper to have him stand there and listen to her tirade so calmly. "Are you?" Gard inquired blandly.

For an instant Rachel was too incensed to speak. The question wasn't worthy of an answer, so she hurled an accusation at him instead. "You're no better than the others! It may come as a shock to you, but I'd like to know something about a man besides the size of his shorts before I'm invited into his bed!"

She was trembling from the force of her anger and the sudden release of so much bitterness that had been bottled up inside. She turned away from him to hide her shaking, not wanting him to mistake it as a sign of weakness.

"What does meeting for coffee have to do with going to bed together?" he wondered. "Or has your experience with men since your husband died been such that you don't accept any invitations?" There was a slight pause before he asked, "Do you want to be alone for the rest of your life?"

The quiet wording of his question seemed to pierce through the barriers she had erected and exposed the need she'd kept behind it. She wanted to love someone again and share her life with him. She didn't want to keep her feelings locked up inside, never giving them to anyone.

When she swung her gaze to look at him, her gray eyes were stark with longing. She had lived in loneliness for so long that she hadn't noticed when it had stopped being grief. His dark gaze narrowed suddenly, recognizing the emotion in her expression. Rachel turned away before she showed him too much of the ache she was feeling.

"No, I don't want to be alone forever," she admitted in a low voice.

"Then why don't you stop being so sensitive?" Gard suggested.

"I'm not," Rachel flared.

"Yes, you are," he nodded. "Right now you're angry with me. Why? Because I think you are a very attractive woman and I've tried to show you that I'm attracted to you."

"You came for your shaving kit," she reminded him, not liking this personal conversation now that she was becoming the subject of it. "You have it, so why don't you leave?"

She tried to brush past him and walk over to open the door and hurry him out, but he caught at her forearm and stopped her. His firm grip applied enough pressure to turn her toward him.

"I'm not going to apologize because I find you attractive and say things that let you know I'm interested," Gard informed her. "And I'm not going to apologize because I have the normal urge to take you in my arms and kiss you."

She looked at him but said nothing. She could feel the vein throbbing in her neck, its hammering beat betraying how his seductive voice disturbed her. She was conscious of his closeness, the hand that came to rest on the curve of her waist, and the steadiness of his gaze.

"And if the kiss lived up to my expectations, I would probably be tempted to press it further," he admitted calmly. "It's natural. After all, what's wrong with a man wanting to take a woman into his arms and kiss her? For that matter, what's wrong with a woman wanting to kiss a man?"

For the life of her Rachel couldn't think of a thing, especially when she felt his hand sliding smoothly to the back of her waist and drawing her closer. As his head slowly bent toward her, her eyelids became heavy, closing as his face moved nearer.

His mouth was warm on the coolness of her lips, moving curiously over them. Her hands and arms remained at her side, neither coming up to hold or resist. The pressure of his nuzzling mouth was stimulating. Rachel could feel the sensitive skin of her lips clinging to the faint moistness of his mobile mouth.

Behind her outward indifference her senses were tingling to life. Her body had swayed partially against him, letting the solidity of his body provide some of her support. There was a faint flavor of tobacco and nicotine on his lips, and the clean scent of soap drifted from his tanned skin.

There was a roaming pressure along her spine as his hand followed its supple line. It created a pleasant sensation and Rachel leaned more of her weight against him, feeling the outline of his hips and thighs through the thin, clinging material of her robe. The nature of his kiss became more intimate, consuming her lips with a trace of hunger. Within seconds a raw warmth was spreading through her system, stirring up impulses that Rachel preferred to stay dormant.

She lowered her head, breaking away from the sensual kiss and fighting the attack of breathlessness. The minute his arms loosened their hold on her, she stepped away, avoiding his gaze.

It would have been so easy to let his experienced skill carry her away. It was so ironic, Rachel nearly laughed aloud. A little sex was what her friend had recommended. There wasn't any doubt in Rachel's mind that Gard could arouse her physical desire, but she wanted more than that.

"You didn't slap my face," Gard remarked after

the silence had stretched for several seconds. "Should I be encouraged by that?"

"Think what you like. You probably will anyway," Rachel replied and finally turned around to look at him, recovering some of her calm. "If you don't mind, I'll ask you to leave now. I'd like to get dressed."

"How about coffee on the Sun Deck?" He repeated the invitation that had started the whole thing.

Her wandering steps had brought her to the table where the telephone sat. Rachel pushed the call button to summon the steward, aware that his gaze sharpened as he observed her action.

"Let's do it some other time, Mr. MacKinley," she suggested, knowing that the indefiniteness of her answer was equal to polite refusal.

"Suit yourself." He shrugged but his narrowed interest never left her.

There was a warning knock before the door was opened by the room steward. Curiosity flared when he saw Gard in the cabin, but he turned respectfully to Rachel. "Did you want something, Mrs. MacKinley?"

"Mr. MacKinley had left his shaving kit here. I thought you might have seen it," she lied about the reason she had called him. "But we found it just this minute. Thank you for coming, though."

"No problem," he assured her. "Is there something else I can do? Perhaps I can bring the two of you coffee?"

"No thanks," Rachel refused and looked pointedly at Gard. "Mr. MacKinley was just leaving."

Lazy understanding was in his looks at the way she had maneuvered him into leaving under the escort of the steward. He inclined his head toward her and moved leisurely to the door the steward was holding open.

Chapter Four

There was some morning coolness in the breeze blowing through the opened windows at The Lido on the Sun Deck, but her lavender sweater jacket with its cowled hood provided Rachel with just enough protection that she didn't feel any chill. There were a lot of early risers sitting at the tables and taking advantage of the coffee and continental breakfast being served.

On the Observation Deck above, joggers were tramping around the balcony of the sun dome, pushed open to provide sunshine and fresh air to The Lido. As Rachel waited in the buffet line for her coffee she looked to see if Gard happened to be among the joggers. Not all of them had made a full circle before the people in line ahead of her moved and she followed.

She bypassed the fruit tray of freshly cut pineapples, melon, and papaya and the warming tray of sweet rolls, made fresh daily at the ship's bakery. It all looked tempting, but she intended to breakfast in the dining room, so she kept to her decision to have only coffee.

There was an older couple directly in front of her. When she noticed that they were having difficulty trying to balance their plates and each carry a glass of juice and a cup of coffee as well, Rachel volunteered to carry some of it for them. She was instantly overwhelmed by their rush of gratitude.

"Isn't that thoughtful of her, Poppa," the woman kept exclaiming to her husband as she carefully followed her mate to a table on the sheltered deck by the swimming pool.

"You are a good woman to do this," he insisted to Rachel. "Momma and I don't get around so good—but we still get around. Sometimes it's nice to have help, though."

"Please sit with us," his wife urged as Rachel set their glasses of juice on the table for them. "We appreciate so much how you helped us. If you hadn't, I would have spilled something for sure, then Poppa would have been upset and—" She waved a wrinkled hand in a gesture that indicated she could have gone on about the troubles that might have occurred. "How can we thank you?" she asked instead.

"It was nothing, honestly," Rachel insisted, a little embarrassed at the fuss they were making over her. Both hands were holding her coffee cup as she backed away from the table. "Enjoy your breakfast."

"Thank you. You are so kind." The elderly man beamed gratefully at her.

As Rachel turned to seek a quiet place to sit and drink her coffee, she spied Gard just coming off the ladder to the Observation Deck. His sweatshirt was clinging damply to him, a triangular patch of wetness at the chest, and his skin glistened with perspiration. He was walking directly toward her. Rachel stood her ground, determined not to spend her entire cruise trying to avoid him. Even though he looked physically tired, there was a vital, fresh air about him, as if all the fast-running blood in his veins had pumped the cobwebs out of his system. She envied that tired but very alive look.

He slowed to a stop when he reached her, his hands moving up to rest on his hips. "Good morning, Mrs. MacKinley." Amusement laced his warm greeting as he smiled down at her, his eyes skimming over her ebony hair framed by the lavender hood.

"Good morning, Mr. MacKinley," she returned the greeting.

His gaze drifted to her lips, as if seeking traces of the imprint his mouth had made on them. There was something almost physical about his look. Rachel imagined that she could feel the pressure of his kiss again.

"I see you have your morning coffee," Gard observed.

"Yes, I do." She braced herself for his next remark, expecting it to be some reference to his invitation.

"I'll see you later." He started forward, changing

65

his angle slightly to walk by her. "I have to shower and change before breakfast."

For a stunned second she turned to watch him leave. Behind her she heard the elderly couple at the table speaking about them.

"Did you hear that, Poppa?" the woman was saying. "They call each other Mister and Missus."

"The way we used to, eh, Momma."

"He called her Mrs. MacKinley," the woman said again.

"And she called him Mr. MacKinley," the man inserted.

"That's so nice and old-fashioned, isn't it?" the woman prompted.

Suppressing the impulse to walk to their table, Rachel moved in the opposite direction. It hardly mattered that they had the mistaken impression she was married to him. Correcting it might involve a long, detailed explanation and she didn't want to go into it. Besides, what they had overheard had brought back some fond memories of their early married life. They were happy, so why should she spoil it with a lot of explanations that didn't really matter to them.

Shortly after late-sitting breakfast was announced, Rachel entered the dining room and was shown to her assigned table. It was located in a far corner of the room, quiet and away from the flow of traffic to the kitchen and the waiter service areas. Two couples were already sitting at the table for eight when Rachel arrived.

An exchange of good mornings was followed by

introductions. She was immediately confused as to which woman was Helen and which one was Nanette, and their husbands were named something like John or Frank. Rachel didn't even make an attempt to remember their last names. Since they would be sharing every meal together from now on, she knew she would eventually get the right names with the right faces.

While the waiter poured a cup of coffee for her, Rachel glanced over the breakfast menu. A third couple arrived, a young pair in their twenties, compared to what Rachel judged to be the average age of forty for the other four. After they were seated, there was only one vacant chair—the one beside Rachel.

"I'm Jenny and this is my husband, Don," the girl said. There was a bright-eyed, playful quality about her that seemed to immediately lighten the atmosphere at the table.

Her introduction started the roll call around the table again, ending with Rachel. "I'm Rachel MacKinley." Although the others hadn't, she tacked on her surname. She supposed it was probably a business habit.

The waiter hovered by her chair to take her order. "Orange juice, please," she began. "Some papaya, two basted eggs, and Canadian bacon."

When she partially turned in her chair to pass the menu to the waiter, Rachel saw Gard approaching their table. All the ones close to them were filled, so his destination could be none other than the empty chair next to her.

Something should have forewarned her. Until

this moment she hadn't given a thought to where he might be seated. But it was obvious they would be seated at the same table. They had been assigned to the same cabin, so naturally as man and wife, supposedly, they would be assigned to the same table.

That moment of shocked realization flashed in her eyes, and Gard saw the flicker of surprise in their gray depths. A smile played at the edges of his mouth. Rachel faced the table again and reached for her coffee cup, trying to keep the grim resignation out of her expression.

"Sorry I'm late," Gard said to the table in general as he pulled out the vacant chair beside Rachel and sat down. "It took longer to shower and change than I thought. Has everyone ordered?"

"We just got here, too," said Jenny, of the young married couple, assuring him quickly that he wasn't the only late arrival. "I'm Jenny, and this is my husband, Don."

The round-robin of names started again, but Rachel stayed out, not needing to introduce herself to him. "I'm Gard MacKinley," he finished the circle and unfolded the napkin to lay it on his lap. "Is this your first cruise, Jenny?"

"Yes. It's kind of a second honeymoon for Don and me," she explained. So far, Rachel couldn't recall Jenny's young husband saying a word. "Actually I guess it is our first honeymoon since we didn't go anywhere after our wedding. Both of us had to work, so we kept putting it off. Then the baby came—"

"You have a baby?" The balding man looked at

her in surprise. Helen's husband—or was it Nanette's? As many times as their names had been said, Rachel would have thought she'd have them straight, but with Gard sitting beside her, she wasn't thinking too clearly.

There was a crisp darkness to his hair, still damp from the shower, and the familiar scent of his after-shave lotion drifted to her. No matter how she tried not to notice, he seemed to fill her side vision.

"You don't look old enough to be a mother," the balding, forty-year-old man insisted as he eyed the young girl.

"Timmy is six years old, so I've been a mother for a while." Jenny laughed. "I'm twenty-five."

"Where's your little boy?" Helen or Nanette asked.

"Grandma and Grandpa are keeping him so Don and I could take this cruise. It was a chance of a lifetime, and we couldn't pass it up. The company Don works for awarded him this all-expense-paid cruise for being the top salesman in his entire region." It was plain to see how proud she was of his achievement. "It's really great, even if I do miss Timmy already."

"Nanette and I have three children," the man said, providing Rachel with the name of his wife.

"We have four." Which meant that woman was Helen. Helen with the henna-hair—Rachel tried for a word association and discovered the woman had turned her glance to her. "How many children do you have?"

"None," she replied, knowing how much she regretted that now. The waiter came and set the

orange juice and papaya before her, thus relieving
the need to add anything more to her answer.

"You're leaving it a little late, aren't you . . .
Gard?" Helen's husband hesitated before coming
up with his name.

"I suppose I am," he murmured dryly and slid a
bemused glance at Rachel.

The elderly couple was one thing, but Rachel
didn't intend to let this misconception continue.
Her cheeks were warm when she looked away from
him to face the rest of their companions at the table.

"Excuse me, but we aren't married, even though
we do have the same surname." Her assertion
attracted startled and curious looks to both of them.
"I know it's all very confusing."

"I'm sure you can all appreciate that it's a long
and complicated story." Gard quietly followed up
on her statement. "So we won't bore you with the
details. But she's right. We aren't married to each
other."

There was an awkward silence after their announcement. Rachel had the feeling that henna-
haired Helen would love to have been "bored
with the details." There were a lot of questions in
their eyes, but Gard's phrasing had indicated they
wouldn't be welcomed. For the time being, their
curiosity was being forced to the side.

A minute later everyone was trying to talk at
once and cover up that awkward moment. The
waiter took the last three breakfast orders while his
assistant served the meals of the first ones. With
food to be eaten, there wasn't as much need for
conversation.

"What kind of work do you do?" Rachel heard someone at the table ask of Gard. It probably seemed a safe inquiry. She slid him a curious, side-long glance, realizing again how little she knew about this man.

"I'm an attorney in Los Angeles," Gard replied.

Rachel had never prided herself on being able to fit people to occupations by sight, yet she wouldn't have guessed he was in the law profession either. There was no resemblance at all between Gard and John Kemper. Thinking of her friend's husband, she was reminded that John thought he had recognized Gard. Since they were in the same profession in the same city, it was probable he had.

"Is this your first cruise?" Jenny put to him the same question he had asked her.

"No." There was a brief show of a smile. "I've sailed on the *Pacific Princess* many times. The engineer happens to be a personal friend of mine. This is about the only way to spend any time with him, since he's out to sea more than he's in port."

Which explained to Rachel why it had appeared he'd been given preferential treatment when he'd been allowed onto the ship prior to the normal boarding time—and why the purser had known him.

The table conversation digressed into a discussion of the crew, the advantages of working aboard ships, and speculation about the length of time they were away from home at any one stretch. Rachel mostly listened while she ate her breakfast.

She stayed at the table long enough to have a last cup of coffee after the meal. When Nanette and her husband pushed back their chairs to leave, she elected to follow them. Gard still had a freshly poured cup of coffee to drink—not that she really thought he would make a point of leaving when she did, or even wished to avoid it. But when she left the dining room, she was alone.

The ship was huge, virtually a floating city with a population of almost a thousand. It was amazing to Rachel how many times she saw Gard that first day at sea, given the size of the ship and the number of people aboard. Some of it was to be expected, since he was assigned to the same station when they had emergency drills that morning. Naturally she saw him at lunch—and again in the afternoon when she went sunning on the Observation Deck.

Soon she would be meeting him again at dinner. It was nearly time for the late-sitting guests to be permitted into the dining room. In anticipation of that moment a crowd had begun to gather, filling the small foyer outside the dining room and over-flowing onto the flight of steps. Rachel waited in the stair overflow, standing close to the bannister.

With the suggested dress that evening calling for formal wear, there was a rainbow of colors in the foyer. The style of women's dress seemed to range over everything from simple cocktail dresses to long evening gowns, while the men wore dark suits and ties or tuxedos.

Her own choice of dress was a long flowing gown in a simple chemise style, but the black tissue faille was a match with her jet-black hair. A flash of silver boucle beadings and cording was created by the splintered lightning design across the bodice, a compliment to her pewter-gray eyes. Rachel had brushed her black hair away from her face, the curling ends barely touching her shoulder tops. Her only jewelry was a pair of earrings, dazzling chunks of crystal. The result was a striking contrast between the understatement of the gown's design, with its demure capped sleeves and boat neckline, and the sleek, sexy elegance of black hair and fabric.

Near the base of the stairs Rachel spotted the henna-haired Helen and her husband, Jack, standing next to Nanette and her husband, whose name Rachel still hadn't gotten straight. She considered joining them, since they shared the same table, but it would have meant squeezing a place for herself in the already crowded foyer, so Rachel decided against it.

Her attention lingered on the couples. Helen looked quite resplendent in a red and gold evening dress that alleviated some of the brassiness of her copper-dyed hair. When she turned to say something to Nanette, her voice carried to Rachel.

"I don't care what you say," she was insisting. "No one will be able to convince me those two are brother and sister—or even cousins."

Nanette's reply was lost to Rachel, but she tensed at Helen's remark. Although Helen hadn't identified the people by name, Rachel had an uneasy suspicion she was one of them. A second later it was obliquely confirmed.

"You heard both of them say they weren't married, but they are still sharing the same cabin. I know," Helen stated with a smug little glance. "I was looking at the roster of passengers this afternoon to find out what cabin the Madisons were in so I could call them and change our bridge date. It was right there in black and white—both of their names with the same cabin number. Just what does that suggest to you?"

There was a sinking feeling in the pit of Rachel's stomach. It was obvious that Helen had construed that she and Gard were lovers. It was one thing to have people believe they were married, and another thing entirely to have them suspect they were conducting an illicit affair.

With the way Helen's mind was running now, Rachel doubted that she would ever believe the true story. The coincidence was so improbable that she would think it was a poor attempt to cover up their affair. Trying to explain what had actually happened would be futile now. More subtle tactics were required.

The dining room opened and the waiting guests poured in. Rachel let herself be swept along with the inward flow while her mind continued to search for a way to divert the mounting suspicions. The two couples were already seated when she approached the table.

"That's a stunning gown you're wearing, Rachel," Helen complimented as Rachel sat in the chair the waiter held for her. "Especially with your black hair."

"Thank you." Rachel smiled with poise, not

revealing in her expression that she had any knowledge of the conversation she'd overheard. "It was a favorite of my late husband's," she lied, since she had purchased it the year after Mac's death to wear to a social function she had been obliged to attend.

"You're a widow?" Nanette inquired.

"Yes." Rachel didn't have an opportunity to add more than that, the exchange interrupted by Gard's arrival. On its own, it did nothing to dispel suspicion.

Her glance went to him as he pulled out the chair beside her. His black formal suit enhanced the long, lean look of him, adding to that worldly, virile air. The hand-tailored lines of the jacket were smoothly formed to the breadth of his shoulders and his flatly muscled chest. The sight of him made a definite impact on her senses, alerting her to the powerful male attraction that he held.

"Good evening." It was a general greeting in a masculinely husky voice as Gard sat down and brought his chair up to the table. Then he turned a lazy and probing glance to her. She felt the touch of his gaze move admiringly over her smoothly sophisticated attire. "I didn't see you at the captain's cocktail party in the Pacific Lounge."

"I didn't go," she replied evenly, but she had difficulty preventing her breath from shallowing out under his steady regard.

"So I gathered," he murmured dryly, as if mocking her for stating the obvious.

Out of the corner of her eye Rachel was conscious that Helen was interestedly observing their quiet exchange. She increased the volume of her voice slightly, enough to allow Helen to hear what she was saying.

"You never did mention how you liked the owner's suite," she said to Gard. "Is it satisfactory?"

A smile lurked in his dry brown eyes, knowledge showing that he had caught the change in her voice while he attempted to discern the purpose. Rachel tried to make it appear that her inquiry was merely a passing interest, with no ulterior purpose.

"I could hardly find fault with the owner's suite." Gard spoke louder, too. Covertly Rachel stole a look at the red-haired woman and observed the flicker of confusion as it became apparent that they weren't sharing a cabin. "Why don't you come up after dinner and I'll give you a tour of it?" Gard invited smoothly. Rachel shifted her glance back to him.

Any distance she had managed to put between them in Helen's mind, had been wiped out by his few words, which could be read with such heavy suggestion. Irritation glittered as she met his dry glance.

"I hardly think that would look proper, would you?" she refused with mock demureness.

"And we must be proper at all times, mustn't we?" he chided in a drolly amused tone.

His response was even more damning. Seething, Rachel gave up the conversation and reached stiffly for her menu. By innuendo Gard had implied that they were having an affair and trying to cover it up in front of others. At this point an outright denial would add fuel to the growing suspicions, and Rachel didn't intend to feed anything but herself.

The waiter paused beside her chair, pen and pad in hand. Rachel made a quick choice from the menu selection. "Prosciutto ham and melon for an appetizer," she began. "The cold cream of avocado soup and the rainbow trout almondine."

There was a lull in the table talk as the others perused the menu and made their decisions. When the young couple joined them, Rachel deliberately turned away from Gard and engaged the talkative Jenny in conversation.

Chapter Five

There was a languid warmth to the night air as the ship's course entered the fringes of the tropics. The breeze was no more than a warm breath against her bare arms as Rachel stood at the railing and looked into the night. A wrap was not necessary in this mild air.

Beyond the ship's lights the sea became an inky black carpet, broken now and then by a foamy whitecap. Far in the distance lights winked on the horizon, indicating land, but there was no visible delineation between where the sea stopped and the land began, and the midnight sky faded into the distant land mass.

The stars were out, a diamond shimmer of varying brilliance, and the roundness of a silver moon dissolved into a misty circle. In the quiet there was only the muted sound of the ship's engines and the subdued rush of water passing the ship's cleaving hull.

She had the port side of the Promenade Deck to herself. The passengers who hadn't retired for the night were either attending one of the lounge shows or gambling at one of the casinos on board. After dinner Rachel had sampled each of the ship's entertainment offerings until a restlessness had taken her outside into the somnolent warmth of the tropical night.

Her mind seemed blank of any thoughts save the gathering of impressions of the night's surroundings. The opening of a door onto the outer deck signaled the intrusion of someone into her solitude. Rachel sighed in a resigned acceptance of the fact. It was too much to expect that it could have stayed this way for long, not with the number of passengers aboard.

With idle interest she glanced back to see her fellow sojourner of the night. Her fingers tensed on the polished wood railing as she saw Gard's dark figure against the lighted backdrop of the ship's white bulkhead. His head was bent, the reflected glow of a cupped match flame throwing its light on the angular planes of his handsome features.

When he straightened and shook out the match, there was no indication that he'd seen her. The blackness of her long gown and hair helped to lose her form in the darkness of the night. Rachel held herself still, yet she was disturbed by the certain knowledge that it was inevitable that he would eventually notice her standing there, off to one side.

She waited and watched while he turned his gaze

seaward. As the moment of discovery was prolonged, the anticipation of it began to work on her nerves. Her pulse was jumping when his gaze made an idle drift toward the stern. There was the slightest hesitation before he changed his angle and wandered over to her. Rachel made a determined effort to appear indifferent to his approach, casually turning her gaze away from him to the distant land lights.

"I thought you'd be safely tucked in your bed by now," Gard said, casually voicing his surprise at finding her there.

When he stopped, it was only inches from her—much too close for her strained composure to handle. Rachel turned at right angles to face him, thus increasing the intervening space. She felt the stirring of her senses in direct reaction to his presence.

"It's such a beautiful night that I came out for some fresh air before turning in." It was a defensive answer, as if she needed to justify her reason for being there. She was disturbed by the effect he was having on her.

"Don't let my coming chase you inside," Gard murmured, seeming to know it was in her mind to leave now that he was here.

"I won't," she replied in denial of her true desire.

"It's a calm night," he observed, briefly releasing her from the steadiness of his dark gaze to cast an eye out to sea. "You're lucky to have such smooth seas on your first cruise."

"It's been perfect," Rachel agreed.

His gaze came back to drift over her smoothly composed features. "It isn't always like this when you sail on the 'bosom of the deep.' At times you're forcibly reminded that bosoms have been known to heave and swell."

The downward slide of his gaze lingered on the bodice of her gown, subtly letting her know that he was aware of the agitated movement of her breasts, which betrayed her altered breathing rhythm. The caressing quality of his look seemed to add to the excitement of her senses. Irritated that he had noticed her disturbance and, worse, that he had drawn attention to it, Rachel could barely suppress her resentment.

"And I'm sure you are an expert on bosoms, aren't you, Mr. MacKinley?" There was veiled sarcasm in her accusing observation.

"I'm not without a limited experience on the subject," Gard admitted with a heavy undertone of amusement in his voice.

"I believe that," she said stiffly.

"I knew you would," he murmured and dragged deeply on the cigarette. Smoke clouded the air between them, obscuring Rachel's view of him. "I don't believe I mentioned how becoming that gown is to you."

"Thank you." Rachel didn't want a compliment from him.

"I suppose it's fitting. Black, for a not-so-merry widow." He seemed to taunt her for the apparent absence of a sense of humor.

"It's hardly widow's weeds." She defended her

choice of dress. "No well-dressed woman would be without a basic black in her wardrobe."

"I'm glad to hear it. If you aren't regarding that gown as widow's black, you must have begun accepting social invitations," Gard concluded. "I'm having a small cocktail party in my suite tomorrow evening and I'd like you to come."

"A small party . . . of one?" Rachel was skeptical of the invitation. A jet-black brow arched in challenge. "Am I supposed to accept, then find out when I arrive that nobody else was invited?"

"That's a bit conceited, don't you think?" The glowing red tip of his cigarette was pointed upward for his idle contemplation of the building ash before his glance flicked to her.

"Conceited?" His response threw her.

"You inferred my invitation was a ruse to get you alone in my cabin. That is presuming that I *want* to get you alone in my cabin. Don't you think you're jumping to premature conclusions?"

"I . . ." Rachel was too flustered to answer, suddenly caught by the thought that she might have misjudged him. An inner heat stained her cheeks with a high color.

An ashtray was attached to the railing post and Gard snubbed out the cigarette and dropped the dead butt into it. When he looked at Rachel, she was still struggling for an answer.

"I admit the idea is not without a definite appeal, but it isn't behind the reason I invited you to my suite," he assured her. "I am having a few of my friends on board in for cocktails—Hank and the purser among others. I thought you might like to join us—especially since you expressed an interest in the suite at dinner this evening."

"That was for Helen's benefit." Rachel admitted the reason behind her inquiry.

"Why?" he asked with a quizzical look.

"Because she found our names on the passenger list posted in the Purser's Lobby, with the same cabin number." She paused to lend emphasis to the last phrase. "She remembered I had said we weren't married. She put two and two together and came up with a wanton answer. So I tried to make it clear to her that we weren't sharing a cabin."

A low chuckle came from his throat, not improving the situation at all. Her brief spate of embarrassment fled, chased by a sudden rush of anger.

"I don't think it's funny," Rachel said thinly.

"It's obvious you don't." Gard controlled his laughter, but it continued to lace through his voice. "It wouldn't be the first time an unmarried couple shared the same cabin on a ship. Why do you care what that woman thinks? You know it isn't true and that should be good enough."

"I knew I shouldn't have expected you to understand." It was a muttered accusal as Rachel made to walk past him rather than waste any more of her time trying to make him see her side of it.

A black-sleeved arm shot out in front of her and blocked the way, catching her by the arm and swinging her back to face him. Both hands held her when she would have twisted away. A slate-colored turbulence darkened her eyes as Rachel glared up at him.

"Why should it upset you so much because a

bunch of strangers might think we're having an affair?" There was a narrowed curiosity in his probing look. "I'm beginning to think the lady protests too much," Gard suggested lazily.

"Don't be ridiculous." But Rachel strongly suspected that she had become too sensitive about any involvement with him, thanks to Fan's advice. It had put her thoughts toward him on a sexual basis right from the start.

The grip of his hands was burning into her flesh, spreading the sensation of his touch through her body. In defense of being brought any closer to him, her hands had lifted and braced themselves against the flatness of his hard stomach.

"What is it you're fighting, Rachel?" he asked with a quizzical look. "It isn't me. So it must be yourself."

"I simply find it awkward being alone with you when so many people have made the mistake of thinking we're married," she insisted, her pulse flaring at this contact with him. "It's bound to put ideas in your head."

"And yours?" Gard suggested knowingly.

There was a split-second hesitation before Rachel slowly nodded. "Yes, and mine, too."

"And these ideas," he continued in a conversational tone while his hands began absently rubbing her arms and edging closer to her shoulder blades in back, slowly enclosing the circle, "you don't want anything to come of them."

"Nothing would," she insisted because the cruise only lasted seven days. And at the end of it they would also part. That was always the way of it.

These sensations she was feeling now would leave, too, when the freshness of them faded.

"How can you be so sure?" Gard questioned her certainty.

"I'm not a starry-eyed girl anymore." She was a mature woman with certain adult needs that were beginning to be brought home to her as she started to feel the warmth of his body heat through the thin fabric of her gown. "I know all things have a beginning and an end."

"But it's what's in between that counts," he told her and lowered his head to fasten his mouth onto her lips.

The searching intimacy of his kiss unleashed all the restless yearnings to sweep through her veins and heat her with their rawness. Her hands slid inside the warmth of his jacket and around the black satin cummerbund to spread across the corded muscles of his back, glorying in the feel of the hard, vital flesh beneath her fingers.

There was sensual expertise in his easy parting of her lips and the devastating mingling of their mouths. Her senses were aswim with the stimulating scent of him, male and musky. The beat of her heart was a roar in her ears, deafening her to any lingering note of caution. His shaping hands moved at random over her spine and hips, pressing her to his driving length.

A raw shudder went through her as his mouth grazed across her cheek to nibble at her ear, his breath fanning the sensitive opening and sending quivers of excitement over her skin. Rachel turned her head to the side when he continued his intimate trail down the cord in her neck and nuzzled at the point where it joined her shoulder. She could hear the roughened edge of his breathing. There was a measure of satisfaction in knowing she wasn't the only one aroused.

Then he was drawing back slightly to rest his hard cheekbone against her temple, his lips barely brushing the silken texture of her black hair. While his hands were curved to the hollow of her back, Rachel slipped her arms from around him so she could glide them around his neck.

"I told you it's what's in between that counts," Gard said with a rough edge to his voice that left her in no doubt of his desires. "And you can't deny there's something between us."

"No." The way she was trembling inside, Rachel couldn't possibly deny it. Neither could she tell whether it was purely sexual or if there was an emotional fire there as well. Liking a person was often a spontaneous thing; so was physical attraction. But love took a little longer.

"I thought I'd get an argument out of you on that one," he murmured, absently surprised at her easy agreement, but only she knew the qualification she had attached to it.

When his mouth turned toward her, she welcomed its possession. Her fingers curled into the mahogany thickness of his hair to pull his head down and deepen the kiss. She arched her body more tightly against the vital force of his, her breasts making round impressions on his solid chest. There was a completeness to the moment, the iron feel of a man's arms about her and the passion of a hungry kiss breathing life into her desires.

Locked together in the heat of their embrace, it was several seconds before either of them became aware of the suppressed titters behind them and the whispered voices. Their lips broke apart as they both turned their heads to see the elderly couple tiptoeing past them. Rachel recognized them as the pair that had been so grateful for her help that morning when she had carried juice to the table for them.

They had seemed a romantic pair despite their advanced age. She didn't really mind that they had been the ones who had seen her kissing Gard. Still, this was a fairly public place to indulge in such private necking. She lowered her arms to his chest and gently pushed away.

"I think I'd better go to my cabin before I become drunk on all this fresh air," Rachel murmured.

"It wasn't the air I found intoxicating," Gard countered with lazy warmth and let her move out of the circle of his arms.

"I'll bet you've used that line more than once." The lighthearted feeling prompted her to tease him.

"As an attorney, I'd do well to plead the Fifth Amendment rather than respond to that remark," he retorted and held out a hand to her. "I'll walk you to your cabin."

"No." Rachel put her hands behind her back, in a little girl gesture, to hide them from his outstretched palm. "I'll tell you good night here."

There was a hesitation before he surrendered to

her wishes. "I'll see you at breakfast in the morning
. . . Mrs. MacKinley."

Something in the way he said her name made it
different, like it was his name she possessed. Her
heart tumbled at the thought, her pulse racing. She
schooled her expression to give none of this away to
him and smiled instead.

"I'll see you in the morning." She avoided speaking his name and swung away to walk to the steps
leading to the door.

After she had pulled it open, she paused and
turned to look aft. He was standing at the railing
where they had been, lighting another cigarette, all
male elegance in his black formal suit. The urge was
strong to go back to his side, and Rachel lifted her
long skirt to step over the raised threshold and
walked inside before that urge could override her
sense of caution.

At breakfast the next morning Gard extended
invitations to his private cocktail party to the three
couples at their table. After they had accepted, his
roguish glance ran sideways to Rachel.

"Will you come now?" His question mocked her
with the proof that she wasn't the only one invited,
as she had once accused.

"Yes, thank you." She kept her answer simple,
knowing how the red-haired woman was hanging on
her every word and partly not caring. She'd run into
gossips before who simply had to mind everybody's
business but their own.

After last night there was no point in denying her

attraction to Gard any longer—and certainly not to herself. She had begun to think that if a relationship developed on the cruise, it wouldn't necessarily have to end when the ship reached its destination in Acapulco. Both of them lived in Los Angeles. They could continue to see each other after this was over. Part of her worried that it might be dangerous thinking. But Rachel knew she was nearly ready to take the chance.

After she had finished her morning meal, she stopped in the Purser's Lobby on her way topside to the Sun Deck. For a change no one was waiting at the counter for information. When Rachel asked to speak to the purser, an assistant directed her to his private office.

When she entered, his short, round body bounced off the chair and came around the desk to greet her. "Good morning, Mrs. MacKinley." His recognition of her was instant, accompanied by a jovial smile. "No more mix-ups, I trust."

"Only one," she said, admitting the reason for wanting to see him. "The passenger list posted outside—"

"That oversight has already been corrected," he interrupted her to explain. "I saw Gard early this morning and he mentioned that he was still listed as being in the cabin assigned to you. I changed that straightaway."

"Oh." She hadn't expected that. "I'm sorry. It seems I've taken your time for nothing."

"I wouldn't worry about that," he insisted and walked with her as she turned to leave. "Will I be seeing you at the cocktail party Gard is having tonight?"

"Yes, I'm coming," she nodded.

"We've been giving him a bad time about having a wife on board," he told her with a broad wink. "His friends have had a good laugh over the mix-up, although I know it was probably awkward for you."

"It was, at the time," Rachel admitted, but her attitude had changed since then, probably because her wariness of Gard was not so strong.

"If I can help you again anytime, come see me." When they reached his office door, he stopped. "I'll see you tonight."

"Yes." She smiled and moved away into the lobby.

As Rachel headed for the gracefully curved staircase rising to the mezzanine of Aloha Deck, her course took her past the board with the passenger list. She paused long enough to see for herself that the cabin number beside Gard's name had been changed. It was no longer the same as hers.

It was late in the afternoon when the ship's course brought it close to a land mass. Rachel stood at the railing with the crowd of other passengers and watched as they approached the tip of the Baja Peninsula, Cabo San Lucas.

The cranberry-colored jump-short suit she wore was sleeveless with a stand-up collar veeing to a zippered front. It showed the long, shapely length of her legs and the belted slimness of her waist. Even though her skin was slow to burn in the sun, Rachel had limited her amount of exposure to this hot, tropical sun. As a result her arms and legs had a soft, golden cast.

A brisk breeze was taking some of the heat out of the afternoon. It whipped at her black hair and tugged a few wisps from the constraining ponytail band, blowing them across her face. With an absent brush of her hand she pushed them aside and watched while the ship began its swing around the point of Cabo San Lucas.

Around her the passengers with cameras were snapping pictures of the stunning rock formations. Centuries of erosion by the sea and weather had carved the white rocks, creating towering stacks and spectacular arches to guard the cape. At this point of land, the Sea of Cortez met the waters of the Pacific Ocean.

As the *Pacific Princess* maneuvered into the bay, giving the passengers a closer look at the sprawling fishing village of San Lucas, Rachel was absently conscious of the person on her left shifting position to make room for someone else. Those with cameras were constantly jockeying for a better position at the rail, and the non-photographers among the passengers generously made room for them. So she thought nothing of this movement until she felt a hand move familiarly onto the back of her waist.

Her body tensed, her head turning swiftly. The iciness melted from her gray eyes when she saw Gard edge sideways to the railing beside her. She felt the sudden sweep of warm contentment through her limbs and relaxed back into her leaning position on the rail.

"It's quite a sight, isn't it?" Rachel said, letting her gaze return to the white cliffs and the small village tumbling down the hillside to the bay. Then she remembered that Gard was a veteran of this cruise. "Although you've probably seen it many times before."

"It's still impressive." The soft, husky pitch of his voice seemed to vibrate through her, warm and caressing. "You didn't come down to lunch."

"No," she admitted, conscious of the solid weight of his arm hooked so casually around her waist. "I realized I couldn't keep eating all these wonderful meals. I have to watch my figure," she declared lightly, using the trite phrasing.

When she turned her head to look at him again, her pulse quickened at the way his inspecting gaze slowly traveled down the length of her body as if looking for the evidence of an extra pound or two. Her breasts lifted on an indrawn breath that she suddenly couldn't release. The soft material of her jump-shorts was stretched by the action and pulled tautly over her maturely rounded breasts.

Her stomach muscles tightened as his gaze continued its downward inspection and wandered over the bareness of her thighs. It was more than the mere intimacy latent in his action. He seemed to be taking possession of her, body and soul. Rachel was shaken by the impression. The impact wasn't lessened when his gaze came back to her face and she saw the faintly possessive gleam in the brown depths of his eyes.

"I don't see anything wrong with your figure," he

murmured, understating the approval that was so obvious in his look.

Rachel curled her fingers around the railing and tried to keep a hold on reality. "There would be if I started eating three full meals a day." She stuck to the original subject, not letting him sidetrack her into a more intimate discussion.

"You could always come jogging with me in the mornings and run off that extra meal," Gard suggested.

"No thanks," Rachel refused with a faint laugh. "I came on this cruise to rest and relax. I don't plan to do anything more strenuous than—"

"Making love?" he interrupted to finish the sentence with his suggestion.

Everything jammed up in her throat, blocking her voice and her breath and her pulse. Rachel couldn't speak; she couldn't even think. The seductive phrase kept repeating itself in her mind until a resentment finally wedged through her paralyzed silence because he was setting too fast a pace.

"Don't be putting words in my mouth." Rachel faced the village, her features wiped clear of any expression.

"Why not?" He continued to study her profile with lazy keenness. "Last night you admitted you had ideas in your head. What's wrong with saying the words to go along with them?"

The hand on her waist moved in a rubbing caress, its warm pressure seeming to go right through the material to her skin. Rachel felt the curling sensation of desire beginning low in her stomach. A hardened glint came into her gray eyes as she swung her gaze to him.

"Because some ideas are stupid, and I'd rather not turn out to be a fool." It was too soon for her to know whether she could handle a more intimate relationship with him, and she refused to be rushed into a decision.

His faintly narrowed gaze measured her, then a slow smile spread across his face. "I guess I can't argue with that." Gard straightened and let his hand slide from her waist. "Don't forget cocktails at seven thirty in my suite."

There was an instant when Rachel had an impulse to change her mind and not go, even though she wanted to attend the party. It was something she couldn't explain.

"I'll be there." She nodded.

"Good." He glanced at the watch on his wrist, then back to her. "I'll see you in a couple of hours then. In the meantime, I'd better go shower and dress—and make sure there's plenty of mix and snacks on hand."

"Okay." Rachel didn't suggest that he leave the party preparations until later and stay with her a little longer.

His gaze lingered on her, as if waiting for her to say there was plenty of time. Then he was leaving her and walking away from the railing.

Soberly she watched him striding away, her gaze wandering over the broad set of his shoulders beneath the form-fitting knit shirt. Somehow Rachel had the feeling that Gard was skilled at playing the waiting game. She began to wonder whether he wasn't patiently wearing down her resistance—and an affair was a foregone conclusion.

Troubled by the thought, her eyes darkened somberly as she swung back to the rail. A wrinkled hand patted the forearm she rested on the smooth wood, drawing Rachel's startled glance to the elderly woman beside her. There was no sign of her husband, but Rachel recognized the woman instantly as half of the couple she'd helped the day before.

"Don't be too hard on your husband, Mrs. Mac-Kinley." Her look was filled with sympathetic understanding. "I'm certain he truly cares for you. If you try hard enough, I know you will find a way to work out your problems. You make such a lovely couple."

"I—" Rachel was dumbfounded and lost for words.

But the woman didn't expect her to say anything. "Poppa and I have had our share of arguments over the years. Sometimes he has made me so angry that I didn't want to see him again, but it passes," she assured Rachel. "No marriage is wonderful all the time. In fact, often it is only some of the time." A tiny smile touched her mouth as she confided her experience.

"I'm sure that's true." Rachel's expression softened. There were always highs and lows, but most of the time marriages were on a level plateau.

"One thing I do know," the woman insisted with a scolding shake of her finger. "You will solve nothing by sleeping in one cabin while your husband sleeps in another."

At last Rachel understood what this was all

about. The woman had obviously seen the corrected passenger list and noticed that Gard was in a different cabin. She tried very hard not to smile.

"I'm sure everything will work out for the best. Thank you for caring," she murmured.

"Just remember what I said," the woman reminded her and toddled off.

Chapter Six

Punctuality had always been important to Rachel. At half past seven on the dot she walked into the passageway running lengthwise of the Bridge Deck and stopped at the first door on her right. It stood open, the sound of voices coming from inside the suite, signaling the arrival of other guests ahead of her.

Uncertain whether to knock or just walk in, Rachel hesitated, then opted for the latter and walked into the suite unannounced. Four ship's officers in white uniforms were standing with Gard in the large sitting room, drinks in hand while they munched on the assorted cheeses and hors d'oeuvres arranged on trays on a round dining table.

When Gard turned and saw her, a smile touched the corners of his eyes. He separated himself from the group and crossed the room to greet her. Although Rachel was used to being the lone woman in business meetings, the feeling was different in a social situation.

"You did say seven thirty," she said to Gard, conscious of the smiling stares of the, so far, all-male guests.

"I did." He nodded as his gaze swept over her dress, patterned in an updated version of a turn-of-the-century style out of a raspberry-ice crepe.

The high-buttoned collar rose above a deeply veed yoke created by tiny rows of pleated tucks and outlined with a ruffle. The tucks and ruffles were repeated again in the cuffs of the long sleeves. A narrow sash, tied in a bow at her waist, let the soft material flow to a knee-length skirt. In keeping with the dress's style, Rachel had loosely piled her ebony-dark hair onto her head in an upsweep. A muted shade of raspberry eye shadow on her lids brought a hint of amethyst into the soft gray of her eyes.

"You look lovely," Gard said with a quirking smile that matched the dryly amused gleam in his eyes. "But I can't help wondering if that touch-me-not dress you're wearing is supposed to give me a message."

His remark made Rachel wonder if she hadn't subconsciously chosen this particular dress, which covered practically every inch of her body, for that very reason. But that would indicate that she felt sexually threatened by her own inner desires, which she was trying to keep locked in.

"Hardly," she replied. "You'd probably see it as a challenge."

"You could be right there," he conceded, then took her by the arm to lead her over to his other guests. "I have some friends I'd like you to meet."

He introduced her to the four officers, including the purser, Jake Franklin, whom she'd already met. But it was Gard's close friend, Hank Scarborough, who put a quick end to polite formalities and meaningless phrases of acknowledged introductions.

"Ever since I heard about you, Mrs. MacKinley, I've been anxious to meet you." Hank Scarborough was Gard's age, in his middle to late thirties, not quite as tall and more compactly built, with sandy-fair hair and an engaging smile. There was a gleam of deviltry in his eye that seemed to hint that he was fond of a good story. "You more than live up to your reputation."

"Thank you," Rachel said, not sure whether she should take that as a compliment.

"I admit I was curious about a woman who would first pass herself off as Gard's wife, then boot him out of his own cabin with not so much as a 'by your leave.'" He grinned to let her see that he knew the whole story and the unusual circumstances. His mocking glance slid to Gard. "You should have kept her for your wife."

"Give me time, Hank," he advised.

A sliver of excitement pierced Rachel's calm at Gard's easy and confident reply. She had to remind herself that he was just going along with the razzing.

It did not necessarily mean that he was developing a serious interest in her. When his dark gaze swung to her, she was able to meet it smoothly.

"What would you like to drink?" Gard asked and let his gaze skim her nearly Victorian dress. "Sherry, perhaps?" he mocked.

"I'll have a gin and tonic," she ordered.

There was a subdued cheer from the officers. "A good British drink." They applauded her choice. "You'll fit right in with the rest of us chaps."

By the time Gard had mixed her drink, other guests had begun to arrive for the private cocktail party. It wasn't long before the large sitting room was crowded wall-to-wall with people. The captain stopped in for a few minutes, entertaining Rachel and some of the other guests with his dry British wit.

It seemed the party had barely started when it was interrupted with the announcement that dinner was being served in the Coral Dining Room. There was an unhurried drifting of guests out of the suite. Rachel would have joined the general exodus, but she had been cornered by Hank Scarborough and found herself listening to a long, detailed account of his life at sea.

The last guest had left before Gard came to her rescue. "You've monopolized her long enough, Hank," he said and casually curved an arm around her waist to draw her away. "I'm taking the lady to dinner."

"I suppose you must," Hank declared with a mock sigh of regret. "I'll have the steward come in and clean up this mess. The two of you run along."

Rachel became suspicious of the glance they exchanged. As Gard walked her out to the elevators she eyed him with a speculating look.

"You arranged it with Hank to keep me detained so you could take me down to dinner, didn't you?" she accused with a knowing look.

His mouth was pulled in a mockingly grim line. "I'll have to have a talk with Hank. He wasn't supposed to be so obvious about it," Gard replied, virtually admitting that had been his ploy.

She laughed softly, not really minding that it had all been set up. The elevator doors opened noiselessly and Rachel stepped into the cubicle ahead of Gard.

Dinner was followed by a Parisian show at the Carousel Lounge and, later, dancing. All of which Rachel enjoyed in Gard's company. A midnight buffet snack was being served in the aft portion of the Riviera Deck. Gard tried to tempt her into sampling some of the cakes and sweets, but she resisted.

"No." She avoided the buffet table and kept an unswerving course to the stairs. "It's time to call it a night," she insisted, tired yet feeling a pleasant glow that accompanied a most enjoyable evening.

"Would you like to take a stroll around the deck before turning in?" Gard asked as they climbed the stairs, stopping at the Promenade Deck, where her cabin was located.

"No, not tonight," Rachel refused with visions of last night's embrace on the outer deck dancing in her head.

When they reached the door to her cabin, Rachel

turned and leaned a shoulder against it to bid him good night. Gard leaned a forearm against the door by her head, bending slightly toward her and closing the distance between them. She tipped her head back in quiet languor and let it rest against the solid door while she gazed at him. There was a pleasant tingle of sensation as his glance drifted to her lips.

"You could always invite me in and ring the steward for some coffee," he murmured the suggestion.

"I could." Her reply was pitched in an equally soft voice as she began to study the smooth line of his mouth, so strong and warm. Rachel knew the wayward direction her thoughts were taking, but she had no desire to check them from their forbidden path.

"Well?" Gard prompted lazily.

Regardless of what she was thinking, she said, "I could, but I'm not going to ask you to come inside."

His rueful smile seemed to indicate that her decision was not at all unexpected. "Maybe you're right. That single bed would be awfully tight quarters."

A little shiver of excitement raced over her skin at such an open admission of his intention. When his head began a downward movement, blood surged into her heart, swelling it until it seemed to fill her whole chest. Her lips lifted to eliminate the last inch that separated her from his mouth.

The hard, male length of him was against her, pinning her body to the door with his pressing weight. His hand lay familiarly on her hip bone while his kiss probed the dark recesses of her mouth with evocative skill. Beneath her hands she could feel the warmth of his skin through the silk dress shirt. Some sensitive inner radar picked up the increased rate of his breathing.

The tangling intimacy of the deep kiss aroused an insistent hunger that made her ache inside. Rachel strained to satisfy this trembling need by responding more fiercely to his kiss. But a much more intimate union was required before the aching throb of her flesh could know gratification.

She sensed his shared frustration as Gard abandoned his ravishment of her lips and trained his rough kisses on the hollow behind her ear and the ultrasensitive cord in her neck. She gritted her teeth to hold silent the moan that rose in her throat. It came out in a shuddering sigh.

His hand moved up her waist and cupped the underswell of her breast in the span of his thumb and fingers. The thrilling touch seemed to fill her with an explosive desire. The deep breath she took merely caused her breasts to lift and press more fully into his caress.

There was a labored edge to his breathing when his mouth halted near her ear. "Are you sure you don't want to change your mind about that coffee?" Gard asked on a groaning underbreath.

Inside she was trembling badly—wanting just that. But she was afraid she wanted it too badly. It was the desires of the flesh that were threatening to rule her. She'd sooner listen to her heart or her head than something so base.

"No," Rachel answered with a little gulp of air and finally let her closed lashes open. "No coffee." Her hands exerted a slight pressure to end the embrace.

There was an instant when Gard stiffened to keep her pinned to the door. His dark eyes smoldered with sensual promise while he warred with his indecision—whether to believe her words or the unmistakable signals he received from her body. Rachel watched him; slowly he eased himself away, his jawline hardening with grim reluctance.

"You make things hard for a man," he muttered in faint accusation.

"I know," she admitted guiltily. "I—"

He put his fingers to her mouth, silencing her next words. "For God's sake, don't say you're sorry." His fingers traced over the softness of her lips, then moved off at a corner and came under her chin, rubbing the point of it with his knuckles.

"All right, I won't," Rachel agreed softly because she wasn't truly sorry about the open way she had responded to him.

"Good night, Rachel." There was a split-second's hesitation before he caught the point of her chin between his thumb and finger, holding it still while his mouth swooped down and brushed across her lips in a fleeting kiss.

"Good night," she managed to reply after he was standing well clear of her.

Under his watchful eye she turned and shakily removed the key from her evening purse to insert it in the lock. Before she entered the cabin, Rachel glanced over her shoulder once and smiled faintly at him, then stepped inside.

For a long moment she leaned against the closed door and held on to the lingering after-sensations, trying to separate emotional from physical pleasure. They were too deeply merged for her introspective study to divide.

Slowly Rachel moved away from the door into the center of the room. All the preparations for her retirement had already been made by the night steward—the bed was turned down and the drapes were closed. The next day's issue of the *Princess Patter* was on the table.

Rachel slipped off her silver-gilt shoes and set them on a chair cushion with the matching evening purse. She reached behind her neck and began to unfasten the tiny eyehooks of the dress's high collar. The first one slipped free easily, but the second was more stubborn.

"Damn," she swore softly in frustration, unable to see what she was doing and obliged to rely on feel alone.

"Need some help?" Gard's lazy voice sounded behind her.

Startled, she swiveled around, her fingers still at the back of her collar. He stood silently inside her cabin door and calmly pushed it shut. Wide-eyed, she watched him, certain the door had been locked and the key replaced in her purse.

"How did you get in here?" She finally managed to overcome her surprise and shock and ask him the question.

"I had a key to this cabin to start out with—remember?" There was a glint in his eye as he crossed the room to where she stood. "For some reason I . . . haven't remembered to turn it in." He held it up between his thumb and forefinger to show her. "I decided it was time I removed temptation from my pocket."

It hadn't occurred to Rachel that Gard still might have a key to the cabin they had shared so briefly. When he offered it to her, she extended an up-turned palm to receive it. The metal key felt warm against her skin when Gard laid it in the center of her palm. Her hand closed around it as her silently questioning gaze searched his face.

"You could just as easily have knocked," Rachel said.

"I could have," he admitted as his glance went to the hand still clutching the back neckline of her dress. No apology was offered for the fact that he had let himself in. "I guess I didn't want to have the door shut on me again."

Her eyes ran over him, taking in the masculinity of his form and finding pleasure in the presence of a man in her room . . . in her life.

"I think you'd better leave now." Her suggestion was completely at odds with what she was feeling.

"Not yet." His mouth quirked. "First I'll help you with those hooks. Turn around."

Rachel hesitated, then slowly turned her back to him and tipped her head down. Her stomach churned with nervous excitement at the firm touch of his fingers on the nape of her neck.

"If nothing else," Gard murmured dryly, "I'll

have the satisfaction of doing this . . . even if it means the cold comfort of a shower afterward."

The material around her throat was loosened as he unfastened the three remaining hooks that held the high collar. An aroused tension swept through her system when she felt his fingers on the zipper. He slowly ran it down to the bottom, the sensation of his touch trailing the length of her spine. With a hand crossed diagonally, Rachel held the front of her raspberry dress to her body.

His hands rested lightly on each shoulder bone. She felt the stirring warmth of his breath against the bared skin of her neck an instant before his warm mouth investigated the nape of her neck, finding the pleasure point where all sensation was heightened to a rawly exciting pitch. Her mouth went dry as a weakness attacked her knees. Somehow she managed to hold herself upright without sagging against him.

"I think you'd better leave, Gard." Rachel didn't dare turn around, because she knew if she did, she'd go right into his arms.

Disappointment welled in her throat when he moved away from her and walked to the door. But he paused there, waiting for her to look at him. When she did, Rachel was glad of the distance that made the longing in her eyes less naked.

"I never did get around to giving you a tour of the owner's suite," Gard said. "It has a double bed."

"Does it?" Her voice was shaking a little.

"Next time I'll invite you to my place . . . for coffee," he added on an intimate note and opened the door.

When it had closed behind him, Rachel discovered she was gripping the extra key in her hand. She looked at it for a long moment, almost wishing he had it back. A degree of sanity returned and she slipped the key into her purse with its mate.

Rachel stood at the bow in front of the wheelhouse as the ship steamed into the inlet of the bustling Mazatlan Harbor. High on a hill, the massive lighthouse of El Faro kept a watchful eye on the ship while shrimp boats passed by on their way out to sea.

"Are you going ashore when we dock?" Gard asked, coming up behind her.

She really wasn't surprised to see him. In fact, she'd been expecting him. "Yes, I am." She cast a glance at him, the vividness of last night's interlude still claiming her senses.

In denims and a pale blue shirt, he looked bronzed and rugged. Those hard, smooth features were irresistibly handsome. Rachel wondered if she didn't need her head examined for taking it so slow.

"Did you sign up for one of the tours?"

"No." She shook her head briefly and tucked her hair behind an ear, almost a defensive gesture to ward off the intensity of his gaze. "I thought I'd explore on my own."

"Would you like a private guide?" Gard asked. "I know where you can hire one—cheap."

"Does he speak English?" She guessed he was offering his services, but she went along with his gambit, albeit tongue-in-cheek.

"Sí, señorita," he replied in an exaggerated Mexican dialect. "And *español,* too."

"How expensive?" Rachel challenged.

"Let's just say—no more than you're willing to pay," Gard suggested.

"That sounds fair." She nodded and felt the run of breathless excitement through her system.

"We'll go ashore after breakfast," he said. "Be sure and wear your swimsuit under your clothes. We'll do our touring in the morning and spend the afternoon on the beach."

"Sounds wonderful."

When they went ashore, Gard rented a three-wheeled cart, open on all sides, to take them to town. As he explained to Rachel, it was called a *pulmonia,* which meant "pneumonia" because of its openness to the air.

Their tour through town took them past the town square with its statue of a deer. Mazatlan was an Indian name meaning "place of the deer." Gard directed their driver to take them past the Temple of San Jose, the church constructed by the Spanish during their reign in Mexico. Afterward he had the driver let them off at El Mercado.

They spent the balance of the morning wandering through the maze of stalls and buildings. The range of items for sale was endless. There were butcher shops with sides of beef and scrawny plucked chickens dangling from hooks, and fruit stands and vegetable stands. And there was an endless array of crafts shops, souvenir stores, and clothing items.

For lunch Gard took her to one of the restaurants along the beach. When Rachel discovered their seafood had been caught fresh that morning, she feasted on shrimp, the most succulent and flavorful she'd ever tasted.

Later, sitting on a beach towel with an arm hooked around a raised knee, Rachel watched the gentle surf breaking on shore. After the morning tour and the delicious lunch, she didn't have the energy to do more than laze on the beach. Gard was stretched out on another beach towel beside her, a hand over his eyes to block out the sun. It had been a long time since he'd said anything. Rachel wondered if he was sleeping.

Off to her left an old, bowlegged Mexican vendor shuffled into view. Dressed in the typical loose shirt and baggy trousers with leather huaraches, he ambled toward Rachel and held up a glass jar half-filled with water. Fire opals gleamed on the bottom.

"Señora?" He offered them to her for inspection.

"No, thank you." She shook her head to reinforce her denial.

"Very cheap," he insisted, but she shook her head again. He leaned closer and reached into his back pocket. "I have a paper—you buy."

Gard said something in Spanish. The old man shrugged and put the folded paper back in his pocket, then shuffled on down the beach. Rachel cast a curious glance at Gard.

"What was he selling?" she asked.

"A treasure map." He propped himself up on an elbow. "This harbor was a favorite haunt of pirates.

Supposedly there're caches of buried treasure all over this area. You'd be surprised how many 'carefully aged' maps have been supposedly found just last week in some old chest in the attic." There was a dryly cynical gleam of amusement in his eyes.

"And they're for sale—cheap—to anyone foolish enough to buy them." Rachel understood the rest of the game.

Turning the upper half of her body, she reached into the beach bag sitting on the grainy sand behind her and took out the bottle of sun oil lying atop their folded clothes. She uncapped the bottle and began to smooth the oil on her legs and arms.

There was a shift of movement beside her as Gard again stretched out flat and crooked an arm under his head for a pillow. His eyes were closed against the glare of the high afternoon sun. With absent movements Rachel continued to spread the oil over her exposed flesh while her gaze wandered over the bronze sheen of his longly muscled body, clad in white-trimmed navy swimming trunks.

The urge, ever since he'd stripped down, had been to touch him and have that sensation of hard, vital flesh beneath her hands. It was unnerving and stimulating to look at him.

"Enjoying yourself?" His low taunt startled Rachel.

Her gaze darted from his leanly muscled thighs to his face, but his eyes were still closed, so he couldn't know she had been staring at him. His question was obviously referring to something else.

"Of course." She attempted to inject a brightness

in her voice. "It's a gorgeous day and the beach is quiet and uncrowded."

"That isn't what I meant, and you know it." The amused mockery in his voice had a faint sting to it. "I could feel the way you were staring at me, and I wondered if you liked what you saw."

Rachel was a little uncomfortable at being caught admiring his male body. She concentrated all her attention on rubbing the oil over an arm.

"Yes." She kept her answer simple, but some other comment was required. "I suppose you're used to women staring at you." It was a light remark, meant to tease him for seeking a compliment from her.

"Why? Because I could feel your eyes on me?" Gard shifted his dark head on the pillow of his arm to look at her. "Can't you feel it when I look at you?"

The rush of heat over her skin had nothing to do with the hot sun overhead. It was a purely sexual sensation caused by the boldness of his gaze. It was a look that did not just strip her bathing suit away. His eyes were making love to her, touching and caressing every hidden point and hollow of her body. It left her feeling too shaken and vulnerable.

"Don't." The low word vibrated from her and asked him to stop, protesting the way it was destroying her.

The contact was abruptly broken. "Hand me my cigarettes," Gard said with a degree of terseness. "They're in my shirt pocket."

Rachel wiped the excess oil from her hand on a

towel and tried to stop her hand from shaking as she reached inside the beach bag, then handed him the pack of cigarettes and a lighter. She leaned back on her hands and stared at the wave rolling into shore. The silence stretched, broken only by the rustle of the cigarette pack and the click of the lighter.

"Tell me about your husband," Gard said.

"Mac?" Rachel swung a startled glance at him, noting the grim set of his mouth and his absorption with the smoke curling from his cigarette.

"Is that what you called him?" His hooded gaze flicked in her direction.

"Yes," she nodded.

"There's consolation in that, I suppose." His mouth crooked in a dry, humorless line. "At least I'll have the satisfaction of knowing that when you say my name, you aren't thinking of someone else."

Rachel's gray eyes grew thoughtful as she tried to discern whether it was jealousy she heard or injured pride that came from being mistaken for someone else.

"What was he like?" Gard repeated his initial question, then arched her another glance. "Or would you prefer not to talk about him?"

"I don't mind," she replied, although she wasn't sure where to begin.

When she looked out to sea, Rachel was looking beyond the farthest point. The edges blurred when she tried to conjure up Mac's image in her mind. It wasn't something recent. It had been happening gradually over the last couple of years. Her memory of him always pictured him as being more handsome than photographs showed. But it was natural for the mind to overlook the flaws in favor of the better qualities.

"Mac was a dynamic, aggressive man," Rachel finally began to describe him, even though she knew her picture of him was no longer accurate. "Even when he was sitting still—which was seldom—he seemed to be all coiled energy. I guess he grabbed at life," she mused, "because he knew he wouldn't be around long." Sighing, she threw a glance at Gard. "It's difficult to describe Mac to someone who didn't know him."

"You loved him?"

"Everyone loved Mac," she declared with a faint smile. "He was hearty and warm. Yes, I loved him."

"Are you still married to him?" Gard asked flatly. Rachel frowned at him blankly, finding his question strange. A sardonic light flashed in his dark eyes before he swung his gaze away from her to inhale on his cigarette. "Even after their husbands die, some women stay married to their ghosts."

The profundity of his remark made Rachel stop and think. Although she had wondered many times if she would ever feel so strongly for another man again, she hadn't locked out the possibility. She wrapped her arms around her legs and hugged them to her chest, resting her chin on her knees.

"No," she said after a moment. "I'm not married to Mac's ghost." Her glance ran sideways to him. "Why did you ask?"

"I wondered if that was the reason you didn't want me in your cabin last night." Gard released a short breath, rife with impatient disgust. "I wonder if you realize how hard it was for me to leave last night."

"You shouldn't have come in." Rachel refused to let him put the onus of his difficulty on her.

"I'm not pointing any fingers." Gard sat up, bringing his gaze eye-level with hers. She was uncomfortable with his hard and probing look. "I'm just trying to figure you out."

There was something in the way he said it that ruffled her fur. "Don't strain yourself," she flashed tightly.

Amusement flickered lazily in his eyes. "You've been a strain on me from the beginning."

In her opinion the conversation was going nowhere. "I think I'll go in the water for a swim," Rachel announced and rolled to her feet.

"That's always your solution, isn't it?" Gard taunted, and Rachel paused to look back at him, wary and vaguely upset. "When a situation gets too hot and uncomfortable for you, you walk away. You know I want to make love to you." He said it as casually as if he were talking about the weather.

There was a haughty arch of one eyebrow as her eyes turned iron-gray and cool. "You aren't the first." She saw the flare of anger, but she turned and walked to the sea, wading in, then diving into the curl of an oncoming wave. There was a definite sense of anger at the idea that simply because he had expressed a desire for her, she was supposed to fall into his arms. If anything, his remark had driven her away from him.

Rachel swam with energy, going against the surf the same way she went against her own natural inclination. Eventually she tired and let the tide float her back to shore where Gard waited. But the tense scene that had passed before had created a strain between them that wasn't easily relieved.

Chapter Seven

Alone, Rachel strolled along a street in downtown Puerto Vallarta, the second port of call of the *Pacific Princess*. As it had yesterday, the ship had berthed early in the morning. This time Rachel settled for the continental breakfast served on the Sun Deck and disembarked as soon as the formalities with the Mexican port authorities were observed and permission was given to let passengers go ashore.

To herself she claimed it was a desire to explore the picturesque city on her own. It was merely a side benefit that she hadn't seen Gard before she'd left the ship. Common sense told her the coolness that had come between them yesterday was a good thing. She needed time to step back and look at the relationship to see whether she'd been swept along by a strong emotional current or if she'd been caught in a maelstrom of physical desire.

Few of the shops were open before nine, so Rachel idled away the time looking in windows and eyeing the architecture of the buildings. At intersections she had views of the surrounding hills where the city had sprawled high onto their sides, creating streets that were San Francisco steep.

Something shimmered golden and bright against the skyline. When Rachel looked to see what it was, a breath was indrawn in awed appreciation. The morning sunlight was reflecting off the gold crown of a steeple and making it glow as if with its own golden light.

With this landmark in sight Rachel steered a course toward it for a closer look. Two blocks farther she reached the source. It was the cathedral of Our Lady of Guadalupe. The doors of the church stood invitingly open at the top of concrete steps, but it continued to be the crown that drew Rachel's gaze as she stood near the church's base with her head tipped back to stare admiringly at it.

"It's a replica of the crown worn by the Virgin in the Basilica at Mexico City."

At the sound of Gard's voice, Rachel jerked her gaze downward and found him, leaning casually against a concrete side of the church steps and smoking a cigarette. She felt the sudden rush of her pulse under the lazy and knowing inspection of his dark eyes. The cigarette was dropped beneath his heel and crushed out as he pushed away and came toward her. A quiver of awareness ran through her senses at his malely lean physique clad in butternut-brown slacks and a cream-yellow shirt.

"I've been waiting for you to turn up," Gard said calmly.

The certainty in his tone implied that he had known she would. It broke her silence. "How could you possibly know I would come here?" Rachel demanded with a rush of anger. "I didn't even know it."

"It was a calculated risk," he replied, looking at her eyes and appearing to be amused by the silver sparks shooting through their grayness. "Puerto Vallarta basically doesn't have much in the way of historical or cultural attractions. It's too early for most of the shops to be open, so you had to be wandering around, looking at the sights. Which meant, sooner or later, you'd find your way here."

It didn't help her irritation to find that his assumption was based on well thought out logic. "Always presuming I had come ashore." There was a challenging lift to her voice.

"Don't forget"—a slow, easy smile deepened the grooves running parenthetically at the corners of his mouth—"I know most of the officers and crew from the bridge, including the man on duty at the gangway. He told me you were one of the first to go ashore this morning. I have spies everywhere."

His remark was offered in jest, but Rachel wasn't amused. "So it would seem," she said curtly, reacting to the threading tension that was turning her nerves raw. His sudden appearance had thrown her off balance.

"Would you like to see the inside of the cathedral?" Gard inquired, smoothly ignoring her shortness and acting as if there hadn't been any cool constraint between them.

"No." She swung away from the church steps and began to walk along the narrow sidewalk in the direction of the shopping district.

"I rented a car for the day." He fell in step with her, letting his gaze slide over her profile.

"Good for you." Rachel continued to look straight ahead. She felt slightly short of breath and knew it wasn't caused by the leisurely pace of her steps.

"I thought we could drive around and see the sights." There was a heavy run of amusement in his voice.

She tossed a glance in his direction that didn't quite meet his sidelong study of her. Some of her poise was returning, taking the abrasive edge out of her voice. But it didn't lessen her resentment at the way Gard was taking it for granted that she would want to spend the day with him—just as yesterday when he had taken it for granted that because he had expressed a desire to make love to her, she should have been wildly impressed.

"I thought you just said there weren't any sights to see in Puerto Vallarta," she reminded him coolly.

"I said there weren't any major cultural attractions," Gard corrected her. "But there's plenty of scenery. I thought we could drive around town, maybe stop to see some friends of mine—they have a place in Gringo Gulch where a lot of Americans have vacation homes—then drive out in the country."

"It's a shame you went to so much trouble planning out the day's activities for *us* without consulting me," Rachel informed him with honeyed sweetness. "I could have told you that I'd already made plans and you wouldn't have wasted your time."

"Oh?" His glance was mildly interested, a touch of skepticism in his look. "What kind of plans have you made?"

Rachel had to think quickly, because her plans were haphazard at best. "I planned to do some shopping this morning. There're several good sportswear lines that are made here, and I want to pick up some small gifts for friends back home."

"And the afternoon?" Gard prompted.

The beach bag she carried made that answer rather obvious. "I'm going to the beach."

"Any particular beach?"

"No." Her gaze remained fixed to the front, but she wasn't seeing much. All her senses were tuned to the man strolling casually at her side.

"I know a quiet, out-of-the-way spot. We'll go there this afternoon after you've finished your shopping."

"Look." Rachel stopped abruptly in the middle of the sidewalk to confront him. Gard was slower to halt, then came halfway around to partially face her. His handsomely hewn features showed a mild, questioning surprise at this sudden stop. "I'm not going with you this afternoon."

121

"Why?" He seemed untroubled by her announcement.

There was frustration in knowing that she didn't have an adequate reason. Even more damnably frustrating was the knowledge that she wouldn't mind being persuaded to alter her plans. She became all the more determined to resist such temptation.

"Because I've made other plans." Rachel chose a terse non-answer and began to walk again.

"Then I'll go along with you." With a diffident shrug of his shoulders, Gard fell in with her plans.

She flicked him an impatient glance. "Are you in the habit of inviting yourself when you're not asked?"

"On occasion," he admitted with a hint of a complacent smile.

More shops were beginning to unlock their doors to open for business. Out of sheer perversity Rachel attempted to bore him by wandering in and out of every store, not caring whether it was a silversmith or a boutique, whether it sold copper and brassware or colorful Mexican pottery.

Yet she never detected any trace of impatience as he lounged inside a store's entrance while she browsed through its merchandise. She did make a few small purchases: a hand-crafted lace mantilla for her secretary, a hand-embroidered blouse for Mrs. Pollock next door, and two ceramic figurines of Joseph with Mary riding a donkey for Fan's collection of Christmas decorations. Gard offered to carry them for her, but she stubbornly tucked them inside her beach bag.

In the next boutique she entered, Rachel found a two-piece beach cover-up patterned in exactly the same shade of lavender as her swimsuit. The sales clerk showed her the many ways the wraparound skirt could be worn, either long with its midriff-short blouse or tied sarong fashion. After haggling good-naturedly over the price for better than half an hour, Rachel bought the outfit.

"You drive a hard bargain," Gard observed dryly as he followed her out of the store.

Bargaining over the price was an accepted practice in most of Mexico, especially when a particular item wasn't marked with a price, so Rachel was a little puzzled why he was commenting on her negotiation for a lower price.

"It's business," she countered.

"I agree," he conceded. "But you practiced it like you were an old hand at negotiating for a better price."

"I suppose I am." She smiled absently, because she was often involved in negotiating better prices for bulk-order purchases of furniture or related goods for her company. "It's part of my work."

"I didn't realize you worked." Gard looked at her with frowning interest.

Rachel laughed shortly. "You surely didn't think my only occupation was that of a widow?"

"I suppose I did." He shrugged and continued to study her. "I didn't really give it much thought. What do you do?"

"I own a small chain of retail furniture stores." Her chin lifted slightly in a faint show of pride.

"If they're managed properly, they can be a

sound investment." The comment was idly made. "Who have you hired to handle the management of them for you?"

"No one." Rachel challenged him with her glance. "I manage them myself."

"I see." His expression became closed, withdrawing any reaction to her announcement. That, in itself, was an indication of his skepticism toward her ability to do the job well.

"I suppose you think a woman can't run a business," she murmured, fuming silently.

"I didn't say that."

"You didn't have to!" she flared.

"You took me by surprise, Rachel." Gard attempted to placate her flash of temper with calm reasoning. "Over the years I've met a few successful female executives. You just don't look the type."

"And what is the type?" Hot ice crystallized in her voice as she threw him a scathing look. "Ambitious and cold and wearing jackets with padded shoulders?" She didn't wait for him to answer as her lips came thinly together in disgust. "That is the most sexist idea I've ever heard!"

"That isn't what I meant at all, but the point is well taken," he conceded with a bemused light in his dusty brown eyes. "I deserved that for generalizing."

She was too angry to care that Gard admitted he'd been wrong. She turned on him. "Why don't you go back to the ship . . . or go drive around in your rented car? Go do whatever it is that you want to do and leave me alone! I'm tired of you following me!"

"I was wrong and I apologize," Gard repeated with a smooth and deliberately engaging smile. "Let's find a restaurant and have some lunch."

"You simply don't listen, do you?" she declared in taut anger and looked rawly around the immediate vicinity.

A uniformed police officer was standing on the corner only a few yards away. Rachel acted on impulse, without pausing to think through the idea. In a running walk she swept past Gard and hurried toward the policeman.

"Officer?" she called to attract his attention.

He turned, his alert, dark eyes immediately going to her. He was of medium height with a stocky, muscular build. His broad features had a no-nonsense look, reinforced by a full black mustache. He walked to meet Rachel as she approached him, his gaze darting behind her to Gard.

"Officer, this man is annoying me." Rachel turned her accusing glance on Gard as he leisurely came up to stand behind her.

His expression continued to exhibit patience, but there was a hard glint in his eyes, too, at her new tactic. When she looked back at the policeman, Rachel wasn't sure he had understood her.

"This man has been following me." She gestured toward Gard. "I want him to stop it and leave me alone."

"The *señor* makes trouble for you?" the officer repeated in a thick accent to be certain he had understood.

"Yes," Rachel nodded, then added for further clarification, *"Sí."*

The policeman turned a cold and narrowed look on Gard while Rachel watched with cool satisfaction. He started to address Gard, but Gard broke in, speaking in an unhesitating Spanish. The policeman's expression underwent a rapid change, going from a stern to a faintly amused look.

"What did you say to him?" Rachel demanded from Gard.

"I merely explained that we'd had a small argument." The hard challenge continued to show behind his smiling look. "I was tired of shopping and wanted some lunch. And you—my wife—insisted on going through more stores first."

Her mouth opened on a breath of anger, but she didn't waste it on Gard. Instead she swung to the officer. "That isn't true," she denied. "I am not his wife. I've never seen him before in my life."

An obviously puzzled officer looked once more to Gard. *"Señor?"*

There was another explanation in Spanish that Rachel couldn't understand, but it was followed by Gard reaching into his pocket and producing identification. The edge was taken off her anger with the dawning realization of how she was being trapped.

"Would you care to show him your passport or driver's license, Mrs. MacKinley?" Gard taunted softly.

"Señora, your papers?" the officer requested.

Dully she removed her passport from the zippered compartment in her purse and showed it to him. A grimly resigned look showed her acceptance of defeat for the way Gard had outmaneuvered her.

With the difficulties of the language barrier, she couldn't hope to convincingly explain that even though their surnames were the same, they weren't related.

When the policeman returned the passport, he observed her subdued expression. It was plain that he considered this a domestic matter, not requiring his intervention. He made some comment to Gard and grinned before touching a hand to his hat in a salute and moving to the side.

"What did he say?" Rachel demanded.

Before she could tighten her hold on the beach bag, filled to the top now with her morning's purchases, Gard was taking it from her and gripping her arm just above the elbow to propel her down the sidewalk. Rachel resisted, but with no success.

"He was recommending a restaurant where we could have lunch," he replied tautly, ignoring her attempts to pull free of his grasp.

"I'm not hungry," she muttered.

"I seem to have lost my appetite, too." His fingers tightened, digging into her flesh as he steered her around a corner.

The line of his jaw was rigid, hard flesh stretched tautly across it. Her own mouth was clamped firmly shut, refusing to make angry feminine pleas to be released. She stopped actively struggling against his grip and instead held herself stiff, not yielding to his physical force.

Halfway down the narrow cross street he pulled her to a stop beside a parked car and opened the door. "Get in," he ordered.

Rachel flashed him another angry glance, but he didn't let go of her arm until she was sitting in the passenger seat. Then he closed the door and walked around to the driver's side. She toyed with the idea of jumping out of the car, but it sounded childish even to her. Her beach bag was tossed into the back seat as Gard slid behind the wheel and inserted the key into the ignition switch.

Holding her tight-lipped silence, she said nothing as he turned into the busy traffic on the Malecon, the main thoroughfare in Puerto Vallarta, which curved along the waterfront of Banderas Bay. At the bridge over the Cuale River the traffic became heavier as cabs, trucks, burros, and bicycles all vied to cross.

The river was also the local laundromat. Rachel had a glimpse of natives washing their clothes and their children in the river below when Gard took his turn crossing the bridge. Under other circumstances she would have been fascinated by this bit of local atmosphere, but as it was, she saw it and forgot it.

Her sense of direction had always been excellent. Without being told, she knew they were going in the exactly opposite direction of the pier where the ship was tied. It was on the north side of town and they were traveling south. The road began to climb and twist up the mountainside that butted the sea, past houses and sparkling white condominiums clinging to precarious perches on the steep bluffs. When the resorts and residences began to thin out, Gard still didn't slow down.

Rachel couldn't stand the oppressive silence any longer. "Am I being abducted?"

"You might call it that," was Gard's clipped answer.

Not once since he'd climbed behind the wheel had his gaze strayed from the road. His profile seemed to be chiseled out of teak, carved in unrelenting lines. She looked at the sure grip of his hands on the steering wheel. Her arm felt bruised from the steely force of his fingers, but she refused to mention the lingering soreness.

As they rounded the mountain the road began a downward curve to a sheltered bay with a large sandy beach and a scattering of buildings and resorts. Recalling his earlier invitation to spend the afternoon in some quiet beach area, Rachel wondered if this was it.

"Is that where we're going?" The tension stayed in her voice, giving it an edge.

"No." His gaze flashed over the bay and returned to the road, the uncompromising set of his features never changing. "That's where they filmed the movie *The Night of the Iguana.*" His voice was flat and hard.

"You can let me off there," Rachel stated and stared straight ahead. "I should be able to hire a taxi to take me back to town."

There was a sudden braking of the car. Rachel braced a hand against the dashboard to keep from being catapulted forward as Gard swerved the car off the road and onto a layby next to some building ruins overlooking the bay.

While Rachel was still trying to figure out what was happening, the motor was switched off and the emergency brake was pulled on. When Gard swung around to face her, an arm stretching along the seatback behind her head, she grabbed for the door handle.

"Oh, no, you don't," he growled as his snaring hand caught her wrist before she could pull the door handle.

"Damn you, let me go!" Rachel tried to pry loose from his grip with her free hand, but he caught it, too, and jerked her toward him.

"I'm not letting you go until we get a few things straight," Gard stated through his teeth.

"Go to hell." She was blazing mad.

So was Gard. That lazy, easygoing manner she was so accustomed to seeing imprinted on his features was nowhere to be seen. He was all hard and angry, his dark eyes glittering with a kind of violence. He had stopped turning the other cheek. Recognizing this, Rachel turned wary—no longer hitting out at him now that she discovered he was capable of retaliating. But it was too late.

"If I'm going to hell, you're coming with me," he muttered thickly.

He yanked her closer, a muscled arm going around her and trapping her arms between them as he crushed her to his chest. His fingers roughly twisted into her hair, tugging at the tender roots until her head was forced back.

When the bruising force of his mouth descended on her lips, Rachel pressed them tightly shut and strained against the imprisoning hand that wouldn't permit her to turn away. The punishment of his kiss seemed to go on forever. She stopped resisting him so she could struggle to breathe under his smothering onslaught. Her heart was pounding in her chest with the effort.

As her body began to go limp with exhaustion the pressure of his mouth changed. A hunger became mixed with his anger and ruthlessly devoured her lips. She was senseless and weak when he finally dragged his mouth from hers. Her skin felt fevered from the soul-destroying fire of the angry kisses. The heaviness of his breathing swept over her upturned face as she forced her eyes to open and look at him.

The fires continued to smolder in his eyes, now tempered with desirous heat. He studied her swollen lips with a grimness thinning his own mouth. The fingers in her hair loosened their tangling grip that had forced her head backward.

"Woman, you drive me to distraction." The rawly muttered words expressed the same angry desire she saw in his solid features. "Sometimes I wonder if you have any idea just how damned distracting you are!"

Her hands were folded against his muscled chest, burned by the heat of his skin through the thin cotton shirt. She could feel the hard thudding of his heart, so dangerously in tune with the disturbed rhythm of her own pulse. She watched his face, feeling the run of emotions within herself.

"I know that I made you angry yesterday," Gard admitted while his gaze slid to the sun-browned hand on her shoulder. "When I watched you rubbing that lotion over your body, I wanted to do it for you."

As if in recollection, his hand began to glide

smoothly over the bareness of her arm. His gaze became fixed on the action while images whirled behind his smoldering dark eyes. Rachel didn't have to see them. She knew what he was imagining because she could visualize the scene, too, and the sensation of his hands moving over her whole body, not just her arm. A churning started in the pit of her stomach and swirled outward.

"But I knew if I touched you"—his gaze flicked to her eyes and looked deeply inside their black orifices—"I wouldn't be able to stop. Instead I had to lie there and pretend it didn't faze me to watch you spread oil all over your skin."

She dropped her gaze, unwilling to comment. It was disturbing to look back on the scene yesterday on the beach and know what he was thinking and feeling at the time.

"And I've made you angry this morning," Gard continued on a firmer note. "I never claimed to be without flaws, but damnit, I want to spend the day with you. Do you want to spend the day with me? And answer me honestly."

When she met his gaze, she had the feeling she was a hostile witness being cross-examined by a ruthless attorney and sworn to an oath of truth. Discounting all her petty resentments, Rachel knew what her answer was.

"Yes." She reluctantly forced it out. "Do you always ask such leading questions?"

Some of the hardness went out of his features with the easing of an inner tension. There was even the glint of a smile around his eyes.

"A good lawyer will always lead the conversation

in the direction he wants it to go, whether in contract negotiations or court testimony," he admitted. "Unfortunately you objected to the way I was leading."

"But my objection was eventually overruled," Rachel murmured, relenting now that the outcome was known and she had a clearer understanding of why it had happened.

"And you aren't going to appeal the decision?" His mouth quirked.

"Would you listen?" Her voice was falling to a whisper. She wasn't even sure if she knew what they were talking about as his mouth came closer and closer.

It brushed over her tender lips, gently at first, then with increasing warmth until he was sensually absorbing them. His tongue traced their swollen outline and licked away the soreness. Rachel twisted in the seat and arched closer to him, sliding her hands around his neck and spreading her fingers into his hair.

The quarters of the car were too restricting, forcing positions that were too awkward. Breathing heavily, Gard pulled away from her to sit back in the seat. He sent her a dryly amused look.

"It's impossible but every time I get into this with you, the surroundings go from bad to worse," he declared. "Last time it was the dubious comfort of a single bed. Now it's a car seat."

Her laughter was soft; the fire he had ignited was still glowing warm inside her. As he started the car's motor she settled into her own seat.

"You never did tell me where we're going," she

reminded him after he had pulled onto the road again.

"Believe it or not"—he turned his head to slide her a look—"I'm taking you to paradise."

"Promises, promises," Rachel teased with a mock sigh.

"You'll see," Gard murmured complacently.

When she looked out the window, she was amazed to notice how clear and bright the sky was. The steep mountains were verdantly green and lush. Below, the ocean rolled against them in blue waves capped with white foam. Afterward her gaze was drawn back to a silent study of Gard. There were flaws, but none that really mattered.

Chapter Eight

They followed the paved road for several more twisting miles before Gard turned onto a short dirt road that led to a parking lot. Rachel read the sign, proclaiming the place as Chico's Paradise.

"I told you I was taking you to paradise," he reminded her as he braked the car to a stop alongside another.

"What is it?" Rachel climbed out of the parked car. The ground seemed to fall away in front of it, but she could see the roof of a building below . . . several buildings loosely connected, as it turned out. "A restaurant?"

"Among other things," Gard said, being deliberately close-mouthed when he joined her.

Absently Rachel noticed that he was carrying her beach bag, but since they were high in the mountains and some distance from the ocean, she presumed he had brought it rather than leave it in the car where it might possibly be stolen. The lush foliage grew densely around the entrance path, leading down to the buildings. It was barely wide enough for two people to walk abreast.

Gard took her hand and led the way. The first adobe building they passed housed a gift and souvenir shop. Then the path widened into a small courtyard with a fountain and a statue of a naked boy. To the right a woman was making flour tortillas in an open shed area.

It appeared to Rachel that the path dead-ended into an open-air restaurant, but Gard led her through it to a series of stone steps that went down. There was a tangling riot of red bushes that looked to be some relation to the poinciana.

A second later she caught the sound of tumbling, rushing water. She looked in the direction of it. Through the flame-red leaves she saw the cascading waterfall tumbling over stone beds and creating varying levels of rock pools. When she turned her widened eyes to Gard, he was smiling.

"I told you I was taking you to paradise," he murmured softly and offered her the beach bag. "The changing rooms are down here if you want to slip into your swimsuit."

A second invitation wasn't required as she took the beach bag from him and skimmed the top of the steps as she hurried to the small adobe building. When she returned, wearing her lavender swimsuit, Gard had already stripped down to his swimming trunks. He used her beach bag to store his clothes.

Rushing water had worn the huge gray boulders smooth and gouged out holes to make placid pools while the musical cascade of water continued on its way down to the sea. A dozen people were already enjoying the idyllic setting, most of them sunbathing on the warm stone.

"Watch your step," Gard warned when the crudely fashioned steps ended and they had to traverse the massive boulders.

Luckily Rachel had put on her deck shoes. The ridged soles gave her traction to travel over the uneven contours of the huge stones, part of the mountain's core that had been exposed by centuries of carving water. Once they were at the rushing stream's level, Gard turned upstream.

There was no formal path, no easy way to walk along the water's course. Moving singly, they edged around a two-story boulder, flattened against its sheer face with a narrow lip offering toeholds. They passed the main waterfall, where the stream spilled twenty feet into a large, deep pool, and continued upstream. It seemed to require the agility of a mountain goat, climbing and jumping from one stone to another. Sometimes they were forced to leave the stream to circle a standing rock.

No one else had ventured as far as they did, settling for the easy access of the rock pool at the base of the waterfall and the lower-level pools that weren't so difficult to reach. Rachel paused to catch her breath and looked back to see how far they'd come.

The open-air restaurant with its roof of thatched palm leaves sat on the bluff overlooking the main waterfall. Tropical plants crowded around it. At this distance the brilliant scarlet color predominated, looking like clusters of thousands of red flowers.

Almost an equal distance ahead of Rachel she could see a narrow rope bridge crossing the stream. On the other side of the stream there was a knoll where a long adobe house sat in the shade of spreading trees. A large tan dog slept on a patch of cool earth, and from somewhere close by a donkey brayed. But always in the background was the quiet tumble of water on its downward rush to the sea.

"Tired?" Gard's low voice touched her.

"No." Rachel turned, an inner glow lighting her eyes as she met his gaze. "Fascinated."

He passed her a look of understanding and swung back around to lead the way again. "I found a place." The words came over his shoulder as Rachel fell in behind him.

Between two boulders there was a narrow opening and the glistening surface of a mirror-smooth pool just beyond it. Gard squeezed through the opening and disappeared behind one of the boulders. Rachel ventured forward cautiously. From what little she could see of the rock pool, it was walled in by high, sheer stones.

But there was a narrow ledge to the right of the opening that skirted the pool for about four feet. At that point it curved onto another boulder lying on its side, forming a natural deck for the swimming hole. It was secluded and private, guarded by the high rocks surrounding it. Gard stood on the long, relatively flat stones and waited for her to join him.

"Well? Was it worth the walk?" There was a

knowing glitter in his eyes when she traversed the last few feet to stand beside him.

"I don't know if I'd call it a 'walk.'" Rachel said, questioning his description of their short trek. "But it was worth it."

His finger hooked under her chin and tipped her head up so he could drop a light kiss on her lips. His lidded gaze continued to study them with disturbing interest, causing a little leap of excitement within Rachel.

"Get your shoes off and let's go for a swim." His low suggestion was at odds with the body signals he was giving, but it seemed wiser to listen to his voice.

"Okay," she breathed out.

While he kicked off his canvas loafers, Rachel sat down on the sun-warmed stone to untie her shoelaces. When both shoes were removed, his hand was there to pull Rachel to her feet. Gard held onto the boulder as he led her down its gentle slope to the pool's edge.

"Is it deep?" She didn't want to dive in without knowing and tentatively stuck a toe in the water to test the temperature. She jerked it back. "The water's cold."

"No," Gard corrected. "The sun is hot, and the water is only warm." His hand tightened its grip on hers and urged her forward. "Come on. Let's jump in."

"Hmm." The negative sound came from her throat as she resisted the pressure of his hand. "You jump in," she said and started to sit down to ease herself slowly into the cool water. "I prefer the gradual shock."

"Oh, no." With a pull of his hand he forced her upright, then scooped her wiggling and protesting body into his arms.

The instant Rachel realized that there was no hope of struggling free, she wrapped her arms around his neck and hung on. "Gard, don't." Her words were halfway between a plea and an empty threat.

There was a complacent gleam in his dark eyes as he looked down at her, cradled in his arms. An awareness curled through her for the sensation of her body curved against the solidness of his naked chest and the hard strength of his flexed arm muscles imprinted on her back and the underside of her legs. It tightened her stomach muscles and closed a hand on her lungs.

Gard sensed the change in her reaction to the moment. A look of intimacy stole into his eyes, too, as his gaze roamed possessively over her face. His body heat seemed to radiate over her skin, warming her flesh the way his look was igniting her desire.

"I'm not going to let you back away this time." His low voice vibrated huskily over her, the comment an obvious reference to the way she had backed away from making love to him. "Sooner or later you're going to have to take the plunge."

"I know," Rachel whispered, because she felt the inevitability of it. At some time or another it had stopped being a question of whether it was what she wanted and become instead when she wanted it to happen.

A smile edged the corners of his mouth. "Damn you for knowing"—his look was alive, gleaming with a mixture of desire and wickedness—"and still putting me through this."

Rachel started to smile, but it froze into place as he suddenly heaved her away from his body. Her hands lost their hold on his neck. For a second there was the sensation of being suspended in air, followed by the shock of cool water encapsulating her body.

Something else hit the water close by her as Rachel kicked for the surface where light glittered. She emerged with a sputtering gasp for air and pushed the black screen of wet hair away from her face and eyes. There was no sign of Gard on the stone bank.

Treading water, Rachel pivoted in a circle to locate him, realizing that he must have dived into the pool after he'd thrown her in. He was behind her, only a couple of yards away. Laughter glinted in his expression.

"It wasn't so traumatic, was it?" mocked Gard.

"A little warning would have been nice," she retorted. "Maybe then I wouldn't have swallowed half the pool."

Now that she'd gotten over the shock, the water seemed pleasantly warm and refreshing. Striking out together, they explored the boundaries of their quiet pool, discovering a small cave hollowed into five feet of solid stone. Its floor was underwater, and the ceiling was too low to allow them to stand inside it.

They stayed in the rock pool for more than an hour, swimming, sometimes floating and talking, sometimes diving to explore the clear depths. Gard climbed out first and helped Rachel onto the stone slab, made slick by the water dripping from their bodies.

Although there were towels in her beach bag, neither made use of them. Instead they sprawled contentedly on the sun-warmed rock and let the afternoon air dry them naturally. Her body felt loose and relaxed as she sat and combed her fingers through the wet tangle of her black hair. She felt tired and exhilarated all at the same time. When she leaned back and braced herself with her hands, she gave a little toss of her head to shake away the wet strands clinging to her neck. It scattered a shower of water droplets onto Gard.

"Hey!" he protested mildly. "You're getting me all wet."

"Look who's complaining about a little water," Rachel mocked him playfully. "You're the same man who threw me into that pool an hour ago."

"That's different." He smiled lazily and raised up on an elbow alongside her.

"That's what I thought." She shifted into a reclining position supported by her elbows. "You can dish it out, but you can't take it."

"It depends on what's being served," Gard corrected and sent an intimating look over her curving figure, outlined by her wet and clinging bathing suit. She felt a response flaring within at his caressing look, but it was wiped from his expression when his gaze returned to her face, a dark brow lifting. "Which reminds me—we never did get around to having lunch."

"That's true. I'd forgotten." Food had been the farthest thing from her mind.

"Are you hungry?"

Rachel had to think about it. "No," she finally decided. "But considering how much I've eaten since I've been on the cruise, I don't think my stomach knows it didn't have lunch today." And she had tried to make a practice of skipping lunch so she wouldn't find herself overeating, but it seemed only fair to put the question to him. "How about you? Are you hungry?"

Her lavender swimsuit was held in place by straps tied around her neck. One wet end was lying on the ridge of her shoulder. Taking his time to answer her question, Gard reached over and picked up the strap, studying it idly as he held it between his fingers.

"Don't you know by now, Rachel"—his voice was lowered to a husky pitch, then his darkening gaze swung slowly to her face—"that I'm starving. I don't know about you, but it's been one helluva long time between meals for me."

When he leaned toward her, Rachel began to sink back onto the stone to lie flat, her hands free to take him into her arms as he came to her. His mouth settled onto her lips with hungry need, the weight of his body moving onto her.

She slid her hands around his broad shoulders, melting under the consuming fire of his kiss. The hard skin of his ropey shoulders was warm and wet to the touch, sensual in its male strength and alive in its silken heat. There was a stir and a rush of blood through her veins; the beat of her heart lifted.

His fingers hadn't lost their hold on the end of her bathing suit strap. In an abstract way Rachel felt the slow, steady pull that untied the wet bow and relieved the pressure behind her neck. But it was the taste of him, driving full into her mouth, that dominated her senses and pushed all other sensation into secondary interest. It was the hot wetness of his mouth, the tang of tobacco on his tongue, and the salty texture of his skin that she savored.

Her hand curled its fingers into the damp, satin strands of his russet hair and pressed at the back of his head to deepen the kiss so she could absorb more of him. Soon it ceased to matter as his mouth grazed roughly over her features, murmuring her name and mixing it in with love words. There followed near delirious moments when Rachel strained to return the rain of kisses, her lips and the tip of her tongue rushing over the hard angles of his cheekbone and jaw.

Then Gard was burying his face in the curve of her neck, nuzzling her skin and taking little love bites out of the sensitive ridge of her shoulder. His tugging fingers pulled down the front of her bathing suit, freeing her breasts from the confining, elasticized material of her suit. Behind her closed eyes Rachel could see the golden fire of the sun, but when his hand caressed the ripe fullness of a breast, that radiant heat seemed to blaze within her. She was hot all over, atremble with the desires shuddering through her.

She dug her fingers into the hard flesh of his shoulders as his mouth took a slow, wandering route to the erotically erect nipple. He circled it with the tormenting tip of his tongue. Rachel arched her body in raw need, driving her shoulders onto the unyielding rock slab and feeling none of the pain, only the soaring pleasure of his devouring mouth. A building pressure throbbed within her, an ache in her loins that couldn't be satisfied by the roaming excitement of his skillful hand.

Sounds came from somewhere, striking a wrong chord in the rhapsody of the moment, only beginning to build to its crescendo. Rachel tried to isolate it from the beating of her heart and the sibilant whispers of her sawing breath.

The discordant sounds were voices—high-pitched, laughing voices. She moaned in angry protest and heard Gard swear under his breath. The weight of his body pressed more heavily onto her as if to deny the intrusion while each tried to will it away. But the voices were becoming clearer, signaling the approach of someone.

When Gard rolled from her, he caught her hands and pulled her up to sit in front of him. His broad chest and shoulders acted as a shield to conceal her seminudity in case anyone had come close enough to see them. He struggled to control the roughness of his breathing while the unbanked fires in his eyes were drawn to the swollen ripeness of her breasts and their state of high arousal.

"It sounds like we have a bunch of adventurous teenagers exploring the cascade," he said as Rachel fumbled with the straps of her suit and pulled the bodice into place.

In her passion-drugged state she lacked coordination. There was a languid weakness in her limbs and a heaviness in her eyelids. None of the inner throbbings had been satisfied, and the ache of wanting was still with her.

Gard looked in no better shape when she finally met his eyes. One side of his mouth lifted in a dryly commiserating smile. She found herself smiling back with a hint of bemusement.

"So much for the appetizer course, hmm?" he murmured and pushed to his feet. "Since our little paradise is being invaded, do you want to head back?"

"We might as well," Rachel agreed and reached for her shoes.

On the way back they passed a family with four adolescents determined to travel as far upstream as they could go. When they reached the adobe buildings on the bluff, Rachel didn't bother to change out of her swimming suit into her clothes. It had long since dried. She simply put on the lavender print cover-up she'd purchased instead.

"The ship isn't scheduled to sail from Puerto Vallarta until late this evening, and we still have a couple of hours of afternoon left," Gard said as the car accelerated out of the parking lot onto the paved road. "Is there anyplace you'd like to go?"

"No, I don't think so." Rachel settled back into the seat, that unsatisfied inner tension not allowing her to completely relax. "Besides, I'd rather not go anywhere when I look such a mess."

She'd had a glimpse of herself in the mirror. Her ebony hair was a black snarl of waving curls, damply defying any style, and most of her makeup had been washed off during the swim.

"You look good to me," he insisted with a sliding glance that was warm with approval.

"I'm told if you're hungry enough, anything looks good," she retorted dryly, a teasing glow in her smoky eyes.

A low chuckle came from his throat but he made no reponse.

There was an easy silence in the car during the long ride back to town on the twisting, coastal road, each of them privately occupied with their own thoughts. When they reached the port terminal, Gard left the car in a lot and together they walked to the ship's gangway.

"Found her, did you?" The officer on duty smiled when he recognized Gard with Rachel.

"I certainly did." There was a lightly possessive hand on her waist as he guided her onto the gangway.

After the glare and the heat of the Mexican sun, the ship seemed cool and dark when Rachel entered it, until her eyes adjusted to the change of light. Instead of taking the stairs, Gard pushed the elevator button.

"We've done enough walking and climbing for one day," he explained while they waited for it to descend to their deck. "Why don't you come to my cabin? We'll have a drink, and maybe have the steward bring us a snack."

"I'd like that," Rachel agreed. "But why don't I meet you there in half an hour? That will give me time to freshen up and change into something decent."

"Okay. It will probably take me that long to turn

the car into the rental agency." The elevator doors swished open and Gard stepped to the side, allowing Rachel to enter first. "But when you change, I'd rather you put on something 'indecent,'" he added with an engaging half-grin.

It was a little more than half an hour before Rachel knocked at the door of his cabin. With the magic of a blow-dryer and a styling brush, she had fixed her midnight-black hair into a loose and becoming style. Her simple cotton shift was grape colored, trimmed with white ribbing, and cinched at the waist with a wide white belt. Her nerves were leaping and jumping like wildfire when the door opened.

Gard's features were composed in almost stern lines, a flicker of raw impatience in the dry brown look that swept her. Before she could offer a word of greeting, he was reaching for her hand and pulling her inside to close the door.

Rachel was taken by surprise when his mouth rolled onto her lips in a hot and moist kiss. She swayed into him, feeling his hands grip her shoulders with caressing force. When he lifted his head, he had taken her breath as well as the kiss.

"What kept you?" The demand was in his eyes, but Gard tried to inject a careless note into his voice. "I was beginning to think you were going to stand me up."

"It took me longer to get ready than I thought." When his eyes ran over her and darkened with approval, Rachel was glad about the extra time she'd spent.

With the tip of his finger he located the metal pull

of the hidden zipper down the front and drew it down another four inches, so the neckline gaped to show her full cleavage. The sensation licked through her veins like heat lightning. A pleased satisfaction lay dark and disturbing in his half-closed eyes.

"Now it's closer to being indecent," he murmured in soft mockery, then swung away from her to walk to the drink cabinet in the corner. "I promised you a drink. What will you have? Gin and tonic?"

"Yes." She was absurdly pleased that he remembered what she usually ordered.

While Gard fixed a drink for each of them, Rachel took the opportunity to study him unobserved. The backlight of the bar made the hard, smooth contours of his handsome features stand out in sharp relief. During that brief but exhilarating kiss she had caught the spicy scent of fresh aftershave on his skin. The cleanness of his jaw and cheek seemed to verify that he'd taken time to shave before she'd arrived. Her gaze openly admired his male body, so trimly built yet so muscular. Just looking at him was a heady stimulation all its own.

When he turned with the drinks, Rachel pretended an interest in the large sitting room, not quite ready to let him see what was in her mind. "The room seems much larger without so many people in it," she remarked idly, recalling how small and crowded it had seemed at the cocktail party he'd given.

"It does," he agreed and handed her the glass of

gin and tonic water. He raised his glass in a sem-
blance of a silent toast and carried it to his mouth,
sipping at it and looking at her over the rim, quietly
assessing and measuring. "It seems we've done this
before—only last time you didn't accept the drink I
offered," he said, tipping his head down as he
watched the glass he lowered, then flicking a look at
her through the screen of his lashes.

"Yes, the night I discovered you in my cabin,"
she recalled, aware of the suddenly thready run of
her pulse.

"At that point it was *our* cabin." A glint of
amusement shimmered in his eyes, then faded.
Again some inner impatience turned him away from
her. "I'll call the steward and find out what he can
offer us in the way of a snack. Is there anything
special you'd like?" Gard took a step toward the
phone.

"I can't think of anything." She held the glass in
both hands, the ice cubes transmitting some coolness to her moist palms.

That impatience became more pronounced as he
stopped abruptly and swung around to face her.
"It's no good, Rachel. I'm not interested in eating
anything—unless it's you." The probing intensity of
his dark gaze searched her face, hotly disturbing
her. "You know why I asked you to my cabin. Now
I want to know why you came."

The weighty silence didn't last long, but when
Rachel finally spoke, her voice throbbed on a husky
pitch, too emotionally charged to sound calm.

"For the same reason you asked me—because I
wanted to pick up where we left off at the rock

pool." But something went wrong with her certainty when she saw the unmasked flare of dark desire in his expression. As Gard took a step toward her a rush of anxiety made her half-turn away from him.

He immediately came to a halt. "What's wrong, Rachel?" It was a low, insistent demand.

Her throat worked convulsively, trying to give voice to her fears. She turned her head to look at him and forced out a nervous laugh. "I'm afraid," she admitted while trying to make light of it.

"Afraid of what?" His forehead became creased with a puzzled frown while his narrowed gaze continued to search out her face.

"I guess I'm afraid that it won't be as wonderful as I think it will," Rachel explained with a wry smile.

"Of all the—!" His stunned reaction was blatant evidence that he had expected some other explanation. The tension went out of him like an uncoiling spring. "My God, I thought it was something serious," he muttered under an expelling breath.

"I know it sounds silly—" she began.

"No, it isn't silly." In two long strides Gard was at her side, taking the glass out of her hands and setting it on a table. Then he lifted Rachel off her feet and cradled her against his chest. "It's beautiful," he said huskily as he looked down at her.

When he carried her to the bedroom door, he was so much the image of the conquering male that Rachel couldn't help smiling a little. Yet the thought was soon lost in the thrilling rush of anticipation sweeping through her veins.

Once inside the room Gard let her feet settle onto

the floor, his gaze never leaving her face, locking with her eyes in a disturbing fashion. Conscious of the tripping rhythm of her pulse, she slowly dragged her gaze from his face to glance at the double bed that occupied the room.

"As soon as I saw that," Gard murmured, following her glance, "I knew I'd much rather share this cabin with you than the one we were both assigned to originally."

A comment wasn't required. Any thought of one flew away at the touch of his fingers on the front zipper of her dress. While he opened it, Rachel unfastened the belt around her waist and let it fall somewhere to the side. Gard undressed her slowly, taking her in with his eyes.

Moments later they were lying naked on the soft comfort of the double bed, facing each other. His hand made a leisurely trace of the soft, flowing lines of her breast, stomach, and hips while her fingertips made their own intimate search of his hard male contours as they loved with their eyes.

As his hand shifted to the small of her back, he applied slight pressure to gently arch her toward him. With a beginning point on her shoulder he trailed a rough pattern of nibbling kisses to the base of her throat. Rachel quivered with the wondrous sensations dancing over her skin.

"It doesn't bother me, Rachel, that I'm not the first man to love you," Gard murmured thickly into the curve of her neck. "But I'm damned well going to be the last."

Her heart seemed to leap into her throat, releasing the admission that she'd been telling him in everything but words. "I love you, Gard," she whispered achingly and turned her head to meet the lips seeking hers.

In a relatively short period of time it became apparent to Rachel that she had not underestimated how wonderful it would be in his arms. His hands and his mouth searched out every pleasure point on her body, discovering everything that excited her.

The union of their flesh came after they had become intimately familiar with each other. Nothing existed but pleasing the other, moving in rhythmic harmony, the tempo gradually increasing. It was a glorious spiraling ascent that exploded in a golden shower of sensation, unequaled in its blazing brilliance.

Chapter Nine

With her head pillowed comfortably in the hollow of Gard's shoulder, Rachel dreamily watched the lazy trail of smoke rising from his cigarette. The bedsheet was drawn up around their hips, cool against their skin. The contentment she felt was almost a feline purring. She had no desire to move for a thousand years.

"Well?" His voice rumbled under her ear. "No comment?"

Reluctant to move, she finally tipped her head back to send him a vaguely confused glance. "About what?"

His hooded eyes looked down at her. "Did you worry for nothing?"

A sudden smile touched the corners of her mouth as Rachel realized what he was talking about. She

had long ago abandoned the conern that her expectations were too high. Her head came down again.

"You know I enjoyed it," she murmured, being
deliberately casual.

"Enjoyed it?" Gard taunted her mockingly. "You
only *enjoyed* it? I must be losing my touch."

Her laughter was a soft sound. "Was I supposed
to say I was devastated?"

"Something like that," he agreed, this time with
the humor obvious in his voice, teasing her.

There was a small lull during which Gard took a
last drag on his cigarette and ground out the butt in
the ashtray on the stand by the bed. In that short
interim Rachel's thoughts had taken her down a
serious and thoughtful path.

"You know that I loved Mac," she mused aloud,
sharing her thoughts with Gard. "A part of me
always will. There were times, just recently, when I
wondered if I would ever care so strongly for a man
again. I never guessed I would love anyone like
this—so totally, so—" She broke off the sentence,
not finding the words to adequately express how
very much she loved him.

"Don't stop," Gard chided. "Tell me more."

"You're already too conceited," Rachel accused.

"You think so?" He shifted his position, turning
onto his side and taking away his shoulder as her
pillow. His hand caressed her jaw and cheek as he
faced her. "If I am, it's because you've made me so
damned happy."

Leaning to her, he kissed her with long, drugging
force. When it was over, it just added to the overall

155

glow she felt. Her gray eyes were as soft as velvet as she gazed at him, happy and warm inside.

"Do you realize they're serving dinner, and neither one of us has had anything to eat all day?" she reminded him reluctantly, loathe to leave the bed.

"Yes," Gard said on a heavy sigh, then smiled crookedly. "But I can't say that I like the idea of sitting across the table from nosy Helen and her husband." Rachel made a little face of agreement. "I'd rather keep you all to myself. Why don't we have dinner in the cabin?"

"I'd much prefer that," she agreed huskily.

"As a matter of fact," he went further with the thought, "I can't think of any reason to leave this cabin for the next two days, until the ship puts in at Acapulco."

"I can think of one," Rachel smiled. "All my things are in my cabin. I won't have anything to wear."

"I know," he murmured with a complacently amused gleam in his eye. "It would be terrible if you had to lounge around the cabin stark naked for two days."

The thought brought a little shiver of wicked excitement. "I'm sure you'd hate that," she retorted with a playfully accusing look.

"Like a poor man hates money," Gard mocked. "But—since I don't like to share my toothbrush, I'll let you fetch some of your things tomorrow."

"Thank you," Rachel murmured with false docility.

"In the meantime"—he flipped the sheet aside

and swung out of the bed—"I'll see if I can't get the steward to rustle us up something to eat."

Rachel lay in bed a minute longer, watching him pull on his pants before walking out to the sitting room to phone. With a reluctant sigh she climbed out of bed and made use of his bathroom to wash and freshen up.

When she returned to the bedroom, instead of putting on her grape-colored shift, Rachel picked up his shirt. Its long tails reached nearly to her knees and the shoulder seams fell three inches below the point of her shoulders. The smell of him clung to the material and she hugged it tightly around her, then began to roll up the long sleeves.

There were sounds of his moving about in the sitting room. Rachel walked to the door and posed provocatively in its frame. Gard was standing in the far corner of the room by the drink cabinet.

"How do you like my robe?" she asked, drawing the rake of his glance.

"Nice." But the look in his eyes was more eloquent with approval. "I told you that you didn't need clothes."

She laughed softly and came gliding silently across the room in her bare feet to watch while he finished mixing them fresh drinks. In truth, she couldn't remember the last time she'd been so happy—or even when she'd ever been this happy. She gazed at him, so sure of her love. If she ever lost him, she thought she'd die. The possibility suddenly brought a run of stark terror to her eyes.

"Dinner is on its way, so I thought we'd have

those drinks we never got around to having." He capped the bottle of tonic water and turned to hand Rachel her glass. An alertness flared in his eyes at her stricken expression. "What's the matter?"

"Nothing. I—" She started to shake her head in a vague denial, but the fear that gripped her wouldn't go away. She looked back at him. "I just have this feeling that . . . I'd better grab at all the happiness I can today. Tomorrow it might not be here."

A searing gentleness came into his features. He put an arm around her and brought her close against him, as if reassuring her of the hard vitality of his body. His head was bent close to her downcast face.

"Rachel, I'm not your . . . I'm not Mac." He corrected himself in mid-sentence, making it seem significant that he hadn't said "your husband" as he had been about to say. "Nothing's going to happen."

"I know." She stared at the scattering of silken-fine hairs on his chest, but the tightness in her throat didn't ease.

He tucked a finger under her chin and forced it up. "Do you always worry so much?" he teased to lighten her mood.

"No."

When he kissed her, she almost forgot that odd feeling, but it stayed in the back of her mind throughout the evening. It lent an urgency to her lovemaking when they went to bed that night. While Gard slept, she lay awake for a long time with the heat of his body warming her skin. In the darkness the feeling came back. It seemed like a premonition of some unknown trouble to come. Try as she might, Rachel couldn't shake it off.

Stirring, Rachel struggled against the drugged feeling and forced her sleep-heavy eyes to open. A shaft of sunlight was coming through the drawn curtains and laying a narrow beam on the paneled wall. There was an instant of unfamiliarity with her surroundings until she remembered that she was in Gard's cabin. Her head turned on the pillow, but the bed was empty. Unreasoning alarm shot through her, driving out the heavy thickness of unrestful sleep.

She bolted from the bed, dragging the sheet with her and wrapping it around her nude body, her hand clutching it together above a breast. She rushed to the sitting room door and pulled it open. Before she'd taken a full step inside, she halted at the sight of Hank Scarborough standing next to Gard.

Both men had turned to look when the door had been yanked open. Hank had been twirling his hat on the end of his finger, but he stopped when he saw Rachel in the door with the sheet swaddled around her. Self-consciously she lifted a hand to push at the sleep-tangle of her hair, knowing that Hank had a crystal-clear picture of the situation. Rachel hitched the sheet a little higher.

"Good morning." She broke the silence.

"Being an officer and a gentleman, I should keep my mouth shut," Hank declared with a wry shake of his head. "But if I were Gard, I'd be thinking it's a helluva good morning. And I hope I haven't embarrassed you by saying so."

"You haven't." In fact, his frankness had relaxed her. "I shouldn't have come barging in like this, but I didn't know anyone was here."

"Did you want something?" Gard asked, then slid a quick aside to his friend. "And you're right about the kind of morning it is."

"No, I—" She couldn't comfortably admit that she'd been worried that something had happened when she hadn't found Gard in bed with her—not with Hank standing there. "I just wondered what time it is."

"It's nearly ten o'clock," Gard told her.

"That late?" Her eyes widened.

"You were sleeping so soundly, I didn't have the heart to wake you," he said. "I'll order some coffee and juice."

"All right," Rachel agreed, still slightly stunned that she had slept so late. Her glance darted to Hank. "Excuse me. I think I'd better get cleaned up."

"You've missed breakfast, but we're lying off the Las Hardas Hotel," Hank informed her. "You'll be able to get breakfast at the hotel."

"Thank you." She cast him a quick smile, then moved out of the doorway and closed the door.

Her clothes were draped across a chair in the room. After she had untangled herself from the length of the sheet, Rachel hurriedly dressed. For the time being she had to be satisfied with combing her hair, because all her makeup was in her own cabin, but at least she looked presentable.

Hank had left when she returned to the sitting room. Within seconds she found herself in Gard's arms, receiving the good morning kiss he hadn't given her earlier. His stroking hands rubbed over her body when he finally drew his mouth from her clinging lips. The premonition that had troubled her so much the night before was gone, chased away by the deep glow from his searing kiss.

"You shouldn't have let me sleep so late," Rachel murmured while her fingers busied themselves in a womanly gesture of straightening the collar of his shirt.

"If Hank hadn't shown up, I planned on doing just that," Gard replied. "Although I probably would have crawled back in bed with you to do it."

"Now you tell me." She laughed and eased out of his arms. "When is the coffee coming?"

"Anytime. Why?"

"I thought I'd run down to my cabin and pick up a few things—like my toothbrush," Rachel explained, already moving toward the door.

"Don't take too long," Gard warned. "Or I'll send out a search party to find you."

Rachel had no intention of making a project of it, but even hurrying and packing only the few items she absolutely needed, plus a change of clothes, took her more than a quarter of an hour. When she returned to Gard's cabin, she had to knock twice before he came to the door.

A puzzled frown drew her eyebrows together as he opened it and immediately walked away. She had a brief glimpse of his cold and preoccupied expression.

"How come you took so long to come to the door?" she asked curiously as she quickly followed him into the room. "Is something wrong?"

"I'm on the phone to California." There was a harshness in his voice that chilled her.

Her steps slowed as she watched him walk to the phone and pick up the receiver he'd left lying on the table. A tray with cups and juice was sitting on the long coffee table in front of the sofa. Rachel changed her direction and walked over to it, sitting down so she could observe Gard.

There was very little she could piece together from his side of the conversation, but it was his body language she studied. His head was bent low in an attitude of intense interest. He kept rubbing his forehead and raking his fingers through his hair as if he didn't like what he was hearing. There was a tautness in every line.

That odd feeling began to come back, growing stronger. She poured coffee from the tall pot into a cup and sipped at it. It seemed tasteless. She folded both hands around the cup, as if needing to absorb its warmth to ward off some chill.

The phone was hung up, but his hand stayed on the receiver, gripping it tightly until his knuckles showed white. He seemed to have forgotten she was in the room.

"What is it, Gard?" Rachel asked quietly.

He stirred, seeming to rouse himself out of the dark reverie of his thoughts, and threw her a cold glance. "An emergency." He clipped out the answer and pulled his hand from the phone to comb it through his hair again.

"Is it serious?" she asked when he didn't volunteer more.

"Yes." Again his response was grudgingly given, but this time there was more forthcoming. "Bud— one of the partners in my law firm—was killed in a car accident on the freeway last night."

Even as he spoke the words, Rachel could see that he was trying to reject the truth of them. Quickly she crossed the room and gathered him into her arms. She understood that combination of shock and pain and hurt anger. His arms circled her in a crushing vise as he buried his face in the blackness of her hair.

"Damnit, he had three kids and a wife," he muttered hoarsely.

For long minutes she simply held on to him, knowing that there was no more comfort than that to give. Finally she felt the hard shudder that went through his body, and the accompanying struggle for control as he pulled his arms from around her and gripped her shoulders.

"Look . . ." His gaze remained downcast as he searched to pull his thoughts together. "I'm going to have to see if I can't catch a flight out of Manzanillo back to Los Angeles. Would you mind throwing my things into the suitcases?"

"I'll do it." She nodded with an outward show of calm, but inside there was a clawing panic. Last night she had worried about losing him. Today he was leaving her. They wouldn't have those two more days on the ship as he had talked about. It couldn't be over—not so quickly—not like this.

163

"Thanks." Gard flashed her a relieved glance and turned to pick up the phone.

Rachel bit at the inside of her lip, then boldly suggested, "Would you like me to fly back with you?"

"No." As if realizing that his rejection was slightly abrupt, Gard softened it with an explanation. "There's nothing you can do, but I appreciate the offer. It's going to be chaotic for a few days, both personally and professionally." He dialed a number and waited while it rang. "Did you say you were staying in Acapulco for a few days?"

"I was, but—I think I'll fly straight back on Saturday." She didn't look forward to those idle days in the Mexican resort city now that she knew Gard would be in Los Angeles.

"Write down your address and phone number so I can call you later next week," he said, then turned away as the party answered the phone on the other end.

While he was busy making inquiries about airline schedules and reservations, Rachel took a pen and notepad from a desk drawer and printed out her name, address, and the telephone numbers at both her home and the office. She slipped it onto the table in front of Gard. He glanced at it and nodded an acknowledgment to her, continuing his conversation without a break.

A feeling of helplessness welled inside her, but there were still his suitcases to be packed. She went into the bedroom they had shared for only one night and took his suitcases from the closet and began to fill them with his clothes.

Half an hour later she was shutting and locking the last suitcase when Gard walked into the bedroom. The troubled, preoccupied expression on his features was briefly replaced with a glance of surprise at the packed suitcases on the bed.

"Are they ready to go?" he asked.

"Everything's all packed," she assured him.

"The steward's on his way." He looked at his watch. "There's an opening on a flight leaving Manzanillo in an hour and a half. If I'm lucky, I'll be able to make it and my connecting flight to Los Angeles."

As she noticed the slip of paper in his hand with her address and phone numbers marked on it, Gard folded it and slipped it into his shirt pocket. There was a knock, followed by the steward entering the cabin.

There were no more moments of privacy left to them as Gard called the steward in to take the luggage. Then they were all trooping out of the cabin and down to the lower deck to take the tender ashore.

As the collection of white block buildings tumbling down the steep sides of the mountain to the bay came closer, Rachel was conscious of the sparkling white beauty of the place, contrasted with the dark red tile roofs. Flowering bushes spilled over the sides of white balconies in scarlet profusion. But she couldn't bring herself to appreciate its aesthetic beauty. She was too conscious of Gard's thigh pressed along hers as they rode on the tender to the yacht harbor.

There was no conversation between them when

they reached shore. Rachel offered to help carry one of his suitcases, but Gard refused and signaled to a hotel employee when they reached the large, landscaped pool area with its bars and dining terraces.

At the hotel lobby Gard finally stopped his hurried pace and turned to her. "I'll catch a cab to the airport from here. There's no need for you to make that ride."

"I don't mind," she insisted, because it was just that many more minutes to spend with him.

"But I do. We'll say good-bye here so I won't have to think about you making the ride back from the airport alone," he stated.

"Okay." She lowered her gaze and tried to keep her composure under control.

"I've got your address and phone number, don't I?" There was an uncertain frown on his forehead as he began to feel in his pockets.

"It's in your shirt pocket," she assured him.

"It'll probably be the middle of the week before things settle back to normal . . . if they ever will." It was an almost cynically bitter phrase he threw on at the last, showing how deeply this loss was cutting into his life.

"I understand," she murmured, but she wanted to be with him.

"Rachel." His hand moved roughly into her hair, cupping her head and holding it while he crushed her lips under his mouth. She slid her hands around his middle, spreading them across his back and pressing herself against the hard outline of his thighs

166

and hips. The ache inside was a raw and painful thing, an emotional tearing that ripped at her heart.

The tears were very close when Gard dragged his mouth from hers. Rachel rested her head against his shoulder and blinked to keep them at bay. She didn't want to cry in front of him. She had never considered herself to be a weak and clinging female, but she didn't want to let him go.

It didn't seem to matter how much she tried to rationalize away this vague fear. Gard wasn't leaving her because it was what he wanted to do. There was an emergency. He had to go. Shutting her eyes for a moment, she felt the light pressure of his mouth moving over her hair.

"This is a helluva way to end our cruise," Gard sighed heavily and lifted his head, taking her by the shoulders and setting her a few inches away from him. For a moment she was the focus of his thoughts, and she could see the darkness of regret in his eyes. "We were running out of time and didn't know it."

"There will be other times," Rachel said because she needed a reassurance of that from him. There was a pooling darkness to her gray eyes, but she managed to keep back the tears and show him a calmly composed expression.

"Yes." The reassurance was absently made as Gard glanced over his shoulder to see the bellman loading his luggage into a taxi. "I'm sorry, Rachel. I have to catch that plane."

"I know." She walked with him out to the taxi, parked under the hotel's covered entrance.

There was one very brief, last kiss, a hard pressure making a fleeting impact on her lips, then Gard was striding to the open door of the taxi, passing a tip to the bellman before folding his long frame into the rear seat of the taxi.

"I'll call you," he said with a hurried wave of his hand as he shut the door.

The promise was too indefinite. She wanted to demand something more precise, a fixed time and place when he would call. Instead Rachel nodded and called, "Have a good flight!"

As the cab pulled away Gard leaned forward to say something to the driver. Rachel watched the taxi until it disappeared. If Gard looked back, she didn't see him. She had the feeling that he'd already forgotten her, his thoughts overtaken by the problems and sorrows awaiting him when he reached Los Angeles.

She turned slowly, walked back through the lobby, and descended to a dining terrace on the lower level. Out in the bay the *Pacific Princess* sat at anchor, sleek and impressive in size even at this distance. With the reflection of sun and water, the ship gleamed blue-white.

For the last six days that ship had been home to her. Its world seemed more real to her than the one in Los Angeles. The emptiness swelled within her because she was here in this world and Gard was flying to the other. But he'd call her.

Aboard ship again, Rachel was surprised to discover how many passengers knew her until she had to begin to field their inquiries about Gard. Their comments and questions varied, some expressing genuine concern and some merely being nosy.

"Where's your husband? We haven't seen him this evening," was the most common in the beginning. Then it became, "We heard there was a family emergency and your husband had to fly home. We hope it isn't serious." Only rarely was Rachel queried about her continued presence on the ship. "How come you didn't leave with him? Couldn't you get a seat on the flight?"

But there was an end to them the next day when the ship reached its destination port of Acapulco and Rachel was able to change her reservations and fly home sooner than she had originally planned.

Chapter Ten

The buzz of the intercom phone on her desk
snapped Rachel sharply out of her absent reverie.
She was supposed to be reading through the stack of
letters in front of her and affixing her signature to
them, but the pile had only been depleted by three.
Instead of reading the rest, she had been staring off
into space.

Nothing seemed to receive her undivided attention anymore except the ring of the telephone. Each
time it rang, at home or at the office, her heart
would give a little leap, and every time she answered it, she thought this time it would be Gard.

For the last two weeks she'd lived on that hope
and little else. She couldn't eat; she couldn't sleep;
she was a basket case of emotions, ready to cry at
the drop of a hat. Rachel was beginning to realize
that this state of affairs couldn't continue. She had

to resolve the matter once and for all and stop living on the edge of her nerves.

There was another impatient buzz of the intercom. No light was blinking to indicate that a phone call was being held on the line for her. Rachel picked up the receiver.

"Yes, Sally, what is it?" she asked her secretary with grudging patience.

"Fan Kemper is here to see you," came the answer. "She says she's taking you to lunch."

After a second's hesitation Rachel simply replied, "Send her in."

Before she had returned the receiver to its cradle, the door to her private office was opened and Fan came sweeping in, exuding energy and bright efficiency. A smile beamed from her friend's face, but there was a critical look in her assessing glance.

"Sorry, Fan, but I can't have lunch with you today," Rachel said and began to write her signature on the letters she should have already signed.

"I know I'm not down on your appointment book, but I thought I'd steal you away from the office." Fan crossed to the desk, undeterred by the refusal. "I've only seen you once since you came back from the cruise—and every time I phone you, we never talk more than five minutes because you're expecting some 'important call.'"

"I had a lot of catching up to do when I came back." It was a vague explanation, accompanied by an equally vague smile in her friend's direction.

"You look awful," Fan announced.

"Thanks." Rachel laughed without amusement.

"You're lucky you got some sun on that cruise.

Without the tan those circles under your eyes would really be noticeable." Fan pulled a side chair closer to the desk and sat in it, leaning forward in an attitude that invited confidence. "You might as well tell me, Rachel. Hasn't he called?"

The "he" was Gard, of course. When she had returned from vacation and seen the Kempers, Rachel had mentioned him. Fan, being Fan, had read through the lines and knew instinctively that the relationship hadn't been as casual as Rachel had tried to imply.

"No, he hasn't called," she admitted, grimly concealing the hurt.

"It's possible he lost your number," Fan reasoned. "And unless he knows your company is called the Country House, he won't be able to find you, since your home number is unlisted."

"I know."

During the last two weeks she'd had countless arguments with herself. She'd come up with all sorts of reasons to explain why Gard hadn't called her as he'd promised, but she could never forget the possibility that he wasn't interested in seeing her again.

True, he'd said a lot of things to lead her to believe otherwise. But men often said things in the heat of passion that meant nothing on reexamination. Pride insisted it had just been a holiday affair, intense while it lasted, but best forgotten by her.

"Rachel, how long are you going to eat your heart out over him before you do something about it?" Fan wanted to know.

"About twenty more minutes," Rachel replied calmly with a glance at her watch.

"What?" Fan sat up straight and blinked at her.

There was a dry curve to Rachel's mouth as she met her friend's puzzled gaze. "That's why I can't go to lunch with you. I'm going to his office this afternoon." She had looked up his name in the telephone directory so many times that she knew his address and phone number by heart. "I have to know where I stand once and for all."

Fan leaned back in her chair and released a sighing breath of satisfaction. "I'm so glad to hear you say that. Would you like me to come with you and lend a little moral support?"

"No. I have to do this on my own," Rachel stated.

"Have you called?" Fan wondered. "Did you make an appointment to see him?"

"No. I thought about it," she admitted. "But if he doesn't want to see me anymore, I didn't want to be pawned off by his secretary or have some impersonal conversation with him on the phone. When I talk to him, I want to be able to see his face." She slashed her name across the last letter. "So I'm just going over to his office and take the chance that he'll be in."

"If he isn't?" Fan studied her with gentle sympathy.

"I don't know." Rachel sighed heavily. "Then I guess it's back to square one."

"John knows him—or at least they've met before," Fan reminded her. "I could always have him come up with some excuse to call him and mention in passing that you are one of John's clients—use the name coincidence that started this whole thing. At least John could find out what his reaction is."

"Thanks." She appreciated her friend's offer to help, but she didn't feel it was right to have them solve her problems. "I'd rather do this without involving you and John."

"If you change your mind, just tell me," Fan insisted, standing up to leave. "And you'd better call me later, because I'll be the one sitting by the phone on pins and needles."

"I will," Rachel promised with a more natural smile curving her mouth and watched her friend leave, spending an idle minute reminding herself how lucky she was to have a friend like Fan Kemper.

At half past one that afternoon Rachel stood outside the entrance to the suite of offices in the posh Wilshire Boulevard address and had cause to wish for the moral support Fan had offered. Her knees felt shaky and her stomach was emptily churning.

The elaborately carved set of double doors presented a formidable barrier to be breached. On the wall beside them there was a rich-looking plaque with brass letters spelling out MACKINLEY, BROWN & THOMPSON, ATTORNEYS-AT-LAW.

A cowardly part of her wanted to turn and walk away, so she could believe a little longer in the variety of excuses she had made to herself on Gard's behalf. Squaring her shoulders, Rachel breathed a deep, steadying breath and reached for a tall brass doorgrip. The door swung silently open under the pull of her hand and she stepped onto the plush pile carpeting of the reception area.

The young girl at the switchboard looked up when she entered and smiled politely. "May I help you?"

"I'd like to see Mr. MacKinley—Mr. Gardner MacKinley," Rachel clarified her answer in case there was more than one MacKinley in the firm.

"Is he expecting you?" the girl inquired.

"No, he isn't, but I need to see him." Which was the truth.

As she punched a set of interoffice numbers, she asked, "What name shall I give him?"

Rachel hesitated, then replied, using her maiden name, "Miss Hendrix." She'd rather he didn't know who she was until he saw her.

She listened while the girl relayed the information. "Yes, Mr. MacKinley, this is Cindy at the reception desk. There's a Miss Hendrix here to see you. She doesn't have an appointment but she says she needs to speak with you." Rachel held her breath during the pause. "I'll tell her. Thank you." The girl pushed another button to end the connection and looked at Rachel with another polite smile. "He's tied up at the moment, but he expects to be free shortly. If you'd care to have a seat, you're welcome to wait."

"Thank you." It was one more hurdle cleared, but the tension increased as Rachel walked over to sit in one of the leather-covered armchairs against a paneled wall.

Three wide hallways led in separate directions from the reception area. Rachel had no idea which one led to Gard's office. Her chair was positioned beside the opening to one of them and provided her a view of the other two. Her heart was thumping in her chest, louder than the clock ticking on the wall. She watched the clicking rotation of the second hand, then realized that would not make the time pass more quickly. She picked up a magazine lying on a walnut table and nervously began to flip through it.

The cords in her neck were knotted with tension and her nerves were stretched raw. Tremors of apprehension were attacking her insides, adding to the overall strain. From the hallway behind her she caught the sound of a woman's low voice, indifferent to the words until a man's voice responded and the man was Gard. Recognition of his voice splintered through her, nearly driving her out of the chair so she could face the sound of his approaching voice.

Through sheer self-control Rachel forced herself to remain seated. The instant he appeared in her side vision, her gaze slid to his familiar form. His mahogany dark hair and muscularly tapered build were exactly the same as she remembered.

She hardly paid any attention at all to the woman he was walking to the door with until she noticed that Gard had his arm around her. Rachel took another look at the woman, feeling her heart being squeezed by jealous pain, and saw how young and wholesomely attractive she was with her gleaming chestnut hair and adoring brown eyes.

Gard's back was to her when he stopped by the door, giving Rachel a clearer view of the woman who had his hand on her waist. In her numbed state it took her a minute to realize the pair were talking. She wanted to cry out when she heard what Gard was saying.

"I'll come over to your place for dinner tonight, then afterward I'm taking you to the Schubert Theater. I pulled some strings and got tickets for tonight's performance. I know you've been wanting to see the play."

"I have," the woman admitted, then bit at her lip and frowned. "What do you think I should wear?"

Gard had taken hold of the woman's hand and was now raising it to his mouth, pressing a warm kiss on the top of it while he eyed her. "A smile," he suggested.

"And nothing else, I suppose." The woman laughed. "Advice like that could get a girl in trouble." She leaned up and kissed him lightly. "I'll see you tonight."

"I'll come early, so pour me a scotch about six o'clock." He pushed open the door and held it for her while she walked through.

Pain was shattering Rachel's heart into a thousand pieces, immobolizing her. Raw anguish clouded her gray eyes, which couldn't tear their gaze from him. When Gard turned away from the door, his idle glance encountered that look.

His dark eyes narrowed in frowning astonishment before a smile began to spread across his features.

"Rachel." There was rough warmth in the way he said her name, then he took a step toward her.

It was too much to see that light darkening his eyes when not a moment before he had been flirting with another woman. Rage followed hot on the heels of her pain. She had wanted to know where she stood with him and now she knew—in line!

Rachel pushed out of the chair and aimed for the door, intent on only one thing—leaving before she made a complete fool of herself. But Gard moved quickly into her path and caught hold of her shoulders.

"What are you doing here?" He held on when she tried to twist out of his grasp, pushing at his arms with her hands.

"I came to find out why you hadn't called," she admitted with bitter anger that slid into sarcasm. "I saw the reason."

"What are you talking about?" he demanded, giving her a hard shake when she continued to struggle.

A glaze of tears was stinging her eyes. She glared through it at the angry and impatient expression chiseled on his features.

"I don't care to take up any more of your valuable time," she flashed bitterly. "I'm sure you have a lot to do before you can keep your dinner engagement tonight."

As understanding dawned in his eyes; they darkened with exasperation. "It isn't what you're thinking. Brenda is Bud's wife, the partner I just lost. She's lonely and needs company."

"Especially at night," Rachel suggested, untouched by his explanation. "Consoling widows must be your specialty."

She nearly succeeded in wrenching free of his hands, but he caught her again and turned her around, half pushing and half carrying her along with him as he headed for the hallway by her chair. The receptionist was watching them with wide-eyed wonder, a silent and curious observer of the virulent scene being played out before her.

"You are going to listen to my explanation whether you like it or not," Gard informed her in an angrily low voice as he marched her past a secretarial pool and a short row of offices.

"Well, I don't like it, and I'm not interested in hearing anything you have to say!" she hissed, conscious of the curious looks they were receiving. She stopped resisting him rather than draw more attention.

"That's too bad," he growled and pushed her into a large, executive-styled office with windows on two sides and a healthy collection of potted plants. "Because you're going to hear it anyway." The door was shut with a resounding click of the latch.

The minute he let go of her, Rachel moved to the center of the room and stopped short of the long oak desk. She was hurting inside and it showed in the wary gray of her eyes. When he came toward her, she stiffened noticeably. His mouth thinned into a grim line and he continued by her to the desk. He picked up the phone and pushed a button.

"Tell Carol to come in and give me a report on her progress so far," Gard instructed and hung up.

Turning, he leaned against the desk and rested a

hip on the edge of it. His level gaze continued to bore into Rachel as he folded his arms and waited silently. Long seconds later there was a light rap on the door.

"Come in." He lifted his voice, granting permission to enter.

A young brunette, obviously Carol, walked in with a pen and notepad in her hand. Her glance darted to Rachel, then swung apprehensively to her employer.

"I'm sorry, but I still haven't been able to locate her," she began her report with an apology. "A couple of people have recognized the name as someone in the business, but they couldn't refer me to anyone. I'm almost through the L's in the Yellow Pages. I never realized there were so many furniture stores in the metropolitan area of Los Angeles."

It was Rachel's turn to stare at Gard, searching his face to make sure she was placing the right meaning on all this. A look of hard satisfaction mixed with the anger smoldering in his eyes.

"Thank you, Carol," he said to the young girl. "You don't have to make any more calls."

"Sir?" She looked worried that he was taking the task from her because she hadn't made any progress.

"Since you've spent so much time on this, I thought you should meet Rachel MacKinley." Gard gestured to indicate Rachel.

"You found her!" Her sudden smile of surprise was also partly relief.

"Yes." He let the girl's assumption stand for the time being while his gaze remained on Rachel. "By the way, Rachel, would you mind telling Carol the name of your furniture company?"

It was suddenly very difficult to speak. Her throat was all tight with emotion. It was obvious that Gard had been looking for her, but she still had some doubts about what that meant.

"The Country House." She supplied the name in a voice that was taut and husky.

"The T's." The girl shook her head in faint amazement.

"Thank you, Carol. That will be all." Gard dismissed the girl. There was another long silence while she exited the private office. "Now do you believe that I've been trying to locate you?" he challenged when they were alone again.

"Yes." It seemed best to keep her answer simple and not jump to any more conclusions.

"I jotted my flight schedules on the back of the slip of paper you gave me with your address and phone numbers on it. It was late when I arrived back in L.A. I didn't pay close attention to what was in my shirt pockets when I emptied them. All I saw were the flight schedules on the paper. I didn't need them anymore, so I threw the paper away. It wasn't until a couple of days later when I was looking for your phone number that I realized what had happened. By then my cleaning lady had already been in and emptied the wastebaskets."

The explanation was delivered in a calm, relatively flat voice. It was a statement of fact that told Rachel nothing about his feelings toward her. Nothing in his look or his attitude offered encouragement.

"I see," she murmured and lowered her gaze to the beige carpet, searching its thick threads as if they held a clue.

"Information informed me that you had a private, unlisted number, so that only left me with the fact that you owned a furniture company," Gard stated. "I pulled one of the junior typists out of the pool and had her start to phone all the stores listed under the furniture section of the Yellow Pages and ask for you."

"I thought it was possible that you had somehow lost my number," Rachel admitted slowly. "That's why I came by today."

"But you also thought it was possible that I didn't *intend* to call you," he accused.

There was a defiant lift of her chin as she met his unwavering gaze. "It was possible."

His chest expanded on a deep, almost angry breath that was heavily released. Gard looked away from her for an instant, then slid his glance back.

"I won't ask why you thought it was possible. I'm liable to lose my temper and break that pretty neck of yours," he muttered, his jaw tightly clenched. "Is it fair to say that you understand why I haven't called you before now?"

"Yes." Rachel nodded.

"Good." Unfolding his arms, he straightened from the desk. "Now, let's see if we can't clear up this matter about Brenda."

"I'd rather just forget it," she insisted, her breath running deep and agitated. "It's none of my business."

"To a point, you're absolutely right. And if you

hadn't insulted Brenda by the implication of your accusations against me, I wouldn't explain a damned thing to you," he informed her roughly. "She buried her husband last week. She puts up a good front, but she's hurting and lonely. Damnit, you should know the feeling! There are times when it helps her to have people around her who were close to Bud. He was my friend as well as my law partner."

"I'm sorry." Rachel felt bad about the thoughts she'd had when she'd seen Gard with that attractive woman—and the things she'd said, out of hurt, when he had explained who the woman was. "I jumped to the wrong conclusion."

"You couldn't have jumped to that conclusion if you hadn't already decided that I didn't care about seeing you again," he countered.

"I hadn't decided that," she denied.

"I'd forgotten," Gard eyed her lazily. "You were prepared to give me the benefit of reasonable doubt. That's why you came to see me, isn't it?"

"Something like that, yes!" Rachel snapped, not liking the feeling of being on the witness stand. "You could have lost my number and I had to know!"

"Yet you were also willing to believe that I had just been stringing you along during the cruise, and that I didn't have any feelings toward you."

"It was possible," she insisted. "How could I be sure what kind of man you are? I haven't known you that long."

"How long do you have to know someone before you can love them?" Gard demanded, coming over to stand in front of her. "Two weeks? Two months? Two years? I recall distinctly that you said you loved me. Didn't you mean it?"

"Yes." Reluctantly she pushed the angry word out.

"Then why is it so hard for you to accept that I love you?" he challenged.

She flashed him a resentful look. "Because you never said you did."

He stared at her for a long minute. "I must have said it at least a thousand times—every time I looked at you and touched you and held you." The insistence of his voice became intimately low.

"You never said it," Rachel repeated with considerably less force. "Not in so many words."

His eyes lightened with warm bemusement as a smile curved his lips. "Rachel, I love you," he said as if repeating it by rote. "There you have it 'in so many words.'"

It hurt almost as much for him to say the words without any feeling. She started to turn away. A low chuckle came from his throat as his arms went around her and gathered her into their tightening circle. She started to elude his mouth but it closed on her lips too quickly.

The persuasive ardor of his warm, possessive kiss melted away her stiffness. Her hands went around his neck as she let the urgency of loving him sweep through her. With wildly sweet certainty Rachel knew she had come home. She lived in the love he gave her, which completed her as a person the same way her love completed him.

"You crazy little fool," he muttered near her ear

while he kept her crushed in his arms. "I was half in love with you from the beginning. It didn't take much of a push to make me fall the rest of the way."

"You knew even then?" She pulled back a little to see his face because she found it incredible that he could have been so sure of his feelings almost from the start.

"Admit it," he chided her. "We were attracted to each other from the beginning. You saw me when I arrived, just the same way I noticed you sitting there outside the terminal."

"That's true," Rachel conceded.

"When you came strolling into what I thought was my cabin and claimed to be Mrs. Gardner MacKinley, I thought it was some practical joke of Hank's and he'd put you up to the charade. Despite your convincing talk about the reissued ticket, I still didn't believe you until you became so indignant at the thought of sharing the cabin with me. I could tell that wasn't an act."

"And I couldn't understand how you could take it all so lightly," she remembered.

"That's just about the time I started to tumble," Gard informed her, brushing his mouth over her cheek and temple as if he didn't want to break contact with her even to talk. "I was intrigued by the idea of sharing a cabin with you and fascinated by the thought that you were Mrs. Gardner MacKinley. I didn't even want to correct people when they mistook you for my wife."

"Neither did I," she admitted, laughing at the discovery that he'd felt the same.

"Remember the cocktail party?" He nibbled at

185

the edge of her lip while his hands tested the feel of her body arched to his length.

"Yes," she murmured.

"When I introduced you as Mrs. MacKinley, that's when I knew for certain that was who I wanted you to be—my wife. She was no longer some faceless woman I hadn't met. She was you—standing in the same room with me—and already possessing my name." He lifted his head about an inch above her lips. "Are you convinced now that I love you?"

"Yes." She was filled with the knowledge, its golden light spreading through every inch of her body.

"Then let's make it legal before something else separates us," he urged.

"I couldn't agree more."

"It's about time," he muttered and covered her mouth with a long kiss, not giving her a chance to worry about anything but loving him.

From the Bestselling Author of
Wild Willful Love &
Lovely Lying Lips

By Valerie Sherwood

the excitement lives on...

Lovesong, the first book in a tantalizing
new trilogy, is a sweeping tale of love and
betrayal. Set in Colonial Virginia, England, and the Spanish Main in the riotous
1680's here is historical romance at its very
best.

FREE

THE DAILEY NEWSLETTER

Would you like to know more
about Janet Dailey and her newest novels?
The Janet Dailey Newsletter is filled
with information about Janet's life, her
travels and appearances with her
husband Bill, and advance information on
her upcoming books—plus comments
from Janet's readers, and a personal letter
from Janet in each issue. The Janet
Dailey Newsletter will be sent to you <u>free</u>.
Just fill out and mail the coupon
below. If you're already a subscriber,
send in the coupon for a friend!

POCKET BOOKS

The Janet Dailey Newsletter
Pocket Books
Dept. JDN
1230 Avenue of the Americas
New York, N.Y. 10020

Please send me Janet Dailey's Newsletter.

NAME_____

ADDRESS_____

CITY_____STATE_____ZIP_____

651

Jacques Lanzmann, romancier et journaliste, est l'auteur de plus de trente ouvrages dont *Le Rat d'Amérique*, *Le Têtard*, *La Baleine blanche*, *Le Lama bleu*, *Le Dieu des papillons* et *La Horde d'or*.

Sandra...

JACQUES LANZMANN

Le Raja

RAMSAY

Pour Florence

Denpasar, Bali
novembre 1994

Le Charpraie, Indre-et-Loire
juillet 1995

Chapitre 1

L'ombre

Il s'appelle Timor. De taille moyenne, plutôt fluet, le regard vif et accrocheur, il ne fait pas ses quatre-vingt-huit ans. L'éternel sourire posé sur les lèvres minces masque les souffrances endurées, pour ne présenter qu'un visage lisse. En réalité personne ne sait vraiment qui est ce Timor ni d'où il tient ce prénom hindou, ce nom franco-flamand. Peut-être a-t-il pour ancêtre paternel le célèbre mathématicien géographe qui dressa au XVIe siècle la première carte du monde à l'usage des navigateurs ? Peut-être était-il apparenté à Martial Wandevelle qui dirigea le comptoir français de la Compagnie des Indes dans les années trente. Mais pourquoi se souviendrait-on d'un marchand d'épices et de soieries revenu préci-pitamment de Pondichéry en 1940, pour mourir quelques mois plus tard sur une départementale de la Beauce ?

L'Hispano-Suiza s'était fait mitrailler par un avia-teur allemand qui alignait tout ce qui bougeait sur la route. Il y avait peut-être trois cents camions, autant d'automobiles et de charrettes. Le faucheur s'y était repris à plusieurs fois, mais la première avait été la plus meurtrière. Après, tandis que le stuka amorçait son virage, les gens s'étaient disséminés, qui sous les véhicules, qui dans les champs.

Timor et Sarna en sortirent indemnes. On enterra
Martial au prochain village, un bourg de la Beauce.
Le cimetière en était tout retourné. A la douzième
inhumation, les croque-morts laissèrent tomber leur
pelle et allèrent se désaltérer. Assoiffé, le curé les
suivit. Timor et Sarna s'attablèrent à leur tour en
compagnie des autres familles. Chacun paya sa tour-
née. Réconfortés par le quinquina, certains reprirent
le chemin de l'exode. D'autres, celui du cimetière.
Timor interrogea Sarna du regard. Comme elle souriait, il la prit par le bras et l'aida à sortir du bistrot.
A cinquante-deux ans, elle avait encore dans l'œil un
soupçon de nuit de Chine. Beauté à peine fanée, on
admirait toujours son port de princesse, sa démarche souple et ample de fille des îles.

En Beauce comme à Paris, on la prenait pour une
Indochinoise. Les Français ramenaient tout à leurs
colonies. Le monde s'arrêtait aux frontières de
l'Empire.

Ce jour-là, les villageois s'interrogèrent. Non seulement les étrangers ne pleuraient pas leur proche, à
croire que sa mort les laissait indifférents, mais
encore l'ineffable sourire qu'ils affichaient semblait
insulter toutes les victimes de l'épouvantable carnage. Il y avait aussi cet air supérieur, ce détache-
ment qu'ils manifestaient ostensiblement. Etaient-ils
mari et femme, amant et maîtresse ? Peut-être se
réjouissaient-ils tout simplement d'avoir perdu leur
compagnon ? C'étaient des gens sans âge, comme
tous les Asiatiques. A trente-deux ans, Timor en faisait moitié moins, ou moitié plus. Comment, dès
lors, pouvait-on imaginer qu'il s'agissait du fils et de
la mère ?

Ils étaient allés cueillir des fleurs dans un pré envi-
ronnant. Des fleurs, d'accord, mais pourquoi des herbes, des trèfles ? Pourquoi des feuilles, des épis de
blé vert ? Pourquoi l'ortie et le chardon ? Pourquoi le
pissenlit et la menthe ? Pourquoi cette pêche parta-
gée en quatre ? Ces merises à la queue tressée ? Ils

avaient joliment arrangé le tout sur une litière de chaume avant de remonter la rue du village et étaient entrés ainsi au cimetière sans se départir de ce ravissement figé qui éclairait leurs yeux. Là, ils avaient déposé leur offrande autour de la tombe fraîche. Ils avaient remué un peu la terre, un peu les lèvres. Personne n'avait entendu ce qu'ils psalmodiaient. Personne n'avait vu ce qu'ils avaient fait de cette poignée de terre. Nul ne les revit jamais. Dans son tourbillon de malheur, la guerre effaça les gestes. Et les fosses furent recouvertes par d'autres fosses.

Un demi-siècle plus tard, on ne sait toujours rien de Timor Wandevelle, sinon qu'il habite un quatre-pièces, rue des Généraux. Il est d'ailleurs le dernier occupant des lieux convoités par un marchand de biens qui projette de transformer le spacieux immeuble XVIIᵉ en mini-studios. Jusqu'alors, la Sogym tablait sur la mort naturelle de cette espèce d'élégant métèque vêtu d'une saharienne de soie noire, aussi seyante qu'élimée. Ces restes auguraient d'un passé assez fastueux. Il avait été une époque, avant la guerre, où l'on s'était demandé de quoi vivait le personnage. On avait essayé de comprendre, questionné les voisins, la concierge. Jamais de visite. Jamais de lettre. L'appartement était resté vide de 1939 à 1946, année du retour de Timor. On ignorait d'où il revenait. Peut-être d'Amérique ? Peut-être des camps ? Etait-il triste ? Etait-il heureux ? Avait-il vécu l'enfer ou un petit bonheur tranquille ? Le visage ne laissait rien paraître de tragique. Les joues étaient pourtant plus creuses, la peau un peu plus parcheminée, la démarche un peu moins allante. Certains s'étonnèrent de ne pas voir Sarna mais, au lendemain de la guerre, il manquait tant de gens à l'appel que l'on n'insista pas davantage.

Aujourd'hui, plus personne ne s'interroge. La plupart des anciens voisins ne sont plus de ce monde.

Les autres ont émigré vers la campagne. Il n'y a que Jean-Claude Lorrain, le patron de la Sogym, pour s'intéresser vraiment à cet original qui refuse de céder son appartement. Toutes les propositions ont été rejetées, y compris de le reloger dans un immeuble d'égal standing. On lui a fait miroiter le pactole, un gros paquet d'argent de la main à la main. On a aussi suggéré la maison de retraite dorée, un cinq étoiles présidentiel, quelque chose comme l'Elysée d'avant la mort, un espace de délices où se repose l'âme des vertueux et des justes.

Timor a résisté aux tracasseries de toute sorte : coupures d'eau et d'électricité, menaces, agressions dans les escaliers. Deux de ses fenêtres ont même été murées avant que ne débutent les travaux de réfection. Des sacs de plâtre, des camions de peinture, des échelles encombrent l'entrée et le palier. Timor n'en semble pas affecté outre mesure. Qu'importe cette persécution mesquine ! Des ouvriers — mais étaient-ce vraiment des ouvriers ? — sont entrés chez lui en son absence. Ils ont saccagé l'autel élevé à Shanghyang Widi, l'Etre suprême, et pissé sur les offrandes qui ornaient la divinité. Les orchidées, le riz, les mangues ont été souillés et piétinés, à croire qu'un typhon avait dévasté la pièce.

Comme tous les vieux, Timor a planifié ses manies et ses tics, organisé sa vie autour de quelques idées fixes. Son obsession consiste à garder l'anonymat. Il souhaite disparaître avec son secret et enterrer celui-ci une fois pour toutes. D'ailleurs, qui le prendrait au sérieux ? Il s'en était ouvert pour la dernière fois en août 1945 peu après la libération des îles Mariannes par les Américains. Déporté à Saipan par les Japonais, il croyait enfin venue l'heure de son accomplissement spirituel. En réalité les Américains avaient autre chose à faire que vérifier l'identité de cet être dépenaillé. On l'avait tout de même transféré à Guam, qui fumait encore de toutes les bombes déversées et des incendies de jungle allumés au lance-flammes. Toute l'île sentait la chair grillée. On disait que les singes de la forêt, prisonniers du brasier géant, cramaient jusqu'au dernier, mais le mensonge ne trompait personne. En vérité, c'était tout un régiment japonais qui grillait au barbecue.

De l'hôpital militaire où on l'avait installé avec les autres rescapés du camp, Timor mesurait vraiment l'ampleur de cette guerre du Pacifique. Mais qu'en était-il de l'océan Indien ? Qu'était-il advenu de Bali ? Les Hollandais avaient-ils repoussé les envahisseurs nippons ? Finalement, comme il était de nationalité française, on avait expédié Timor à Pondichéry. Le destin avait voulu qu'il atterrît où Martial, son père adoptif, avait passé la plus grande partie de sa vie. Mais à Pondichéry, sur ce bout de terre français, comme dans toutes les Indes anglaises, le peuple s'intéressait beaucoup plus à un certain Gandhi qu'aux colonisateurs, quand bien même ceux-ci sortaient vainqueurs du deuxième conflit mondial. Timor ne s'était pas fait connaître des fonctionnaires qui administraient le comptoir. Il trouvait vain de se réclamer d'un père adoptif qui avait sauvé sa mère contre son gré. Sarna, la favorite du prince Alit, comme toutes les autres femmes de la cour, souhaitait l'immolation. Survivre au prince relevait du déshonneur. Il était doux de mourir d'amour. Plus dur de mourir de honte. Sarna baigna dans l'opprobre jusqu'à la fin de ses jours. Encore avait-elle tenté sa propre salvation en élevant secrètement son fils au rang suprême, en être exceptionnel, dont personne, là-bas, ne soupçonnait l'existence. Son retour, pensait-elle, ferait un jour l'effet d'une bombe. Tous les gamelans de l'île se mettraient à battre tambour, comme les jours d'Odalan, lorsque l'on célèbre la consécration d'un temple et que se presse la foule avide de purification et de réjouissances.

Sarna avait été arrachée à la mort peu avant que

l'ensemble du pury ne se précipite au-devant des Hollandais. Elle aurait souhaité se préparer au sacrifice vêtue de son plus somptueux sari afin d'atteindre le monde de l'au-delà sous sa meilleure apparence. Le kriss prêt à frapper, elle aurait entamé la danse de l'amerta qui symbolise la délivrance de toute souffrance.

Martial, l'amant d'une nuit, en avait décidé autrement. Audacieux, il avait précipité son cheval sur elle. Cueillie par la taille, elle s'était retrouvée contre la poitrine de l'homme blanc. Elle ne savait si elle l'aimait ou si elle le haïssait. Il la serrait à lui faire mal, l'empêchant de se débattre.

Ensuite, il y avait eu une galopade effrénée, des clameurs sauvages, des crépitements de mitraille auxquels répondaient les lancinantes percussions des gamelans déchaînés. Le monde entier résonnait comme le cœur emballé de l'alezan qui l'entraînait. Bientôt, elle n'avait plus rien entendu que les sabots de la monture qui frappaient les digues craquelées des rizières. Derrière elle la terre s'écroulait. Devant, les choses viraient au flou et s'assombrissaient étrangement. Le noir finissait par l'envahir. Alors, elle avait perdu connaissance.

Timor se nourrit d'œufs, de riz et de fruits. C'est un vieil homme sec et frugal. Une fois pour toutes il a réglé ses journées selon un emploi du temps absolument invariable. Il n'y a chez lui aucune part d'improvisation, ce qui n'exclut pas quelques fantaisies. Mais peut-on encore qualifier de fantaisie la répétition implacable d'un certain nombre d'actes insolites qui viennent ponctuer le déroulement de la vie quotidienne ?

Timor se couche avec la nuit et se lève avec le jour. En cela, il est animal de la jungle. La nuit est son terrier, sa tanière. Le jour est son espace contemplatif, son terrain de chasse et de vague à l'âme.

L'été, il sort à cinq heures, quand Paris, encore secoué du cauchemar des autres, s'éveille aux bruits familiers. L'hiver, il est dehors à huit heures, et emprunte de son pas usé l'itinéraire immuable. Il traîne un peu derrière les écoliers aux lèvres tachées de chocolat qui convergent vers la rue Saint-Benoît, puis il bifurque vers la rue de Beaune. L'été, elle est déserte. Il aime s'arrêter devant les rideaux de fer baissés. C'est comme s'il voyait au travers. Il connaît l'emplacement de chaque objet, son origine, sa provenance, son prix. Cela fait quarante-huit ans qu'il s'exerce à ce petit jeu. En un demi-siècle, il a vu bien des vitrines modifiées, bien des objets disparaître et même réapparaître. Lorsqu'ils sont pris à la gorge, les clients sont souvent obligés de revendre ce qu'ils ont acheté sur un coup de cœur.

L'hiver, Timor est emmitouflé dans une pelisse trop longue, col rabattu jusqu'aux oreilles, coiffé d'une chapka. On n'aperçoit du bonhomme que le nez. L'été, il prend son temps. Il s'accoude au parapet du pont Royal et jette discrètement à l'eau une de ces offrandes qu'il a confectionnées la veille. Lorsqu'il ne se désagrège pas dans sa chute, il regarde s'éloigner le petit bateau d'osier. Il y a harmonieusement piqué un choix de pétales selon un ordonnancement sacré. L'offrande n'est qu'une apparition éphémère destinée à embellir la vie immédiate. Elle est appelée à se décomposer, à flotter jusqu'à disparaître ou à s'éparpiller sur la rive, le sol. Elle peut aussi être repêchée, être détruite par une main iconoclaste, ou bien aller aux chiens. L'offrande n'est qu'un instant d'art, mieux, elle est l'art de l'instant. Le hasard la désigne aux innocents comme aux coupables. Elle est le reflet du regard de chacun. Et chacun en fait ce qu'il est lui-même. Pour les uns, elle est un fragment de pureté égarée. Pour les autres, elle n'est que souillure.

Qu'il soit encore rive gauche, ou déjà rive droite, sur le quai Malaquais abandonné des bouquinistes, ou dans l'allée des Tuileries qui mène au grand bassin, Timor jalonne son parcours de ces somptueux et dérisoires cadeaux voués à la brièveté d'un vol de libellule. Il en dispose sur les portes cochères, au pied des arbres, ou à même le trottoir. On s'arrête parfois pour les ramasser, les admirer, les sentir. Sous les pétales de rose et de lys, sous les sépales de l'œillet et de l'iris disposés en étoile, entre la corolle du liseron et le calice de la capucine artistiquement mêlés, viennent un brin de coriandre, une tige de sauge, une pelure de gingembre, une tranche de mangue, elle-même flanquée d'un litchi à peine décapuchonné. Monte alors aux narines de l'heureux voleur une envolée de subtiles saveurs. Bien peu de passants prennent la peine de se baisser. Quelques commerçants avisés font pourtant la cueillette matinale. Leurs boutiques deviennent temples. Eux-mêmes se métamorphosent peut-être en divinités ? Quelques concierges, également touchées par la grâce, combattront d'autant mieux les démons des étages qu'elles auront un éclat d'Orient dans l'œil. Pour les autres, les gens pressés, l'offrande ne sera qu'un détritus laissé par de distraits éboueurs. Ils la piétineront jusqu'au jus, jusqu'à l'anéantissement, jusqu'à la faire disparaître sous leurs semelles. Mais n'est-ce pas là justement le sort de toute chose éphémère ? Pourquoi devrions-nous préférer la fleur à l'asphalte, le parfum du fruit exotique à celui des gaz nocifs ? La vie est aussi faite de notre propre pourriture. Le nier ne serait pas convenable.

Par beau temps Timor confectionne ses drôles de cadeaux sur place. Les Tuileries abondent en feuillages, en papiers bonbon argentés ou dorés. Il reste assis des heures à fabriquer de petites merveilles, puis, satisfait du détail comme de l'ensemble, il les abandonne au pied d'un platane, sur un coin de pelouse, dans un rayon de soleil. C'est sa manière à lui de récompenser les esprits bénéfiques et d'amadouer les esprits malins. C'est sa façon de remercier les dieux d'avoir créé la vie, son art de communier avec la nature et de communiquer avec les êtres suprêmes qui dirigent le monde de l'au-delà.

Naturellement, toutes ces diableries irritent fort Jean-Claude Lorrain, PDG de la Sogym. Selon les ouvriers qui ont muré les fenêtres de l'appartement, une pièce entière serait consacrée à des rituels païens. Il y aurait des statues hideuses et grimaçantes dotées de plusieurs bras et jambes. Des horreurs ! D'après la concierge, qui n'est pourtant jamais montée parce qu'elle n'y a jamais été admise, l'appartement ne serait qu'un tas d'ordures, une sorte de décharge où brûleraient des cierges et des bâtonnets d'encens parmi les immondices. Pour sûr, ce monsieur Timor Wandevelle n'est pas un homme comme tout le monde. Depuis qu'elle occupe la loge, elle n'a pas reçu le moindre courrier à l'adresse du « Chinois ». Pas même un relevé bancaire, aucun avis de la Sécurité sociale. Vraiment, c'est à croire que le propriétaire du quatrième étage, inconnu de l'état civil, s'est volontairement exilé du monde. Comme elle s'en étonnait peu après son installation dans cette loge, il lui a déclaré tout sourire qu'il n'attendait rien de tangible ici-bas, car il vivait tout en haut, dans une sphère de spiritualité attentive. Timor avait eu la même réponse, le même sourire lorsque Jean-Claude Lorrain l'avait approché. Pour le marchand de biens qui était passé de la politesse obligée à la colère soudaine, il s'agissait plutôt de « folie et compagnie » que de « spiritualité attentive ». Tout cela n'était que foutaises, manifestations de démence sénile.

Quatre ans plus tard, Lorrain perd patience. Il avait tablé sur la maladie et la mort, mais le vieux paraissait increvable. Pas la moindre grippe, la plus petite bronchite. Rien non plus du côté de la prostate et du cœur.

L'indulgence a des limites que les banques ne manquent pas de rappeler. Acculé à la faillite par les échéances mensuelles et les mauvaises affaires inhérentes à la crise, le PDG de la Sogym a bien l'intention d'employer la manière forte. Il agit parfois ainsi avec les sans-famille récalcitrants. A son service, deux ou trois petits voyous payés au contrat. Ceux-ci sont spécialisés dans l'intimidation, mais ils peuvent avoir recours à des méthodes plus musclées, accident de la circulation, chute d'échafaudage, passage à tabac. Selon les cas et le montant du cachet, ils sont aussi capables de maquiller une agression à domicile en crime crapuleux. Mais Lorrain, qui est déjà dans le collimateur d'une association de défense des locataires, préconise une méthode intermédiaire : l'enlèvement pur et simple et la mise en maison de retraite. Il a dans sa manche l'un de ces établissements spécialisés en gériatrie du quatrième âge où bien peu de pensionnaires ont le loisir de faire de vieux os. Ça n'est l'affaire que de quelques mois. Pécuniairement, Lorrain s'y retrouve. Il est largement gagnant...

L'intervention s'est déroulée en pleine nuit et n'a duré que quelques minutes. Proprement chloroformé, Timor se réveille dans une chambre inconnue. Cela sent l'éther et l'urine, une odeur de morgue. Il n'est pas certain d'être encore vivant, pas sûr d'être déjà mort. Serait-il en chemin, immobilisé au milieu de la pente sans pouvoir ni la gravir ni la descendre ? Mais que fait-il là ? Pourquoi ces murs blancs, cette fenêtre à barreaux ? Il se frotte les yeux, parvient à se redresser. La tête est lourde, la nuque raide. Il regarde autour de lui. Rien ne le surprend et pourtant tout lui est étranger. Il n'y a que le grand vide blanc et anonyme, une antichambre où l'on doit attendre de solliciter la faveur de disparaître au plus vite. Aurait-il eu un accident ? Emergerait-il du coma ? Une ambulance l'aurait-elle transporté jusqu'ici ?

Il est incapable de faire le point. Encore moins de reconstituer le parcours. Tout s'arrête à vingt et une heures. Il s'était couché comme d'habitude à la tombée du jour. Il ne se souvient de rien d'autre, comme s'il était mort durant la nuit pour ressusciter dans cette espèce de vestibule glacial.

Timor se lève précautionneusement. Ses jambes le portent à peine. Il craint la chute, se retient aux montants du lit-cage. Il gagne la fenêtre en titubant. Elle donne sur un parc mal entretenu. Quelques arbres allongent leur ombre sinistre sur une maigre végétation jaunie. Des massifs plantés d'œillets d'Inde, parsemés d'herbes folles, ont mauvaise mine et se tiennent courbés, tout comme les personnages qui se traînent dans les allées. Teint blafard, ceux-ci se meuvent mécaniquement. Ils avancent au ralenti et se croisent sans s'adresser la parole. On marchait ainsi aux îles Mariannes dans le camp de concentration administré par les Japonais.

Timor sursaute. Aurait-il effectué un tel trajet, un tel retour sur lui-même en une seule nuit ? De ses yeux fatigués, il cherche le mirador, tente de repérer les guetteurs. Il distingue maintenant des sentinelles vêtues de blouses blanches. L'une d'elles se promène, mains derrière le dos. Une autre pousse le fauteuil roulant d'un infirme. Dehors il fait chaud, très chaud. C'est la canicule, mais Timor sent le froid l'envahir. Soudain son sang ne fait qu'un tour. Son cœur tressaille. A son âge pareille émotion pourrait lui être fatale. Alors Timor rassemble ses forces comme il le faisait au camp lorsque, épuisé, il voyait son âme quitter son corps. Il devait coûte que coûte courir derrière elle et la rattraper. La survie dépendait de cette chasse à l'âme. Nombreux étaient les amis qui échouaient et trépassaient faute de réussir la capture de leur esprit baladeur.

Timor se rue sur la porte capitonnée. Elle est fermée à clé, verrouillée, imprenable. Il cogne des deux poings, il appelle, se débat.

Arrive enfin une aide-soignante, plutôt une aide-saignante, tant son tablier est maculé. Elle est énorme, sans forme, tout en graisse. Elle repousse le vieillard d'une grosse main molle et gueule :

— Voyons, mon petit père, si c'est pour les toilettes, tu prends le pot et tu poses tes fesses dessus.

— Qui vous parle de toilettes ? Où suis-je ? Qui m'a amené ici ?

Elle paraît réellement surprise. Elle en devient polie.

— Qui vous a amené ici ? Mais votre petit-fils, monsieur !

— Mon petit-fils ? Mais je n'ai pas de petit-fils !

— Votre fils alors ?

— Mon fils ? Mais je n'ai pas de fils !

Prise de compassion, voici qu'elle le plaint :

— Mon pauvre monsieur, je crois que vous n'avez plus toute votre tête !

Il s'indigne :

— Ma tête est intacte, madame. Avec la mémoire, c'est même la seule chose qui m'appartienne encore. La seule chose à laquelle je puisse faire confiance dans les pires moments !

Elle réplique :

— Eh bien tant mieux car ici, voyez-vous, il y a trop de gens qui en manquent. Trop de gens qui ont pété les plombs. Trop de gens qui s'accrochent à moi comme si j'étais papa et maman. Ça ne me gêne pas de les aider à faire caca, mais je ne suis pas là pour les mettre au monde une seconde fois.

Elle attrape le nouveau pensionnaire par le bras et le pousse vers le lit.

— Voilà, bonhomme, on se calme, on est gentil, on va faire un gros dodo et ça ira mieux après !

Timor est scandalisé. On ne lui a jamais parlé de la sorte. Si certains le considèrent comme un original, personne encore ne l'a pris pour fou ou débile. Il enrage. Et la rage, chez lui, est une humeur inconnue, un sentiment rarement éprouvé. Il hésite, il tergiverse. Doit-il se dévoiler, révéler son secret ? Le prendra-t-on au sérieux ? Cela fait presque cinquante ans qu'il s'est tu. Un demi-siècle qu'il garde le silence. Les Japonais ont été les derniers à le croire. Et cela ne lui a guère porté chance...

Enfin autorisé à se rendre à Bali par la reine Wilhelmine, il était arrivé à Java avec sa mère. L'île était en plein chaos. Les Hollandais venaient d'évacuer Batavia. Ravagée par les incendies, La Nouvelle-Amsterdam brûlait par tous les bouts. Il n'y avait pas assez d'eau dans ses canaux pour éteindre les foyers géants. Plus assez de pompiers, de volontaires. Les Japonais savouraient leur victoire au large. Une fois la ville réduite en cendres, ils rentreraient en conquérants.

Ancré à quelques encablures de la flotte nippone, le paquebot qui amenait Sarna et Timor en Indonésie attendait la fin du pilonnage pour accoster. Les deux passagers de marque avaient embarqué à Lisbonne avec l'aval d'un haut diplomate hollandais en exil. Bali, qui allait de soulèvement en répression, était livrée à l'anarchie, si bien que le gouverneur de Java comme l'administrateur de l'île aux mille temples ne voyaient plus d'un mauvais œil cet héritier du trône princier leur tomber du ciel. Il était sans doute capable d'apaiser les passions nationalistes et de rassembler sous son nom et son aura tous les nostalgiques du raja Alit. Hélas, le sort en avait décidé autrement. Tandis que le fils d'Alit traversait les océans avec celle qui fut la favorite du légendaire prince, les Japonais débarquaient en force sur l'archipel indonésien.

Si près de son rêve, Sarna ne se résignait pas. Les Hollandais l'avaient suffisamment humiliée pour qu'elle pût les trahir sans le moindre remords.

A peine avait-elle débarqué à Java, alors que les docks de Batavia fumaient encore, dégageant une

suave odeur de cannelle et de clous de girofle torré-
fiés, qu'elle avait demandé audience à l'amiral
Kamarito. Sarna croyait rencontrer un homme raf-
finé et cultivé, au fait des traditions et des cultures
propres à son pays. N'avait-elle pas été reçue en
grande pompe à bord du *Nagasaki*, le navire amiral ?
On lui servit du thé vert et des gâteaux à la purée de
marrons.

Dédaignant ces mets de bonne femme, s'épon-
geant de serviettes chaudes parfumées au fruit du
jujubier, le pacha de la flotte nippone s'étourdissait
d'alcool de riz, un saké millésimé qu'il avalait au
goulot.

Tandis que Sarna, toute à son histoire, nourrissait
l'espoir d'être entendue, Timor, qui n'intervenait que
pour hocher la tête en signe d'acquiescement, se
faisait une mauvaise opinion de l'amiral. La rencontre tournait mal. Autrement dit, elle se retournait
contre eux. Sans prétendre percer à jour la pensée
du Japonais, il comprenait néanmoins que celui-ci
n'avait aucun intérêt à autoriser leur installation
dans l'île de Bali. D'ici quelques jours elle allait tomber entre ses mains comme étaient déjà tombées
Java, Sumatra, les Célèbes et Bornéo. La présence
d'un prince héritier n'était guère souhaitable car elle
risquait d'exacerber les sentiments nationalistes déjà
fort agissants dans la communauté hindouiste.
Timor voyait juste : les patriotes balinais auraient
sans doute resserré les rangs derrière lui pour mieux
organiser la résistance contre l'occupant.

L'amiral savait le courage et la détermination du
peuple. Il savait également qu'il était capable de se
précipiter dans la mort allègrement plutôt que de
subir le joug de l'envahisseur. Le sacrifice collectif
n'était-il pas une sorte de hara-kiri communautaire ?
Un suicide halluciné et hallucinant ? L'amiral comprenait le puputan mais ne pouvait l'admettre. Il
concevait le sacrifice d'un homme humilié ou désho-
noré, mais considérait celui d'une foule comme un

grand gâchis. A Bali comme ailleurs les Japonais avaient besoin de main-d'œuvre, besoin de paysans, besoin d'hommes à tout faire. L'amiral était hostile au fanatisme. En revanche, il lui faudrait bien affronter le massacre inévitable qu'entraînerait son prochain débarquement dans l'île des mille temples.

Timor a fait le tour de sa mémoire. Il hésite encore. Bizarrement cette grosse fille de salle lui rappelle l'amiral. Elle écoute mais n'en fait qu'à sa tête. Elle l'a remis au lit et a calé l'oreiller dans son dos :

— Voilà, mon pépère ! Et si tu as besoin d'uriner, tu prends le bassin dans la table de nuit. Pareil pour tes gros besoins, le pot de chambre est en dessous.

Timor est choqué. L'image lui paraît épouvantable. Pire que celle des latrines du camp où chacun se vidait sous l'effet de la dysenterie.

A bord du *Nagasaki* la discussion, brusquement, tourna court. Ils avaient été raccompagnés à terre par des fusiliers marins et tirés brutalement de la vedette. L'un des soldats avait entraîné Sarna derrière un bâtiment dévasté. Un autre avait poussé Timor dans un camion. Ni l'un ni l'autre ne devaient jamais se revoir.

De retour des camps, Timor s'était tu. Sa mère disparue, plus personne ne pouvait faire la preuve de ses origines divines. Il avait renoncé à ses prérogatives de prince pour une existence plus simple, plus humaine. A quoi bon passer pour un menteur, un mythomane ? Il avait tiré un trait sur ce flamboyant destin que Sarna lui avait si souvent promis. Il était rentré dans le rang, s'était glissé dans la foule, parmi les humbles. N'ayant jamais travaillé que son image d'aristocrate, jamais gagné d'autre argent que la rente laissée à Sarna par Martial, il vivotait depuis sa

libération grâce à une pension que lui allouait le
gouvernement japonais, au titre des dommages de
guerre. Il allait lui-même la chercher à l'ambassade.

Tandis que l'aide-soignante le borde avec quelque
attention qui confine peut-être à la gentillesse, Timor
se demande toujours comment il est arrivé dans cet
établissement et comment il va en sortir. Est-ce vraiment absurde de crier la vérité ? Ne doit-il pas tenter
de rompre ce long silence ? Qui sait, peut-être
l'entendra-t-on ? Les fous, comme les enfants, tou-
chent parfois le cœur des plus insensibles. Mais
peut-il encore faire semblant d'exister ? N'est-il pas
comme tout le monde ici dans l'attente d'une fin
annoncée et déjà planifiée ? Respectera-t-on ses dernières volontés ? Epargnera-t-on à sa dépouille
l'enterrement, la tombe, le goût âcre de la terre, le
relent écœurant de la résine du sapin ? Personne
pour se charger de la crémation. Prévenir le grand
prêtre. Réciter la prière de l'ultime délivrance.
Détruire le corps selon les rituels sacrés, de sorte
que l'âme libérée des tentations matérielles puisse
rejoindre, d'étape en étape, l'Etre suprême par les
chemins célestes qui mènent au paradis. Autant de
questions et de doutes qui glacent Timor d'effroi.
Chez lui, rue des Généraux, tout est en ordre. Tout
est préparé, consigné. En un rien de temps, le bonze
serait averti. N'a-t-il pas pris soin de déposer au
temple le prix de sa migration vers le cosmos ? Mais
qu'en est-il aujourd'hui de son domicile terrestre ?
Les démons ne sont-ils pas en train de casser les
murs ? N'ont-ils pas déjà mutilé la roue de l'existence ? La roue ne tourne plus, elle boite, comme sa
tête. Elle dévie de sa route. La voilà qui se jette par la
fenêtre, qui se projette dans l'espace, qui défonce les
murs, qui fonce sur lui. Tout à coup, il rejette les
draps et se dresse. Les yeux sont brillants, la gorge
enfin dénouée. Il hurle :

— Laissez-moi partir. Je suis Timor Alit, prince de Badung.

La grosse femme recule comme si elle était agressée, puis se reprend :

— Tout doux, pépère, tout doux. Répète-moi ça calmement !

Il répète :

— Je suis Timor Alit, prince de Badung, le seul rescapé du puputan de 1906.

— Toupoutane, poupoutane, c'est ça, mais oui, pépère, vous avez raison de crier. Ça fait du bien par où ça passe. Et puis, ici, vous pouvez dire toutes les conneries qui vous traversent la tête, parce que les murs n'ont pas d'oreilles.

Chez Timor la léthargie fait maintenant place à la détermination. Mais la voix est faible, presque inaudible. Il sait qu'il n'a guère de chances d'être écouté.

— Par pitié, madame, allez donc au 22, rue des Généraux. J'y habite. Il y a là mes papiers, des journaux, des articles, des photos. S'il vous plaît, il faut me croire. Je suis le raja de Badung. Badung, à Bali...

Elle gagne la porte en ricanant, puis se retourne :

— C'est ça, coco, tu es le prince de Bali et moi je suis Jeanne d'Arc. Ah, ma parole, on fait une drôle de paire tous les deux ! Allez, dors bien et fais de beaux rêves.

Chapitre 2

La lumière

En quatrième année de médecine, Xavier Romanet se destine davantage aux soins de l'âme qu'à ceux
du corps. Encore étudiant et sans grande expérience,
il remplace Beaumanière, le psychiatre de service
attaché à l'établissement.

Au mois d'août les patients demandent moins de
compétence. Ils se contentent d'une présence. Peu
importe la qualification s'il y a l'attention. Les grands
patrons, tout comme les médecins de quartier,
croient dur comme fer aux vertus des grandes vacances. On meurt davantage en août qu'en juin. C'est
ainsi et nul ne s'en préoccupe. Même les malades s'y
sont résignés. Plutôt que de refaire le monde, les
administrations concernées préfèrent fermer les
yeux sur ce genre de pratique. En août, les spécialis-
tes bien établis donnent leur chance aux carabins les
plus démunis. Normal : on n'hésite guère entre
Saint-Tropez ou Sainte-Anne, entre le bateau de plai-
sance ou la galère des urgences.

A vingt-quatre ans, Xavier Romanet doit impérati-
vement gagner sa vie. Aussi a-t-il renoncé à prendre
la route, comme chaque année, pour accepter ce
remplacement au pied levé. Jusqu'alors, passionné
de peuples rares, de coutumes animistes et de reli-
gions orientales, il avait bourlingué en Asie de façon

quasiment boulimique. Il a séjourné chez les Méos et les Akhas du Laos, chez les Karens et les Chans de Birmanie, chez les Torajas des Célèbes, les Bunis de Malaisie, les Dayaks de Bornéo. Il a fréquenté les Gurungs et les Newars du Népal, les Botyas du Dolpo, les Sherpas du haut pays. Plus loin et plus haut encore, il s'est élancé en VTT à travers le Tibet central et a partagé la ferveur des pèlerins. Il a dormi chez l'habitant, chez les moines. Non loin de Shigatzé, il a même sauvé un ermite qui se mourait dans sa grotte. Oh, bien sûr, limités par le temps, les voyages de Xavier diminuaient aussi sa profondeur de vue. Il prenait un peu des autres, ne donnait à voir de lui-même qu'une image tronquée. Les voyages forment peut-être la jeunesse mais ils déforment aussi la perception des choses. On croit savoir parce que l'on a vu. Or, on n'a vu que le perceptible. On est dans l'ignorance de l'essentiel. Faute de comprendre on interprète à l'aide des quelques références que l'on croit tenir. L'interprétation est une science que bien des voyageurs ne maîtriseront jamais. Xavier en était conscient. Il ne possédait qu'un vernis de culture, qu'un mince glacis de connaissances. Quoi qu'il fasse, où qu'il aille : dans la Chine des Barbares, comme dans la Chine raffinée, dans la steppe mongole comme dans la taïga yakoute, il était seulement de passage dans la condition des gens qui l'accueillaient. Il était l'étranger, celui qui apparaît un jour et disparaît le lendemain pour retourner imparablement chez lui. Xavier aurait aimé courir sans cesse d'un bout à l'autre du monde et s'arrêter parfois quelque part au gré d'une attirance ou d'une fascination. Mais comment faire à la fois ses études et ses classes ? Plus tard il irait sans doute soulager la souffrance de ceux qui survivent sous les bombes et réapprendre la confiance aux enfants terrorisés qui se terrent dans la brousse.

Pour l'heure, Xavier s'est arrêté à Villepinte dans cette maison de retraite de la banlieue parisienne, où le hasard l'a conduit. Il n'a pas été consulté, ni sur le lieu ni sur le genre. Il y a eu l'appel d'un ami : « Une occasion, un job de dernière minute, une urgence à saisir sur-le-champ ! »

Depuis tout juste une semaine Xavier Romanet travaille dans ce « drôle de machin » quand Alice, la fille de salle, l'avertit qu'il aura fort à faire avec le pensionnaire de la chambre 25.

— Figurez-vous qu'il se prend pour un prince, un maharadjah ou quelque chose comme ça !

— Un maharadjah, vraiment ?

— Sûre et certaine, il m'a tenu la jambe une bonne demi-heure en gueulant qu'il était prince de Badoune ou Bagoune, enfin, quelque chose comme ça !

— Bagoune ! Vous êtes sûre ?

— J'en sais rien. Ça ressemble à ça. Toujours est-il qu'il veut foutre le camp d'ici au plus vite et qu'il me semble complètement dingue !

Xavier, qui profite d'un répit inhabituel en cette période caniculaire pour mettre ses notes à jour, promet qu'il passera voir le client de la chambre 25. Bleu dans le métier, pour ne pas dire bleusaille, il a pourtant déjà eu à traiter pareil cas de délire. La chose est courante. Il y a ceux qui ont réellement occupé un rang important et ne supportent pas l'idée de n'être qu'un numéro pair ou impair. D'autres à l'inverse que la vie n'a pas gâtés et qui s'inventent une existence mirifique au seuil de la mort. Ceux qui ont choisi cette seconde personnalité peu à peu, au fil des jours et des chocs. D'autres, brusquement atteints de ce dédoublement de soi-même jusqu'à le vivre intensément et s'en persuader. Fort courants sont les cas où on se prend pour Moïse, Jésus, Jeanne d'Arc, Louis XVI, Napoléon, ou de Gaulle. Les grands protagonistes de l'Histoire ont toujours excité les cerveaux des plus faibles, comme les sentiments des plus forts. Une lecture, un film, une pièce de théâtre suffisent parfois à déclencher le processus de mimétisme. On colle à son modèle. On s'accapare ses faits, ses gestes, sa puissance. Quelquefois l'apparence, bien qu'il soit très difficile d'en saisir autre chose que les tics, ou le parler.

Xavier n'arrive plus à se concentrer. Le pensionnaire de la chambre 25 le tracasse. Il voudrait en savoir un peu plus avant de lui rendre visite. Le dossier est bien mince. L'homme, âgé de quatre-vingt-huit ans, est arrivé la nuit précédente. Il se nomme Timor Wandevelle. Rien d'autre n'est mentionné. Ni la nature de l'affection ni la cause de son admission. Pas d'ordonnance du médecin traitant. Pas de numéro de Sécurité sociale. Pas d'adresse connue.

Xavier est intrigué. Rares sont les SDF de quatre-vingt-huit ans. Plus rares encore les clochards ayant dépassé la soixantaine. Le sourire narquois d'Alice l'a mis mal à l'aise. Décidément cet établissement spécialisé en gériatrie psychiatrique tient davantage du mouroir que de l'hospice. Les vieillards sont peut-être mieux traités à Bénarès. Là-bas, les médicaments manquent, mais il y a au moins une once d'humanité. On accompagne l'agonisant vers la mort. On l'écoute, on l'assure du paradis. Ici, il y a eu deux décès en une semaine. Deux catastrophes humaines qui n'ont troublé personne. Pas même le suicide de la chambre 6. La vieille dame s'est étouffée avec son drap. Il était enroulé, serré, autour du visage. Charreau, le surveillant-chef, a diagnostiqué une mort par étouffement : « Pas la peine d'en faire tout un foin ! » avait-il expliqué à Xavier qui préconisait l'autopsie. Et Xavier s'est mis à compter : à raison de deux cadavres par semaine, cela faisait cent quatre par an. Enorme ! Ahurissant ! Mais où est-il donc tombé ?

Xavier transpire à grosses gouttes. La chaleur y est pour beaucoup mais peut-elle suffire à expliquer la chemise trempée ? Un mot de la grosse femme de salle lui revient en mémoire. Il n'y a guère prêté attention sur le coup. A présent, il est à peu près certain de l'avoir déjà entendu. Est-ce que Badoune ou Bagoune ne serait pas la déformation de Badung ? Il y a effectivement eu un prince à Badung, un fier raja qui s'est immolé avec sa cour plutôt que d'accepter la reddition et de voir les Hollandais s'installer en maîtres à Bali. Oui, Xavier a entendu parler du prince Alit et du puputan perpétré hors du pury.

Près d'un siècle plus tard, le peuple s'en émeut encore. Le peuple, mais aussi les touristes morbidement fascinés par le fastueux déroulement de ce suicide collectif.

Xavier n'est resté que quelques jours à Bali. C'était à Pâques, il y a deux ans. Il s'est juré d'y retourner plus longuement accompagné de la femme de sa vie. Il aime se garder ainsi pour plus tard des plages secrètes, des lieux romantiques, des pays rares où il ira célébrer des anniversaires amoureux. Bali est de ceux-là. Il avait fui Kutta et Sanur, trop bruyants, trop occidentalisés. Les Blancs en short, les Blanches en minijupe laissent derrière eux une traînée d'indécence. Il était parti loin de la foule des vacanciers et des endroits à la mode. Loin des palaces et des magasins chics, vers Rambutwi et Cekci. Dans la foulée, il avait gravi les monts Mesehe, Sanguang et Kelatakan, s'enivrant d'altitude et de fumerolles. Au retour, il s'était attaqué au Batur et à l'Agung, deux volcans qui sentent le soufre et asphyxient les grimpeurs pris de vertige dans la crête du cratère. Bien des imprudents se laissent surprendre par les gaz nocifs et ne revoient plus jamais la plaine. On prétend que certains fumeurs de haschisch, ne se contentant plus du chanvre indien, montent respirer à grandes goulées ces fumerolles de soufre, jusqu'à l'évanouissement.

Xavier a préféré se doper sous la grosse pluie chaude des moussons aphrodisiaques qui glisse sur les corps luisants. Il s'en dégage une vapeur éthérée au parfum de chair et de fleur, un léger nuage de buée qui flatte les narines et les ventres. Il s'est laissé séduire par le sourire éclatant des filles, par la grâce des silhouettes surgies des rizières embrumées. Séduire par les gestes millénaires et le raffinement des sarongs noués autour des hanches.

Là-bas, dans les villages « humides » où les sawahs inondées rongent les jambes des repiqueurs de riz, tout est en teinte pastel, tout est discret, estompé, silencieux comme les travailleurs qui s'y déploient. Tout est fugace, insaisissable, à l'image du serpent minute qui se faufile, invisible, entre les jeunes tiges. D'autres rizières, plus précoces, déjà vertes, émaillent de tendresse les vallées évaporées. De-ci, de-là un ruban de piste traverse l'ordonnancement séculaire des fossés d'irrigation. En suivant les chemins d'eau et de boue qui délimitent différents subaks on arrive dans les villages « secs ». Ici, les maisons croulent sous les flamboyants et les pandanus, les jacquiers et les mangoustans. Les hommes devisent à l'ombre d'un banian géant, arbre sacré aux inextricables racines emmêlées dans les branches, si bien que l'on ne sait plus ce qui sort de terre ni ce qui tombe du ciel. Il y a des banians si larges et si vieux, si hauts et si étendus qu'un régiment tout entier pourrait s'y abriter du soleil. Ne dit-on pas qu'Alexandre le Grand aurait campé sous l'un d'eux avec son armée de vingt mille soldats ? Peut-on rêver plus belle tente ? Plus spacieux bivouac ?

Les hommes discutent du temps et des récoltes, des choses de la vie et de la mort. Certains tiennent leur coq dans les bras, lui prodiguant des caresses infinies, lui murmurant des mots d'amour. D'autres lui massent les pattes, soignent la crête et les ergots, le consolent d'une bataille perdue ou l'encouragent en vue d'un prochain combat. Quand ils ne sont pas sur les genoux de leur maître ou dans leurs bras, comme un enfant cajolé, les coqs, encagés dans une étroite nasse d'osier, sont posés sur le pas des portes. Ils regardent passer les gens, et ceux-ci les saluent. On dit bonjour au coq comme on dit bonjour au voisin. Il y a une amitié entre coqs et hommes, un sentiment viril, une attirance réciproque. L'homme insuffle à l'animal sa force, son agressivité, sa volonté de vaincre. Le coq est pétri de la science de l'homme. C'est l'homme qui lui apprend à attaquer, à esquiver. L'homme qui lui lime les griffes et équipe ses pattes d'éperons d'acier. L'homme qui met ses espoirs dans cette boule de muscles et de plumes. L'homme qui engage sur lui sa mise et sa fierté. Le coq est à l'image de son maître. Un maître trop doux ou trop lâche mènera son coq à la mort dès les premiers assauts de l'adversaire. Bien excité, bien stimulé, tout plein de l'énergie du maître, le coq aura à cœur de gagner son combat. Il y mettra toute son ardeur, toute sa ruse, à croire qu'il possède lui aussi le sens de l'argent, le goût du pari. Et que le coq vienne à succomber sous les coups de plus vigoureux ou plus malin que lui, qu'il gise blessé et sanguinolent dans l'arène, alors on verra le maître souffrir des mêmes blessures et des mêmes vexations. Il se mettra à gémir et à pleurer son sabung. Il clamera tout haut son impuissance, sa déroute. Il se sentira comme émasculé. L'étranger sera surpris par une telle manifestation d'abattement. Le Balinais, lui, comprendra la douleur du maître car le mot *sabung* désigne à la fois le coq et le sexe de l'homme, de quoi prêter à bien des confusions métaphoriques dans la vie courante.

Bien que très soucieux du bien-être de son sabung, Xavier engageait son honneur sur d'autres valeurs. Il

avait lu *Sang et volupté à Bali,* le chef-d'œuvre de
Vicky Baum, et constatait avec bonheur qu'en un
peu plus d'un demi-siècle rien n'avait vraiment
changé, si ce n'est l'apparence. Bien sûr, Bali s'était
engagée sur la voie du tourisme de masse avec ses
grands hôtels et ses plages organisées, avec ses milliers de voitures et de motos, avec ses immeubles
bétonnés, ses boutiques de verroteries, ses agences
de tour-opérateurs, ses enseignes en anglais. On était
toujours dans la civilisation du climatiseur et du
Coca-Cola mais on était aussi dans celle des temples
et des pèlerins, des dieux et des démons. Dans celle
des princes et des gamelans, dans celle des rites
ancestraux et des danses rituelles. Peu importait la
mauvaise image puisque, derrière les façades des
boutiques à fripes et à gogos, derrière les stands à
tee-shirts et les restaurants clinquants, la vraie vie
continuait, comme jadis. Bali était faite de ce que
l'on voyait en débarquant et de ce que l'on découvrait
par la suite en flânant. La réalité factice n'était
qu'une sorte de vilaine fièvre, qu'un tremblement de
modernisme, qu'un goût du jour. La vraie réalité
avait encore le goût des siècles passés. Elle était
inscrite dans les gènes, dans les gestes, dans les
regards et les attitudes. La réalité était dans la douceur de vivre, dans l'exquise politesse des gens, dans
leur disponibilité. Elle était dans l'ambiance mystérieuse des temples, dans cette sage ferveur qui anime
l'hindouisme balinais, dans son respect pour Vichnou, dans sa crainte de Shiva. La réalité, elle était
dans ces modestes et merveilleuses offrandes qui
jalonnaient les parcours terrestres, le long des trottoirs et des sentiers, tout comme elles jalonnent les
chemins du spirituel. Partout elles signalent la présence des dieux comme celle des êtres immatériels.
Elles conjurent les spectres et les revenants, les ama-
douent, les neutralisent. La réalité, elle était encore
dans cette multitude de statues et d'effigies
emmaillotées dans un tissu de petits carreaux noirs

et blancs. Est-ce un échiquier qui permet aux divinités d'avancer leurs pions ? de poser et de disposer des reines et des rois ? d'avancer la cavalerie ? d'écouter le langage des fous ? N'est-ce qu'une simple protection de la pierre ? ou bien un habit de fête, un revêtement d'apparat ? La réalité balinaise, c'était ce flux et ce reflux des choses cachées et découvertes, cette alchimie du plus et du moins, qui finissait par donner une existence au moindre signe, au détail le plus infime. La réalité, elle était dans ces liens indissolubles et indissociables qui unissent les générations à travers les séismes de l'histoire. La réalité, elle était générée et régénérée par la vénération des ancêtres et le culte des lois brahmanistes. La réalité, c'était à la fois la culture du peuple et son inculture, sa tolérance et son intolérance, cette vigueur avec laquelle il s'affirme et se définit d'une caste à l'autre. La plus basse, celle des sudras, tirant encore quelque vanité de se dire intouchable. Les plus hautes, celles des brahmanes et des satrias, tirant quelque orgueil de vouloir émanciper la première. La réalité, c'est que les pedandas, grands prêtres héritiers du clergé hindou, comme les chevaliers et les rajas qui exerçaient autrefois l'autorité civile et militaire, sont encore partagés sur les moyens d'affranchir les villageois. A Bali, comme dans bien des pays, il y a ceux qui cultivent l'esprit, ceux qui cultivent les armes, ceux qui cultivent le profit et ceux qui cultivent la terre. Sur ces quatre niveaux de culture vient s'appuyer un immobilisme latent, une sorte de sommeil social que la torpeur ambiante, le climat torride n'incitent guère à secouer. La réalité, c'est aussi cette injustice, ce système mis en place par les puissants pour asservir les plus faibles. La réalité, c'est que chacun, malgré tout, s'en accommode. La réalité, c'est que Xavier, loin d'en avoir été choqué, pensait qu'il régnait dans l'île une certaine équité...

A quelque chose malheur est bon. Pour une fois le proverbe ne ment pas et Timor se dit qu'il a beaucoup de chance d'être compris du jeune psychiatre. Décidément il a eu raison de décliner ses titres et qualités devant la grosse bonne femme. Impressionnée, celle-ci n'a pu tenir sa langue.

Xavier est entré silencieusement, comme s'il craignait de réveiller le pensionnaire de la chambre 25. Malgré l'heure tardive, le vieil homme ne dort pas. Assis en lotus, il médite. Xavier s'excuse. Il est ennuyé mais il n'a pu venir plus tôt. Timor le supplie :

— S'il vous plaît, restez donc un moment ! J'ai quelque chose à vous demander.

Ce disant, il abandonne la position du lotus et va s'asseoir sur le rebord du lit. Il fait signe au jeune homme de s'approcher et chuchote :

— Vous êtes le médecin ?

— Oui. On m'a dit que vous n'étiez pas bien ?

— En effet, je ne suis pas bien. Voyez-vous, je ne sais absolument pas ce que je fais ici, ni pourquoi j'y suis, ni même comment j'ai pu venir par mes propres moyens. On m'a sans doute assommé et transporté durant mon évanouissement.

— Vous ne vous souvenez de rien ?

— De rien, non. Mais n'allez pas croire que la mémoire me fait défaut ou que je suis brusquement atteint d'amnésie. Je sais qui je suis et d'où je viens. C'est même une longue histoire qu'il me plairait de vous raconter si le temps ne m'était compté. Or, ici, voyez-vous, j'ai tout lieu de penser que je ne ferai pas de vieux os. Bien sûr vous me direz qu'ayant atteint les quatre-vingt-huit ans j'ai au moins la certitude de ne plus mourir jeune. Il n'empêche que je n'ai demandé à personne de me conduire dans une maison de repos, encore moins dans une maison de répit, car voyez-vous, monsieur, à mon âge, le repos et le répit sont les pires ennemis de la vie. Pour peu que l'on se relâche, on tombe en ruine, on finit en poussière.

Xavier écoute le vieil homme avec attention. Il lui reste encore quelques années d'études à accomplir mais il en sait assez sur les gens et leur comportement pour se rendre compte que le pensionnaire de la chambre 25 a toute sa tête. Les yeux sont vifs, légèrement bridés. Le nez court, épaté, s'inscrit parfaitement dans l'ovale du visage. Bien dessinées, et striées de rides aux commissures, les lèvres entrouvertes laissent voir plusieurs dents en or. L'homme présente assurément le type balinais. Encore que la peau parcheminée ne permette pas de lire sa vraie couleur. La chair est ambrée, sans plus, mais pas vraiment jaune. A Java comme à Bali, le teint pâle, l'ocre clair, est l'apanage de l'aristocratie. Foncé, ocre jaune, et même franchement marron, il est la marque des castes inférieures.

Timor ajoute :

— Quitte à partir pour l'au-delà dans un état de délabrement complet, il me serait plus agréable de le faire depuis ma demeure. Alors, ma requête est la suivante : ou bien vous me permettez d'y retourner car on me garde ici contre mon gré. Ou bien, si vous ne détenez pas le pouvoir de me libérer, ayez au moins la bonté de vous rendre à mon domicile. Vous y trouverez mes papiers, mes livres, toutes sortes de choses qui vous prouveront que je ne suis ni un vagabond ni un grabataire. Dès lors, et si vous n'êtes pas complice des bandits qui m'ont éloigné de mon appartement, il nous sera facile de prévenir la police.

Xavier ne peut maîtriser sa surprise. Le vieil homme paraît sincère. A cet âge on ne s'amuse plus à mentir pour intéresser la galerie. Il le rassure :

— D'accord, j'irai chez vous, mais patientez un peu. Je suis nouveau dans cet établissement et j'ai trente-huit personnes âgées qui me réclament du matin au soir. Je n'aurai que mon samedi...

Timor élève la voix :

— Mais d'ici samedi ils auront tout cassé, tout détruit, tout brûlé. Qui sait s'ils n'auront pas acheté les voisins, muselé les bouches ? Voyez-vous, je résiste depuis des années à la pression d'un promoteur immobilier. Des années qu'il essaie de me mettre à la porte de mon propre logement ! Des années que je me tais, des années que je n'ai pas décliné ma véritable identité ! Il aura fallu que l'on me kidnappe, que l'on m'expédie comme un paquet, au rebut, pour que je trouve enfin le courage de prouver que je ne suis pas perdu pour tout le monde. Naturellement la grosse femme vous aura certainement dit que je suis Timor Alit, prince de Badung. Eh bien, oui, jeune homme, le vieux tas d'os que vous avez sous les yeux n'est autre que l'héritier du trône de Badung. Ah ! bien sûr, c'est une longue, une très longue histoire. Revenez donc cette nuit et vous en aurez la primeur.

Xavier est revenu au cours de la nuit. Maintenant, il écoute. Il quitte peu à peu cet univers gris et clos pour entrer dans un monde lumineux et chamarré où l'espace s'étire comme un sourire sans fin.

Chapitre 3

L'âge d'or

Il y a quatre-vingt-huit ans de cela, juste un peu moins d'un siècle, Martial Wandevelle, qui avait alors l'âge de Xavier Romanet, arrivait à Bali. On lui avait dépeint l'île aux mille temples comme un repaire d'autochtones rusés et malhonnêtes. On l'avait mis en garde contre la tentation facile de succomber au charme du farniente colonial en l'avertissant qu'il allait débarquer dans une espèce de Moyen Age oriental. Un Moyen Age certes luxuriant, mais un Moyen Age tout de même, avec ses abus et ses brutalités, avec ses fastes provocants, pour ne pas dire indécents, et ses monstrueuses cruautés voilées d'une feinte courtoisie, comme pour mieux endormir l'étranger. On lui avait conseillé d'être sans cesse sur ses gardes et de ne livrer sa pensée sous aucun prétexte. Il allait à Bali pour y faire du commerce dans le dos des marchands hollandais et devait naturellement s'en méfier autant que du prince de Badung. C'était sa première mission importante. Son avenir au Comptoir français des Indes dépendait des marchés conclus avec le Raja, au détriment des Flamands. La plus grande prudence devait entourer ses tractations. Moins il se montrerait à Denpasar, plus il serait efficace. Le mieux serait de prendre logement au plus près du pury, peut-être à Sanur, car les négociants hollandais, rarement reçus à la cour, ne fréquentaient pas la campagne.

Le comble ! Quelques jours plus tard, Martial était sous le charme de cette contrée tant décriée. On lui avait dépeint une île de lucre et de noirceur habitée par un peuple vil et grossier. Il avait beau se raisonner et se répéter les avertissements reçus, il ne voyait ni le lucre, ni la noirceur, ni la vilenie, ni la grossièreté. Oui, il était sous le charme, touché par le coup de foudre. Le Moyen Age annoncé lui paraissait plutôt un âge d'or où la vie s'organisait harmonieusement, entre les rizières et les temples, entre les cases de palmes et les palais de marbre. Il n'avait encore jamais ressenti pareille émotion, à croire qu'il entrait là dans le jardin d'Eden. Tout n'était que fierté et beauté, sensualité et gourmandise. Il découvrait la chair pulpeuse des fruits inconnus, des goûts et des saveurs jusqu'alors irrévélés, des parfums de girofle et de muscade qui provoquaient en lui de délicieuses voluptés.

Juin 1906. Comme les rares Occidentaux qui faisaient escale à Bali en provenance de Java, Martial Wandevelle ressentait une formidable impression de liberté. Bali, tout comme Java et Sumatra, était pourtant sous le contrôle de l'administration hollandaise, mais la soldatesque bottée et casquée épargnait encore la province de Badung. Il n'en était pas de même pour Singaraja et Karangasen plus au nord, car, là-bas, les rajas avaient intrépidement provoqué l'autorité centrale, si bien que le gouverneur de Batavia, en accord avec le roi des Pays-Bas, avait envoyé la flotte et l'infanterie. Il s'en était suivi toute une série d'affrontements mais, en dépit de quelques victoires éclair dues à la ruse et au courage des armées princières, les troupes hollandaises, mieux équipées et dotées d'une incroyable puissance de feu, occupaient maintenant ces riches provinces. Privées de leurs rajas comme de leur aristocratie, qui

avait préféré se donner la mort que de se soumettre,
Bouleleng et Karangasen, tout comme l'île voisine de
Lombok, étaient tombées sous les coups des envahisseurs au long nez. Au cours de ces assauts d'une
sauvagerie inouïe, la noblesse s'éteignait irrémédia-
blement. Princes et prêtres organisaient leur propre
destruction. Les fiers descendants des empereurs
indiens du Majapahit qui régnaient sur l'île depuis
six cents ans ne se comptaient plus que sur les doigts
d'une main. Ces princes de sang, fuyant jadis
l'oppression musulmane, avaient fait de Bali et de
Lombok leur paradis terrestre. A la fois conserva-
teurs et despotes, ils s'étaient réfugiés sur ces terres
oubliées pour y perpétuer l'hindouisme dont leurs
ancêtres se réclamaient depuis le ve siècle. Gardiens
farouches des rites hérités du védisme, ils avaient
jusqu'alors récusé toute autre religion et préservé
Bali du catholicisme comme de l'islam. Miraculeu-
sement, en dépit des nombreux jésuites portugais et
des prophètes arabes, Jésus n'avait toujours pas
détrôné Vichnou ni Mahomet Shiva. En revanche,
non loin de Bali, Java et Sumatra avaient vu les
sultans déboulonner les rajas et les imams remplacer les pedandas, grands régisseurs des dogmes brahmanistes.

Cela n'avait pas empêché le débarquement des
Portugais qui avaient ouvert des comptoirs et
s'étaient assuré, un siècle durant, le monopole du
commerce des épices. Plus tard, irrités par ce pactole
que Vasco de Gama avait offert à son pays, les Hollandais, qui fleuraient déjà la cannelle et la noix de
muscade, étaient venus en découdre. Mieux organisés, plus nombreux, ils avaient chassé les Portugais
des Indes orientales, même s'il subsistait quelques
marchands de Porto et de Lisbonne dans quelque
coin des îles.

Le détroit de Malacca n'en finissait pas de passer
d'un camp à l'autre. Ce n'était que combats navals
entre Arabes et Européens. Chacun tentait sa chance

dans l'espoir d'asseoir enfin une suprématie recon-
nue par tous. Les Anglais et les Français s'en étaient
mêlés. On se canonnait alors de partout et en tout
coin de l'océan Indien, en pleine mer comme au pied
des forteresses. A ce jeu du plus fort, les gens du Plat
Pays excellèrent tant qu'ils conservèrent leurs colonies jusqu'au milieu du XXe siècle.

En accostant à Kuta, Martial avait été frappé par
l'authenticité du port. Ici, rien de comparable à
Batavia. Pas de Nouvelle-Amsterdam ni de Nouvelle-
Rotterdam. Pas un soupçon d'Europe, pas de docks
bétonnés ni de quais hérissés de grues. Ni vapeurs ni
trois-mâts, mais une armada de pinasses et de bar-
casses hautes en couleur. Autant de caraques que de
runabouts chargés à ras bord de ballots et de bétail :
des cages à poules et à cochons, des chèvres et des
moutons pattes liées, entassés sur les ponts. Et,
au-dessus de la mêlée, bien dressés sur leurs ergots,
des coqs mordorés qui s'affrontaient au travers des
barreaux. Des coqs, il y en avait sur chaque bateau et
même dans les fameux prahus, ces grosses pirogues
à balancier. Elles vont et viennent, tantôt à vide, filets
rentrés, tantôt remplies, filets ramenés le long de la
coque, regorgeant de poissons argentés : des com-
muns, des inoffensifs mais aussi des étranges, des
exceptionnels, des thons à la chair coucher-de-soleil,
des requins ensanglantés, des pieuvres tentaculaires
empêtrées dans les mailles, des tortues géantes, le
cou brisé, prises au nœud coulant et traînées derrière la proue comme un canot de secours.

Agglutinée sur les pontons et les caillebotis, la
foule était là, bigarrée, grouillante. Il y avait les ven-
deurs, une poignée de ringgits dans la main, une
balance pliante dans l'autre. Il y avait ceux qui touchaient, ceux qui contemplaient, ceux qui rêvaient.
Le bétel mâché en chique gonflait les joues, jaunis-
sait les dents et rougissait les lèvres. Il aidait les

songes à éclore et accompagnait les pauvres vers des visions meilleures. Plus loin, au-delà des quartiers commerçants, derrière les hauts murs d'enceinte qui protégeaient les maisons des nobles et le palais du prince, on s'adonnait à l'ivresse de l'opium. Le bétel n'était chiqué que par les esclaves et les eunuques. Il endormait les sens, apaisait la douleur, domestiquait le caractère. L'opium était autrement puissant. Réservé aux castes supérieures, il conférait la supériorité des illusions. Il affolait l'imagination, aiguisait la vision. Seuls les nobles étaient à même de faire la part belle aux hallucinations. Le bas peuple, lui, se serait laissé dévorer par elles.

Pour Martial Wandevelle, aussitôt enlevé par un habile conducteur de pousse-pousse aux mollets d'acier huilé, ce royaume de Badung qui s'étendait de Denpasar à Tabanan, de Klungkung à Kuta, de Sanur à Ubud était comme une explosion de couleurs, comme une exposition de nuances offertes aux yeux par la grâce d'un pinceau magique. Sans doute avait-il été plongé, tour à tour, dans les essences de la forêt tropicale, dans les zébrures de l'éclair, dans la courbe majestueuse des arcs-en-ciel. Il avait aussi léché la flamme des volcans et l'écume des vagues, l'aile des papillons et la sève des palmiers. Il avait trempé dans la chair du rambutan, butiné le fruit de la passion pour se rincer enfin dans le lait de coco.

Tout était chatoyant et féerique : les étoffes comme les étalages, les riches vêtements comme les hardes, les calèches décorées à l'or fin comme les charrettes les plus vermoulues qui, même croulantes, roues voilées, laissaient encore deviner leurs montants de bois précieux.

Le trajet de Kuta à Sanur fut un enchantement. Parvenu dans les faubourgs du port, à la lisière des rizières, l'homme aux mollets d'acier héla un fiacre et céda son passager en oubliant de le faire payer. Le cocher et le cheval étaient chamarrés. A quelque chose près, tous deux portaient au front le même bandeau rouge. La crinière de l'un comme la chevelure de l'autre étaient tressées. L'homme avait un brin de jasmin coincé derrière l'oreille. La bête, elle, était fleurie de l'encolure à la croupe. Déjà fanées parce que disposées dès l'aube, des offrandes gisaient sur le repose-pied. Ce n'était qu'une pincée de riz jetée au creux d'une feuille de lotus, elle-même ceinte d'une couronne d'orchidées, le tout disposé dans un écrin d'osier. Il était destiné au vent, à l'émiettement, mais Martial prit garde de ne pas l'écraser. Jusqu'alors, il n'avait guère éprouvé le sens du sacré. C'était un jeune homme d'affaires. Il en avait l'apparence et le sens mais, sous le col dur cravaté, sous le complet-veston croisé, se cachait une peau sensible, une seconde nature.

Les grandes écoles, malgré leurs règles strictes et leur discipline de fer, n'avaient pas eu raison de son tempérament fougueux et de son caractère orageux. Jusqu'alors Martial avait réussi à se faire passer pour un autre. Réussi à tromper son monde, réussi un début de carrière. Mais il n'était plus certain maintenant d'aller dans le sens de la marche obligée. Le Comptoir français des Indes ne lui paraissait plus une nécessité vitale. Engagé avec force compliments, il avait été immédiatement dépêché à Bali afin de concurrencer le négoce néerlandais. C'était une mission de confiance, un métier d'agent secret. Il n'était plus du tout sûr de le mener à bien.

A Sanur, Martial avait trouvé un agréable logement non loin des pavillons de Tanjung-Sari. Tenue par un couple de wessias aussi discrets que silencieux, la villa nichée au milieu des hibiscus donnait sur une plage bordée de cocotiers élancés. De sa chambre spacieuse aux meubles d'acajou et de teck, il accédait à sa terrasse surmontée d'un auvent de coprah. Des chaises longues en bois de citronnier étaient disposées autour d'une table basse. Un treillis de bambou finement travaillé le mettait à l'abri des regards indiscrets.

On devinait d'autres maisons enfouies dans la végétation luxuriante. C'était un quartier chic fréquenté par les fonctionnaires du prince, collecteurs d'impôts et responsables des banjars, sortes d'arrondissements au sein desquels étaient regroupées les rizières appartenant à la cour.

De son lit monumental monté sur pilier de pala, un arbre droit comme un I, Martial n'avait qu'à entrouvrir la moustiquaire retombant en forme de baldaquin pour apercevoir les murailles lépreuses qui protégeaient le palais de toutes les convoitises. Derrière ces hauts murs de brique rose percés de lourdes portes condamnées pour la plupart, mais toujours ornées de symboles royaux comme de démons grimaçants, commençait un autre monde. Un monde d'autant plus fascinant qu'il était interdit. Un monde d'autant plus intéressant à découvrir qu'il était sur le point de disparaître...

Réfugié dans son pury de Badung, le prince Alit n'était véritablement maître que de ses sujets et de son clergé. Ceux-ci étaient encore aux ordres comme ils l'étaient par le passé. Un passé où ses aïeux régnaient pleinement, couverts de présents et sollicités par les Hindous comme par les Chinois, par les Hollandais comme par les Anglais. En cette année 1906, la gloire des princes balinais était derrière eux. Si la terre leur appartenait toujours, elle rapportait davantage à la Compagnie des Indes néerlandaises qu'à l'ensemble de l'aristocratie qui la possédait. Quant aux paysans, les pauvres sudras, ils ne jouissaient que d'une maigre production de riz, une part infime de leur travail. En échange, le prince offrait sa protection et les prêtres leur bénédiction. Lorsque la récolte était saccagée par quelque typhon, ou trop maigre pour nourrir à la fois les gens du pury et ceux des rizières, alors on invoquait la colère de Dewi Sri, la déesse du Riz. On se posait la question de savoir

qui l'avait irritée, et pourquoi. On trouvait toujours
la réponse en soi. On se battait l'âme et les côtes
d'avoir commis une faute, de n'avoir pas été assez
généreux envers la déesse. Alors, tout en se couvrant
de reproches et d'injures, on l'idolâtrait de plus belle
en parsemant les champs et les sentiers d'offrandes.
Une mauvaise récolte déclenchait aussitôt la colère
du Raja, si bien qu'on se mettait en quatre pour lui
être agréable et que l'on prenait sur sa propre part
afin que la sienne ne souffrît pas de la pénurie générale. En vérité, nul ne se plaignait puisqu'il plaisait
au ciel et au maître d'agir ainsi. Seul le ciel, seuls les
dieux, seul le prince pouvaient ordonner autrement
et modifier favorablement le sort.

Cette année, la récolte s'annonçait sous de bons
auspices, mais le jeune prince était sombre et tour-
menté. En apparence, il avait tout pour être heureux
et profiter du bonheur terrestre. Il vivait dans un
palais aussi grand que le Louvre, un espace immense
voué aux méditations et aux loisirs. Des appartements pour chaque saison, des pièces pour chaque
jour, chaque intention. Des coins et des recoins pour
s'isoler et chuchoter. Des salles pour se montrer,
d'autres pour recevoir. Des corridors interminables,
des labyrinthes pour se perdre. Des jardins pour
flâner, des lacs pour voguer et pour noyer ses cha-
grins. Des pavillons de fraîcheur, des vérandas
aériennes pour s'abriter des moussons. Des chasseurs de mouches, des éphèbes pour se ventiler. Et
partout des balés, ces bungalows de plein air sans
mur et sans porte, pour s'allonger et fumer. Des
brûle-parfum, des fontaines de jouvence, des piscines de jade. Partout des temples et des oratoires qui
croulaient sous les fleurs et les fruits. Le palais tout
entier n'était qu'offrandes faites au prince. Il y avait
celles pour les yeux et les dieux, les éphémères que
l'on confectionnait tous les matins. Celles qui
volaient dans les airs comme les colombes et les
cerfs-volants. Celles qui grimpaient dans les bran-

ches des varingas, comme les singes dont certains portaient costume. Des perroquets qui venaient parler à l'oreille et répétaient quelque secret éventé. Cela était un jeu de prince. On envoyait parfois un cacatois dans l'île des femmes. Il était porteur d'un message, un simple nom comme Sarna ou Dasné. Elles savaient ainsi qu'Alit les désirait. Alors elles se préparaient pour l'amour. D'autres fois, on envoyait un malin mainate dans le quartier des jeunes garçons qui habitaient le balé des contre-nature. Le merle demandait Raka, Siang ou Neru. Alors tous étaient en émoi. On cherchait les adolescents réclamés par le prince et chacun d'eux s'en allait aussitôt au bain, car le raja de Badung exigeait des corps frais et propres.

Nul ne résistait au prince. Ses caresses étaient un privilège recherché par tous. Et tous espéraient un jour être remarqués. Mais les caprices d'Alit ne s'arrêtaient pas aux frontières du palais. Lorsqu'un noble de ses amis lui signalait une vierge exceptionnellement belle, il la faisait mander jusque dans les lointains villages. La famille s'en réjouissait et l'accompagnait. Parfois, lorsque l'ardeur était à la hauteur de la beauté, ou la timidité si extrême que la petite en devenait divinement maladroite, les parents recevaient une récompense en argent ou en riz. De toute façon, ils s'en retournaient joyeux.

Sarna avait été choisie ainsi, au hasard d'une cérémonie. On célébrait un odalan dans le village. C'était un jour de prière et de réjouissances où l'on festoyait en dansant jusqu'à ce que transes s'ensuivent. La grâce de la jeune fille n'échappa pas à l'émissaire du prince. Subjugué par la gestuelle de cette vierge au corps gracile qui semblait monter vers le ciel à la rencontre de Surya, le dieu du Soleil, l'homme en avertit Alit. Prévenu par un coursier dépêché sur-le-champ, le raja de Badung, tiré malgré lui de sa rêverie d'opium, tendit son kriss sacré et le fit porter à la belle inconnue. C'était un présent royal que l'on ne pouvait ni refuser ni reprendre. A la vue de cette lame ondulée qui représentait Singha Brahma, le dieu des Kriss, tous les convives qui participaient à cet odalan champêtre se prosternèrent. Restait à chasser les transes qui secouaient encore la jeune danseuse. Comme elle tardait à reprendre ses esprits, on l'installa sur un palanquin et elle gagna ainsi le palais des plaisirs éternels.

Lorsque le prince s'aperçut qu'on lui avait amené une enfant encore pubère, il l'épargna et l'entoura de mille sollicitudes. Pour mieux posséder, Alit savait attendre. Il garda ainsi les yeux sur la jeune fille durant plus d'un an, au grand désespoir de celle-ci qui se morfondait de désir. Elle habitait une maison pour elle seule comme toutes les favorites et bénéficiait d'une kyrielle de servantes. Bien des femmes la jalousaient car elles imaginaient l'instant délicieux des prémices. Toutes avaient été déflorées par Alit. Et toutes reconnaissaient qu'il alliait la science des caresses à la plus extrême des patiences.

Le pury avait son île des Femmes, et son Ecole des Jouissances terrestres dans un quartier réservé bâti sur le lac. Les pavillons des favorites étaient éloignés du balé des simples maîtresses. A l'écart enfin s'élevaient ceux des épouses. Seuls les eunuques étaient autorisés à circuler d'une maison à l'autre. C'étaient pour la plupart des esclaves noirs capturés dans le sultanat de Malacca que l'on émasculait selon un procédé ancestral. Tandis que l'homme était endormi à l'aide de puissantes drogues, on incisait les bourses et l'on sectionnait les testicules. Ensuite, on cautérisait les plaies et l'on cousait les poches de fils d'or. L'opération était si minutieusement menée que l'esclave se réveillait sans ressentir la moindre douleur sinon celle d'apprendre qu'il n'était plus tout à fait entier. En récompense on le mettait sous morphine, si bien qu'il finissait par s'apercevoir qu'il existait d'autres voluptés que celles de l'amour...

Favorites et maîtresses habitaient la même île, un

lieu enchanteur auquel on accédait par un pont mobile qui enjambait le large bras d'eau. Seul le prince pouvait décider de la manœuvre. Dans la journée, le pont était abaissé et permettait aux mères et aux sœurs de visiter les captives. Dès la nuit tombée il était treuillé et ramené sur la berge du palais. Plus personne, dès lors, ne pouvait accéder aux gynécées. Il arrivait pourtant qu'une embarcation y fasse des allées et venues. Alit se plaisait à naviguer ainsi d'un pavillon et d'un balé à l'autre. C'était son domaine de sensualité, sa forêt de ventres affamés.

A la lueur des torches qui brûlaient jusqu'au matin, la végétation paraissait encore plus luxuriante : cocotiers, aréquiers, arbres à laque, palmyres, arengas et talipots mêlaient leurs branchages et leurs feuillages dans une pénombre bleutée où se détachaient l'orange du costus, le pourpre de l'alpinia, le violacé de la crinole, le carmin du balisier. Toutes les essences, toutes les espèces du monde indien peuplaient cette île des Femmes et l'envoûtaient de mille senteurs capiteuses. Un monde sans odeurs est un monde sans désirs. Si belle soit-elle, une fleur sans parfum ne mérite pas d'être cueillie. Si parfait soit-il, un corps dont la chair n'exhalerait aucune odeur, pas même celle d'une perle de sueur, n'inciterait pas à l'effleurement. Ainsi pensait le Raja de Badung qui semblait s'enfoncer chaque jour un peu plus dans la morosité. Les richesses dont il disposait, la beauté qui l'environnait, la douceur dans laquelle il baignait ne suffisaient pas à son bonheur.

Le bonheur du prince était comme taillé dans le marbre, à l'exemple de ces statues antiques dont on admire l'anatomie et les proportions. Tout est parfait, mais rien n'émeut. Alit aurait-il trop abusé des jubilations de l'existence pour ne plus s'en réjouir encore ? Ses intimes, comme les grands prêtres, n'étaient pas loin de le croire. Rares, très rares sont les moments d'enthousiasme, lorsque tant de merveilles sont depuis toujours à portée des yeux et des caprices. Malgré la quiétude des jours et la délectation des nuits. Malgré les quelque mille deux cents sujets à son service : lettrés, peintres, sculpteurs, musiciens, danseurs, intendants, conseillers, prêtres, fonctionnaires, gens d'armes et de maison, le prince Alit avait perdu la joie de vivre. Ces derniers temps l'insouciance que certains hommes de la cour considéraient comme une qualité aristocratique avait fait place à un caractère ténébreux. On le disait touché par une maladie de langueur, en proie à la mélancolie. Alit n'était heureux que dans l'usage immodéré de l'opium. Allongé sur sa natte, la pipe entretenue par un jeune garçon, il éprouvait alors le sentiment incomparable de se croire invulnérable. Il touchait à l'état de grâce, se voyait puissant, immortel. Là où le peuple se contentait d'une chique de bétel, le Raja exigeait le suc du pavot.

Encouragé par le grand pedanda, qui assurait la pérennité du pury et des cultes, Alit continuait sa quête des plaisirs terrestres les plus raffinés. Là où les autres se contentaient des caresses d'une seule femme, le prince, noblesse oblige, multipliait les rencontres et les orgies. Le grand pedanda aimait le voir vivre en prince et l'encourageait à la débauche. Lorsque, lassé des vierges, Alit s'était laissé reprendre par la tristesse, on lui avait présenté un garçon à la peau claire, aux yeux de biche, aux fesses rebondies. Le favori du Raja s'appelait Siang. C'était un adolescent d'origine chinoise. Et Siang ne quittait Alit que sur l'ordre du pedanda. Il obéissait au grand prêtre mais il servait le prince en tout bien et tout genre. C'était Siang qui préparait les pipes d'opium. Siang qui partageait ses jeux et son lit. Siang qui lui grattait l'échine et lui massait les orteils. Siang qui lui servait d'oreiller et de pupitre. Alit écrivait en effet sur le dos de Siang. Et quand la plume cessait de courir, le prince retournait le garçon et reposait sa tête sur le ventre frémissant. Ils restaient ainsi tous deux des heures immobiles, comme morts, tandis que le pury retentissait des sons familiers. De-ci, de-là résonnaient les bruits cadencés des orchestres de gamelans. Des soldats enturbannés, le kriss fixé derrière l'épaule gauche, maniaient des armes récemment livrées. Les coups de feu claquaient, les cibles pirouettaient. On félicitait bruyamment les plus habiles, on riait des maladroits. On dressait aussi des chevaux fougueux à bondir par-dessus les flammes. Dans les cuisines, c'était toujours le même vacarme, le même empressement à préparer les repas et les boissons. Ils étaient plus de deux cents aux fourneaux. Les uns abattaient les petits porcs noirs, des cochons de lait (*baby guling*), les autres plumaient les poulets, les pigeons, les canards. D'autres encore écrasaient des piments et préparaient des sauces. Quand cela n'allait pas assez vite, les maîtres du fouet menaçaient les reins et les fesses. On entendait le claquement des lanières qui fouettaient l'air.

Ailleurs, des danseuses en tenue d'apparat répétaient. Les courtisans n'avaient d'yeux que pour Sarna. Elle enthousiasmait l'assistance. Chacun de ses gestes était applaudi. Elle avait la grâce au bout des doigts, des positionnements de main magiques, tout un alphabet dans les phalanges.

En ce mois de juin 1906, Sarna allait sur ses dix-huit ans. Alit ne la visitait plus qu'une fois par mois. Après l'avoir éduquée, le prince s'en était lassé. Elle restait néanmoins sa favorite entre toutes bien que Siang manifestât quelque jalousie à son égard.

Sarna idolâtrait Alit. Il était plus que son prince, plus que son maître. Il était l'égal des dieux. Que peut-on demander à un dieu sinon d'exaucer ses vœux ? Et le vœu de la plus douée des danseuses du pury n'était pas de rester pour toujours inégalable dans la perfection du legong. Non, le vœu cher à Sarna, celui qu'elle quémandait secrètement aux divinités qui peuplaient la pénombre des sanctuaires de l'île des Femmes, était d'être désirée par Alit comme au premier jour. Le prince était alors habité par la passion. Elle, tout entière offerte, découvrait les délices de l'amour. Encore fillette, elle avait appris des autres femmes du palais qu'elle était née pour se donner à un seul homme. Les femmes l'avaient avertie que ce don de soi n'aurait qu'un temps car le prince, volage par nature, se lassait lorsque sa compagne atteignait les rivages du plaisir. Forte de cet enseignement, Sarna s'était juré de garder le prince auprès d'elle durant des éternités. Loin, comme tant d'autres, de simuler le plaisir pour satisfaire la virilité du raja, elle s'était au contraire efforcée de n'en rien montrer. Bien qu'assouvie, écartelée de jouissance, régalée dans sa chair, elle contenait ses soupirs, jugulait ses cris et son affolement. Pris au piège, Alit désespérait d'amener la jeune fille aux confins de l'extase. Il en avait souffert jusqu'à douter de lui. Apparemment insensible, Sarna mettait à mal son expérience, si bien qu'il en était venu à penser qu'elle était de nature frigide. Tout pourtant lui disait qu'un corps aussi souple, aussi délicieusement tendre recelait des trésors de sensualité inégalables.

Il la rejoignait chaque soir, persuadé qu'il arriverait, cette fois, à réveiller son ardeur. Et, chaque matin, après avoir comblé ce corps de toutes les attentions possibles, il rentrait dépité au palais et s'allongeait, mains jointes sur les lèvres entrouvertes. Il aimait respirer la succulence de ces attouchements les plus raffinés, toute une gamme de senteurs dont ses doigts étaient encore imprégnés.

Vint enfin l'instant où Sarna ne put résister davantage aux cajoleries les plus folles. Elle laissa aller ses cris et son corps jusqu'à la frénésie, jusqu'à la délivrance, jusqu'aux transes. La danse était somptueuse. Offerte au Barong qui grimaçait sous son masque, elle était Rangda l'ensorcelée, dévorée par le lion. Elle avait maintes fois exécuté ce legong devant l'assistance médusée. Il s'agissait d'un exor-

cisme où s'exprimaient toutes les phases émotion-
nelles précédant la bataille. Mais, cette fois, la danseuse ne terrassait plus le démon. Possédée par lui,
elle était aux anges.

Les femmes n'avaient pas menti. Après avoir mené
ce dur et long combat, et condamné l'adversaire au
plaisir des sens, Alit se désintéressa peu à peu de sa
favorite la plus lascive. Sarna rentra donc dans le
monde des femmes rangées. Comme les autres, elle
attendait son tour, se préparant un mois durant à la
brève apparition du Raja.

Depuis ce jour d'enchantement réciproque, bien
des événements néfastes s'étaient succédé qui
empoisonnaient l'atmosphère du pury. Les tourments du prince Alit étaient de toutes sortes, mais le
principal concernait l'attitude belliqueuse des Hollandais. Pour eux le moindre incident, en l'occur-
rence le pillage d'un navire chinois échoué sur la
côte de Sanur, était prétexte à de sévères sanctions.
La loi des princes de Bali autorisait depuis toujours
la confiscation des bateaux qui se fracassaient à
proximité de l'île. Le peuple était convié à s'emparer
des marchandises sous le contrôle d'un collecteur
d'impôts qui prélevait, en premier, la part du Raja. Il
en avait été ainsi de tout temps, et aussi loin que
l'on s'en souvenait. Toute embarcation s'échouant
malencontreusement était aussitôt désarmée et
pillée. C'était une sorte de butin de paix envoyé par
les dieux pour le bonheur des plus riches comme des
plus pauvres. Jusqu'alors les Hollandais avaient
fermé les yeux lorsqu'il s'agissait d'un bâtiment battant pavillon étranger au leur. Quant aux Balinais, ils
évitaient de s'en prendre aux navires flamands. Et
quand il ne pouvait retenir l'élan de ses sujets, le
Raja acceptait de négocier le montant d'un hypothétique dédommagement. L'affaire traînait et finissait

tantôt par s'arranger, tantôt par un débarquement en force des fusiliers marins.

Cette fois, la chose était plus sérieuse car le cargo chinois, chargé à ras bord de vaisselle et de poteries précieuses, avait été affrété par le gouverneur portugais de Timor. En principe ce naufrage n'aurait pas dû intéresser les autorités néerlandaises de Java. Néanmoins, en respect d'un traité commercial récemment conclu avec les empereurs mandchous, le gouverneur de Batavia exigeait réparation immédiate. La somme astronomique fixée unilatéralement par celui-ci s'élevait à cinquante millions de ringgits. C'était plus que ne possédait le pury. Dix fois plus que le trésor du Raja dont seul le prince connaissait le montant. Bien plus que ce que l'on était susceptible de réunir en mettant à contribution les royaumes de Badung et de Tabanan réunis. Les trésoriers du prince ne s'en arrachaient pas moins les cheveux. Il paraissait absolument impossible de payer pareille fortune, quand bien même on aurait vendu au prix fort les joyaux et les parures détenus au palais depuis des siècles, mais que personne en dehors du Raja n'avait jamais vus !

Pensant faire revenir les Hollandais sur leur décision, ou du moins les amener à reconsidérer leurs prétentions, Alit avait mandé à Java son plus habile émissaire. Il était revenu sans avoir obtenu autre chose qu'un ultimatum : : ou bien Badung s'acquittait de sa dette, ou bien Badung plierait sous la force. Le royaume était menacé par une impressionnante armada de croiseurs et de torpilleurs.

Alit était dans les affres, le pury dans l'expectative. Le grand prêtre quant à lui invoquait le ciel et les dieux. Et les dieux avaient délivré une singulière réponse : « Faites donc rendre au peuple ce qu'il a volé. Rendez vous-mêmes ce que vous avez confisqué ! » Prévenu de cette étrange proposition, le prince Alit n'avait pas jugé utile d'y donner suite. Les dieux disaient n'importe quoi ! Sans doute avaient-ils abusé de sago, la bière de palme ou d'opium ? Jamais, au grand jamais, on n'avait osé ainsi humilier le peuple. Ce qui était acquis légalement était acquis pour toujours. La loi des rajas était aussi celle des dieux. Pourquoi ceux-ci se parjuraient-ils ?

Le grand pedanda qui ne l'entendait pas de cette oreille, lui, avait transmis la résolution des dieux au gouverneur de Batavia. Curieusement, la médiation céleste avait eu pour effet un court répit. La chose demandait réflexion. Il faudrait d'abord recenser le butin, évaluer les dommages et les manques. Ensuite, chiffrer la différence. De toute manière, quand bien même on amputerait la somme de quelques millions, le prix à payer serait encore bien trop lourd pour la trésorerie des deux royaumes alliés. En réalité les gens de Tabanan s'étaient aussi largement servis que ceux de Badung.

Grâce au pedanda, la situation était donc à peu près stabilisée. Chacune des deux parties attendait que l'autre fît un geste. Il en était ainsi depuis le mois de mars quand les Hollandais, soudainement, s'étaient mis à menacer à nouveau. Cette fois, il n'était plus question de récupérer la vaisselle, d'autant qu'elle risquait fort d'être ébréchée, mais on sommait le Raja d'apurer sa dette sur-le-champ. On ne savait ce qui avait piqué les Longs-Nez. Peut-être cherchaient-ils à s'assurer les bonnes grâces de la Chine, une rivale dont on craignait l'expansion commerciale ? Plus probablement, le naufrage du bâtiment chinois venait à point pour mater la province de Badung, une alliée dont on voulait se défaire et que l'on avait l'intention de rattacher définitivement à l'Empire. Les Hollandais de Batavia comme ceux d'Amsterdam tenaient là l'occasion de résilier le semblant d'autonomie accordé à Badung par les anciens gouverneurs des Indes néerlandaises.

Sous le choc de ce dernier ultimatum, le pury s'attendait à une invasion imminente des Longs-Nez. Le dewa Agung, grand chef de guerre, recrutait déjà les hommes des rizières, tandis que les quelques marchands hollandais présents à Denpasar et à Janyar embarquaient à la hâte pour Java.

Entre ses rêveries d'opium et l'insupportable réalité ponctuée par les interminables et nostalgiques percussions des gongs, tambours et xylophones, le prince Alit se débattait. Tantôt il croyait à un bluff, tantôt il s'inquiétait sérieusement de la menace flamande. Tantôt il s'amusait avec Siang. Tantôt il organisait la résistance. Tantôt il s'en allait pleurer dans les bras de sa favorite. Tantôt il faisait le compte de ses troupes et évaluait leur capacité de résistance face à l'artillerie adverse. Tantôt, pris d'une sorte de jubilation morbide, il songeait à se donner la mort, de sorte que l'ennemi ne puisse tirer aucune vanité de la victoire. Tantôt il réunissait le Grand Conseil au complet et prenait l'avis des hauts dignitaires.

Il y avait là le dewa Agung, en charge des forces armées, le pougawah, administrateur des biens terrestres, le pedanda, grand régisseur des dogmes et des biens célestes. Assistaient encore aux délibérations les satrias, chevaliers de cour, ainsi que les principaux responsables des services du royaume. De ces controverses de Badung devait jaillir la lumière ou retomber les ténèbres. Tout comme dans le camp flamand, il y avait là aussi des colombes et des faucons, des modestes et des ambitieux, des sages et des illuminés.

Martial Wandevelle était arrivé à Sanur alors que résonnaient les gamelans déchaînés. Il ne pouvait s'imaginer que ces orchestres sonnaient le glas du pury. Pour lui tout était nouveau et fascinant. De sa terrasse, il aurait pu apercevoir l'épave rouillée du navire mais il ne parvenait pas à détacher ses yeux des hautes murailles qui protégeaient le palais des mille et un fantasmes. Dès le lendemain, il irait demander audience au prince...

Chapitre 4

Le clair-obscur

Xavier Romanet ne se lasse pas d'écouter Timor. Bien que ne connaissant pas son pays, le vieil homme a l'art du récit. Il pose les situations, développe des détails qui paraissent anodins. Passe, au contraire, rapidement sur des événements de première importance. Sans doute y reviendra-t-il. Les images sont fortes. La description d'Alit sans complaisance. Celle du pury empreinte d'un certain lyrisme. On se rend compte que Timor est pétri de la mémoire de Sarna et qu'il restitue les souvenirs de sa mère tels qu'ils lui ont été contés au fil des temps. Bien sûr qu'il enjolive certains tableaux et en noircit d'autres. Il a lui-même composé et recomposé tout un univers qui ne lui appartenait pas jusqu'à trouver, en lui, sa propre vérité. Le chemin que les autres vous tracent n'est jamais tout droit. Il y a des tournants dangereux, des ornières, des zones d'ombre.

Au début de ces entretiens, Xavier faisait la part des choses. Il y avait sûrement à prendre et à laisser dans la narration du pensionnaire de la chambre 25. A présent, il prend au sérieux les allégations de Timor. Il est bien possible qu'on l'ait dirigé sur cette « maison de repos » pour s'en débarrasser. Comme il le dit lui-même, on l'a mis au rebut, comme une lettre, un paquet perdu que personne ne songerait à ouvrir. Et quand bien même l'ouvrirait-on que nul indice ne permettrait un retour à l'envoyeur. Timor est assurément menacé. Les disparitions que Xavier a déjà observées n'augurent rien de bon. Il suffit d'une intraveineuse, d'une bulle d'air pour que mort s'ensuive. Ce matin même, une octogénaire paralysée a encore été retrouvée inanimée dans son fauteuil roulant. En dépit des protestations de Xavier, Charreau, le surveillant-chef, n'a pas jugé bon d'alerter le médecin légiste. Les deux hommes se sont affrontés du regard. Et puis ils ont eu des mots durs. Ivre de rage, Charreau n'a pu s'empêcher de lâcher :

— Tu n'es qu'un petit con de toubib de merde ! Je connais mon métier, alors fais pas chier !

Xavier s'est rendu chez Lucienne Sinclair, la directrice, une petite bonne femme sèche, toute en os, le visage mangé par ses lunettes à grosse monture. Elle se voulait rassurante :

— Vraiment, docteur, je ne vois pas ce qui vous inquiète. Ici, il n'y a pas de mort surnaturelle mais simplement des morts naturelles. C'est le lot d'une maison comme la nôtre. Nous traitons des gens qui n'ont ni la santé ni la raison. Ça fait beaucoup, vous savez !

Xavier a répliqué :

— Ça n'est pas un motif pour refuser l'autopsie !

— Et à quoi cela vous avancerait, jeune homme ? L'autopsie n'a jamais ressuscité qui que ce soit.

— Peut-être mais elle nous indique la nature du décès.

Elle a esquissé un sourire qui se voulait indulgent.

— Voyons, mon petit, chez nous, il n'y a pas trente-six natures de décès, tout au plus quatre. Le cœur, le cancer, le désespoir, le suicide. Allez, tranquillisez-vous, nous n'avons encore assassiné personne...

Cette dernière phrase lui a fait froid dans le dos. Comme elle avait remarqué son trouble, elle a ajouté :

— Je vais vous dire une chose, Xavier, et réfléchissez-y ! Chez nous, il n'y a pas de remplaçant irremplaçable. Si vous n'êtes pas content de la maison, libre à vous d'en changer. Prévenez-moi tout de même quelques jours à l'avance.

Xavier sourit à son tour et répondit :

— Je vous remercie, madame, je vais y réfléchir !

Pour Xavier, c'est tout réfléchi. Il ne traînera pas longtemps dans ce mouroir, il faut sortir Timor de là au plus vite. Il doit néanmoins vérifier si le prince de Badung habite bien au 22 rue des Généraux. Est-il victime d'un complot comme il le prétend ? Le pire, c'est que Xavier n'est pas certain de retrouver Timor encore vivant. En quelques heures, bien des choses fâcheuses peuvent survenir. Mieux vaut n'avertir personne de son absence. Le RER et le métro l'amèneront plus rapidement dans le VIIe arrondissement que sa R5. Il craint les embouteillages à Paris comme à Denpasar. Encore que l'atmosphère soit plus respirable à Paris que dans la capitale balinaise où les vapeurs d'essence stagnent et se superposent entre les couches de moiteur imbibées de plomb.

Comme le lui a décrit Timor, l'immeuble où il s'est installé avec Sarna dans les années vingt n'a guère subi de transformations. La façade pur style XVIIe n'a pas été ravalée. Les volets vermoulus pendent hors de leurs gonds. Deux fenêtres du quatrième étage sont murées. Les deux autres paraissent avoir été barricadées récemment. Dans la cour, le chantier est en place : des échelles et des échafaudages sont disposés, prêts à l'emploi. Des camions de peinture et de matériel de réfection sont abrités sous une bâche. Le samedi, les ouvriers du bâtiment sont de repos. Ça n'est pas le cas de la concierge qui arrive aux nouvelles :

— Qu'est-ce que c'est ? C'est pour quoi ?

Xavier prend un air détaché :

— C'est bien ici qu'habite M. Timor Wandevelle, n'est-ce pas ?

La concierge semble réfléchir.

— Non, je n'ai personne de ce nom-là !

— Ah bon, je croyais qu'il occupait le quatrième étage...

— Le quatrième étage appartient à la Sogym, comme tous les autres appartements. Ça a été long, mais ils ont enfin réussi à récupérer leur bien.

— Ils vont rénover ?

— Oui, tout remettre à neuf.

— Votre loge aussi ?

— Oui, monsieur, ma loge aussi. Et croyez-moi, elle en a besoin. Je vis dans des conditions inhumaines. Tout ça à cause du Chinois qui ne voulait pas vider les lieux.

— Un Chinois ?

— Chinois ou pas, c'est comme ça qu'on l'appelait.

Xavier remarque que l'on parle de Timor au passé. Il s'enquiert :

— Et vous ne connaissez pas son vrai nom ?

— Ah non, jamais de courrier, jamais la moindre quittance de l'EDF ou des Télécom. D'ailleurs, ça va faire douze ans que je suis ici, et c'est bien la première fois que quelqu'un le demande.

— Il n'a pas l'électricité ?

— Non, ni l'électricité ni le téléphone, juste un Butagaz pour sa popote.

— Il est absent depuis longtemps ?

— Ça, je ne pourrais pas vous dire. Peut-être quatre ou cinq jours, peut-être plus. Vous savez, c'était une ombre, une sorte de fantôme. Jamais un mot, jamais un bonjour ou un bonsoir. Il était toujours là-haut avec ses bonzes et ses fleurs !

— Ses bonzes ?

— Oui, des horreurs, des statues grimaçantes. Je vous assure, il y avait de quoi avoir la frousse...

Xavier tire cinquante francs de sa poche et risque :

— Ça m'intéresserait de voir ça. C'est possible ?

Elle refuse le billet et murmure comme si elle craignait d'être entendue :

— Figurez-vous qu'ils ont tout vidé, absolument tout : les papiers, les meubles, les affaires et les monstres...

— Les monstres ?

— Oui, toutes les diableries devant lesquelles il se prosternait.

— Ils les ont emportées où ?

— Ah ça, mon pauvre monsieur, je n'en sais rien ! Sans doute à la décharge !

— Et lui, qu'est-il devenu ?

— Ça, c'est le mystère. On ne l'a plus revu du jour au lendemain. Il est peut-être mort, ou quelque chose comme ça !

— Vous croyez qu'il est parti de lui-même ? Est-ce qu'on ne l'aurait pas plutôt poussé dehors ?

Elle prend un air buté.

— Ah ça, je ne saurais vous le dire. Moi, vous savez, je n'entends pas et je ne vois rien. Je suis sourde et aveugle. Et il y a des fois où je me demande même si je ne ferais pas mieux d'être muette. Vous n'êtes pas de la police au moins ?

Une idée effleure brusquement Xavier.

— Non, je suis dans le notariat. Figurez-vous que M. Wandevelle a hérité d'une fortune considérable. Il avait un frère aux Etats-Unis. Pas de femme, pas d'enfants. Ça se chiffre par milliards.

— Par milliards ? Comme au Loto ?

— Encore plus énorme. Avec ce qu'il va toucher il serait en mesure d'acheter toute la rue des Généraux.

— Toute la rue des Généraux, lui, le Chinois ? Ça alors, si j'avais su, j'aurais été plus aimable. Du coup, c'est M. Lorrain qui va être surpris. Voyez-vous, on ne savait même pas de quoi il vivait, ni même com-

ment il survivait. Encore moins qu'il avait un frère
en Amérique. Pour sûr qu'il possédait un peu
d'argent pour acheter ses fleurs et son osier, mais
d'où il le sortait ? Alors là, c'était l'inconnu !

— M. Lorrain, c'est le PDG de la Sogym ?

— Lui-même, pour sûr qu'il va regretter...

— Regretter quoi ?

Elle se martèle les côtes.

— Décidément je ferais mieux de me taire. On dit
que les concierges sont bavardes, et c'est vrai. Elles
ont des dizaines de locataires sur le dos et dans la
tête, mais moi, en dehors de monsieur... comment
vous dites déjà ?

— Wandevelle...

— Oui, en dehors de M. Wandevelle, je n'avais
personne après qui râler. Alors, bien sûr, j'ai abusé et
je me suis mise à radoter. C'est pas que je suis raciste
bien sûr, parce que les Chinois, ils s'intègrent bien.
Mais lui, M. Wandevelle, il était vraiment spécial !
Cela faisait des années qu'il empêchait M. Lorrain de
faire la transformation de l'immeuble. Rien n'y faisait, ni la douceur ni les menaces. Il s'accrochait à
son quatre-pièces. Paraît qu'il était né ici, au 22. Pas
moyen de lui faire entendre raison. Alors forcément,
M. Lorrain en a eu marre...

— Il en a eu marre !

Elle continue à se frapper les côtes.

— Je parle trop, je parle trop. Ça va me retomber
sur le nez !

Il la rassure :

— Ne craignez rien, tout cela va rester entre nous.
Et je vais même vous faire une confidence : si vous
m'aidez à retrouver M. Timor Wandevelle, le cabinet
de notaires que je représente pourrait se montrer
généreux à votre égard.

Elle hésite un moment et l'invite à entrer dans la
loge.

A part l'eau courante et l'électricité, celle-ci n'a pas
été modifiée depuis cent ans. Le linoléum comme la

toile cirée sur la table datent certainement d'avant la guerre.

Gênée, elle explique :

— C'est pas du gâteau, n'est-ce pas ! La Sogym a racheté les appartements pour une bouchée de pain. Il n'y avait que des vieux, des veuves pour la plupart. Elles confondaient encore les anciens francs et les nouveaux. Je ne comprendrai jamais pourquoi M. Lorrain a tellement traîné avec le Chinois. Il a été beaucoup plus expéditif avec Mme Berthier. Ah, celle-là c'était une drôle de cabocharde ! Un jour, elle donnait son accord. Le lendemain elle se rétractait. A la fin, il a envoyé des casseurs, ils ont emmené la pauvre femme et on n'en a jamais plus entendu parler.

— Et les gens n'ont rien dit !

— Quels gens ! Il ne restait plus que monsieur..., comment vous dites déjà ?

— Wandevelle, Timor Wandevelle.

Se doutant de la réponse, Xavier insiste :

— Et vous-même ?

— Comment ça, moi-même ?

— Vous n'avez pas réagi ? Pas prévenu la famille ?

— Elle n'avait pas de famille, comme M. Wandevelle.

Il ressent comme un creux au sternum. Mal à l'aise, il demande :

— Ça s'est passé quand ?

— Quand ? Je ne sais plus. Il y a deux ou trois ans. Peut-être plus, peut-être moins.

— Essayez de vous souvenir, c'est important !

Elle le regarde tout à coup d'un air méfiant.

— Dites donc, comment se fait-il que Mme Berthier vous intéresse autant ? Aurait-elle hérité elle aussi ?

Il est gêné. Doit-il faire confiance à cette concierge manifestement soudoyée par Lorrain ? Il n'en jurerait pas. Mieux vaut jouer la comédie.

— Vous vous méprenez. Mme Berthier ne m'intéresse pas du tout. La seule chose qui m'importe, c'est de mettre la main sur la personne de M. Wandevelle afin qu'il puisse jouir de sa fortune au plus vite. Au fait, il ressemble à quoi votre Chinois ?

Elle paraît plus conciliante :

— Il ressemble à un Chinois. Qu'est-ce que je peux vous dire de plus ? Il avait la peau jaune, les yeux en amande.

— Il est petit, grand, gros ?

— Gros ? Pensez-vous ! C'était un fil de fer, un roseau.

— Vous n'auriez pas une photo par hasard ?

Là elle éclate carrément de rire.

— Eh bien, justement, figurez-vous que j'en ai ramassé une dans la cour quand ils sont venus débarrasser le quatrième étage la semaine dernière. Elle n'est pas toute jeune car on le reconnaît à peine. Il est accompagné d'une femme. Peut-être a-t-il été marié ? A moins qu'il ne s'agisse d'une petite amie ? Vous voulez la voir ?

— Oui, s'il vous plaît !

— S'il vous plaît, s'il vous plaît ! Vous en avez de bonnes avec votre politesse. S'il ne me plaisait pas, je ne vous aurais pas proposé de vous la montrer. Je ne vous en aurais même jamais parlé.

Tout en maugréant, elle fouille dans le tiroir du buffet et pose la photo sur la table.

— Attendez, je vais vous mettre un peu de lumière.

Elle regarde maintenant par-dessus l'épaule de Xavier. L'homme, élégamment vêtu d'une saharienne noire, est âgé d'une quarantaine d'années. Malgré le temps qui a jauni le tirage et transformé ce presque jeune homme en vieillard, on reconnaît aisément Timor. Auprès de lui, la main sur son épaule, une femme pose, drapée d'un sarong de cérémonie. Le visage souriant accentue la finesse des traits. Fièrement campée dans un superbe déhanché, on devine le corps souple et élancé. Mais quel âge a cette ancienne danseuse de lelong ? Peut-être trente-cinq ans ? Peut-être trente de plus ?

Xavier s'exclame :

— C'est une vraie beauté !

La concierge n'est pas de cet avis.

— Vous appelez ça une beauté, vous ? Non mais, regardez donc comment elle est fagotée. On dirait une bohémienne !

Il s'insurge :

— Non, pas une bohémienne, une princesse.

— Une princesse, vous la connaissez ?

— Oui, elle s'appelle Sarna. C'est la mère de M. Wandevelle.

— Sans blague, il avait une mère ! Ça alors, je n'aurai pas cru...

Sur le chemin du retour, une grosse angoisse étreint la poitrine de Xavier. Il est maintenant persuadé que Timor va finir comme a fini cette cabocharde de Mme Berthier. Il en a des sueurs froides, des contractions au plexus. Plus il gamberge, plus il s'approche de la vérité. Ses questions ne nécessitent d'ailleurs aucune réponse. La logique l'emporte et ne fait pas l'ombre d'un doute. La pauvre femme a été expédiée à Villepinte, tout comme Timor et bien d'autres.

Cette nuit même, Xavier vérifiera les registres et épluchera les feuilles d'admission. Combien de vieillards ont-ils ainsi été envoyés à la mort par Lorrain et ses associés de la Sogym ? De quelles complicités bénéficiaient ceux-ci pour agir en toute impunité ? La maison de Villepinte leur est-elle entièrement acquise ? Leur appartient-elle ? L'ensemble du personnel est-il à leur solde ou bien obéit-il aveuglément au couple Charreau-Sinclair ? Comment Beaumanière, le psychiatre attaché à l'établissement peut-il concilier non-assistance à personne en danger et serment d'Hippocrate ? Il semble invraisem-

blable que Beaumanière ne soit pas de connivence.
Mais pourquoi aurait-il pris le risque de se faire
remplacer au mois d'août ? Peut-être parce que le
mois d'aôut est un mois sans... Un mois où nul
n'entre et nul ne sort sinon les pieds devant. Lorrain
aurait-il dérogé à la règle ? Beaumanière aurait-
il pris Xavier pour un imbécile inoffensif ? Ne
devrait-il pas savoir, lui, l'homme d'expérience, qu'il
n'y a pas plus dangereux qu'un imbécile qui se met à
faire du zèle ?

On l'a pris pour un con, pour un falot de carabin.
Alors, cette fois, du zèle, il va en pleuvoir des cordes.
Une vraie mousson balinaise devrait bientôt s'abattre sur Villepinte et mouiller salement les uns et les
autres...

— Je vous en prie, il n'y a pas de temps à perdre.
Timor entend cette voix qui lui paraît familière.
Elle est lointaine, comme étouffée.
— Il faut faire vite, allez, réveillez-vous, bon sang !
Timor sort avec peine de sa léthargie.
— On vous a fait boire quelque chose ?
Il ne sait plus. Il éprouve quelque difficulté à
reprendre ses esprits.
On le secoue, on lui tapote les joues. On le tire par
les bras, on l'assied.
La voix est dure, moins familière :
— Réveillez-vous, nom de Dieu !
On lui parle à l'oreille. Il sent le souffle chaud dans
son cou, une haleine de chewing-gum.
Le regard hébété, c'est tout juste s'il reconnaît le
jeune médecin.
— Répondez-moi, nom de Dieu ! On vous a fait
boire quelque chose ? On vous a piqué ?
Xavier examine les fesses et les veines de Timor.
Ni traces de sang ni hématomes. Il dit :
— Bon, laissez-moi faire. Je vais vous habiller.
— M'habiller...

Timor a produit des efforts extraordinaires pour prononcer ces mots. Maintenant il revient peu à peu à lui. Il prête ses jambes et son torse, facilite les gestes du médecin.

— J'espère que vous tiendrez debout, sinon je vais être obligé de vous porter. Allez, faites un essai !

Timor prend appui sur le plancher mais ne parvient pas à garder l'équilibre. Il entend :

— Les salauds ont triplé la dose. Il était temps que je revienne ! Bon, alors, écoutez-moi bien. Et surtout ne dites rien. Je vais vous prendre sur mon dos et on va foutre le camp !

— Moi, sur votre dos ?

— Taisez-vous, bon sang ! Mettez vos bras autour de mon cou. Allez-y ! N'ayez pas peur de serrer. Bon sang, vous y êtes ? Voilà, c'est très bien. A présent on va foncer. Ma voiture est en bas. Et ne vous occupez de rien. Même si ça gueule !

Chaussures à la main, Xavier se faufile dans le couloir aux lumières bleutées. De la chambre 25 à l'escalier, il y a une trentaine de mètres à parcourir. Trente mètres de silence épais et de sommeil profond. Le soir, on endort tout le monde d'une ration de barbituriques. Les voici dans l'escalier. Une descente épuisante, marche après marche. Le prince de Badung ne peut souhaiter meilleur palanquin. Il est léger comme une plume de paon, mais pas question de faire la roue. Une rampe de néon étincelle au rez-de-chaussée. Le danger peut venir de Charreau dont la chambre est équipée d'un écran de contrôle. Impossible d'éviter la caméra de surveillance fixée au chambranle de la porte d'entrée. Une fois dessous, on est pris par le faisceau. La nuit, une alarme télécommandée se met aussitôt à sonner chez le surveillant-chef. Il n'y a pas d'autre solution que de faire vite. Que Charreau soit éveillé devant sa télé ou réveillé en sursaut, et il rappliquera en moins de six secondes. Six secondes devraient suffire à Xavier pour introduire ses clés dans la serrure, bondir comme un diable dans la rue et jeter le raja de Badung sur la banquette arrière de sa R5...

Parvenu en bas des escaliers, Xavier pose Timor et enfile ses chaussures. Il rassure le vieux à voix basse :

— Pardonnez-moi si je vous bouscule un peu, mais il n'y a pas d'autre solution.

Docile, Timor demande :

— Mais où allons-nous ?

— Je ne sais pas, loin d'ici en tout cas, s'entend-il répondre comme dans un souffle...

Le souffle a été effectivement un peu brusque. D'abord le hurlement strident de l'alarme, un truc à crever les tympans. Ensuite, le saut, un rebond sur de mauvais ressorts, une banquette à vous briser les os. Xavier a juste eu le temps de refermer la portière de la voiture. Affalé à l'arrière, Timor n'a pas saisi grand-chose de l'altercation.

Charreau surgit armé d'un nerf de bœuf. Il s'apprêtait à taper sur un voyou, mais reste interdit devant Xavier.

— Qu'est-ce que vous foutez ici en pleine nuit ? Vous n'auriez pas pu prévenir avant de sortir ?

Il a donc réussi. Xavier se met à jouer les provocateurs. Il a tout son temps, tout plein de rancœur à vider :

— Je sors quand je veux, je vais où je veux. Et je n'ai à prévenir personne !

— Bien sûr, ça te plaît de foutre le bordel et de terroriser les pensionnaires avec l'alarme !

— Les pauvres vieux, ils préfèrent sûrement quand tu leur sonnes le glas !

— Qu'est-ce que tu insinues, salopard ?

— Je n'insinue pas, j'affirme.

Les deux hommes se sont regardés méchamment, prêts à en découdre.

— Et qu'est-ce que t'affirmes, petit con ?

Xavier a hésité un instant avant de lancer :

— Tu ne les soignes pas, tu les assassines !

Xavier s'attendait à la réaction de Charreau. Quand la brute a bondi, matraque levée, il lui a décoché un coup de pied dans les parties. Le gars a laissé tomber son casse-tête pour se tenir le ventre. Tandis qu'il se roulait de douleur sur le trottoir, Xavier s'est installé tranquillement au volant et a démarré. Son mois d'août est foutu, mais il ne s'était pas senti aussi heureux depuis longtemps...

Tout en roulant, Xavier se demande s'il va dénoncer les meurtres et alerter le conseil de l'Ordre ? Peut-être doit-il plutôt prévenir la presse ? Les médias feront leur chou gras de l'affaire. Il y en aura pour des mois. Ce n'est pas tous les jours que l'on peut prouver la collusion d'un promoteur immobilier pourri avec une maison de retraite spécialisée dans le crime organisé. Pour une collusion, celle-ci était mortelle. Il y a tant de cadavres à déterrer, tant d'énigmes à résoudre que mieux vaut prendre ses précautions et mettre le prince de Badung à l'abri avant de déclencher la guerre. Dès l'aube, toute cette bande d'assassins risque fort d'être sur les dents et de mener la chasse.

Xavier juge plus sage d'éviter son domicile. Prévenue par téléphone, l'équipe de Lorrain l'y attend peut-être. Il est l'homme à éliminer d'urgence, le seul à détenir les preuves de ses forfaits. Les tueurs n'hésiteront certainement pas à faire coup double. Il vaut mieux rejoindre l'A10 et filer à toute allure vers la Touraine où l'un de ses amis possède une propriété. Timor pourra s'y reposer en toute quiétude et s'extasier sur diverses variétés de fleurs et de plantes. Dommage que les tournesols soient déjà grillés. Encore jaunes, encore tendres, ils auraient été très appréciés de Surya, le dieu du Soleil. Certes, la végétation du Lochois ne peut se comparer à la luxuriance des collines de Taman-Sari, où s'étalent, en

espaliers, des petits carrés de vertes rizières. En cette
mi-août, les moissonneuses-batteuses ne ronronnent
plus d'aise. Les moteurs encore chauds, tout pois-
seux d'huile et de paille, reposent dans les hangars. A
l'infini s'étend l'océan des chaumes où s'abattent
sauvagement des marées d'étourneaux. Dans la
plaine brûlée s'élèvent, de-ci de-là, de hauts et impo-
sants silos. Ils sont les châteaux forts d'aujourd'hui,
avec leurs tours de béton, leurs donjons métalliques.
Que va penser Timor en voyant la ronde ininterrom-
pue des serfs mécanisés qui apportent leurs charge-
ments de grains au raja des coopératives ? Le spectacle va-t-il l'inspirer ? Ou faudra-t-il battre le fléau
dans la grange du manoir, comme on battait jadis le
tambour au pury pour l'inciter à reprendre son
récit ? Faudra-t-il l'installer sous le gros chêne dont
on a cimenté les plaies et étayé les branches basses ?
Cet arbre à l'ombre duquel on rendait la justice en y
pendant quelques gueux. Le chêne aura-t-il le pres-
tige du varinga, ce fameux banian vieux comme le
monde où la déesse de la Lune s'offrait par nuit noire
à Bayou, le dieu des Vents ?

De si loin, de si long, Timor entendra-t-il le fracas
assourdissant des koulkouls qui invitaient le prince
Alit à se rendre au wantilan, l'arène où son coq
le plus vaillant devait affronter celui du raja de
Tabanan ?

A l'issue du combat sans merci, les dieux vont
devoir décider. A Bali, les dieux croient aux coqs. Les
hommes, eux, s'en remettent tantôt aux uns, tantôt
aux autres.

Autour du chêne, il y a un chapelet d'offrandes
disposées en U. Le cercle n'est pas refermé.

Adossé au tronc de l'arbre séculaire, jambes
repliées, mains jointes, Timor s'apprête à parler. Un
moment de silence pesant s'écoule que vient alléger
le passage fugace d'un vol de ramiers. Timor suit du
regard les insouciantes palombes. Soudain, celles-ci
dévient de leur trajectoire et décrivent un large mou-

vement tournant. La réplique céleste en quelque sorte du cercle qu'il a lui-même agencé. Un instant déconcertés par ces étranges taches de couleurs, les oiseaux, ailes immobiles, planent dans les airs. On a l'impression qu'ils vont descendre en piqué et fondre sur Timor pour écouter, eux aussi, la parole du vieil homme. Cela n'est qu'apparence. L'un d'eux, peut-être le raja des pigeons, reprend son vol et s'éloigne au-dessus des chaumes. Tous tirent maintenant leurs ailes dans le sillage lacté. Une plume bleue virevolte lentement au gré du vent. On attend qu'elle se pose, ou plutôt qu'elle se dépose. On espère un signe, une offrande du ciel. On se dit que Timor mérite ce cadeau. La plume flotte au large, douce-ment ballottée. Un appel d'air la rabat vers le chêne. Agitée de soubresauts, elle frémit et touche enfin terre.

On s'intéresse maintenant au sourire de Timor. Voilà, il est prêt. Il va parler...

Chapitre 5

L'éclair

Martial transpirait à grosses gouttes. Protocole oblige, il avait passé un costume de lin couleur anthracite sur une chemise au faux col empesé. Chaque geste, tout comme le moindre énervement ou la plus anodine des impatiences, se traduisait aussitôt par une coulée de sueur. La chemise détrempée collait à la peau et marquait la veste d'auréoles sombres. Le chapeau de feutre noir n'arrangeait rien. La sueur dégoulinait du front et creusait des rivières le long des joues.

Martial se disait que la peau allait s'habituer à l'humidité ambiante et finir par retenir l'eau. A vingt-deux ans, il n'avait pas un gramme de graisse à perdre, cependant, il sécrétait une sueur gluante, presque huileuse.

En se rendant au palais, Martial enviait les Balinais qu'il croisait. Ceux-ci ne semblaient guère souffrir de cette lourde chaleur poisseuse.

Malgré l'effort, l'intouchable qui tirait son pousse-pousse ne paraissait pas même incommodé. Le vent produit par sa propre vitesse asséchait le torse nu.

Penché en avant, les fesses effleurant à peine le siège de cuir rouge, Martial profitait avec délectation du phénomène d'évaporation naturelle. Le plus infime des souffles d'air comblait d'aise le visage

ruisselant et procurait une impression de fraîcheur
le long du cou et du dos.

Martial n'avait pas l'intention de se plaindre longtemps du climat tropical. Il allait plutôt faire avec et
vivre en bonne intelligence. La transpiration n'était
qu'un désagrément minime en regard des enchante-
ments qui flattaient l'œil et éveillaient les sens.

Le pousse-pousse déposa le Français à quelques
mètres de la porte monumentale. Crainte et respect,
l'intouchable n'osait s'en approcher.

Tout étranger reçu en audience par le raja de
Badung devait se présenter à la porte nord-est. Les
gardes en tenue d'apparat, sarong de soie jaune et
turban rouge, examinèrent l'autorisation écrite et
laissèrent entrer Martial.

Vivement impressionné par la magnificence des
jardins comme par l'imposant temple qui occupait
l'aile nord-est du pury, Martial attendit à l'ombre
d'un tiempaka que l'on vienne le chercher. Il s'était
renseigné sur le déroulement du rituel, aussi fut-il
surpris qu'on le laissât seul sous la frondaison luxuriante de cet arbre de réception. On lui avait décrit
un incessant va-et-vient de soldats et de serviteurs,
toute une multitude à l'exercice et au travail, mais
les balés, les pavillons, les allées étaient vides. Seuls
les singes et les paons, les oies et les cygnes, les
mainates et les perroquets se montraient curieux.
Les uns s'approchaient méfiants. Les autres s'agi-
taient ou sautaient de branche en branche. D'autres
encore faisaient le beau ou la roue. Agressives, les
oies caquetaient. Plus pacifiques, après être venus
charmer le visiteur, les cygnes étaient repartis glisser
sur les eaux. Ils évoluaient parmi les nénuphars,
dérangeant au passage quelques poissons volants au
ventre argenté.

Déserts aussi les balés des musiciens et des danseurs. Les instruments étaient en place, les costumes
pliés ou pendus. Nul son, nul geste. Le pury semblait
frappé de torpeur. Il n'y avait que le cri des singes et

le dialogue répétitif des oiseaux pour distraire cette nature admirablement domestiquée.

Martial attendit patiemment. Rien ne le pressait, tout l'intéressait. Il contempla à loisir les statues de pierre et les autels de bois précieux qui ornaient le temple élevé à la gloire de Shanghyang Widi, l'Etre suprême. Dieu des dieux, Shanghyang Widi symbolisait la trinité hindouiste. Dans son pouvoir de créateur, il était Brahma. Dans son pouvoir d'éternité, il était Vichnou. Dans son pouvoir d'anéantissement, il était Shiva. De tous côtés, comme de bas en haut, plus de mille portes sculptées représentaient Vichnou chevauchant Garuda, l'aigle blanc.

D'autres portes, d'autres sculptures montraient l'Etre suprême avivant les flammes qui émanaient de son corps.

Moins haut que Notre-Dame de Paris mais tout aussi vaste, le temple de l'aile nord-est était littéralement couvert d'offrandes. Certaines, très simples, juste quelques feuilles tressées, quelques fleurs déposées, quelques fruits partagés. D'autres, en forme de guirlande et de couronne, en forme de roue et de carré, de rectangle et de losange. Et dans la pierre même, plantés au milieu des gradins, s'étageaient des massifs de pensées et d'œillets. Il y avait aussi des parterres d'ixoras écarlates, des kiwis de Chine, des néfliers du Japon, des grenadiers de Sumatra ; tout un patchwork d'espèces rares, des harmonies de couleurs et de senteurs que Martial n'avait encore jamais vues.

Comme personne ne se présentait, hormis les singes qui s'enhardissaient et s'accrochaient maintenant à ses pantalons, Martial quitta l'arbre des Réceptions et s'aventura au-delà du temple. Il imagina Notre-Dame ainsi chamarrée, tapissée des fleurs et des fruits les plus précieux. Notre-Dame noyée sous l'abondance d'une nature tropicale. Une Notre-Dame envahie de flamboyants, d'hibiscus, d'arbres à laque et de frangipaniers. Il se dit que cela ne conviendrait ni à la pierre, ni à la ferveur, ni au ciel, ni à la Seine. Il y a des lieux qui siéent au dépouillement. D'autres à l'exubérance. Mieux valait chasser cette image saugrenue et tenter d'apprendre au plus vite pourquoi le pury était déserté.

Après avoir longé l'aile nord-est du temple, Martial découvrit une succession de cours qui faisaient comme un jeu de glaces, à croire que la première se reflétait dans la seconde. Et ainsi de suite. Il connaissait un café comme cela, sur les grands boulevards à Paris. On croyait s'asseoir près de quelqu'un, on se retrouvait loin, en face.

Il redouta d'emprunter ce labyrinthe où, là encore, des jardins et des balés, des pavillons et des kiosques, ne parvenait aucun signe de vie. Il continua jusqu'aux habitations privées du prince que personne ne surveillait. Il crut néanmoins distinguer quelques silhouettes derrière les cloisons d'une véranda, mais nul ne répondit à ses appels.

Martial obliqua alors sur la droite et longea une immense place pavée de dalles de marbre noir et blanc. Il avait entendu dire que le Raja y disputait ses parties d'échecs à dos d'éléphant. Confortablement installé, il donnait ses ordres du haut d'un palanquin d'ivoire si finement ciselé qu'il pouvait contrôler toutes les cases de l'échiquier géant quelle que fût la position adoptée. De jeunes garçons figuraient les pièces. Selon leur situation sociale, ils étaient simples pions, fous, ou cavaliers. Drapé d'une robe royale, un favori de la caste des satrias tenait le rôle de la reine. Le roi, quant à lui, n'était autre que le raja de Badung. Il se contentait de roquer, exercice que l'éléphant dressé à cet usage exécutait parfaitement.

Tous avaient encore en mémoire un temps pas si lointain où Raka, le grand-père d'Alit, supprimait tout bonnement les hommes qui figuraient les pièces de l'échiquier. Il les abattait lui-même du haut de son palanquin et les laissait morts ou agonisants sur leur case. C'étaient des prisonniers condamnés pour divers larcins ou crimes que l'on réservait tout exprès au plaisir sanguinaire du prince. Pions, fous, cavaliers, tours et reine tombaient au fur et à mesure que se déroulait la partie. Et, quand le prince voyait que la victoire lui échappait, alors il sacrifiait ses pièces à tout va. Seuls les rois étaient épargnés car ceux-ci étaient princes ou fils de prince. On exécutait ainsi au pury une vingtaine d'hommes par partie. Mais, en cas d'abandon, de pat ou de mat, les pièces qui restaient encore dans les cases étaient graciées. Pour celles-ci bien sûr, ça n'était que partie remise. Et des parties, on en disputait deux par mois. A part cela le raja Raka était un excellent prince, un homme bon et pieux, vénéré par son peuple !

Parvenu aux dernières cases de l'échiquier, Martial découvrit l'arrière des appartements princiers. Un pont métallique de fabrication assez barbare enjambait une pièce d'eau où nénuphars et lotus mêlaient avec bonheur leurs fleurs pourpres et laiteuses à celles du nelumbo sacré. L'eau du lac donnait une impression de paresse. Elle ne dormait pas, elle était seulement langoureuse. Nul poisson n'y nageait. Nul cygne n'y voguait. Nul oiseau d'eau douce ne s'y posait. Les bêtes et les hommes s'en méfiaient. On n'y avait pourtant jamais rien vu d'effrayant. Au contraire, à bien observer l'autre rive, on pouvait entrevoir ce qu'était peut-être l'antichambre du paradis terrestre. Cela n'était qu'incarnations de grâce, que créatures de désir s'ébattant au jardin d'Eden. De ce rivage à la fois si lointain et si proche arrivaient des parfums de vanille et de cannelle, des senteurs d'ambre et de jasmin. Cette odeur épicée faite de la chair des fleurs et de la pulpe des fruits, cette saveur musquée faite de racines et d'écorces, d'attente et de soupirs étaient celles des femmes. Par vents porteurs, elles inondaient les moindres recoins du pury, elles rendaient fous les pauvres soudras privés de caresses. Elles subjuguaient les fidèles du prince, lequel accordait parfois l'une de ses mal-aimées en récompense d'un service rendu.

Martial gagna le pont et s'avança à pas lents vers la berge opposée. Dissimulé dans la végétation touffue d'où émergeaient quelques arbres géants, il apercevait les toitures rutilantes des balés et les frontons aériens des pavillons de bambou. Il devinait les patios frais, les sous-sols de briques d'argile creuses, où coulait, cristalline, l'eau des fontaines de jouvence. Etait-ce bien là cette île des Femmes qui fascinait tous les nouveaux venus à Denpasar ? On la disait interdite à tout autre homme que le prince. Comment dès lors Martial pouvait-il y accéder si facilement ? Ne s'agissait-il pas d'un leurre, d'un fac-similé de paradis, d'un piège tendu à la tentation ? Aurait-on vidé le pury de tous ses gardiens pour le mettre à l'épreuve ?

A mi-pont, Martial commença à s'inquiéter. Etrangement, au lieu de rebrousser chemin, il accéléra l'allure. Maintenant, il sentait l'odeur des femmes, des effluves capiteux qui alliaient le suave et l'épicé, le poivre et la muscade.

Martial aborda l'île le cœur battant. Il entendait les bruits de la vie, toutes sortes de sons et de voix. Là, une mélodie douce égrenée sur la cithare. Ici, une mélopée, une litanie, quelque chose comme une prière, une demande sans doute ? Une longue suite de doléances. Là, un rire, des chuchotements. Ici, une étoffe froissée, des pas pressés, des souffles courts. Les femmes aimeraient-elles d'autres femmes ? Peut-on appartenir à un seul homme et partager avec quelques-unes de ses concubines un peu de ce plaisir qu'on lui mendie une nuit par mois ? Entre femmes n'a-t-on pas le privilège de repiquer le plaisir sur d'autres ventres comme on repique le riz sur d'autres terres inondées ? Le prince Alit était-il propriétaire du plaisir de la femme ? Maître de ses jouissances et de ses insatisfactions ? Pouvait-il posséder le corps et l'esprit du corps, les battements du cœur et ses inclinations ? Accaparer les songes ? Influencer les rêves ? S'approprier l'âme ? Bien des questions auxquelles Martial ne pouvait apporter de réponse. Il était l'inconscience personnifiée, l'innocente victime de ses propres ivresses.

En apercevant Sarna, tout autre que lui aurait pris la fuite. Martial ne détourna pas même la tête. De sa vie, il n'avait contemplé pareille beauté. Tout, chez elle, n'était qu'attraits. Elle avait le sourire étonné des enfants surpris que soulignaient à merveille les lèvres entrouvertes. Le geste, comme l'expression, resta suspendu un instant, mais elle porta vivement les mains à son visage pour masquer son émoi. Elle le regarda à travers ses doigts écartés. Les ongles étaient si démesurément longs qu'ils en accentuaient la finesse. C'était la première fois qu'elle voyait un homme blanc. Elle était aussi déconcertée par cette peau qui ressemblait à la chair du markisah que par ces drôles de vêtements qui épousaient la forme du corps.

Martial restait interdit. Comment aurait-il pu deviner que cette resplendissante captive du pury de Badung comparait sa peau à la chair délicate du fruit de la passion, un délice de subtilité qui inonde le palais de saveurs aigres-douces ?

Martial ne savait que faire et que dire. Et, quand bien même aurait-il voulu la complimenter, il en aurait été incapable. Il ne connaissait que quelques mots de balinais : bonjour, merci, au revoir, combien ça coûte ? Il risqua néanmoins :

— *Siapa namamu* ? (Comment vous appelez-vous ?)

Elle dégagea gracieusement son visage et joignit les mains en signe de politesse.

— *Nama saya, Sarna.*

— *Sarna* ?

— *Sarna*, répondit-elle en laissant apercevoir ses dents limées.

Montrer ainsi ses canines et ses incisives en souriant n'était pas tout à fait innocent. Elle prévenait l'étranger que l'on avait réduit les mauvais sentiments en même temps que les dents. Cupidité, jalousie, colère, passion avaient laissé tomber un peu de leur caractère excessif dans la poussière d'ivoire.

Soudain une lueur sombre passa dans le regard de Sarna. Elle avait entendu des voix, des pas. En effet, d'autres femmes sortaient d'un balé en criant son nom. Elle n'eut que le temps de pousser l'étranger derrière une haie avant de répondre avec candeur aux dames de sa suite. Celles-ci s'inquiétaient de son absence. Il lui fallait rentrer sans tarder car les eunuques seraient bientôt de retour. On saurait alors ce qu'il en était de la paix ou de la guerre...

En cette journée du 3 juin 1906, l'affaire qui préoccupait le pury était si grave que l'ensemble de la cour, toutes castes confondues, s'était regroupé sous le grand wantilan, non loin de la porte du sud-ouest. C'était là que se déroulaient les plus fameux combats de coqs de l'île. D'ordinaire, le peuple du palais n'était pas admis dans ce sanctuaire réservé aux volatiles des princes car on y pariait des sommes astronomiques, quelquefois même une partie de son propre royaume et de ses sujets. Mais cette fois, dans l'arène aux gradins tapissés de brocarts, il n'était plus question d'argent mais de survie. Magnanime, le raja Alit avait autorisé les maîtres et leurs esclaves à suivre de près le déroulement d'un combat qui les intéressait tous en raison de sa singularité. En effet, de l'issue de cette rencontre dépendait leur avenir immédiat. Et tous se pressaient maintenant dans le wantilan à ciel ouvert. Il y avait les nobles et les wessias, bien sûr, alignés derrière leur pougawah, les prêtres et les sages auprès du grand pedanda, les satrias, les chevaliers autour du prince Alit, lui-même serré de près par les rajas de Tabanan et de Pemakutan. Ceux-ci, d'un commun accord, oppo-

saient leurs plus beaux coqs à ceux du royaume de
Badung. Outre ces centaines de dignitaires qui occupaient les premiers rangs du wantilan, revêtus de
leurs tenues de cérémonie, le bas peuple s'entassait
dans les gradins supérieurs. Les wantilans princiers
avaient, eux aussi, leur poulailler. Les soudras et les
wong-jabas, les intouchables, y étaient invités lorsque des événements exceptionnels concernaient
directement le destin du pury. Ce jour-là, tous ceux
qui servaient le palais et le prince, qu'ils fussent
jardiniers ou cuisiniers, hommes de troupe ou paysans, gens de balé ou musiciens, chasseurs de mouches ou souffleurs de vent, marionnettistes du théâtre d'ombres ou bouffons, eunuques ou palefreniers,
tous jouaient leur existence à pile ou face. Certes,
tous accordaient une confiance aveugle aux coqs du
prince, il n'empêche que l'enjeu était de taille. C'était
le jeune Siang qui en avait eu l'idée. Et l'idée de
Siang avait séduit Alit. A son tour, le prince n'avait
guère eu de difficulté à imposer l'idée au pougawah
et au grand pedanda. A vrai dire, l'administrateur
des biens terrestres du royaume tout comme le
grand régisseur des dogmes célestes ne savaient plus
par quel bout prendre le problème. Alors, puisque le
pury ne pouvait s'acquitter de la dette phénoménale
qu'exigeaient les Hollandais en dédommagement du
navire chinois pillé et désossé, puisque les dieux
pourtant sollicités de mille façons restaient muets,
pourquoi ne pas écouter la sentence des coqs et se
ranger du côté du plus fort ?

On en avait beaucoup discuté au pury. On s'était
réuni plusieurs nuits de suite. On avait évalué les
forces de chacun, présumé, jusqu'à les surestimer,
celles des Néerlandais, compté et recompté celles
des trois royaumes menacés. Tabanan et Pemakutan
n'étaient que deux minuscules contrées alliées à
Badung. Leur part de soldats et de canons n'était
certes pas négligeable, encore fallait-il être dans le
secret de l'état-major hollandais de Batavia pour

deviner le lieu du débarquement annoncé. Minces étaient les chances de repousser l'assaillant. Encore plus minimes celles de le décourager d'entreprendre un nouvel assaut. La vraie question était de savoir s'il convenait de mourir écrasé sous le nombre ou de mourir sereinement à l'abri des murailles du palais.

Aujourd'hui les coqs devaient donc décider pour les hommes. L'idée de Siang se résumait ainsi : on opposerait les deux meilleurs coqs du prince Alit aux deux meilleurs coqs des rajas de Tabanan et de Pemakutan. En cas de victoire des coqs du pury de Badung sur les coqs des deux autres cours, Badung accepterait la bataille et ferait front contre les envahisseurs hollandais. En cas de défaite des coqs de Badung, le prince sacrifierait au rite du puputan. Il ordonnerait le suicide de tous par le kriss de chacun. Une fête sauvage où l'âme, tranchée du corps, peut alors, telle une brise légère et régulière, entamer sa migration vers le paradis et rencontrer enfin l'Etre suprême.

Sans connaître encore l'issue des batailles à venir, nombre d'âmes étaient déjà en route vers ce paradis inaccessible autrement que par la mort. Moins spectaculaire peut-être serait un affrontement contre la soldatesque flamande. Là, les femmes et les enfants se verraient épargnés. Le puputan, lui, exigeait le sacrifice du prince et de sa suite, quelle que fût la caste, quels que fussent l'emploi ou la situation, le sexe ou l'âge. Nourrissons et vieillards, épouses, filles de joie et favorites, héritiers légitimes et bâtards, tous se devraient de rejoindre le prince au ciel, qui pour le servir, qui pour le consoler, qui pour le divertir, qui pour le défendre des mauvais génies grimaçants, qui pour lui succéder dans l'au-delà.

Silencieuse, la foule assistait aux préparatifs des coqs. Les rajas eux-mêmes massaient les pattes de leurs protégés et les encourageaient de la voix tandis qu'un éperonnier équipait les ergots de lames de rasoir. Tous n'avaient d'yeux que pour les coqs du pury de Badung, des bêtes splendides au plumage carmin et mordoré, à la crête rouge sang. C'étaient des djambouls, de vrais tueurs dont les cicatrices à peine refermées indiquaient qu'ils avaient déjà donné nombre de satisfactions à leur maître. Cette fois ils seraient opposés à des bouviks, une espèce plus massive mais tout aussi agressive. On ne savait quel genre de mixture avaient ingurgité les volatiles impatients d'en découdre. Chamans et éleveurs s'étaient sans doute concertés pour concocter d'efficaces potions susceptibles de décupler leur pugnacité.

Lorsque les deux premiers combattants furent enfin prêts, on les plaça face à face au milieu de l'arène sans toutefois les libérer. Chacun retenu par des mains fermes tentait de se dégager en poussant des cris d'intimidation. Il fallait encore attendre vingt et une secondes avant de les lâcher l'un contre l'autre, le temps que met une noix de coco percée de la pointe d'un kriss pour couler au fond d'une jarre.

Hormis l'agitation frénétique des bêtes aux plumes ébouriffées qui caquetaient et vociféraient comme des enragées, ces vingt et une secondes étaient chargées d'un lourd et profond silence. Lorsque la noix de coco sur le point de sombrer commença à laisser échapper des bulles, les rajas se levèrent comme un seul homme et les entraîneurs délivrèrent les adversaires. La foule était maintenant debout, en proie à la plus vive des excitations. Quand les coqs fondirent l'un sur l'autre, les clameurs s'abattirent sur le wantilan. Partout, ça n'était qu'acclamations et hurlements, que haros ou récriminations, que bravos ou protestations, selon l'attitude plus ou moins sournoise et belliqueuse du bouvik de Tabanan. Celui-ci avait commencé la lutte comme il se doit, affrontant fièrement le djamboul de Badung par des attaques aériennes si rapides que seul l'œil expert des connaisseurs pouvait suivre et apprécier.

Rythmé par le son endiablé des tambours de bois, le pugilat promettait de répondre aux vœux secrets de tous, qui estimaient préférable de résister aux Hollandais que de les fuir en se donnant la mort. Cependant, échaudé par une estafilade qui lui avait fendu la crête, le coq du raja de Tabanan commençait à esquiver les coups de patte avec malignité et duperie.

Ardent, et faisant preuve d'une animosité sans pareille, le coq du raja de Badung frappait dans le vide plus souvent qu'il n'aurait dû et commençait à s'épuiser peu à peu. L'arbitre avait beau le saisir pour le remettre en ligne, l'autre se dérobait aussitôt, cherchant à le surprendre par-derrière. Le raja de Tabanan paraissait vraiment désolé de la stratégie de son bouvik qu'il traitait de tous les noms d'oiseaux, mais la dérobade, le repli tactique n'étant pas considérés comme une faute ou une tricherie, on n'interrompit pas le round.

Durant les trente secondes de repos, la foule hua et maudit l'animal sans oser conspuer directement son maître. Atteint dans sa virilité par l'attitude pour le moins efféminée de son sabung, le vieux prince avait pris le coq dans ses bras et l'invitait à manifester davantage d'agressivité. En ce moment crucial qui devait décider de la vie ou de la mort de cette houleuse assistance, le coq et le maître ne faisaient qu'un, aussi le raja tentait-il d'insuffler au coq l'énergie qui l'animait encore. Il en allait autrement dans le camp opposé où le prince Alit recommandait à son sabung de calmer ses ardeurs et de se montrer plus clairvoyant.

Le round suivant débuta d'une manière plus classique. Les deux coqs se jetèrent l'un sur l'autre à pattes et à becs raccourcis dans une mêlée terrible pour se retirer vivement et revenir aussitôt à la charge. Le sang giclait maintenant des crêtes et des cous. Les plumes sectionnées tourbillonnaient dans la poussière. On crut un instant que le djamboul de Badung avait compris la leçon tant il frappait avec justesse. Mais ce ne fut qu'une fausse joie. Dans un combat, on ne voit que ce que l'on veut voir. Et les supporters du sabung de Badung ne dérogeaient pas à la règle. Aveuglés par leur propre désir, tout à leur enthousiasme, tel celui qui bataillait dans l'arène, ils manquèrent de jugement. Dans un combat de coqs comme dans un combat de boxe, il suffit d'un coup bien placé.

Blessé et perdant son sang, le bouvik semblait au plus mal quand il recommença à virevolter et à esquiver de plus belle. Décontenancé, le coq de Badung, qui sentait la victoire à portée de lame, resta interdit l'espace d'une seconde. Peut-être reprenait-il son souffle ? Peut-être avait-il plus simplement besoin de réfléchir ? Les coqs ont aussi une cervelle, une mémoire. Cet arrêt lui fut fatal. L'autre, le danseur de Tabanan qui avait si bien donné dans l'art de l'esquive jusqu'à continuer à sautiller comme pour se sortir d'une mauvaise passe, fondit brusquement sur lui d'un coup d'aile. La tête du djamboul de Badung sauta comme une balle. Le cou sectionné, giclant de tout son sang, le djamboul fit quelques pas en zigzaguant pour s'affaisser aux pieds du prince Alit.

La foule retint ses cris. Son raja, lui, ne put ravaler ses pleurs.

Le combat suivant qui opposait un coq du pury de Badung à celui du royaume de Tabanan procura bien des émotions. Le djamboul du prince Alit domina de la tête et des ergots le bouvik du prince de Tabanan. A la fin du second round, tout le monde le donnait vainqueur mais, au début du troisième, la cordelette qui retenait les deux lames fixées à la patte gauche se distendit. Les lames glissèrent et tombèrent dans la poussière. On s'apprêtait à arrêter les adversaires afin d'équiper à nouveau la patte du djamboul de redoutables tranchants quand le bouvik que l'on croyait fini défia toutes les règles, y compris celle de l'honneur. La tête à moitié ouverte, aveuglé par son propre sang, il eut un sursaut de fureur inimaginable et se précipita, en un éclair de plumes poisseuses, sur le sabung désarmé d'Alit. Le prince ressentit une brûlure au ventre, à croire que l'on venait de lui trancher le sexe. Pâle comme la mort, transpirant une sueur glacée, il s'agrippa à Siang pour ne pas tomber à son tour dans l'arène.

La foule, d'abord silencieuse, se déchaîna tout à coup contre le raja de Tabanan, le rendant responsable de la traîtrise de sa bête. Le vieux raja paraissait sincèrement désolé, mais on continua néanmoins à tempêter contre lui, si bien que le comité des sages composé d'arbitres et d'entraîneurs décida de disqualifier son coq. Le verdict apaisa l'assistance et rendit quelques couleurs au prince Alit. On en était à une victoire partout. Il restait encore deux matchs à disputer contre les coqs du raja de Pemakutan, coqs que l'on disait trop entreprenants pour parer les coups d'un lutteur intelligent. C'étaient des bêtes hautes sur pattes, avantagées par une allonge impressionnante, laquelle pouvait tout aussi bien profiter au rival pour peu que celui-ci ait l'occasion de passer sous la garde et de cisailler à hauteur des ergots.

Décidément la chance n'était pas dans le camp du pury de Badung. Le premier round ne dura que quelques secondes. A peine fut-il lâché que le djamboul du prince Alit se fit cueillir à froid par une lame de rasoir qui lui entailla la patte droite. Déséquilibré, il bascula sur le côté, puis roula sur le dos en s'agitant désespérément. Il fut bientôt déplumé et blessé si gravement que l'on dut jeter une poignée de riz, comme on jette l'éponge sur un ring, en signe de capitulation.

Le combat ayant été disputé à la loyale, le public ne broncha pas. Courtisans, prêtres, fonctionnaires et serviteurs retinrent leur souffle tout en accusant une profonde douleur. Le grand pedanda lui-même semblait très affecté. Lui qui avait pourtant l'habitude de dialoguer avec les dieux se mit cette fois à parler au coq que l'on préparait pour l'ultime combat. Il lui insufflait une part de sacré, une force céleste. Il le gavait de spiritualité comme si l'Agama-Hindu-Bali, cette religion qui préside à toutes les actions quotidiennes des Balinais, était aussi, tels le mil et le sorgo, le maïs et le riz, l'aliment indispensable à tout sabung royal. Le grand régisseur des lois suprêmes ponctuait son discours de caresses. Ses doigts aux ongles démesurément longs, signe distinctif des brahmanes, parcouraient le plumage avec respect. Dans la gamme de couleurs vives, il y avait du rouge pour satisfaire Brahma, du noir pour plaire à Vichnou. Et même du blanc pour amadouer Shiva. Le djamboul du prince Alit avait donc hérité de cette trinité vénérée par tous, la fameuse Trisakti représentée au seuil des temples sur un piédestal à trois socles.

Forts de cette découverte, on se mit à disposer des offrandes autour de l'arène. Une multitude de fleurs et de fruits, de gâteaux et de sucreries. Il en fallait de toutes les couleurs et pour tous les goûts. Du suave, mais aussi de l'amer, car les mauvais esprits et les malins génies se régalent le ventre et les yeux.

Quand la cérémonie prit fin, les orchestres de gamelans se déchaînèrent à nouveau tandis que la foule, massée sur les gradins du haut, scandait des encouragements en crachant ses chiques de sirih. Là encore, il y en avait pour tout le monde. Pour le djamboul bien sûr, mais encore pour Surya, le dieu du Soleil, pour Bayou, le dieu des Vents, pour Baruna, le dieu de la Mer, pour Srih, la déesse de la Terre, et Ardiuna, le dieu de la Danse. Il y en avait aussi pour Alit, le prince bien-aimé, et pour le royaume de Badung, dont le destin était lié à ce dernier combat de coqs. Une victoire remettrait les chances à égalité. Il faudrait alors se départager en organisant trois autres disputes. Une défaite sonnerait le glas du pury et l'annonce du puputan. Aussi, lorsque le jeune prince Alit, une boule d'opium coincée dans la bouche, lâcha son dernier coq contre le sabung du raja de Pemakutan, la mort se mit à rôder de regard en regard.

Le coq du royaume de Badung était une bête superbe, cou et pattes tout en muscles et en force. Ramassé sur lui-même, plumes hérissées, crête dressée, il avait une fière allure de champion. Ses yeux jaunes aux pupilles dilatées jetaient des éclairs qui semblaient intimider son adversaire.

Jusqu'alors le djamboul du prince Alit était sorti quatre fois victorieux du wantilan. Il avait été opposé aux plus redoutables sabungs de l'île et les avait défaits avant la limite. Blessé à plusieurs reprises, il était couturé de partout, mais ses cicatrices, qui auraient laissé tout autre que lui sur la touche, témoignaient de son endurance.

Plus jeune, n'ayant disputé que huit combats, son challenger était dans une forme ascendante. En raison de sa maîtrise et au vu de ses précédentes rencontres, de sa ruse, de sa technique, les gens de Pemakutan le jugeaient parfaitement capable de battre le djamboul de Badung. Le grand pedanda du royaume voisin l'avait également pris dans ses bras pour l'inviter à honorer Trisakti en faisant preuve de courage et de prudence. Les deux coqs ainsi rentrés en religion avaient été dopés par la suite d'une bouillie d'avoine et de pavot concoctée par les soigneurs. Les sorciers s'y étaient mis à leur tour en prononçant des formules magiques inédites.

Maintenus face à face au milieu de l'arène par les mains fermes des arbitres, les deux sabungs attendaient que coule la noix de coco au fond de la jarre pour s'élancer l'un sur l'autre.

A mesure que s'égrenaient les secondes, la foule cessa de s'agiter. Bientôt, on n'entendit plus que des murmures. Quand l'eau commença à submerger la noix de coco, le silence devint pesant. Il ne restait plus que six secondes avant qu'elle ne soit entièrement immergée. A la vingt et unième, les arbitres lâchèrent les bêtes. Ce fut une mêlée indescriptible de pattes et de plumes, de becs et d'ongles dans laquelle les lames d'acier qui scintillaient sous les feux du soleil furent bientôt éclaboussées de sang. L'espace d'un instant, on ne sut qui prenait le dessus, tant les combattants s'accrochaient au corps à corps. Soudain, le djamboul de Badung lâcha la prise et se dégagea pour mieux revenir à la charge. Il était déjà vilainement touché, atteint à la tête et aux phalanges mais, ses blessures étant indolores, il luttait comme un beau diable. L'autre, qui présentait autant de coupures, esquiva habilement la charge. Il virevolta, puis, bondissant de côté, fondit toutes lames dehors sur le djamboul. Le choc fut terrible. Ouvert de l'œil au poitrail, dégoulinant de sang et de déjections, le coq du prince Alit n'avait plus que des réflexes désordonnés. Couché sur le flanc, il agitait ses pattes en tous sens pour se garder d'un coup fatal. Le bouvik du prince de Pemakutan en profita pour concentrer ses attaques sur cette même garde, tailladant à tout va phalanges et ergots. En guise de pattes, le coq de Badung n'eut bientôt plus que des bouts d'os et de chair desquels pendaient lamentablement les lames inoffensives.

Consternée par la malchance qui s'abattait sur le royaume de Badung, l'assistance ne quittait pas son prince des yeux. D'ordinaire celui-ci aurait mis fin au combat bien avant la déroute. Cette fois, livide, le teint jaune et opiacé, il assistait sans réagir à la lente agonie de son coq le plus chéri. Peut-être s'habituait-il déjà, non sans quelque morbidité, au spectacle d'un prochain massacre dont nul être vivant ne réchapperait ? Juste avant les hommes, on allait abattre tous les animaux familiers du pury : les paons, comme les éléphants, les singes comme les perroquets, les cygnes comme les perruches, les tigres comme les chats. Seules les vaches seraient épargnées. Tous les autres, les scarabées comme les oiseaux, les poissons rouges comme les chevaux, allaient subir la loi du kriss. Ainsi en avaient décidé les dieux. Ainsi avaient-ils parrainé l'idée du bel et tendre Siang. A la pensée qu'il devrait, de sa propre main, arracher Siang à la vie, le prince frissonna.

Prisonnier de son audacieuse inconscience, Martial n'avait pas bougé. Caché derrière la haie d'hibiscus, il attendait le retour de Sarna. Elle seule serait en mesure de lui faire quitter l'île des Femmes sans encombre. Il lui était en effet devenu impossible de franchir le pont à découvert comme il l'avait fait un peu plus tôt. A présent, la rive opposée du pury grouillait de soldats et d'une populace qui s'en revenaient du wantilan.

Martial commençait à s'inquiéter. Non loin de lui, de terribles eunuques à la peau noir d'ébène patrouillaient armés d'un cimeterre. Serait-il découvert qu'il ne donnerait pas cher de sa tête. Il se demandait comment il allait bien pouvoir se tirer d'affaire en plein jour, à moins qu'il ne soit obligé de patienter jusqu'à la nuit tombée. Quand une vieille femme sortie d'un pavillon qu'il croyait vide s'approcha de la haie en chantonnant. C'était sans doute une servante de basse caste au service de Sarna. Elle avait une curieuse allure dans sa longue robe droite aux pans rejetés sur l'épaule. Parvenue auprès de l'étranger, elle laissa tomber l'ample sarong qui l'enveloppait et lui fit comprendre qu'il devait s'en vêtir. Elle demeura un instant à guetter, cueillant comme distraitement quelques roses de Chine, puis, lorsque l'étranger fut paré de son accoutrement, elle le prit par la main, comme s'il s'agissait d'une amie.

Ils passèrent devant le pavillon sans y entrer, contournèrent un ensemble de balés d'où parvenaient des rires et des jacassements. Là, ils pressèrent le pas et traversèrent une pelouse au gazon ras, plantée de torches que l'on alimentait sans discontinuer, de sorte qu'elles brûlaient éternellement. Au centre de cette enceinte de feu se dressait une fontaine de marbre rose érigée selon une savante cosmogonie. Son panache d'eau parfumée aux essences d'euphorbe et de jambosier retombait en pluie fine sur les flammes qui en crépitaient d'aise.

Martial ne savait toujours pas où on l'emmenait. Chemin faisant, et bien qu'obligé de se tenir courbé, il avait adopté une démarche souple, presque féminine. Il trouvait la situation comique et riait intérieurement du bon tour qu'il jouait au puissant prince Alit. Celui-ci se targuait d'avoir bâti une barrière infranchissable autour de son gynécée. Et voici qu'un Long-Nez s'y promenait à présent au bras d'une dame de compagnie. Il risquait la décapitation immédiate ou la torture à petit feu mais, cette fois, le jeu en valait le risque. Il était prêt à subir les pires souffrances pour la seule joie de revoir la ravissante Sarna ne fût-ce que l'espace d'une minute. Il pensa à la tête que ferait Malavoine, le directeur du Comptoir français des Indes, s'il apercevait son envoyé spécial se baladant ainsi dans les allées secrètes du harem de Badung. L'image de Malavoine le contraria quelque peu. C'était un gros rougeaud, un sanguin, un homme à femmes blanches qui ne frayait qu'avec les épouses coloniales de ses collaborateurs. Malavoine détestait les « indigènes ». Il les comparait à des planches à pain, à des sacs de patates. Le raffinement n'était pas son genre. Il lui fallait de la cuisse grasse, des ventres avides.

Martial et son guide arrivèrent en vue d'un élégant édifice de marbre surmonté d'une coupole d'or. Rien n'était trop beau pour les femmes du raja de Badung bien que ce palais des Bains eût été construit par le père d'Alit à l'usage de ses favorites.

Des filles encore moites de vapeur en sortaient sous le regard indifférent des eunuques en faction. La vieille poussa son protégé derrière le tronc d'un arenga qui transpirait de sève épaisse et sucrée. C'était un palmier géant sous lequel ils demeurèrent en surveillant les abords du hammam.

Lorsque les dernières baigneuses quittèrent l'endroit en s'égaillant et bondissant dans les allées qui trouaient l'exubérante floraison, les eunuques entrèrent pour inspecter les salles d'eau et les patios. Ils avaient en charge la surveillance de leurs belles pensionnaires et s'en acquittaient sans faillir. Aucune d'elles, fût-ce une épouse ou une favorite, n'était autorisée à prolonger les ablutions au-delà des horaires habituels. L'inspection relevait davantage de la routine que de la traque. Sans insister particulièrement, les gardes du corps soufflèrent les lampes à huile qui éclairaient les pièces du sous-sol et mouchèrent les cierges du bout des doigts. C'était chaque jour le même rituel. Armés d'un flambeau, ils faisaient le tour des nombreuses alcôves où les coussins moelleux épousaient encore la forme du corps qui s'y était posé. C'était là, autour des piscines taillées dans le roc, que les femmes se détendaient. On pouvait s'y allonger à deux, mais il n'était pas rare qu'elles s'y tiennent à trois, ou quatre, pour bavarder plus intimement.

Comme d'habitude, les eunuques passèrent machinalement devant les luxueuses niches d'albâtre qu'un astucieux système de ventilation naturelle dotait d'une fraîcheur bienfaisante. Les femmes qui sortaient nues du bain aimaient s'y étendre vêtues seulement d'un kaïn, une large ceinture de soie nouée autour des hanches.

Cachée dans l'une d'elles, le cœur battant à tout rompre, Sarna entendait les pas se rapprocher. Elle ne comprenait pas sa peur. La découvrirait-on qu'elle ne risquait, au pire, qu'une réprimande. La peur ne venait pas des autres, mais d'elle-même. Sa hardiesse l'effrayait bien plus que tous les châtiments qu'elle encourait pour avoir osé transgresser les lois du pury. Elle avait agi instinctivement, sans réfléchir aux conséquences de son emportement. Elle s'était sentie responsable de cet homme blanc égaré dans le quartier des femmes. N'écoutant que son élan, aussi surprise que ravie, elle l'avait caché au lieu de le dénoncer. De retour dans son balé, parmi ses suivantes, elle avait essayé de s'expliquer son geste. Elle l'avait interprété de différentes manières : l'inconscience, la jeunesse, la bonté, la pitié. Comme aucune ne répondait vraiment à la soudaineté de son attitude, elle pensa que ce geste, aussi furtif fût-il, traduisait un sentiment confus. Peut-être signifiait-il, en fait, une absence de sentiment, quelque chose de diffus dont elle souffrait en secret. Durant des heures elle ne cessa d'imaginer l'homme blanc tapi derrière la haie d'hibiscus. L'idée qu'il pût être capturé par les eunuques et livré pieds et poings liés au grand pougawah lui devenait intolérable. N'avait-elle pas lu la confiance dans son regard ? Avait-elle le droit de décevoir une espérance ? Mais, en aidant l'étranger, ne trahissait-elle pas son maître, le prince Alit ? La curiosité, l'aventure l'emportèrent sur la raison. Elle vivait maintenant au pury depuis six ans, un temps suffisant pour avoir appris que la fidélité absolue n'était pas de mise chez toutes les favorites. Et que dire des concubines ? Nombreuses étaient celles qui usaient des stratagèmes les plus fous pour s'enfuir de l'île quelques heures ou recevoir un amant à domicile. Il y avait d'ailleurs des complicités, une solidarité chez la plupart des captives. Quelques eunuques, en échange de caresses ou de sommes d'argent, fermaient volontiers les yeux. D'autres, plus vénaux encore, prêtaient leurs habits et mettaient à l'eau un canot dont ils étaient les seuls à user clandestinement.

Sans prétendre que l'île était une passoire, Sarna
en savait suffisamment sur les unes et les autres pour
s'assurer leurs bonnes grâces. Il n'y avait que les
vieilles pour rester fidèles au prince. Les plus jeunes,
qui attendaient impatiemment sa visite, étaient plus
souvent déçues que satisfaites. Elles rêvaient alors
d'autres princes. Certes, il y avait toujours des femmes complaisantes pour les consoler, mais quand les
caresses des amies particulières n'apaisaient plus les
ardeurs, ou du moins laissaient la chair inassouvie,
les filles s'ingéniaient à établir une rencontre heureuse. Bien des courtisans et bien des amis du prince
franchissaient la nuit le barrage illusoire des flots. Il
n'y avait que le Raja, drapé dans sa fierté, pour continuer à croire ses femmes inaccessibles. Quelquefois,
en quête de prime ou d'affranchissement, des eunuques tranchaient une tête d'un coup de cimeterre.
On retrouvait le cadavre décapité flottant parmi les
nénuphars. Alit n'en était jamais averti. On laissait
au grand pougawah le soin de démêler les intrigues.
Généralement, on empoisonnait la coupable d'un
curare fourni par les Dayaks de Bornéo. La mort
était subite. On racontait au prince que telle ou telle
de ses femmes s'était éteinte de maladie. Ou que tel
ou tel de ses proches avait été assassiné dans les rues
de Sanur ou de Denpasar.

Jusqu'alors Sarna était restée scrupuleusement
dévouée à son prince. Bien que dotée d'un tempérament excessif, elle avait refusé de partager les
amours que ses compagnes lui promettaient. Non
qu'elle ne les désirât, non qu'elle ne fût tentée. Elle
craignait au contraire de se laisser emporter jusqu'à
chavirer par cette lame de fond qui balayait l'île de
son écume sensuelle. Sarna amassait son désir
comme on amasse un trésor. Elle empilait ses fantaisies et ses soupirs, ses appétits et ses envies jusqu'à
ne plus pouvoir résister. Il lui fallait alors contempler
tous ces butins pris sur elle-même et les toucher, les
bousculer, les fouiller, les faire disparaître, en une

seule fois. Et tout recommencer. Lorsqu'Alit voyait le trésor au plus haut, il s'en émerveillait. Au plus bas, il s'interrogeait sur ses propres capacités physiques.

Le visage de l'homme blanc hantait Sarna si fortement qu'elle se sentit libérée du prince Alit. C'était sans doute cette disposition d'esprit, cette attirance que les anciens nommaient « le coup de foudre ». L'homme avait la peau laiteuse et légèrement rosée du litchi. Elle avait été frappée par les yeux couleur turquoise, par les cheveux d'or coiffés sur le côté, par la fine moustache relevée aux commissures des lèvres. Il était grand et fort, élancé comme le talipot, l'arbre à tal. Une bonne partie de l'après-midi, Sarna s'était efforcée d'oublier cette silhouette à peine entrevue. Peine perdue. L'étranger était dans son regard comme il était déjà dans sa poitrine. Il pesait lourd, il faisait mal, mais il la transportait néanmoins. Sarna se disait que la vie était cruelle. D'ici quelques jours, comme tous les gens du pury, elle allait quitter ce bas monde pour se présenter devant l'Etre suprême.

L'approche de cette mort inéluctable n'aurait pas dû la tourmenter. Elle s'y était habituée depuis longtemps. Il y avait eu, dans le passé, d'autres suicides, d'autres puputans dont on parlait encore dans les familles. C'était son destin de suivre le prince dans l'au-delà. Echapper à son sort la damnerait pour toujours. Dès lors la mort s'annonçait comme une libération. Mais, étrangement, Sarna n'avait encore jamais ressenti cette rage de vivre qui la prenait maintenant au dépourvu. Un autre sentiment la rongeait. Elle s'en désolait tant il était à la fois futile et crucial. Mourir en n'ayant connu qu'un seul homme lui paraissait terriblement injuste. Il est vrai que, au début de leur liaison, le prince de Badung lui avait procuré des extases inouïes. Il n'en était pas moins vrai qu'elle n'avait pu comparer. A croire les femmes de l'île qui goûtaient aux plaisirs illicites, chaque homme est unique dans sa manière d'aimer. Chaque homme porte en lui une part d'innocence et de vice. Chaque homme est à la fois fat et prodigieux, imbu de sa virilité et de sa puissance. Les femmes de l'île disaient encore que rien n'a meilleure saveur que le fruit défendu. Que rien ne prodigue plus forte émotion qu'un rendez-vous clandestin.

Peu à peu, en cette fin de journée, Sarna s'était abandonnée au trouble des plaisirs interdits dont elle imaginait la succulence. Utilisant une ruse capable d'abuser les eunuques, elle avait envoyé la plus vieille et la plus loyale de ses servantes au-devant de l'étranger qui se morfondait au pied des hibiscus. Elle l'attendait dans l'une de ces douillettes couches du palais des Bains où elle s'était cachée. Fébrile, les sens en émoi et en alerte, elle entendait les pas des gardes qui se rapprochaient de l'alcôve. Ils passèrent devant elle sans même y jeter un coup d'œil. Elle bénit Adiuna, la déesse de la Danse, et eut une pensée pour la déesse de l'Amour, dont nul, à Bali comme en Inde, ne connaîtra jamais ni la forme ni le nom. Chacun et chacune porte en soi une part de cette abstraction divine. En cet instant d'espoir, la déesse anonyme emplissait le cœur de Sarna et frappait sa poitrine de coups violents et irréguliers.

Après avoir refermé la lourde porte aux effigies de Vichnou chevauchant Garuda, l'aigle blanc, les deux eunuques gagnèrent tranquillement le chemin des balés. La vieille remit alors le double des clés à l'étranger et l'invita à quitter l'arenga sous lequel il s'était abrité.

Sarna l'attendait derrière la porte. Habituée à l'obscurité, elle le prit par la main. Martial n'avait rien d'autre à faire que de se laisser conduire. La déesse de l'Amour l'habitait également. Elle tenait une place immense et tapait sourdement le cœur et

les tempes. Le grand homme blanc calquait son pas
sur celui de la gracieuse princesse, mais le sien était
lourd. Ses pieds nus résonnaient sur les dalles. En
guise de léger reproche, elle enfonçait ses ongles
dans la paume de sa main. Cette pression le rassu-
rait. En réalité, l'étranger aux cheveux d'or était
l'obligé de cette gracieuse danseuse et s'en remettait
entièrement à elle.

Loin de deviner l'émotion qui l'étreignait, Martial
pensa que Sarna l'entraînait vers un passage secret
creusé sous le palais des Bains. Il se voyait déjà
déboucher sur l'autre rive dans son drôle d'accoutrement. Là, un complice le prendrait sans doute en
charge.

Sarna l'émerveillait. D'une part, il lui était reconnaissant d'avoir préparé son évasion aussi méticu-
leusement. De l'autre, il était chagriné de devoir la
quitter si rapidement. Comme il ignorait la funeste
résolution prise par les maîtres du pury, Martial imaginait mille et un stratagèmes qui lui permettraient
d'approcher la divine Sarna dans les jours à venir. Il
en était déjà très amoureux et l'exquise petite main
chaude qu'il tenait dans la sienne lui donnait à rêver.

Cette avancée à tâtons dans l'obscurité parfumée
où ruisselait l'eau vive des bassins incitait Martial à
plus d'intimité. L'interdit, le danger, les sortilèges de
l'inconnu le mettaient dans un tel état de fébrilité
qu'il enlaça soudain Sarna par la taille et la plaqua
contre lui. Muscles tendus, elle résista d'abord, puis
se laissa aller, ondoyante, dans ses bras. Elle était à
sa merci, transportée dans un autre monde. Elle
goûta la bouche du géant blond de ses lèvres gour-
mandes et le dévora bientôt de baisers brûlants, mor-
dillant la chair rose comme un fruit juteux. Il était
aux anges et au diable, à l'orée de la passion béate et
de la brutalité bestiale. Elle sentait son sexe dur
pointer à travers l'épaisseur des étoffes, un impres-
sionnant sabung prêt à livrer combat dans le wantilan des délices.

Elle lâcha subitement prise comme si l'issue de la bataille ne faisait plus aucun doute et se laissa glisser hors de ses bras. Il crut qu'elle s'était évanouie et la chercha au sol mais il l'entendit filer à toute vitesse.

Elle était comme le vent, comme un souffle rapide et dévastateur. Peut-être était-il la tornade à éviter ? Elle allait et venait, tourbillonnant autour de lui, elle apparaissait et disparaissait dans une sorte de sarabande effrénée. Elle dansait le keckak, un barong à plusieurs personnages, ce qui l'obligeait à se déplacer constamment. Tantôt à quatre pattes, tantôt dressée sur la pointe des pieds, elle oscillait, comme ballottée par un rapide ou des remous. Tantôt, elle bondissait, se jetait en avant, se rejetait en arrière. Tantôt cabrée, les bras déployés, ou bien toute désarticulée, comme brisée, elle semblait voler ou chuter dans l'abîme.

Martial suivait à l'aveugle ses déambulations. Il n'apercevait d'elle, de-ci, de-là, qu'un éclat de bijoux, un reflet de parure, quelques éclairs de métal.

Sarna dansait tout un théâtre d'ombres pour lui seul. Il était la lumière, le soleil.

Drapée de ténèbres, elle luttait contre Rawana, le roi des démons. Rawana avait enlevé la belle Sita à Rama. Et Sita désespérait de revoir son souverain. Et Rama se mourait d'amour quand Hanuman, le grand singe blanc, vint l'avertir du lieu où l'affreux Rawana détenait sa bien-aimée. Rama partit affronter le démon, mais une flèche l'atteignit qui le changea aussitôt en serpent. Il appela Garuda, l'aigle blanc, à son secours. Puis vint également Sugriva, le roi des singes qui terrassa l'ignoble démon. Rama ayant pris forme humaine délivra enfin la tendre Sita. Tous deux vécurent un bonheur éternel. Telle était la danse de Sarna, un lelong moral.

Martial ne comprit ni le message ni la parabole. A vrai dire, Martial ne comprenait plus grand-chose. Que faisait-il ici, dans ce palais des Bains ? Quelles étaient les intentions de Sarna ? Etait-il le jouet d'un caprice ? Quelles étaient ses armes devant tant d'espièglerie ? Le gardait-elle ici jusqu'à la nuit tombée, ou pour la nuit entière ? Allait-elle cesser de s'agiter ? Ne devrait-il pas la saisir et la posséder ? Tant pis pour les sentiments. Le coup de foudre n'était peut-être qu'un coup de désir ? L'amour qu'il croyait éprouver, une sorte de mauvaise fièvre, une poussée de délire due à l'accablante chaleur ? Les joues et le ventre en feu, il faisait eau de partout. Ses habits, sa peau étaient à tordre.

Résolu, il fit quelques pas vers cette ombre tournoyante mais à peine réussit-il à la toucher qu'elle s'esquiva. Il ne put se retenir et cria :

— Ça suffit maintenant, viens ici !

Un doigt vint lui barrer les lèvres.

Il l'attrapa par le poignet et serra très fort. C'était une articulation d'enfant, une attache exceptionnellement délicate, un trésor de raffinement, un chef-d'œuvre du genre humain comme ce corps qui se collait maintenant au sien. Comment pourrait-on brutaliser une telle merveille ? Comment oserait-on abuser d'une pareille perfection ?

Sarna était nue sous le kaïn que Martial dénouait. Et tandis qu'elle le déshabillait lentement en cherchant le secret d'une ceinture, ou celui d'une boutonnière, il buvait avidement la sueur qui perlait entre ses seins. Lorsqu'ils furent tous deux peau contre peau, sueur contre sueur, à la fois brûlants et moites comme sous une pluie de mousson, elle l'entraîna vers le bassin des favorites. Là, ils se séparèrent un court instant pour apaiser, d'une eau délicieusement fraîche, le feu qu'ils avaient si bien attisé.

Un mince filet de jour, lueur de crépuscule, tombait d'une cheminée d'aération et permit à Martial d'apercevoir une rangée d'alcôves qui surplombaient la piscine.

Comme au théâtre, chaque favorite héritait de sa loge ou d'une baignoire. L'étranger interrogea la jolie danseuse du regard. Elle lui désigna la sienne et se laissa emporter dans ses bras. Alit ne l'avait jamais prise de la sorte, aussi s'abandonna-t-elle en riant. L'homme blanc était donc son palanquin, à moins qu'il ne soit son éléphant blanc ? Elle trouvait l'idée plaisante.

Ils roulèrent enlacés sur les coussins riches de songes et ramenèrent à eux, dans un geste de pudeur, une mince tenture qui protégeait Sarna et ses amies des œillades envieuses. Il arrivait en effet que le prince Alit fasse irruption dans ce palais des Bains et passe d'un boudoir à l'autre en maître absolu. Les heureuses élues faisaient bien des jalouses. Il y avait toujours quelque matrone pour compter les coups de reins et les ruades, les gémissements de plaisir et les hurlements déchirants des orgasmes.

Dès l'âge de treize ans on avait enseigné à Sarna l'art subtil des plaisirs amoureux. Le pury avait son Ecole des Jouissances terrestres où d'habiles maîtresses professaient. Elles connaissaient leur Kamasutra par cœur et mimaient les positions en décomposant les mouvements. L'élève se devait d'imiter la maîtresse lorsque celle-ci tenait un rôle de femme passive. En revanche, quand la matrone munie d'une prothèse de démonstration en venait aux travaux pratiques, l'élève était tenue de s'activer sur la verge comme en toute autre zone érogène. Il n'y avait jamais pénétration car celle-ci était le fait du prince, un expert en la matière que nul ne pouvait leurrer en pratiquant du cousu main sur une membrane endommagée. On racontait que le vieux raja de Tabanan s'y était laissé prendre comme bien des notables hollandais auxquels d'habiles entremetteuses soutiraient de véritables petites fortunes. L'Ecole des Jouissances terrestres avait été fondée par l'arrière-grand-père d'Alit, grand amateur de filles de joie. Depuis, l'école du pury de Badung n'avait cessé d'instruire et de révéler. Elle avait acquis une telle réputation dans ce monde lascif de l'océan Indien

que d'autres rajas et sultans y envoyaient leurs promises afin de parfaire leur éducation. Nombreuses
étaient les jeunes princesses du Rajasthan natives
d'Udaipur, de Jodhpur, Bikaner, Jaipur et Jaisalmer
qui y séjournaient. Grâce à cette institution du sexe,
les rajas de Badung avaient tissé d'excellentes relations avec les maharanas rajpoutes.

Hélas, ceux-ci ayant fait allégeance aux Anglais ne
leur étaient d'aucun secours. Et quand bien même ils
auraient souhaité leur prêter main-forte qu'ils
auraient été dans l'incapacité d'acheminer leurs
troupes faute de mer et de port. Pays de l'intérieur, le
Rajasthan était tout entier tourné vers l'est. De cet
océan de déserts et de steppes, de ces vallées d'altitude, de ces gorges étroites et profondes débou-
chaient sans cesse de nouveaux barbares. Pour les
souverains rajpoutes, Bali n'était rien d'autre qu'un
souvenir heureux. Les plus âgés d'entre eux gar-
daient en mémoire la trace permanente et voluptueuse des techniques enseignées à l'Ecole des Jouissances terrestres.

Haletante de désir, Sarna s'offrait à l'homme blanc
sans montrer la moindre ingéniosité. Elle se donnait
simplement, comme le ferait une fille des rizières.
Elle découvrait des plaisirs nouveaux, des sensations
rudimentaires. Tendres étaient ses ardeurs, chastes
ses caresses. C'était comme si elle avait tout oublié,
comme si elle n'avait jamais rien appris, comme si
elle se faisait prendre pour la première et la dernière
fois.

Cuisses écartées, reins creusés, elle recevait
l'homme blanc au plus profond d'elle-même, labou-
rant le large dos de ses ongles démesurément longs.
Elle se délectait de ce corps musclé qui l'emprison-
nait. Elle mordillait la poitrine de ses dents acérées.
Quelquefois, il frémissait sous la douleur et la punis-
sait aussitôt d'un vigoureux soubresaut.

Couché sur elle, l'homme aux cheveux d'or la
fouillait lentement d'un mouvement lourd et sac-

cadé. Puissants étaient ses coups, intense son
étreinte, léger son souffle. Sarna appréciait cette
position délicieuse que peu d'hommes au pury pra-
tiquaient. Ils la jugeaient trop académique, trop pri-
maire. Le Kama-sutra ne s'y attardait d'ailleurs
guère, conseillant des postures beaucoup plus
sophistiquées. Même chose à l'Ecole des Jouissances
terrestres. Les maîtresses ne faisaient que l'évoquer
pour en rire aussitôt, car c'était la position préférée
des Longs-Nez. Là-bas, en Occident, on faisait
l'amour comme des bêtes, par-devant ou par-
derrière, sans chercher à inventer d'autres modes
propices à l'ivresse des sens.

Sarna sentait son sang bouillonner. Elle allait
atteindre les sommets du délice quand elle entendit,
là-haut, la lourde porte s'ouvrir. Il y eut un bruit de
chaînes froissées et de cadenas tombés à terre. Affo-
lée, Sarna hâta son plaisir et se dégagea des bras de
Martial pour bondir vers l'escalier. Une voix
anxieuse murmurait son nom :

— Sarna ! Sarna ! C'est moi, Dasné, le prince te
cherche, il est chez toi.

Le prince avait tous les droits et tous se soumet-
taient de plein gré à ses volontés, fussent-elles les
plus anodines comme les plus fantasques. Bien que
cette visite impromptue du Raja lui rappelât soudain
qu'elle était promise à la mort, Sarna ne se déroba
pas. Elle embrassa longuement l'homme blanc
qu'elle laissa aux bons soins de sa vieille servante et
s'enfuit sans laisser paraître la moindre contrariété.

Déconcerté, Martial se rongeait les sangs.
Viendrait-elle le retrouver plus tard ? La reverrait-il
seulement un jour ?

Du geste, la vieille femme le pressait de se vêtir. Le
moment était venu de quitter le palais des Bains et
de franchir le lac. Elle mima un rameur puis le
regarda s'habiller en souriant. Comme Sarna, elle
n'avait jamais vu ce genre de pantalon qu'il fallait
boutonner et ceinturer. Jamais vu une veste sembla-

ble, avec un col si large et des parements. Jamais vu pareille chose qui chaussait les pieds. Comme tout cela devait être lourd et embarrassant !

Lorsque l'étranger fut prêt, elle l'aida à passer le long sarong par-dessus ses effets et arrangea gracieusement l'écharpe de soie en travers de l'épaule...

Chapitre 6

La lueur

Xavier écoute. Le Bali que lui raconte Timor ne ressemble guère au Bali qu'il a visité deux ans auparavant. En bon touriste avisé, Xavier s'était contenté de sillonner l'île en tous sens et tous temples, d'un volcan et d'un village à l'autre. Comme tout le monde, il a assisté à un combat de coqs, à un odalan, à un mariage de rizière, à une danse d'exorcisme, à une crémation, à des séances de magie blanche et noire. Il a vu des adolescents se faire limer les dents pour devenir meilleurs, chassant ainsi le caractère animal de leur nature humaine. Ce qui n'empêchait pas quelques patrons de restaurant ou de night-club d'avoir les dents longues et de pratiquer des prix prohibitifs. A Bali, la nature humaine est sans doute meilleure qu'autre part, du moins en apparence, mais le limage des dents n'empêche ni la violence ni la concupiscence. Xavier avait appris à se méfier des peuples que l'on qualifie de pacifistes et dont on vante la sereine quiétude. On disait cela autrefois des Cambodgiens. La sauvagerie des Khmers rouges a stupéfié le monde entier.

Le Bali de Xavier était celui des rizières et des paysans, celui des losmens et des grands hôtels, des plages et des boutiques de verroterie. C'était le Bali du passé, de la nostalgie et des palais en ruine. Le

Bali des sex-shops et des traditions, celui des phallus et des offrandes, celui des putes et des vierges. C'était le Bali des brocanteurs où l'on solde, le long des routes, un patrimoine ancien, coffres et portes sculptés, lits monumentaux, bancs et fauteuils qui meublèrent ou ornèrent jadis la demeure des aristocrates. Le Bali des démolisseurs et des créateurs. Les premiers détruisent ce qui reste d'authentique, les seconds rebâtissent dans le style. Le Bali des artisans minutieux et celui des copistes, peintres un peu trop traditionnels pour être exceptionnels.

Malgré tout, le Bali qu'a connu Xavier avec ses excès de nature sauvage ou, au contraire, de nature trop policée, avec son flot de voyageurs débraillés et son extraordinaire capacité à les absorber, ce Bali-là aide le jeune médecin à se représenter le Bali d'Alit et de Sarna. Quatre-vingt-huit années se sont écoulées depuis, mais Timor, qui s'est interdit, après maints déboires, de retourner à ses origines, connaît intégralement la légende familiale. Il s'est tu durant un demi-siècle, maintenant il est intarissable.

Passionné, Xavier demande :

— Comment Martial s'est-il échappé du pury ?

— Je vous ai dit que l'île des Femmes n'était pas aussi hermétique que certains le laissaient croire. Bien sûr, c'était une sorte de maison close, entièrement à la disposition du prince, mais bien des hommes de la cour y avaient accès, notamment quand le raja partait en campagne ou à la chasse. Nombre d'eunuques qui ne pardonnaient pas d'avoir été châtrés se faisaient un malin plaisir à jouer les passeurs. Ils possédaient des pirogues pliables, faites de bambou et de jonc, qu'ils cachaient astucieusement et qu'ils mettaient à l'eau, soit par rancœur, soit par besoin d'argent. Généralement, les traversées se monnayaient et ce fut le cas pour Martial. On lui soutira quarante mille ringgits. Le marché avait été conclu d'avance par Dasné, la servante de ma mère, si bien que le Français atterrit non loin de la porte du nord-est. Une échelle de corde avait été installée le long de la muraille. Parvenu en haut, il n'eut qu'à la tirer et à la jeter de l'autre côté pour redescendre de la même façon qu'il était monté.

Soucieux du détail, Xavier interrompt Timor :

— Quelqu'un était donc chargé de faire disparaître l'échelle ?

Timor hésite :

— Oui, il y avait certainement un complice à l'extérieur. Peut-être un des gardes ? J'avoue que je ne me suis pas posé la question.

— Martial était-il encore habillé en femme ?

— Bien sûr que non. On l'avait costumé d'un sarong de guerrier et coiffé du turban traditionnel. Harnaché d'un kriss fixé entre les deux épaules, il avait fière allure. Mais, si vous le voulez bien, laissons Martial rentrer chez lui et occupons-nous de ma mère.

« Gravement affecté, dans un état de grande dépression qui frisait la démence, Alit l'attendait en faisant les cent pas d'un bout à l'autre du patio. Apercevant Sarna décoiffée, dans une tenue négligée, le prince s'emporta. D'où venait-elle ? Qu'avait-elle fait ? Sarna mentit du mieux qu'elle le pouvait : triste de voir aussi peu souvent son prince, elle s'était cachée au bord du lac pour pleurer toutes les larmes de son corps sans être aperçue des autres filles. Elle s'y était endormie rongée par le chagrin.

« Le mensonge flatta Alit. Comme il était en peine d'amour, il s'assit tendrement auprès d'elle et lui conta son désespoir.

Timor soupire profondément et reprend :

— Voyez-vous, Xavier, la mort a beau être proche, d'autant que l'on a fixé avec elle un rendez-vous à ne pas manquer, on n'en est pas moins meurtri, pas moins jaloux, pas moins homme, avec tout ce que cela comporte d'éducation et de contradictions. Dans le cas du prince Alit, la chose prenait des proportions considérables. Il allait volontairement rejoindre l'Eternel d'ici quelques jours, mais la trahison d'un simple mortel lui empoisonnait soudain la vie. Figurez-vous que Siang, son favori, son chéri, un gamin aussi capricieux que délicieux, et tout aussi opiomé que l'était son maître, avait brusquement fugué. On avait fouillé le pury de fond en comble et interrogé les autres adolescents du balé des contre-nature. Personne ne savait où il était passé mais tout le monde se doutait qu'il avait préféré continuer de jouir de l'existence plutôt que d'aller servir le prince dans l'au-delà.

— Il s'était vraiment enfui du palais ?

— Du palais bien sûr, mais peut-être aussi de Badung.

— C'est pourtant lui qui avait eu l'idée de parier la destinée du pury sur un combat de coqs.

— Absolument, et l'idée n'était pas si absurde que cela, car les coqs du royaume de Badung étaient bien plus réputés que ceux de Tabanan et de Pemakutan. C'étaient des sabungs apparemment imbattables et, si les dieux ne s'en étaient pas mêlés, il n'y aurait pas eu de puputan, mais une grande bataille entre les guerriers du royaume de Badung et les troupes de la couronne de Hollande. La capitulation de Badung au prix du sang n'aurait pas entraîné la destruction du palais ni l'extermination de ses habitants. En réalité, le petit Siang pensait bien sauver sa peau car il était trop jeune pour guerroyer contre les Longs-Nez aux oreilles roses.

— Sait-on ce qu'il est devenu ?

Timor semble juger la question inutile et n'y répond pas. Siang aurait aujourd'hui plus de cent ans. Il se sert un verre d'eau. Ses mains veinées de bleu tremblent. Il boit par petites gorgées et s'essuie la bouche d'un revers de main. Il laisse aller ses yeux vers l'horizon chargé de gros nuages noirs comme s'il attendait qu'éclate l'orage. Du salon où il se tient, assis dans un fauteuil Louis XIII, il aperçoit le gros chêne sous lequel les offrandes flétries s'éparpillent maintenant au vent. Quand les premières grosses gouttes de pluie viennent frapper les carreaux, Timor, soulagé, reprend son récit :

— Ce soir-là, Alit était venu chez Sarna pour y chercher quelque réconfort. Après Siang, ma mère était sa préférée. Il ne la voyait que très rarement mais il aimait sa compagnie. Bien qu'elle fût de caste inférieure, il la considérait tantôt comme une épouse, tantôt comme sa fille. Sa basse naissance empêchait le mariage, comme elle empêchait l'adoption. Néanmoins Alit éprouvait pour elle des sentiments si forts qu'il ne concevait pas de quitter ce bas monde sans passer une dernière nuit avec elle. En outre, le prince espérait qu'elle lui remettrait le dieu des Kriss, ce fameux Singha Brahma, qu'il lui avait fait porter par son émissaire en guise de présent. Il y avait des années de cela. Elle était encore une petite fille pubère. Elle dansait le tambulingan à la fête annuelle de son temple. Ça n'était qu'un odalan de campagne, qu'une cérémonie de paysans. Toutefois elle mimait si magistralement les amours d'un couple d'abeilles butinant le miel d'un même calice que l'intendant du pury n'avait pu s'empêcher d'en avertir le prince.

« Depuis, bien des moussons avaient inondé les rizières, bien des allégresses avaient été émoussées, bien des soucis avaient assombri les jours. Le prince, lui-même fort mal en point, n'envisageait pas de se suicider avec un autre kriss que celui-ci. Une vulgaire lame n'ennoblirait ni sa mort ni sa vie future.

Xavier intervient :

— Je ne comprends pas. Il y a quelques jours, vous m'avez raconté que votre mère avait conservé le kriss sacré et qu'elle ne s'en séparait jamais.

— C'est exact. Ce kriss a une histoire secrète. Figurez-vous que la vieille servante de ma mère, croyant bien faire, et n'ayant aucune idée de sa valeur réelle, pas plus que de sa valeur symbolique, l'avait remis à Martial pour parfaire son travestissement.

« Ayant été cajolé par Sarna, Alit s'était assoupi dans ses bras. Il ne se réveilla qu'au petit matin pour réclamer aussitôt son Singha Brahma. De bonne foi, Sarna fouilla dans ses coffres pour constater, stupéfaite, que le kriss ne s'y trouvait plus. Alit entra alors dans une telle fureur que toutes les femmes de l'île, de même que les eunuques, furent réveillés par ses cris aigus auxquels les paons répondaient par des cris encore plus stridents. Dasné accourut auprès de sa maîtresse et la sauva d'une situation embarrassante en s'accusant. A l'entendre, elle avait confié le kriss à sa sœur dans l'intention de lui redonner une brillance digne de son exceptionnelle qualité. La sœur de Dasné possédait en effet une poudre rare qu'elle employait pour décrasser les pierres précieuses qui ornaient les idoles du temple.

« Confuse, et se jetant aux pieds du prince, Dasné promit qu'elle ramènerait le kriss sacré en moins de temps qu'il faut au soleil pour se lever à l'horizon. C'était un pari difficile à tenir, mais le prince s'en alla rassuré. En réalité, et comme vous le verrez par la suite, il ne sut jamais le fin mot de l'histoire.

« Le grand âge de Dasné ne prêtant pas à la méfiance, celle-ci pouvait aller et venir à sa guise. Certes, elle ne s'aventurait que très rarement hors du pury mais, comme aucune voie, aucun dégagement et dédale ne lui étaient inconnus, elle n'eut guère de difficulté à sortir et se précipita chez l'homme blanc dont elle connaissait la logeuse. Là, elle dut attendre le réveil de Martial car la brave dame refusa de déranger le Long-Nez.

« Martial dormait profondément et n'avait aucune intention d'interrompre son sommeil tant son rêve était doux. Sarna habitait ses songes les plus fous. Il en était si amoureux qu'il l'échangeait contre les Comptoirs français des Indes. Reçu par Alit, il lui faisait miroiter Chandernagor. Et comme le prince ne se décidait pas à céder sa favorite malgré le profit qu'il pouvait tirer d'un tel commerce avec l'ancienne mère patrie, Martial bradait successivement Pondichéry et Yanaon, Karikal et Mahé. Comme le raja de Badung faisait toujours la fine bouche, arguant que ces possessions françaises étaient situées à plus d'un mois de bateau dans un pays contrôlé par les Anglais, Martial projetait purement et simplement d'emmener avec lui la merveilleuse petite danseuse. Elle était si aimante, si heureuse de quitter l'île des captives qu'elle l'aidait à préparer son propre enlèvement. Après maintes péripéties, entrecoupées de gros soupirs qui ressemblaient fort à des ronflements, ils s'embarquaient sur un navire-école français ancré dans la baie de Padangbaï. A bord, tous deux s'entre-dévoraient goulûment comme des affamés qui n'en finissaient pas de se rassasier. C'était si bon, si intense, que Martial, encore tout plein du parfum de Sarna, prolongeait son rêve à loisir. Il la serrait contre lui, écrasait son oreiller de fougueuses étreintes, quand un bruit fracassant, suivi d'autres éclatements, le réveilla en sursaut.

« Il bondit de son lit et gagna la terrasse. Encore assoupi, il dut se frotter les yeux pour y croire. A quelques encablures du rivage, un croiseur battant pavillon hollandais tirait des coups de semonce. Ça n'était qu'une salve d'intimidation à l'encontre des nobles du pury, mais ces obus chargés à blanc auguraient de l'imminence des combats. On voyait au loin d'autres navires de guerre à l'ancrage, une dizaine de cuirassés chargés de troupes et de chevaux en provenance de Batavia.

« Martial s'habilla à la hâte. Il avait l'intention de se rendre au port pour se renseigner quand on frappa à sa porte. C'était la vieille Dasné qui s'en venait reprendre le kriss sacré. Elle était accompagnée de sa logeuse, une dame de moyen rang dont le mari travaillait au palais. Celle-ci paraissait bouleversée. A l'aide du peu d'anglais qu'elle possédait, la

Gusti Ayu, une wesia, entreprit d'expliquer au Long-Nez que son époux, de même que tous les fidèles du prince, avait choisi de se donner la mort plutôt que de se rendre. D'ici quelques heures, peut-être un peu plus, un jour ou deux, le débarquement des Hollandais donnerait le signal du puputan. La nouvelle fut si brutale qu'elle brisa d'un coup le rêve de Martial. Il s'enquit immédiatement de l'avenir de Sarna. Lorsqu'il eut la certitude que sa bien-aimée allait également partager le sort du prince, il fut révolté et refusa de restituer le kriss. Rien n'y fit, ni les jérémiades de Dasné ni les conseils de la logeuse.

Xavier demande :

— La logeuse parlait-elle suffisamment l'anglais pour se faire comprendre de Martial ?

— Bien sûr que non. Elle devait chercher ses mots et les étayer par bien des mimiques effrayantes. Il en fut de même pour Martial quand celui-ci, autoritaire et décidé, proposa le marché suivant : « Puisque Sarna tient tellement à son kriss, eh bien, qu'elle vienne donc le reprendre elle-même ! »

« Vous imaginez la réaction des deux femmes. Elles essayèrent de faire comprendre au Long-Nez qu'il exigeait l'impossible. Martial ne céda pas d'un pouce. Morte pour morte, où était donc le risque ? Sarna ne devait-elle pas oser ? Que pouvait-il lui arriver de plus fâcheux que cette fin tragique ? Au pis, on la retiendrait prisonnière jusqu'au moment fatal.

« Désolée, les larmes aux yeux, la logeuse renonça. Désormais, elle ne ferait que traduire les propos des deux parties. Sa voix, ses intonations étaient empreintes de crainte et d'émotion.

« A son tour, Dasné se mit à trembler comme une feuille de bananier secouée par la tempête. Faire sortir Sarna du pury en pleine nuit ne lui paraissait pas inconcevable. En revanche, elle n'était pas du tout certaine de réussir le même exploit en plein jour. Et puis cette escapade demandait une longue préparation. Il lui faudrait grimer Sarna en vieille femme laide, s'assurer de la connivence de plusieurs eunuques et gardes. Pour le moins hasardeuse, l'opération dépendait également des Hollandais. Le débarquement des fusiliers marins et leur marche sur le palais entraîneraient aussitôt le suicide de tous les gens de la cour. Sarna n'échapperait pas à son destin. Et quand bien même serait-elle prise d'un ultime sursaut qu'il se trouverait toujours quelqu'un pour la poignarder. Le rite du puputan permet au père de tuer ses enfants, à l'ami d'assassiner un autre ami, au plus courageux de supprimer les plus lâches.

« Ainsi pensait la pauvre Dasné en retournant vers sa maîtresse. Elle priait et invoquait les dieux pour que les farouches Hollandais attendent l'aube prochaine. Dasné était elle-même en sursis. Servir la favorite du prince équivalait à servir le prince. Dès lors, à l'exemple de sa maîtresse, qu'elle rejoindrait au paradis céleste, elle était tenue de se plonger une lame dans le cœur. Elle se voyait arracher le kriss de la poitrine de Sarna et le planter dans la sienne. Dasné avait osé s'imaginer qu'elle se supprimerait à l'aide du Singha Brahma, une dague incrustée d'or au manche serti d'émeraudes et de rubis. C'était une pièce splendide dont les rajas de Badung héritaient de père en fils et tous y ajoutaient des pierres précieuses, mais jusqu'alors aucun ne s'en était dessaisi au profit d'une petite danseuse de basse caste. L'envoi du kriss à quelque beauté que ce fût n'était qu'une galante façon de lui signifier l'intérêt du Raja. Généralement, la belle remettait l'arme en même temps que son corps.

Xavier demande :

— Dasné savait-elle que le kriss sacré appartenait à Alit ?

— Je ne le crois pas. Bien sûr qu'il s'agissait d'un joyau inestimable, mais comment estimer une chose quand on ne possède ni la culture ni les références nécessaires ? Aurait-elle eu la moindre idée de sa

valeur qu'elle se serait débrouillée pour fournir un
autre kriss à Martial. Mais là n'est pas l'important et
laissez-moi plutôt vous conter la suite. En effet, les
nobles du pury étaient si occupés à observer
l'armada hollandaise, et Dasné si habile à travestir
une jeune beauté en grosse matrone, que Sarna
arriva chez l'homme aux cheveux d'or dans le milieu
de la matinée. Entre-temps Martial était allé aux
nouvelles et celles-ci, au dire de quelques négociants
chinois et flamands qui avaient pignon sur le port,
étaient beaucoup moins alarmantes qu'on ne se
l'imaginait. Pour l'instant, la flotte hollandaise ne se
livrait qu'à des manœuvres d'intimidation. Retors et
habile, le gouverneur de Batavia comptait d'abord
empocher le trésor du royaume de Badung, ce qui ne
l'empêcherait pas d'attaquer peu après. Le gouverneur ne se trompait guère car, peu de temps auparavant, le grand pougawah l'avait assuré d'un paie-
ment assez conséquent en échange de la paix. Le
grand régisseur des biens terrestres du royaume
pensait amadouer ainsi le cruel Hollandais aux
oreilles roses. En réalité, et malgré ses hautes fonc-
tions, le grand pougawah n'avait aucune idée de
l'importance du trésor. Seuls les rajas de Badung en
connaissaient le montant exact. De père en fils, ils se
remettaient les lourdes clés de la salle des coffres,
comme ils se transmettaient le Singha Brahma. Personne d'autre qu'eux-mêmes, fût-ce le plus intime
des amis, n'avait la possibilité de parvenir aux souterrains, véritables labyrinthes, qui menaient à cette
salle. Et tandis que Sarna décampait du palais pour
satisfaire son prince jusque dans la manière dont il
souhaitait se donner la mort, le Raja éploré contemplait en silence le trésor du royaume.

Xavier ne peut s'empêcher d'intervenir :

— Il portait donc toujours les clés sur lui ?

— Bien sûr que non. Les clés ne servaient qu'à
ouvrir les grilles du souterrain. Il y avait un tel
enchevêtrement de galeries que celui qui s'y aventu-

rait sans être initié aux multiples secrets, pièges et chausse-trapes y laissait son squelette en témoignage de son audace.

— Les clés n'ouvraient pas la salle ?

— Là, vous m'en demandez trop, jeune homme. Hormis le prince, personne n'a jamais vu ni cette salle ni les trésors qu'elle contenait. D'après ma mère, les nombreux ouï-dire et les non moins nombreuses supputations qui se rapportaient à cette légende...

Xavier l'interroge :

— Pourquoi parlez-vous de légende ?

— Parce qu'il ne s'agissait peut-être que d'un mythe !

— Vous voulez dire une mystification ?

— Pas du tout. Il y avait certainement un trésor mais devait-on le considérer comme fabuleux en regard du mystère et du protocole qui l'entouraient ? C'est une autre affaire ! On disait que le prince était obligé d'exécuter vingt-cinq opérations différentes, aussi délicates les unes que les autres, avant d'obtenir l'ouverture de la porte qui se mettait alors à pivoter d'elle-même sur l'injonction d'une formule magique qu'il était seul à détenir. Une fois entré, il fallait encore décoder les serrures des coffres. Il s'agissait d'un travail considérable que récompensait l'ineffable plaisir de plonger ses mains dans les joyaux et d'y laisser ruisseler les diamants.

— Vous confirmez donc l'importance du trésor de Badung ?

— Je ne confirme rien. Je ne fais qu'évoquer ce que tout le monde imaginait, y compris le gouverneur de Batavia. L'homme était assez malin pour comprendre que ses plus fins limiers n'avaient aucune chance de mettre à jour cet Eldorado, quand bien même ils dynamiteraient le sous-sol du palais.

— Répondez-moi franchement, Timor. D'après vous, cet Eldorado aurait-il suffi à payer la rançon astronomique exigée par les Hollandais ?

Timor prend un air ennuyé. Manifestement il hésite à répondre.

Xavier insiste :

— La question peut se poser, n'est-ce pas ?

— Elle peut en effet se poser, et je l'ai retournée plus d'une fois dans ma tête.

— Alors ?

— Alors, de vous à moi, je ne le pense pas. Tout à l'heure, j'ai parlé d'Eldorado. Je pense qu'il serait plus juste d'employer le terme « pactole » !

— Pactole ? Vous êtes sûr ?

— A peu près sûr. Comme tous les rajas, Alit possédait une petite fortune faite d'héritages, eux-mêmes composés de butins de guerre, de pillages, mais aussi de cadeaux offerts par divers sultans, rois d'Occident et empereurs de Chine, lesquels s'assuraient les bonnes grâces du royaume en échange de traités commerciaux nettement négociés à leur avantage.

— Et depuis, savez-vous si l'on a découvert ce pactole ?

— Comment le saurais-je ? Je ne le pense pas.

— Ce trésor vous appartient donc !

— Effectivement, il revient de droit à l'héritier de la couronne de Badung.

— Vous en rêvez parfois ?

— Non, j'ai cessé de rêver voici maintenant un demi-siècle. Naturellement, grâce à vous, je reprends goût à l'espoir. Mais l'espoir n'est pas un rêve, c'est une nécessité, un autre avenir.

Un drôle de sourire vient alors aux lèvres de Timor. Satisfaction ou dépit ? N'est-ce pas plutôt un sourire entendu ? Timor joue d'une telle gamme d'expressions que Xavier ne suit pas toujours le raisonnement du vieil homme. A tout hasard il demande :

— Revenons une minute au trésor. Croyez-vous qu'il y ait une trace, un écrit, un indice, quelque chose qui permettrait d'accomplir les bons gestes et de dire les mots qui conviennent ?

— Oui, je le crois !

— Vous le croyez ou vous le savez ?

— Je le sais.

Xavier laisse fuser sa surprise :

— Incroyable ! Et qui possède le secret ?

— Moi.

Dans ces moments, il n'y a rien d'autre à faire que de supporter le poids du silence. Le sourire de Timor est maintenant énigmatique. L'œil malicieux, il attend la question de Xavier. Celle-ci ne tarde pas :

— Vous m'avez dit tout à l'heure que le Raja était le seul être vivant à détenir ces mystérieux arcanes.

— C'est vrai, mais le Raja n'était pas immortel. Il pouvait disparaître au combat ou se faire assassiner. Il pouvait avoir un accident de chasse ou s'éteindre, atteint d'une grave maladie.

— Il transmettait donc à une tierce personne la façon d'arriver jusqu'au trésor ?

— Non, vous n'y êtes pas du tout !

Xavier éclate de rire.

— Vous avez raison, je nage complètement.

— Eh bien, moi aussi, j'ai nagé durant des années et puis, un jour, j'ai eu l'illumination.

— L'illumination à propos du lieu ou des moyens ?

— Des moyens bien sûr. Le lieu n'a aucune importance puisqu'il est connu de tout le monde.

Cette fois, Xavier n'en revient pas. Il avait pris Timor pour un être détaché des contingences matérielles. Et voici que le bonhomme se coule brusquement dans la peau d'un chasseur de trésor. Partagé entre admiration et déception, il demande :

— Vous avez pratiqué des méthodes médiumniques ?

Timor émet des gloussements.

— Pas du tout, je n'ai rien pratiqué, rien cherché, rien voulu savoir. La chose m'est tombée dessus alors que je ne m'y attendais absolument pas.

— La chose ?

— Oui, une chose, et pas n'importe laquelle, croyez-moi. Je vous laisse deviner.

— Une lettre, un précis, un emblème ?

— Vous brûlez...

— Une figure ? Une image ? Un objet ?

— Un objet, c'est cela même. Et la lame de cet objet est gravée de caractères cryptographiques. Du moins l'ai-je cru au début. En réalité, il s'agit d'une écriture inversée qu'il suffit de lire dans un miroir. C'est du majapahit ancien. La langue que parlaient nos ancêtres lorsqu'ils ont fondé la dynastie des Majapats. Chassés des Indes, les rajas se la transmettaient de génération en génération.

Comprenant tout à coup, Xavier s'exclame :

— L'objet, c'est le Singha Brahma ?

— Oui, le Singha Brahma. Ma mère l'avait caché dans l'appartement peu avant notre départ pour Java. Ne me demandez pas pourquoi elle ne l'avait pas emmené. Je n'en sais rien moi-même. Je l'ai découvert par hasard après la guerre. Le kriss était dans une cache, sous le parquet.

Xavier devient fébrile.

— Et maintenant ?

— Eh bien, maintenant, j'espère qu'il y est toujours...

Xavier s'emporte :

— Comment ça, vous l'espérez ? Il faut aller le chercher tout de suite. Ils ont peut-être déjà tout cassé !

Le regard de Timor se fait rassurant.

— Voyons, Xavier, je vous accorde qu'ils m'ont cassé les pieds, mais ils ne peuvent tout de même pas casser ma mémoire.

— Vous avez tout appris par cœur ?

— Oui, par cœur. Et par fidélité...

Xavier reste étourdi. Décidément le vieil homme mérite toute sa confiance. Pourquoi ne partiraient-ils pas, tous les deux, pour Bali prochainement ? L'idée lui semble envisageable, mais il n'ose en parler pour l'instant. Etrange prémonition : il y a quelques jours Xavier racontait à la concierge du 22 rue des Généraux que le « Chinois » avait hérité une telle fortune qu'il était en mesure de se payer toute la rue. Curieux, le mensonge devenait prophétie.

Tout aussi bouleversé que son jeune ami, Timor s'excuse. Il lui faut uriner d'urgence. Il se lève et sort du salon où se déroule l'entretien. Sa démarche est moins raide qu'autrefois. Souple serait trop dire. Altière, malvenu. Elle est néanmoins différente, plus assurée. Xavier pense qu'il y a tout un monde entre l'ex-pensionnaire de la chambre 25 et le Timor du manoir tourangeau qui l'abrite à présent. Xavier est en grande partie le responsable du changement. En aidant Timor à parler, il l'a libéré d'un poids considérable. Le travail psychologique est si notable qu'il rend le vieil homme à la fois plus léger et plus consistant. Non seulement il assume tout ce qu'il a rejeté par le passé, mais encore va-t-il bien au-delà. Il y a peu, Timor révélait à une fille de salle qu'il était le prince de Badung. Il s'agissait de crier, de persuader, d'être pris en considération. Maintenant que Timor s'est glissé dans la peau du raja de Badung, aucune déconvenue ne pourrait l'en faire sortir. Xavier n'est pas entièrement convaincu mais n'en dit mot. En effet, et si ce n'est l'appel du sang, quelle certitude Timor a-t-il de sa filiation ? Le raja Alit étant mort bien avant la naissance de Timor, Sarna n'a pu faire alors une recherche en paternité. Timor n'est peut-être que le prétendu fils du prince de Badung ? Un héritier fabriqué de toutes pièces par sa mère ? Si on prend à la lettre les confidences de Sarna telles que Timor les a rapportées dans sa narration, on se rend compte que la petite danseuse s'est offerte à Martial, puis à Alit dans la même soirée. Il n'est donc pas invraisemblable de penser que Timor pourrait être tout aussi bien le fils de Martial que le fils d'Alit. Y a-t-il eu cette fois une recherche en paternité ? Celle-ci était-elle positive ou négative ? Quoi qu'il en soit, Martial a donné son nom au bébé, dont la venue au monde couronnait l'étrange liaison que le couple menait depuis neuf mois.

Pour Xavier, le dilemme n'est pas mince. Plus difficile encore est de museler la question qui lui brûle les lèvres : Martial Wandevelle aurait-il cédé aux exigences de Sarna ? Se serait-il volontairement effacé pour laisser une chance à son fils de s'asseoir un jour sur le trône de Badung ?

Xavier penche plutôt pour cette version des faits. Optimiste, il n'exclut pas d'apprendre la vérité au cours des prochaines confessions.

Comme Timor tarde à revenir des toilettes, Xavier en profite pour appeler son avocat. L'affaire est en route et même sur autoroute. La police et la presse sont sur les dents. L'établissement de Villepinte sous bonne garde. Pressé par le juge d'instruction, le conseil de l'Ordre s'apprête à entendre Beaumanière, le psy de service, à son retour des Bahamas. Lucienne Sinclair, la directrice, et Charreau, le surveillant-chef, ont été mis en examen et écroués pour corruption active, extorsion de fonds et complicité de meurtre.

En fuite, Jean-Claude Lorrain, le PDG de la Sogym, fait l'objet d'un mandat d'amener international. Accusés de malversation, de faux en écriture et de tentative d'assassinat, deux de ses proches collaborateurs sont déjà sous les verrous. En revanche, les hommes de main courent toujours. Gardée à vue, la concierge du 22 avenue des Généraux a fini par cracher le morceau. Mais ce n'est pas tout : l'appartement de Xavier a été saccagé durant la nuit. Bien sûr, les journalistes s'intéressent à Timor Wandevelle dont on ne sait pas grand-chose, sinon qu'il s'agissait d'un vieux maniaque dont on convoitait le logement. A présent, des photographes campent devant l'immeuble. Des enquêteurs interrogent les gens du quartier. D'autres tentent de découvrir où Timor s'est réfugié.

Alertée par quelques gros titres, l'ambassade du Japon à Paris n'a pas tardé à se manifester. Dans un communiqué adressé à l'AFP, les services concernés indiquent que Timor Wandevelle ne s'est pas présenté comme d'habitude pour toucher la pension qui lui est accordée au titre des dommages de guerre. On le décrit comme un vieillard paisible victime des tourments de l'histoire. Né à Pondichéry d'une mère balinaise et d'un père français, Timor a été arrêté à Java en 1942 et interné dans un camp de concentration aux îles Mariannes.

Faisant écho au communiqué japonais, celui de l'ambassade des Pays-Bas apporte malheureusement une précision que Xavier aurait préféré ne pas voir divulguée. Les Hollandais révèlent que Timor Wandevelle, né à Pondichéry, de mère balinaise, a prétendu au trône du royaume de Badung jusque dans les années 1942. De descendance royale, fils naturel du raja Alit de Badung, il a été sollicité par la reine Wilhelmine afin de succéder, trente-six ans plus tard, à son père disparu lors du déplorable puputan de 1906. Un malencontreux concours de circonstances, l'attaque de Batavia par les Nippons, a privé de son trône Timor Alit, prince de Badung.

Il n'en fallait pas davantage pour que la presse à sensation s'empare de l'information et la monte en épingle. Jusqu'alors Xavier Romanet et son protégé bénéficiaient d'une tranquillité relative en Touraine. Magistrats et gendarmes s'étaient rendus au manoir avec discrétion pour recueillir le témoignage des deux hommes.

Désormais, le poids des mots et le choc des photos risquent de troubler Timor. N'est-il pas mieux de lui cacher tout ce tintamarre ? N'est-il pas plus intéressant de profiter de ces derniers jours de liberté pour avancer dans le récit ?

Chapitre 7

La foudre

La logeuse de Martial ne connaissait Sarna que de réputation. Nombre de fois elle avait entendu son mari vanter les qualités exceptionnelles de la petite danseuse. Il arrivait en effet qu'Alit offrît une représentation de legong à ses meilleurs amis comme à ses plus fidèles marchands et régisseurs. C'était une récompense appréciée de tous, non seulement pour l'art de la danse, mais plus encore pour la beauté des interprètes. Celles-ci accostaient, l'une après l'autre, sur la berge, et étaient chaleureusement applaudies tandis qu'elles se rendaient au palais d'un pas savamment étudié.

Lorsque la bonne dame wesia vit venir à elle cette vieille femme voûtée à la démarche sautillante, elle lui cria de passer son chemin. Elle n'avait plus rien à donner, ni nourriture ni vêtement, pas même une pièce. L'autre n'écouta point. Au contraire, elle se hâta d'approcher et souleva un coin de son voile. La logeuse fut si surprise qu'elle ne put cacher son émoi à la vue du ravissant visage. Tout chez Sarna séduisait naturellement mais, cette fois, peut-être la dernière, elle avait revêtu ses habits d'apparat sous des hardes d'intouchable, et s'était artistiquement maquillée. Soulignés de khôl, les yeux déjà fort étirés brillaient d'un intense éclat noir que les paupières adoucissaient pourtant d'une brume bleutée. Tranchant sur ces deux astres qui brûlaient le regard des autres, les pommettes outrageusement poudrées de rose s'harmonisaient au mieux avec les lèvres carminées. Pulpeuses, entrouvertes, elles laissaient voir des dents aiguisées d'une éclatante blancheur.

Sans dire un mot, consciente du danger qu'elle encourait, la dame wesia conduisit prestement la danseuse auprès de son locataire. Elle l'abandonna devant la porte du bungalow et l'entendit frapper trois petits coups discrets.

Martial lui ouvrit aussitôt. A sa vue son cœur battit à tout rompre. Il avait répété les gestes à accomplir, l'attitude à adopter mais, maintenant qu'elle se tenait devant lui, oubliant le code de séduction auquel il s'était pourtant préparé, il la prit dans ses bras et la couvrit de mille caresses. Elle répondit avec la même passion, l'embrassant fougueusement, laissant aller ses adorables mains de fillette dans la chevelure blonde. Leurs souffles dévorants, leurs soupirs rauques étaient à l'image de leur désir. Enflammés du même feu, pressés de se retrouver peau à peau, ils jetèrent leurs habits autour d'eux et roulèrent sur le lit. Ils y restèrent enlacés l'un dans l'autre, comme enchâssés. Ils étaient tous deux le diamant, tous deux la monture pour ne former qu'un seul joyau, qu'un seul corps étincelant.

Hormis le plaisir des sens, rien d'autre en cet instant ne comptait. Ni l'amour qui les avait réunis, ni la mort qui allait les séparer. Ils n'étaient qu'amants aimantés, qu'attirance réciproque, qu'étoiles filantes. Et quand vint à grands flots l'assouvissement, quand ils eurent échangé leur peau et leur jouissance, ils restèrent tout à coup interdits, se contemplant avec tristesse. C'est que leur mémoire un moment perdue leur revenait à toute vitesse. Et, comme si cette mémoire ne suffisait pas à elle seule pour ouvrir un abîme entre eux, la canonnade brusquement vint rappeler à Sarna l'urgence du devoir.

Elle bondit à la recherche de ses vêtements épar-
pillés et réclama le kriss qu'elle était venue chercher.

Martial était consterné. Le kriss ! Mais pourquoi le
lui remettrait-il ? D'accord, il en avait fait la pro-
messe. Mais quel mal y aurait-il à se parjurer quand
il s'agissait de préserver une vie ? L'idée qu'elle allait
se tuer ou se faire tuer lui était intolérable. Comment
accepter la destruction d'une telle perfection pour le
bon plaisir d'un prince fanatique ? Martial tenta de
lui expliquer qu'il était prêt à échanger sa vie contre
la sienne. Elle ne comprenait pas, s'impatientait.

Il s'écria :

— Mais quelle diablesse es-tu pour te précipiter
ainsi vers la mort ? N'as-tu pas pitié de toi ? Ne
vois-tu pas que je veux te sauver ? Qui t'empêche de
rester là, auprès de moi ? Et qui te le reprocherait,
sinon des cadavres calcinés ? Pourquoi ton ciel
serait-il plus juste que le mien ? Pourquoi tes dieux
sont-ils si cruels ? Comment oses-tu croire au paradis éternel puisque tu es toi-même ce paradis, puisque tu es toi-même une déesse ? Je t'en prie, Sarna,
renonce à cette folie.

Il s'était mis à genoux devant elle, les mains jointes, et la suppliait du regard.

Elle devinait ses paroles mais n'avait d'yeux que
pour le Singha Brahma posé sur la table basse. Elle
souffrait pour l'homme aux cheveux d'or. Mais pourquoi se désespérait-il autant ? La mort n'était qu'un
au revoir, qu'une brève séparation des âmes. Un jour
l'âme du Français rejoindrait peut-être la sienne,
là-haut. Peut-être les deux âmes s'enlaceraient-elles
alors comme s'étaient enlacés les corps aujourd'hui.
Peut-être goûteraient-elles, ces âmes, aux plaisirs
des sens. Peut-être y avait-il aussi un certain plaisir
de mourir. Elle n'avait pas peur. Elle était venue au
monde avec le prince. Elle trouvait normal de le
suivre dans l'au-delà. Et ce monde d'ailleurs l'appelait avec force. Elle n'avait plus une minute à perdre.
Déjà les Longs-Nez débarquaient. Ils sautaient des

embarcations et fendaient les vagues avec leur ventre, le fusil levé. Ils étaient nombreux, des centaines, des milliers. Nombreux et belliqueux.

Le pury devait être étrangement calme. Pas un son, pas le moindre signe. Tous devaient se préparer en silence pour le grand voyage. Les femmes se drapaient de leurs plus beaux atours. Elles mettaient leurs bijoux. Elles amusaient leurs enfants. Les hommes n'attendaient que le son du koulkoul pour se ruer, poitrine et mains nues, sur les fusiliers marins. Le kriss fixé derrière l'épaule gauche, il suffisait d'une seconde pour le tirer et d'une autre pour se poignarder. Alit était sans doute à la recherche du sien. Sarna l'imaginait dans tous ses états. Les nobles et les prêtres sortiraient les premiers, suivis des guerriers, puis des marchands. Viendraient ensuite les serviteurs, les soudras. Et puis les femmes, les enfants. Peut-être avait-on déjà égorgé les animaux, abattu les éléphants, embroché les singes et les paons, décapité les cygnes, fléché les perroquets, étouffé les oiseaux...

Non, personne n'avait le droit de la retenir contre son gré. Elle était souple comme le roseau, solide comme le bambou, rapide comme le vent. Non, personne n'était en mesure de la priver d'une fête aussi somptueuse. Elle irait derrière le prince, parmi toutes ses femmes, en dansant l'amerta.

Sarna glissa subrepticement une boule d'opium entre ses lèvres et commença à la mâcher. Là-bas, au pury, tous avaient déjà absorbé leur dose et commençaient à s'animer.

Quand l'homme blanc voulut la reprendre dans ses bras, elle rassembla son énergie comme on le lui avait appris à l'Ecole des Jouissances terrestres. D'un terrible coup d'épaule, elle projeta l'homme blanc à terre.

Il jura et se releva. Trop tard. Sarna avait saisi le kriss sacré et se faufilait à toute allure entre les balés de la résidence.

Martial enrageait. Elle l'avait possédé, mais il n'avait pas dit son dernier mot. Il s'élança comme un fou vers les écuries de son logeur et sortit un pursang de son box. Il n'eut que le temps de le brider. Tant pis pour la selle.

Talonnant les flancs de la bête, il gagnait du terrain quand les tambours de bois résonnèrent soudain lugubrement. Du pury montèrent alors des hurlements inhumains, les barrissements paniqués des éléphants que l'on tirait à bout portant entre les yeux. A ces gémissements des géants qui s'écroulaient de toute leur masse répondaient les cris joyeux de la foule surexcitée. Le massacre était en marche et rien, dès lors, ne pouvait l'arrêter. Surtout pas les Hollandais qui montaient prudemment à l'assaut, effrayés par ces clameurs sauvages.

Martial distinguait les soldats qui s'avançaient derrière leur porte-drapeau. Sarna n'était plus qu'à quelques mètres de la porte nord-est et s'apprêtait à s'y engouffrer pour toujours.

Cavalier émérite, Martial pressa son cheval. Parvenu à la hauteur de Sarna, il accrocha la crinière de la main gauche, se porta sur le côté et cueillit la jeune femme par la taille.

Soulevée de terre, elle perdit conscience. Martial s'empara du kriss royal, bloqua la petite danseuse contre sa poitrine et piqua sa monture à tout va. A cet instant, les portes du pury s'ouvrirent en même temps.

Sortirent en premier les chars où l'on avait installé les orchestres de gamelans. Les musiciens vêtus de blanc, la couleur du deuil, entamèrent alors leur musique percussive faite de dissonances aussi brutales que subtiles. Un vrai déluge sonore où les xylophones, battus par les maillets de bois, le disputaient aux cymbales frappées par d'autres cymbales, elles-mêmes entraînées par les kendams, toute une panoplie de tambours qui donnaient le ton, tantôt solennels, tantôt crispants.

En transe, ivres d'opium et d'arak, les instrumentistes jouaient là leur dernier morceau. Ils y mettaient leur âme davantage que leur talent. Encore en fallait-il beaucoup pour interpréter, au senti, à l'instinct, cette symphonie cacophonique qui martelait les tempes de la soldatesque hollandaise.

Sur un ordre de leur officier, les troupes de la couronne marquèrent leur pas. Elles n'avaient aucune idée de ce qui se tramait, et préféraient rester sur le qui-vive plutôt que d'avancer sur cette bande hurlante. Peut-être venait-on les accueillir avec fanfares et flonflons ? Leur jeter des fleurs ? Leur crier des mots d'amour ?

Du simple soldat au plus gradé des chefs, tous étaient saisis d'appréhension. Et l'inquiétude qui les tenaillait se mua bientôt en une nervosité proche de la panique.

Débouchant des différentes portes du pury, les chars se regroupèrent. Ils étaient tirés par des esclaves attelés qui gesticulaient frénétiquement comme si les percussions des gangsas les aiguillonnaient.

Parvenus à moins de cent mètres de l'armée des agresseurs, fusils en joue, les chars s'immobilisèrent, mais la musique oppressante continuait à dispenser ses rythmes lancinants.

La guerre ayant ses règles et son éthique, les Longs-Nez abaissèrent leurs armes. On n'ouvre pas le feu sur des musiciens dont la seule agression est de taper sur des xylophones et des tambours. Les Longs-Nez attendaient que les joueurs de gamelan leur laissent le passage. Comme ceux-ci tardaient, le général s'avança accompagné d'un interprète. En signe de paix, il tenait la main gauche levée. L'autre, plaquée sur son oreille, lui protégeait le tympan. Il se demandait comment il se ferait entendre dans un pareil vacarme, quand les chars s'écartèrent tout à coup. Il n'eut que le temps de battre en retraite.

Moins chanceux, son interprète fut écrasé par les vagues déferlantes de la foule en délire. Les gens du pury se précipitaient vers la mort. Tous étaient vêtus de blanc si bien que, dès les premiers coups de feu, les robes et les vareuses, les sarongs et les kaïns se tachèrent de rouge sombre.

Alit s'était élancé en premier. Entouré de ses femmes, il cherchait encore Sarna des yeux. Il crut l'apercevoir parmi ses épouses mais, en ce matin de grâce, les plus jeunes et les plus âgées se ressemblaient comme des sœurs. Toutes s'étaient parées des plus beaux cadeaux offerts par leur maître. Toutes avaient fleuri les cheveux et souligné les yeux de khôl. Toutes avaient les lèvres carminées, les joues fardées de poudre rose. Toutes paraissaient éperdument joyeuses de tomber sous les balles. Et, lorsque l'enfant tenu dans leurs bras n'était pas foudroyé aussitôt, elles se devaient de le sacrifier. Blessé, trébuchant sur les cadavres, le prince de Badung essayait d'atteindre Sarna. Il voulait mourir de ses mains, frappé au cœur par le kriss royal qu'il tenait de ses ancêtres et dont la lame serpentée avait été forgée au pied du volcan Batur par le plus fameux des pandé weshi.

Accroupi, ensanglanté, Alit se traînait de corps en corps. Il n'avait ni la force de les retourner ni la vue assez claire pour distinguer les visages, mais il gardait encore confiance. Il jugeait impossible la trahison de Sarna. Autant il s'était attendu à la félonie de Siang, autant il croyait à la fidélité absolue de sa favorite. Il pensa qu'un grand malheur l'avait empêchée de se rendre au rendez-vous de la mort. Le grand malheur serait qu'elle fût morte avant lui, car rien n'était écrit indiquant qu'ils se rencontreraient à nouveau dans l'au-delà.

Piétiné, bousculé par l'incessant flot de ses sujets qui se ruaient au-devant des Hollandais, le prince cherchait sa bien-aimée au milieu des cadavres. Ceux-ci s'amoncelaient, l'empêchant d'avancer.

D'autres tombaient sur lui, menaçant de l'ensevelir. Les Hollandais n'avaient pas bougé d'un pouce. Bien en ligne, à découvert, ils tiraient dans la masse. On n'entendait plus que le fracas des détonations mêlé aux cris de guerre des fanatiques qui dévalaient du pury les mains nues. Crépitements et vociférations couvraient le râle atroce des agonisants. Il y avait déjà longtemps que les orchestres de gamelans s'étaient tus. Un à un les musiciens s'étaient écroulés avec leurs instruments. Chacun d'eux en tombant avait émis un son particulier.

Tout à coup, le rythme des tirs changea. Il y avait tellement de gens à liquider que les simples mousquetons n'y suffisaient plus. Débordés, les Longs-Nez aux pantalons rouges avaient mis une mitrailleuse en batterie. Le tac-tac-tac fauchait les hommes plus vite que la faucille ne coupe les tiges de riz.

Obsédé par l'absence de Sarna, Alit espérait encore. Il n'était plus qu'un zombie, un être entre vie et mort, un fantôme de la terre, mais il s'obstinait comme si sa favorite détenait la clé de son passage vers l'au-delà. Bien sûr, Sarna possédait le Singha Brahma, le kriss magique. A lui seul, il justifiait ses efforts. Il aurait donné tout son trésor pour cette arme. Il eut alors une pensée plus noire que la mort. Il allait quitter ce bas monde pour celui du haut en rompant ainsi la chaîne séculaire dont il était issu. Il n'y aurait plus jamais de raja à Badung, plus jamais d'yeux qui sauraient déchiffrer les mystérieux caractères gravés sur l'acier. Plus jamais de regards émerveillés pour contempler le trésor des ancêtres. Celui-ci était perdu à jamais, enterré pour l'éternité. Il eut un vague sourire, une grimace de mourant. Mieux valait savoir le trésor sous la terre que dans la poche des Longs-Nez.

Il était temps d'en finir. Alit venait de ramasser le kriss d'un de ses fidèles brahmanes, une arme digne de son rang, quand un corps dégoulinant de sang s'affaissa à ses côtés. Le prince sursauta en reconnaissant Dasné, la vieille servante de Sarna. Le ciel lui faisait enfin signe. Il se pencha vers elle et s'assura qu'elle était encore en vie.

Voyant son prince aussi près d'elle, Dasné eut un mouvement de recul. Elle n'avait jamais été touchée par le Raja. Sa caste le lui interdisait mais, cette fois, au seuil du trépas, le Raja lui accordait ce droit.

Il la secoua.

— Dis-moi ce qu'il est advenu de Sarna. Est-elle encore au pury ?

Dasné, qui avait menti toute sa vie, n'était plus à une vérité près. A l'aube de sa mort, elle désirait consacrer sa maîtresse et soulager son prince.

— Sarna n'est plus. Elle courait vers toi pour t'apporter le kriss que je lui avais remis quand elle a été fauchée par l'horrible machine.

Alit sentit le bonheur l'envahir. Un bonheur chaud comme le sang qu'il perdait et glacé comme son âme qui s'échappait.

Il murmura :

— Dasné, ô Dasné, tu es la meilleure de toutes les servantes. Tes paroles rendent ma fin plus facile. Que puis-je faire pour toi ? Veux-tu que je t'achève ?

— Oui, prince, achève-moi, que je rejoigne là-haut ma maîtresse.

Il prit appui sur le coude et leva la lame. Elle représentait le serpent Naja.

— Remercie l'Eternel car l'arme qui va fouiller ton cœur est celle d'un brahmane. Vois ce kriss, Dasné. Il appartenait au grand bougawah.

Elle l'implora :

— Par pitié, prince, tue-moi, mais ne me demande pas de regarder.

Comme ses forces s'épuisaient, Alit tenta de se redresser pour mieux porter le coup fatal. Il dut s'y reprendre à plusieurs fois car à peine se tenait-il assis qu'il retombait aussitôt. La pauvre Dasné que cette dague allait enfin anoblir gardait les yeux fermés. Elle n'entendait plus que le crépitement des mitrailleuses qui fauchaient méthodiquement les nouveaux arrivants.

Au bout d'un moment, et n'ayant toujours pas ressenti d'autre brûlure dans sa chair que celle des blessures aux jambes qui la paralysaient, elle se décida à ouvrir les yeux. Etrangement, ce qu'elle vit ne la remua guère.

Crâne éclaté, le prince gisait en travers d'autres corps. Il avait encore la main serrée sur le kriss du grand bougawah, si bien qu'elle n'osa le lui arracher. Et puis à qui profiterait un cadavre de plus ? N'était-il pas plus sage de laisser l'Etre suprême la rappeler quand bon lui semblerait ? A son âge, était-il vraiment nécessaire de brusquer le destin ? Elle n'en avait que pour quelques minutes, quelques heures au plus. Quand tous ceux du pury auraient offert leurs âmes à Shanghyang Widi, et que celles-ci auraient commencé à émigrer vers le paradis de l'Eternelle Renaissance, les Hollandais viendraient ramasser les corps. Ils élèveraient une grande pyramide d'os et de chair et y mettraient le feu. Peut-être épargneraient-ils les blessés ? Peut-être les achèveraient-ils d'une balle dans la nuque ? Dasné n'en savait rien. Et d'ailleurs, elle ne s'en formalisait point. Elle n'éprouvait aucune peine devant l'horrible spectacle. Non point que cet holocauste la laissât insensible, car il y avait de quoi pleurer durant toute une vie. Non : on lui avait appris toute petite à ne jamais pleurer un mort, fût-il de sa propre famille. Il fallait oublier le chagrin, transformer sa peine en joie, ses larmes en rires. Toute manifestation de désespoir, toute désolation empêchaient l'âme du défunt d'accomplir sa délivrance terrestre.

Les Hollandais parcouraient le champ de bataille sans comprendre. Où qu'ils aillent, qu'ils aient affaire à des cadavres d'hommes ou de femmes, à des corps mutilés par leur kriss ou anéantis par les balles, tous, malgré leurs plaies béantes et leurs visages fracassés, présentaient un air serein. Ni rictus de colère ni crispation des traits, pas même une grimace de douleur. Il n'y avait que les enfants, les tout jeunes, les nourrissons, qui laissaient voir leur étonnement devant la sauvagerie soudaine de leurs parents. Les regards terrorisés effrayaient maintenant les vainqueurs.

Bien des Longs-Nez se sentirent écœurés par le massacre auquel ils avaient participé et leurs officiers eurent beau leur expliquer qu'ils n'avaient fait que se défendre, nombre d'entre eux pensaient qu'il aurait mieux valu ne pas affronter cette meute d'illuminés. Dans l'instant, ils s'étaient mis à paniquer. Alors ils avaient tiré dans le tas comme on tire dans un jeu de quilles.

Mais, à présent que la poudre ne rongeait plus les narines, qu'un silence de plomb pesait sur le charnier, les plus sensibles restaient interdits. Quelques brutes seulement en finissaient avec les blessés sous prétexte que ceux-ci imploraient la clémence pour leur âme qui ne parvenait pas à se détacher du corps. Des interprètes accompagnaient les bourreaux et posaient la question aux moribonds : « Veux-tu être épargné et soigné ? » Et tous répondaient négativement. Tous demandaient la délivrance. Et ceux qui n'avaient plus de bouche pour parler, plus assez de forces pour se faire entendre, plus assez de vie pour remuer les lèvres ou la main, étaient aussitôt emmenés à l'écart et laissés à l'abandon jusqu'à ce que mort s'ensuive. La conscience des Longs-Nez était ainsi absoute jusqu'à la prochaine tuerie.

Dasné avait échappé à la crémation géante. Comme une vingtaine de comateux incapables de se prononcer, on l'avait déposée sous un banian, non loin de la porte nord-est, et abandonnée à son sort.

Quand elle revint à elle quelque temps plus tard, elle crut avoir atteint les portes de l'enfer. Tout autour, ce n'était que brasiers. On avait empilé les cadavres par paquets de trente autour desquels des prêtres venus de Denpasar officiaient à la va-vite. Il y avait beaucoup de tas et peu de prêtres, mais quelques voisins du pury, dont la dame wesia, étaient venus aider en applaudissant et en riant. Il y avait même un orchestre de gamelans, surgi d'on ne sait où, qui battait les tambours et le rappel des âmes.

Dasné essaya de se traîner vers un des bûchers, mais ses jambes fracturées ne la portaient plus. Elle regarda alors les flammes qui prenaient ses maîtres et amis un par un. Elle s'efforça de sourire et se mit à respirer à grandes goulées l'odeur âcre de la chair grillée. Les corps se tordaient dans les flammes, les os éclataient comme des détonations. Des tornades de fumée poussées par le vent s'engouffraient dans les rues pour couvrir bientôt tout Badung d'un nuage de cendres, dont on ne voyait ni le début ni la fin, à croire que le royaume du prince Alit avait disparu, lui aussi, avec son raja.

Xavier hésite à interrompre Timor. Lorsque le vieil homme est lancé, il va vite et fort, comme s'il avait lui-même participé aux événements qu'il décrit. Cette fois, Xavier le coupe :

— Pardonnez-moi, Timor, mais comment pouvez-vous me raconter la fin du prince Alit et le faire converser avec Dasné au milieu des cadavres ? Même chose pour Dasné. Vous me la dépeignez agonisante non loin des bûchers et vous lui prêtez toutes sortes de réflexions. Or, autant que je sache, il n'y avait là aucun témoin susceptible de rapporter ces faits. Au moment du drame, votre mère, kidnappée par Martial, était déjà loin du pury.

Xavier croyait piéger Timor mais, guère embarrassé, celui-ci répond du tac au tac :

— Je vous accorde que la chose peut paraître arrangée, du moins agencée, par un quelconque romancier. Pourtant je n'invente rien. Voyez-vous, mon ami, si vous m'aviez laissé continuer, je vous aurais appris que la servante de ma mère a été recueillie par cette dame wesia qui avait logé Martial. C'était une femme bonne et tolérante, toujours prête à rendre service. Comme tant d'autres voisines du palais, dont les maris travaillaient pour le prince, la pauvre veuve était sortie de chez elle peu après le carnage. Elle allait aux nouvelles, espérant au moins arranger quelque peu la dépouille de son très cher avant que ne commence la crémation. Hélas, craignant la décomposition rapide des corps, les Hollandais les entassaient pêle-mêle sans même permettre aux familles de s'en approcher. Je vous l'ai dit tout à l'heure, en dépit de cette vision d'horreur, les familles s'efforçaient de sourire et de chanter. Il en allait du salut des âmes, car les âmes, chez nous, ne supportent ni la tristesse ni les jérémiades. Il leur faut une certaine allégresse. Et les rires, les chants, toutes ces manifestations de gaieté sont un peu comme vos requiems à vous. Chez nous, on ne se recueille pas devant les morts, on ne fait que les accompagner de la meilleure humeur qui soit. Et ce n'était pas facile, croyez-moi, car, attisées par le mazout déversé sur les charniers, les flammes ont eu bientôt raison de cette multitude de cadavres, mille quatre cent trente-cinq exactement. Quand tout a été brûlé et nettoyé, quand le ciel est redevenu bleu, la pauvre dame wesia s'est mise à errer aux abords du pury. A l'intérieur, on équarrissait les gros animaux, buffles, chevaux, éléphants, si bien qu'un fleuve de sang et de graisse inondait maintenant les grands blessés et les comateux que l'on avait regroupés devant la porte nord-est.

« Apercevant la vieille Dasné parmi ces damnés du royaume, elle l'a chargée sur son dos et l'a menée avec beaucoup de mal jusqu'à son habitation.

— Vous voulez dire que cette dame wesia a soigné et abrité Dasné ?

— Oui, et elle l'a aidée à vivre. Car il n'est pas facile de rester sur terre quand tous les siens sont au ciel. On doit alors combattre la honte qui s'empare de vous et survivre au remords qui vous ronge le reste de vos jours.

— Heureusement, votre mère n'était pas au ciel !

— Evidemment, de savoir sa maîtresse épargnée l'a encouragée à surmonter cette épreuve.

— Elles se sont revues alors ?

— Bien sûr que non. Ma mère et Martial se sont embarqués quelques jours plus tard pour Batavia, d'où ils ont gagné Pondichéry.

— Et comment Sarna a-t-elle été prévenue de la fin tragique du prince Alit ?

— Naturellement, Sarna ne pouvait pas ignorer la tragédie, les journaux de Batavia l'avaient complaisamment couverte. Mais elle était si torturée, elle se sentait si méprisable qu'elle était incapable de regarder les choses en face.

— La honte d'avoir échappé au massacre ?

— La honte, oui, comme Dasné. Elle voyait le Raja partout. Il l'appelait, s'étonnait de son absence, fondait en larmes. Et quand le Raja ne pleurait pas, il la menaçait des pires calamités. Bien entendu, Sarna s'en prenait à Martial. Le pire, c'est qu'ils ne pouvaient échanger le moindre mot faute de parler la même langue. Entre eux ce n'était que bouderie ou colère, mutisme ou révolte, refus ou dérobade. Mais il y avait aussi des moments d'amour, des instants où le plaisir faisait oublier le remords. Des nuits où la passion l'emportait sur la haine. Le désir qu'ils éprouvaient l'un pour l'autre était finalement leur seul langage. Dans l'étreinte, ils possédaient un vocabulaire intarissable. Une fois assouvis, ils redevenaient muets et distants. Et puis, brusquement, tout a changé.

Timor tressaille et n'achève pas sa phrase. Les

mots semblent lui manquer. Peut-être est-ce l'émotion ?

Xavier respecte un temps de silence, puis il demande à voix basse :

— Tout a changé, dites-vous ?

— Oui, tout a changé. Elle n'était à Pondichéry que depuis une quinzaine de jours lorsqu'elle a eu la certitude qu'elle était enceinte. L'enfant qu'elle attendait alors, vous vous en doutez, n'est autre que le vieillard qui vous parle en ce moment. Et cet enfant du prince Alit qu'elle portait dans son ventre a transfiguré Sarna tant et si bien qu'elle a su enfin gré à Martial de l'avoir sauvée. Finis les remords et la honte. Elle avait été épargnée par la volonté de Dieu. Les esprits avaient envoyé l'homme aux cheveux d'or à son secours. Elle avait été enlevée sur un cheval blanc, comme Vichnou sur l'aigle blanc.

« Fécondée par le prince, Sarna avait à présent la charge de son bien terrestre le plus précieux. Alit était en elle et revivait dans sa chair. En quelque sorte, il ressuscitait à travers moi. Ainsi en avait décidé l'Etre suprême. Voyez-vous, Xavier, je sais que vous vous posez bien des questions à propos de mon père. Mais dois-je vous rappeler que j'ai été élevé comme un fils de prince et non pas comme un fils de négociant ? Et, puisque vous m'avez posé tout à l'heure cette question sur les derniers instants du prince de Badung, il me faut y répondre. Lorsque Sarna a su qu'elle m'attendait, elle n'a eu de cesse que de me bâtir une légende pour l'avenir. Elle en connaissait le début, mais pas la fin. Aussi a-t-elle eu l'idée d'écrire à la dame wesia pour recueillir son témoignage. Quelle n'a pas été la surprise de ma mère d'apprendre que sa fidèle servante était en vie. Jusqu'alors, elle se croyait la seule rescapée du puputan. Désormais, elles étaient deux. Et, comme Dasné ne savait ni lire ni écrire, la dame wesia a servi d'intermédiaire. Toutes les trois ont correspondu quelque temps. Après la mort de Dasné, les lettres se sont faites plus rares. Bien sûr, ma mère projetait de revenir à Bali pour m'installer sur le trône du royaume de Badung. Nous savions que le pury déserté était à l'abandon, au grand désespoir du peuple qui n'avait d'autre raja à servir qu'un Long-Nez aux oreilles roses. Mais nous savions aussi que ce gouverneur de Denpasar, tout comme la reine des Pays-Bas, s'opposerait à notre retour. Pis encore, pour les Hollandais nous n'existions pas. On prenait ma mère pour une usurpatrice, moi-même pour un pauvre type manipulé. Il nous a fallu attendre trente-cinq années pour que la reine Wilhelmine reconnaisse enfin nos prétentions. Vous connaissez la suite. Notre arrivée à Java a coïncidé avec celle des Japonais. Elle a été catastrophique. On a exécuté ma mère sitôt débarquée du navire amiral nippon. Quant à moi, on m'a exilé aux îles Mariannes. C'en était fini de Timor Alit, prince de Badung. Là-bas, je n'étais qu'un numéro parmi d'autres. Plus d'un demi-siècle s'est écoulé depuis. Et j'avais moi-même oublié qui j'étais. Il aura fallu la hargne d'un marchand de biens et cet internement à la sauvette pour me faire renaître à nouveau. Le plus curieux, voyez-vous, Xavier, c'est que vous m'avez accouché avec succès. Oui, au seuil de ma mort, je vous dois la vie...

Chapitre 8

L'orage

Il y avait eu le long voyage en bateau de Batavia à Pondichéry à travers le détroit de Malacca et le golfe du Bengale. Vingt jours de malentendus et de mal du pays durant lesquels Sarna ne quitta pas sa cabine. Vingt jours qu'elle ne méritait plus de vivre. Vingt jours de rancœur contre l'étranger dont elle était maintenant la captive. Il l'avait enlevée contre son gré, soulevée de terre et maintenue fermement contre sa poitrine le temps d'une galopade effrénée. Leur cheval mangeait le vent et les rizières à toute vitesse, mais ça ne les avait pas empêchés d'apercevoir les nuages noirs qui s'amoncelaient sur le royaume de Badung en crachant leurs cendres.

Dès le lendemain matin, ils touchaient à Java et filaient sur Batavia. En état de choc, Sarna suivait l'homme blanc. Elle n'avait personne d'autre à qui se fier. S'ils avaient su qu'elle était encore en vie, ses propres parents l'auraient répudiée. Elle-même subirait toutes sortes d'humiliations, jusqu'à pousser sa famille au suicide. Mieux valait laisser croire aux siens, comme aux gens du village, que leur petite danseuse avait péri dans l'allégresse du puputan. Dès lors Sarna était condamnée à fuir Bali sans espoir de retour. Le déshonneur est pire que la mort car il vous oblige à n'être qu'une ombre, une silhouette sans

autre consistance que celle du repentir. Bien qu'elle
n'eût pas souhaité survivre au prince mais qu'elle se
fût, au contraire, préparée à disparaître avec lui,
Sarna s'accusait de tous les maux et ressentait en elle
les pires flétrissures. Les dieux l'avaient punie,
condamnant son âme à errer désormais dans son
corps indigne. Certes, elle n'avait été infidèle qu'une
seule fois et non pas à foison, comme la plupart des
femmes du pury. Il n'empêche que les autres avaient
atteint la plénitude et servaient à présent leur prince
dans le monde de l'au-delà.

A bord du paquebot qui le ramenait à Pondichéry
sans avoir conclu d'autre marché que celui d'un
amour qu'il avait cru éternel, Martial s'apercevait
peu à peu de son erreur. On n'enlève pas une Balinaise de son pury comme on enlève une Française de
son pensionnat de jeunes filles, ou une créature de sa
maison close.

Brûlant d'une passion qui ne pouvait être qu'illusoire, il avait succombé aux sortilèges de l'Asie.
Envoûté par la sensuelle torpeur des gynécées, il
s'était lancé à corps perdu dans l'aventure. Elle avait,
celle-ci, le parfum du mystère, le goût épicé du risque ; tout ce qui plaisait en vérité à un jeune homme
épris de lyrisme et de romantisme. Le harem peu-
plera toujours les rêves de l'Occidental car il imagine
des beautés offertes et insatisfaites dans l'attente de
leur prince charmant. Et qui n'a pas songé à franchir, une fois, les porches d'un tel sanctuaire en
l'absence du maître ? Qui ne s'est vu accueillir en
grand secret par de lascives odalisques et passer
d'une couche à l'autre comme un goûteur de miel ?

A son insu, presque innocemment, Martial avait
vécu le rêve de tout homme et savouré les délices des
plaisirs interdits. Jusqu'alors, il n'avait jamais
éprouvé pareil trouble, semblable émotion, jamais
tenu dans ses bras une fille aussi divine. Ses gestes
soyeux et amples étaient d'une douceur inégalable,

mais ils savaient parfois procurer un léger mal, une douleur exquise du bout des ongles et des dents.

Dans le palais des Bains, Sarna s'était donnée comme une enfant qui découvre un cadeau. Charmée et stupéfaite, elle avait dénoué son ventre de tous les rubans qui le retenaient à Alit et déroulé pudiquement son corps sans oser se montrer plus audacieuse.

Sur le paquebot qui voguait vers les Indes, Sarna n'était plus l'enfant insouciante du palais des Bains. Pas non plus la femme exaltée qui était venue chez Martial rechercher le kriss sacré. Entre-temps, la mort avait frappé, et le prince Alit s'était insidieusement glissé entre les deux amants. Maintenant qu'elle était libre, Sarna avait le vague à l'âme, le mal du pury, si bien qu'elle pensait et agissait encore en esclave, n'osant refuser les caresses de l'homme blanc. Insatiable, Martial s'en repaissait. Faire l'amour était sa manière de lui crier sa passion. Il n'avait pas d'autres mots, pas d'autre façon de le lui dire que de laisser parler son désir. Elle-même répondait plus ou moins bien selon qu'elle avait envie de converser longuement ou d'abréger l'entretien. Il n'y avait plus cet alanguissement, cette tendre paresse des sens qui prolonge leur éveil et favorise les prémices. Sarna était bien trop occupée avec le prince pour satisfaire Martial comme il l'aurait souhaité. En bonne élève de l'École des Jouissances terrestres, elle comblait Alit mais décevait Martial. Tout n'était que technique, que caresses mille fois exécutées, que positions trop sophistiquées pour produire autre chose qu'une extase artificielle. Sarna faisait l'amour, mais ne donnait plus son amour. Certes les siestes et les couchers s'illuminaient encore de feux d'artifice où chacun tirait vers le ciel des gerbes pailletées d'or, mais celles-ci manquaient d'ampleur.

En vérité, Sarna couchait avec Martial, son nouveau maître, mais elle était plus proche du prince, son ancien maître. Hantée par Alit, elle revivait constamment leur dernière nuit. La colère du prince avait fait place à l'abattement. Il s'était mis à pleurer Siang contre la poitrine de sa favorite. Et Sarna avait eu un moment d'hésitation. Devait-elle le laisser gémir sur son sein ou le repousser ? Elle était encore toute pleine des baisers de l'étranger, toute pétrie de ses larges mains, toute moite de sa sueur et des odeurs de chair blanche.

Conquérante et assouvie, étonnée par sa hardiesse, elle s'était sentie suffisamment forte pour consoler Alit de ses malheurs terrestres. Elle lui avait caressé les joues, les lèvres de ses doigts agiles dressés à la subtile gestuelle des danses legong. Elle y avait mis ses expressions les plus pures et les plus raffinées, si bien qu'Alit avait délaissé la poitrine pour se blottir contre son ventre. Elle avait senti ses larmes chaudes couler entre ses cuisses et son souffle fiévreux l'envahir.

Il parlait près du pubis, lèvres à lèvres, se plaignant de la fourberie du bien-aimé Siang, un garçon auquel il avait tout appris, tout permis, tout promis et même de lui donner la mort. Sa dérobade l'affligeait tant qu'il sanglotait à grands flots et soubresauts. Et puis il avait cessé de se lamenter sur son sort de prince abandonné pour s'apitoyer sur le funeste destin du royaume de Badung. Dans quelques heures, quelques jours, Badung allait cesser d'exister. Avec cette terre des dieux disparaîtrait pour toujours la lignée des Majapahits dont il était l'ultime représentant. Jusqu'alors, il n'avait mis au monde que des filles. Un fils l'aurait peut-être obligé à penser l'avenir autrement. Sans doute aurait-il combattu les Hollandais loyalement. Non, il ne se voyait pas égorger son fils de sa propre main.

Sarna lui avait gentiment reproché ses deux avortements forcés. Au pury une favorite n'était là que pour dispenser le plaisir. Seules les épouses avaient la charge d'enfanter.

Délicate et attentionnée, Sarna l'avait rassuré. La vie ne continuait-elle pas dans l'au-delà ? Là-bas, elle lui donnerait des fils. N'était-elle pas déjà ennoblie par le lien des étreintes, par le suc de son corps ? Qu'il la tue, le moment venu, de son kriss sacré, et tous au ciel sauraient alors que Singha Brahma avait vidé de son sang impur la petite Sarna. Ainsi renaîtra-t-elle Dewa-Ayu dans la caste des satrias ou Ida-Ayu dans celle des brahmanes. Plus aucun dieu, plus aucun démon, plus aucun prêtre ne trouverait à redire. Leur garçon serait prince des nuages et du vent, raja des comètes, roi soleil, comme son père.

Sarna avait trouvé les accents qui convenaient pour guérir son prince de la terrible inquiétude qui le rongeait. Et tandis qu'elle lui contait les merveilles du ciel, il avait retenu ses larmes pour la pénétrer. Le temps d'un délire, elle était devenue son épouse. Le désir avait été si violent qu'il avait bousculé l'au-delà. Le fils du prince était venu alors dans un formidable jaillissement de plaisir...

Sarna et Martial avaient débarqué à Pondichéry une quinzaine de jours après avoir fui Bali. Ils occupaient une villa spacieuse enfouie au milieu des sagoutiers et des licualas à grandes feuilles. Etait-ce un présage favorable ou le simple fait du hasard, mais les sagoutiers, qui ne fleurissent qu'une fois tous les quinze ans, présentaient leur couronne ornée d'une luxuriante inflorescence.

Bien des choses, n'était-ce que le climat torride et humide si propice à la langueur comme aux exercices de l'amour, rappelaient à Sarna son île natale. La villa mise à leur disposition par Malavoine, le directeur du Comptoir français des Indes, n'était qu'un pury en miniature avec ses domestiques plus nombreux que nécessaire et son couple d'éléphants dont les cornacs se servaient pour défricher la forêt avoisinante qui s'étirait jusqu'à la côte de Coromandel.

Toutes sortes de petits animaux, mainates, perroquets, singes et paons, s'ébattaient dans un grand
parc aux massifs impeccablement entretenus.

En réalité, cette villa ne différait guère des autres
demeures du quartier résidentiel.

Dès le retour de Martial, on avait donné, de-ci
de-là, toute une série de réceptions plus fastueuses
les unes que les autres. Tout était prétexte à faire la
fête et à s'enivrer des senteurs de la nuit. On buvait
du champagne frappé et du cherry onctueux, des
cocktails d'absinthe et de pavot qui faisaient tourner
la tête et chavirer le cœur. Tous, bien sûr, voulaient
apercevoir la petite Balinaise que le beau Martial
avait sauvée de cet horrible suicide collectif. Mais
tous et toutes, en dehors de Malavoine, le patron, en
étaient pour leurs frais.

Dès son arrivée, Sarna avait refusé de quitter ses
appartements dont elle avait fait son balé d'exilée.
Martial avait respecté ce choix. Il comprenait la difficulté de passer brusquement d'un monde clos à un
monde ouvert, d'une vie de recluse à une vie mon-
daine. Il ne désespérait pas. D'ici peu, il allait enga-
ger une préceptrice bilingue. Quelques notions de
français permettraient à Sarna de se faire entendre
autrement que par le silence et des moues.

La première sortie de Sarna fut pour se rendre au
temple. Elle était accompagnée de ses jeunes servantes. Celles-ci portaient les paniers d'offrandes sur la
tête et chaloupaient gracieusement, mains sur les
hanches. Leurs rires frais, leur légèreté enchantaient
cette jolie maîtresse qui allait pieds nus, avec mille
précautions. Cela faisait maintenant deux semaines
que Sarna épiait son corps et le préservait. Deux
semaines que le ventre aurait dû saigner et ce retard
la comblait.

Parvenue au temple où nombre de gens s'affairaient autour des idoles et des oratoires, selon le vœu
qu'ils désiraient voir exaucer, Sarna se dirigea vers
l'autel où siégeait Dewi Sri, la déesse de la Fertilité.

Là, elle ordonna aux servantes de déposer leur panier, puis arrangea avec dévotion ces cadeaux pour les dieux. Il y avait des fruits et des gâteaux de riz, des sachets de pétales séchés, des bouquets de fleurs fraîches, ainsi que de longues feuilles de lontar sur lesquelles étaient gravés des mantras, toute une série de prières appropriées.

Sarna resta ensuite en contemplation jusqu'à faire le vide. Et quand elle crut voir Dewi Sri lui sourire, elle eut la certitude de porter le fils d'Alit en elle.

A partir de ce jour Sarna devint une autre. La paria se métamorphosa soudain en princesse, la petite danseuse de legong en maîtresse femme.

Dans un langage fait de mimes et d'œillades expressives, de gravité et d'éclats de voix, elle entreprit de convaincre Martial qu'il avait été envoyé à Bali par les dieux dans le seul but de sauvegarder l'enfant du prince. Guidé par les esprits, il l'avait soustraite au puputan pour que vive en paix le futur raja de Badung. C'était à lui dorénavant de veiller sur l'héritier du trône et de lui assurer tout ce dont il aurait besoin dans l'avenir. Aussi proposa-t-elle à l'homme blanc d'adopter l'enfant et de lui donner son nom. C'était son devoir d'accepter, son rôle d'accomplir en secret le dessein des dieux. Le moment venu, elle révélerait l'existence de ce fils aux survivants du royaume. Pour l'heure, il y avait trop de démons à Bali, trop de Longs-Nez cruels et ambitieux.

Martial tomba des nues. Il fit valoir que cet enfant était vraisemblablement le sien car les dates correspondaient à celle de leur rencontre. Déterminée, elle lui apprit alors que, cette même nuit, tandis qu'il quittait le palais des Bains, travesti en guerrier, le prince l'attendait chez elle. Il était venu reprendre le kriss sacré dont elle avait la garde depuis qu'il le lui avait fait parvenir quand elle était toute petite. Elle lui raconta l'état désespéré du Raja, sa peine immense, ses sanglots, sa fragilité. Tour à tour séductrice et autoritaire, elle ne lui épargna aucun fait, aucun détail, persuadée qu'il interprétait convenablement ses regards et ses attitudes. A vrai dire, et cela tenait du miracle, rien de ce qu'elle disait n'échappait à Martial. Celui-ci était encore trop épris pour contrecarrer les projets grandioses de Sarna. Mais, à vingt-deux ans, Martial ne se voyait pas du tout père de famille. Il avait le temps de réfléchir et ne désespérait pas de retourner la situation à son avantage. Qu'il fût ou non le géniteur du fils de Sarna, puisqu'il ne pouvait s'agir que d'un fils, ne le troublait pas outre mesure. La seule chose qui lui importait était de rendre sa maîtresse heureuse et d'en profiter le plus longtemps possible. Egoïstement Martial ne pensait qu'au moment présent. Peu lui importait l'avenir dès lors que Sarna s'intéressait de nouveau à lui.

Et les choses prirent effectivement une tournure différente. Sarna redevint aimable et docile. Elle accepta les sorties et fit son apprentissage du monde blanc. Sa grâce, sa beauté, son apparente ingénuité charmèrent la bonne société de Pondichéry. Son français s'améliorant, elle put recevoir à son tour. Elle confectionnait des mets délicieux, des plats typiquement balinais, du lawar, une fricassée de tortues à l'éminé, du babi-guling, un cochon de lait rôti à la crème de coco, du bebek-betutu, du canard rôti garni de pousses de haricots et enrobé d'une sauce de cacahouète. Le tout était servi accompagné de nasi goreng, du riz frit aromatisé d'épices, ou de nasi compur, un riz cuit à la vapeur de mangue ou de banane. Bien entendu, on ne lui avait rien appris de tel à l'Ecole des Jouissances terrestres, aussi inventait-elle des cuissons et des saveurs incomparables, des desserts variés aux mélanges audacieux.

Sarna se comportait en parfaite maîtresse de maison et Martial s'en félicitait d'autant plus qu'elle allait devenir Mme Wandevelle. En effet, Sarna commençait à prendre quelques rondeurs ; aussi avait-elle entrepris auprès de Martial un vrai travail de sape, une lutte au corps à corps afin qu'il envisageât de légaliser au plus vite leur union. Bien que le prince Alit fût toujours entre eux, non seulement dans leurs pensées et leurs conversations, mais également dans leurs ébats, Martial finit par céder. Après tout, il l'aimait encore assez pour l'épouser. Et puis il y avait cet enfant à naître et à élever, ce fils de raja dont il était en quelque sorte le père, sinon par le sang, du moins par le salut. Il payait maintenant son geste fou, la passion, même un peu refroidie, n'a pas de prix...

Subjugué par le récit de Timor, Xavier intervient parfois, ne serait-ce que pour faire rebondir une situation :

— Ils se sont donc mariés à Pondichéry ?

— Naturellement. Il faut vous dire que la famille de Martial était contre cette union. Epouser une Balinaise, une danseuse de surcroît, relevait de la déchéance la plus complète. Bien que très lié à sa mère, Martial passa outre. Il en subit les foudres et en souffrit énormément.

— Je suppose que les choses se sont arrangées à la naissance de l'enfant ?

— Pas du tout. On peut même dire qu'elles ont empiré. Les grands-parents n'ont jamais vu leur petit-fils. Enfin, quand je dis « petit-fils », vous me comprenez ! Certes, le père de Martial avait au moins une circonstance atténuante puisqu'il est mort à Verdun en 1916. Il était officier.

— Vous n'avez donc pas connu votre grand-père ?

— Non, ni mon grand-père ni ma grand-mère.

— En 1916, vous aviez pourtant neuf ans ?

— A neuf ans, j'étais encore à Pondichéry. C'est là que nous avons aussi appris le décès de la mère de Martial.

— Votre grand-mère en somme !

— Je vous en prie, Xavier, à mon âge et dans mon état, m'affubler d'une grand-mère me semble tout à fait indécent. Quoi qu'il en soit, cette disparition sonna le signal du retour en France.

Tout à coup, Timor porte les mains à ses tempes et murmure :

— Je suis fatigué de parler, fatigué de tout...

Xavier l'encourage :

— Voyons, Timor, vous êtes en pleine forme. Et maintenez-vous en bonne santé car quelque chose me dit que nous n'allons pas tarder à partir pour Bali.

La stupeur se lit dans les yeux du vieillard.

— A Bali ? Vous plaisantez ! Il n'en est pas question, tout cela est trop loin, trop tard...

Xavier réplique sérieusement :

— Mais non, Timor, ça n'est ni trop loin ni trop tard. Vous êtes le raja de Badung et votre place est là-bas. Vous devez le faire pour Sarna !

Désemparé, Timor accroche le regard du jeune homme et s'écrie :

— Mais personne ne m'attend ! Personne n'est au courant ! Je vous en prie, il faut oublier tout cela, tout faire disparaître comme je l'ai fait moi-même.

Etonné, Xavier réplique :

— Allons, Timor, mais vous n'avez rien oublié du tout ! Cela fait des jours et des jours que vous nous racontez le royaume de Badung. Et vous êtes intarissable. Oui, intarissable et magnifique !

Timor prend sa voix fluette, celle qu'il avait à l'hospice :

— Mais c'est mon histoire à moi. Elle ne regarde pas les autres. Elle est pour moi, rien que pour moi. Et qui vous dit que je ne me suis pas menti à moi-même durant toute ma vie ? Qui me dit que je dis vrai ? Qui me dit que j'ai vu clair ? Qui me dit que je ne suis pas aveuglé par les chimères ? Qui me dit que la vanité ne m'a pas rendu sourd ? Qui me dit que je ne patauge pas dans un immense marécage, équipé d'échasses, pour mieux m'en sortir ? Qui vous dit que je ne me noie pas ? Qui me dit que je ne voyage pas depuis si longtemps dans un tunnel en comptant mes pas, à reculons ? Et si tout cela n'était que fatuité, invention, racontars, mythomanie ? Dites, lance-t-il d'une voix pathétique, pourquoi devrais-je vivre pour de vrai une vie que j'ai peut-être rêvée ? Pis encore, pourquoi devrais-je apprendre si tardivement que mon existence est peut-être le fruit d'une méprise ?

Xavier ne semble guère dérouté.

— Ecoutez, Timor, vous n'allez pas me faire ce coup-là. Je vous croyais revenu à vous, en pleine possession de vos moyens. Et voilà que vous fuyez la vérité en vous cachant derrière des faux-semblants. Je ne suis tout de même pas psychiatre pour rien ! D'accord, je n'ai pas terminé mes études mais j'en sais assez sur vous pour vous rassurer. Assez pour vous dire que vous faites votre délire en ce moment même. D'accord, c'est peut-être un signe de bonne santé mentale. Certes, vous n'avez pas envie de bouger, pas envie de changer mais, bon Dieu, et j'en sais quelque chose, vous n'avez pas non plus envie de mourir ! Alors, vous vous calmez et vous m'écoutez !

Xavier s'arrête net et reprend d'une voix encore plus ferme :

— Ne vous méprenez pas, Timor. Moi, je ne doute pas de vous. Ecoutez donc mes deux questions. Elles ne sont pas innocentes et tâchez d'y répondre en toute sincérité. Elles peuvent vous paraître sommaires et même très terre à terre, mais elles devraient vous aider à mieux vous situer dans ce moment présent où vous me paraissez perdu.

Désolé, Timor hoche affirmativement la tête.

Xavier poursuit :

— Première question : possédez-vous le kriss sacré du prince Alit dans votre appartement comme vous me l'avez laissé entendre tout à l'heure ?

— Oui, il est sous une lame de parquet. Du moins

il y était encore lorsque l'on m'a kidnappé. Mais qu'est-ce que cela prouve ? Qui vous dit que ce n'est pas un simple kriss, une vulgaire arme, un faux Singha Brahma ?

Xavier regarde gentiment Timor.

— Ne le prenez pas mal, mais pour l'instant vos commentaires sont inutiles. Alors, voici la seconde question : seriez-vous capable d'accéder au trésor en vous laissant guider par les seules inscriptions figurant sur la lame ?

Timor marque une courte hésitation à laquelle Xavier s'attendait. On a beau avoir quatre-vingt-huit ans et se contenter d'une maigre pension, on ne peut s'empêcher de défendre son bien. Toutefois, le visage du vieil homme s'éclaire :

— Oui, je le pense. A condition que le sous-sol n'ait été ni dynamité ni bétonné.

— Je peux vous rassurer sur un point. Il y a deux ans, j'ai visité les restes du palais. En ruine, et bien que mangé par la végétation, il n'en constitue pas moins un mémorial où Balinais et touristes viennent se recueillir. En dehors des ravages causés par les canons hollandais comme par l'envahissement de la jungle, l'ensemble du pury m'a paru vierge de tout immeuble moderne.

Soudain très intéressé, Timor demande :

— Vous dites que le palais est devenu un lieu de mémoire. Mais qui honore-t-on ?

— Le prince Alit bien sûr, mais encore tous ses sujets, tous ceux qui ont trouvé la mort à ses côtés. Je vous assure, Timor, le lieu est encore empreint de la tragédie qui s'y est déroulée. C'est terriblement émouvant.

— Très émouvant, peut-être, mais ma pauvre mère n'y est pas pleurée !

Xavier ressent ce regret comme une victoire. Il a enfin réussi à ramener le vieil homme dans le bon chemin. Il dit :

— Et pourquoi ne pleurerait-on pas votre mère ?

— Pourquoi la pleurerait-on puisqu'elle n'était pas parmi les victimes ?

Xavier jubile. Il tient Timor et ne le lâche plus.

— Et qui le sait, en dehors de vous ?

Le vieux réfléchit un moment.

— Seules deux femmes le savaient.

— D'accord, mais elles ne sont plus de ce monde. Et elles n'en ont sans doute jamais parlé. Et chez vous, voyez-vous, c'est justement ici que cela coince. Il n'y a plus personne pour vous présenter, plus personne pour s'écrier : « Hourra ! voici le prince de Badung ! » Eh bien, vous vous trompez, Timor. Si la foule est absente, il vous reste le kriss du prince. Nul autre que lui n'est en mesure de mieux vous faire admettre des sages de Sanur et de Denpasar. Bien sûr, vous me direz que Bali fait aujourd'hui partie de la république d'Indonésie, un Etat de cent quatre-vingts millions d'individus, et que l'île aux mille temples n'a que faire de son dernier raja ! Eh bien, vous auriez grand tort, car les familles dont on a massacré tant et tant de parents sous la dictature de Sukarno, environ trois cent mille pauvres gens suspectés de sympathies communistes, révèrent la mémoire des leurs à travers celle de votre père ! Le puputan de 1906 est en effet devenu le symbole de toutes les tueries perpétrées à Bali, qu'elles soient volontaires ou assassines.

« Mais laissons donc là ces considérations et remettons à plus tard notre voyage à Bali. Nous ne sommes pas pressés et nous n'en avons pas terminé avec votre récit ni avec les épreuves qui nous attendent. Dès demain, figurez-vous, la presse va s'emparer de vous et va vous pressurer, comme on moud le café, jusqu'à faire couler du jus de vos vieux os. Ils voudront tout savoir et tout voir. Ils vont vous hacher menu et vous harceler de questions jusqu'au prochain fait divers. Une chose me paraît bonne, mais méfions-nous. C'est que, demain, vous serez célèbre dans le monde entier. De Patagonie en Alaska, des

Kerguelen en Islande, de New York à Djakarta, tout le monde connaîtra votre visage. Tout le monde va s'apitoyer sur votre sort passé. Tout le monde va rêver de votre vie future. Tous vont vous accompagner en pensée vers Badung. En pensée, mais aussi en image. Tous vous verront, le Singha Brahma à la main. Et le monde entier pénétrera avec vous dans le dédale incroyable des souterrains du pury. Souffle coupé, des milliards d'hommes et de femmes, de garçons et de filles seront suspendus à vos gestes, à vos mots...

Xavier s'interrompt tout à coup et demande :

— Alors, Timor, est-ce cela que vous désirez ?

Timor le regarde maintenant d'un air incrédule. Comme il hésite à répondre, Xavier le brusque :

— Mais dites quelque chose, bon Dieu !

— Je dis que c'est abominable ! Mais que dois-je faire ?

— Vous taire. En dire le moins possible. Et surtout démentir le communiqué de l'ambassade des Pays-Bas. Vous n'avez jamais été prince de Badung. Votre mère n'a jamais été la favorite du Raja. Il y a confusion, mensonge. D'ailleurs, devant les journalistes, oubliez donc Bali une fois pour toutes. Tenez-vous-en à votre appartement, aux persécutions de la Sogym, à votre séjour à Villepinte. Branchez-les là-dessus et jouez les vieillards impotents. N'hésitez pas à me prendre à témoin. De mon côté, et avec votre permission, je laisserai entendre que vous n'avez pas toute votre tête. On me croira, je suis médecin. Une fois passé l'orage, nous irons rue des Généraux pour y prendre votre kriss. Ensuite, et si ma compagnie ne vous paraît pas trop désagréable, eh bien, je me ferai un plaisir de vous offrir le voyage à Bali. Rien que nous deux. Sans presse, sans télé, sans être suivis par qui que ce soit. Au fait, Timor, que ferez-vous du trésor ?

Timor hausse les épaules et se racle la gorge. Sans doute juge-t-il la question tout à fait saugrenue...

A Pondichéry la vie suivait son cours. Les années passant, le couple Wandevelle n'entretenait plus que des rapports amicaux. L'enfant avait été protégé des leyaks durant la grossesse de Sarna par diverses amulettes capables de neutraliser les jeteurs de sorts. A sa naissance et sur les conseils de la mère, les sages-femmes avaient soigneusement enterré le placenta dans un coin du parc. Martial ne le sut d'ailleurs jamais, bien qu'il vît assez souvent par la suite Sarna arranger quelques offrandes en cet endroit. Il y avait beau temps que le Français ne se préoccupait plus des bizarreries de sa femme. En réalité Sarna craignait les manifestations des esprits néfastes, les terribles Kanda-Empats, toujours prompts à ôter la vie d'un nouveau-né pour se l'accaparer. Généralement ces démons sortaient du ventre de la mère en même temps que le bébé. Dissimulés dans le placenta ou dissous dans le liquide amniotique, ils attendaient le moment propice et sautaient à la gorge de l'enfant qui était aussitôt pris d'étouffement mortel. Une croyance balinaise voulait que l'on enterrât ces faux frères dans l'heure qui suivait la venue au monde du nourrisson. Encore fallait-il y mettre les formes et les gants, leur donner une sépulture correcte et venir les amadouer de temps à autre en disposant fleurs et nourriture sur leur tombe.

Martial dut en convenir, le petit était tout le portrait de son père. Encore que sa peau fût bien claire pour un pur Balinais de Badung. Sarna avait mis les choses au point longtemps avant la naissance et n'entendait pas les remettre en question. La couleur de la peau comme celle des yeux et des cheveux n'entraînerait aucune discussion. Elle était enceinte d'Alit et nul autre que lui ne devait accaparer Timor. Bien qu'il lui eût donné son nom, Martial n'avait aucun droit sur l'enfant, pas même celui d'être appelé papa.

Dès son plus jeune âge, Sarna avait appris à Timor
que son vrai père était au ciel et qu'il le surveillait de
là-haut. Martial était un papa adoptif, un père de la
vie terrestre, tandis que le prince Alit était son père
des deux vies, la terrestre et la céleste. Au début
Timor cafouilla quelque peu mais il sut bientôt faire
la part des pères. Et lorsqu'il se réfugiait dans les
bras de Martial après un gros bobo ou un chagrin
soudain, c'était par un vrai besoin de tendresse.

D'année en année Sarna se fit si précise dans la
description de ce père que Timor en eut une image
grandeur nature et n'éprouva pas le besoin de
s'inventer des mystères comme bien des enfants auxquels on n'avoue qu'une parcelle de vérité. Timor sut
donc très tôt qu'il était venu au monde pour succéder au raja mirifique du royaume de Badung. Un
royaume qui lui appartiendrait un jour en propre
tout comme les jouets avec lesquels il s'amusait.

Fils de héros, enfant de raja, Timor fut élevé dans
le respect des traditions et des lois brahmaniques.
Rien n'était trop précieux ni trop cher pour cet
enfant du pury de Badung que Sarna habituait aux
honneurs et au luxe. Bien que frustré d'amour filial,
Martial, qui dirigeait maintenant le Comptoir français des Indes, dépensait sans compter. Aussi, lorsque la Grande Guerre toucha l'Europe de plein
fouet, Timor, qui allait sur ses sept ans, possédait
déjà des serviteurs particuliers, des wongs-jabas, et
son éléphant caparaçonné d'une armure d'argent. Le
palanquin serti de pierres semi-précieuses avait été
acheté au maharadjah de Mysore. Et, dans les grandes occasions, Sarna ne manquait jamais d'équiper
son fils à la balinaise, le kriss sacré fixé sur l'omo-
plate gauche.

Epargné par cette guerre dévastatrice en raison du
poste important qu'il occupait, Martial faisait de son
mieux pour garnir les caisses de l'Etat. En France,
on avait besoin d'acier pour les canons, de cuivre
pour les obus. Alors il s'employait à conquérir de

nouveaux marchés et commerçait avec le continent américain. L'argent affluait de Buenos Aires comme d'Ottawa, de Rio comme de Mexico, si bien que les Hollandais de Batavia et d'Amsterdam, qui croyaient détenir le monopole mondial des épices et des soieries, jetaient des regards sombres vers Pondichéry. Le Comptoir français des Indes était l'ennemi à abattre.

De Batavia on envoya quelques agents secrets à Pondichéry et ceux-ci ne tardèrent pas à apprendre que la belle Mme Wandevelle n'était autre qu'une petite danseuse du pury de Badung enlevée au nez et à la barbe du Raja par le Français. Pour les puritains hollandais, il y avait là matière à scandale, aussi répandirent-ils la nouvelle jusque dans les Amériques, l'agrémentant d'une vilaine rumeur, à savoir que l'enfant du directeur du Comptoir français des Indes ressemblait comme un fils au feu prince Alit.

Pour Martial, le préjudice financier fut beaucoup moins important que le préjudice moral. Aux Amériques, on se fichait pas mal de ce genre de ragot, encore que le milieu duquel on était issu, paysan, ouvrier, bourgeois, aristocrate, s'apparentât aux castes hindouistes. Et que dire d'une union de couleurs différentes ? Bien entendu, il en fut autrement à Pondichéry comme dans les autres provinces de l'Inde. Les maharadjahs et les gens de cour trouvèrent à dire et à redire. On se demandait en effet comment cette favorite du pury avait pu survivre aussi longtemps au prince de Badung. Certains extrémistes s'agitèrent tant qu'une secte d'illuminés condamna à mort Sarna et le fit savoir. Quant aux Anglais, choqués par l'attitude prétendument provocante du couple franco-balinais, ils intriguèrent, pensant eux aussi tirer profit de la mauvaise réputation du Comptoir français.

Si l'affaire ne toucha guère le fameux Comptoir français, en revanche elle eut des conséquences fâcheuses sur la vie privée de son directeur dont l'épouse risquait de se faire assassiner à tout moment. Pour Sarna, la révélation des marchands d'épices de Batavia était d'une gravité sans précédent, car elle retardait son retour à Bali. Là-bas, elle savait la situation difficile. En effet, au dire de la dame wesia avec laquelle elle entretenait une correspondance assidue, la conjoncture n'était guère propice à l'investiture du jeune Raja sur le trône de Badung. Le gouverneur de Denpasar tout comme ceux des ex-royaumes de Klungkung, Tabanan, Pemakutan, Bangli, Janyar, Karangasam et Singaraja persécutaient toujours la noblesse et les lettrés partisans d'une autonomie économique et militaire. Nombre d'entre eux, victimes d'une affreuse chasse aux sorcières, vivaient terrés dans des caches ou bien changeaient de domicile chaque nuit. Si quelques nobles du royaume se réjouissaient d'apprendre que le prince Alit avait un héritier, ils conseillèrent néanmoins à Sarna d'attendre une période plus favorable.

Sur ces entrefaites, alors que Sarna et son fils vivaient sous la menace dans ce pury miniature du quartier résidentiel de Pondichéry, Martial apprit le décès de son père à Verdun. Le faire-part était à peine entre ses mains qu'il en reçut un second arrivé par bateau. Sa mère avait rendu l'âme dans son appartement de la rue des Généraux. Elle ne s'était remise ni de la mort de son mari ni des épousailles asiatiques de son fils, mais elle lui laissait tout de même une petite fortune.

Pressé de mettre un peu d'ordre dans sa vie familiale, pas mécontent d'une séparation qu'il envisageait depuis fort longtemps, Martial persuada Sarna qu'elle serait bien plus en sécurité à Paris qu'à Pondichéry. Aussi s'embarquèrent-ils pour la France malgré les pleurs du raja Timor qui ne se résignait pas à abandonner son éléphant et ses paons.

Martial ne resta à Paris que le temps d'y installer sa famille. Il laissait suffisamment d'argent à Sarna afin qu'elle pût parfaire l'éducation du petit prince.

Elle engagea aussitôt domestiques et préceptrice, car aucun établissement scolaire français n'était digne de recevoir le raja de Badung. Comme il n'existait à Paris qu'un seul temple hindouiste où quelques prêtres vivotaient misérablement, elle le dota d'une somme confortable en échange de laquelle le pedanda Siwa, coiffé de sa mitre rouge et or couronnée d'une boule de cristal, délivra au prince son enseignement. C'est ainsi que ce petit bonhomme dut lire en sanscrit les quarante-huit mille vers du *Ramayana*, le roman du souverain Rama, écrit trois cents ans avant Jésus-Christ. Plus tard, il prit connaissance des deux cent mille vers du *Mahabharata*, la Bible de l'hindouisme, le livre des lois et des grands principes moraux. Toute l'histoire des hommes et des dieux à travers le combat fratricide de deux familles régnantes, les Pandavas et les Kauravas, sans oublier le cousin Krishna. A douze ans, Timor s'y perdait encore, mais à seize ans il possédait sa *Bhagavad-Gita* sur le bout de l'âme.

Martial venait à Paris une fois tous les deux ans. Il passait un mois en famille et apprenait, admiratif, les formidables performances accomplies par son fils adoptif. Quoiqu'il s'en défendît, Martial éprouvait toujours une sorte d'adoration pour Sarna. Certes, elle avait beaucoup changé depuis ce jour de juin 1906 où il l'avait aperçue pour la première fois dans le gynécée du pury. Ses traits s'étaient alourdis, mais elle avait gardé son port de danseuse, son allure aérienne, cette façon de se déplacer comme si elle marchait sur des flammes. Elle était encore très belle bien qu'elle eût perdu l'innocence du regard. Sa dureté frappait Martial à chacun de ses voyages. Il la savait fière et intrigante, mais aussi dépitée par tous les échecs qu'elle subissait.

Au cours de toutes ces années passées à Paris, Sarna avait mené une lutte acharnée contre les plus hautes institutions hollandaises. Elle avait rencontré la reine Wilhelmine à plusieurs reprises dans l'espoir que celle-ci finirait par reconnaître la légitimité de son fils. Comme la reine ne se prononçait pas, Sarna avait interpellé la Société des Nations. L'affaire s'était retournée contre elle. La diplomatie hollandaise n'admettait pas qu'une ancienne danseuse de pury s'en prenne à un Etat souverain. Alors qu'elle avait été autorisée par la SDN à se rendre à Bali, elle se vit aussi interdire par l'administration hollandaise l'accès aux îles de l'archipel indonésien. Sarna ne désarmait pas et continuait son combat. Elle avait échappé au suicide collectif de la cour et le moins qu'elle pût faire était de rétablir la dynastie princière. C'était sa manière à elle de servir son maître dans l'au-delà, sa façon de l'entourer et de l'assurer de sa fidélité. C'était aussi sa seule raison de vivre, son seul motif pour préférer la terre au ciel.

Timor n'y croyait plus. Il avait maintenant trente-trois ans. Elevé comme un roi dans le quatre-pièces de la rue des Généraux, il ne connaissait son territoire que par ce qu'il en avait entendu dire, ses sujets que par les confidences et les relations de sa mère.

La Seconde Guerre mondiale se porta à leur secours. Peu après la mort de Martial revenu une dernière fois à Paris durant l'exode pour sauver les siens de l'occupation allemande, le sort sourit à Sarna.

La reine Wilhelmine acceptait d'asseoir Timor Alit sur le trône de Badung. Occupés par l'armée allemande, les Pays-Bas s'inquiétaient à présent de l'avenir des lointaines colonies. Faute de sauver l'ensemble des Indes orientales menacées d'un soulèvement populaire, on allait tenter de conserver Bali. Bien sûr, rien ne se passa comme prévu. On avait tout simplement, et très stupidement, oublié les Japonais. Sarna n'accepta pas cette fatalité. Elle avait tant lutté pour que son fils fût reconnu des Hollandais qu'elle se tourna aussitôt vers le nouvel occupant dans l'espoir d'avoir gain de cause. On connaît la réponse que l'amiral Kamarito apporta. A peine débarqua-t-elle du navire amiral nippon qu'il la fit fusiller. Ça n'était qu'un cadavre de plus. Il y en avait déjà tellement qui s'entassaient sur les docks de Batavia...

A ce stade du récit, une question brûle les lèvres de Xavier. Profitant d'un court répit, il demande :

— Pour quelle raison a-t-on tué votre mère sitôt après l'avoir accompagnée à terre ?

— Voyez-vous, Xavier, j'ai maintes fois tourné et retourné la question dans ma pauvre tête, et aucune raison valable ne s'est imposée. Je pense que, se voyant séparée de moi, ma mère a résisté. Peut-être s'est-elle débattue furieusement ? Peut-être a-t-elle giflé un des soldats ? Quoi qu'il en soit, j'ai entendu deux détonations. La première a dû être tirée sous la colère. La seconde, plus tardive, ressemblait fort à un coup de grâce.

— Si Sarna n'avait pas résisté, on l'aurait donc épargnée ?

— Certainement car, si quelqu'un devait disparaî-tre, ce ne pouvait être que moi. Or, comme vous le savez, j'ai beaucoup souffert de la faim et de l'isole-ment, mais je n'ai pas été spécialement maltraité.

— Votre mère aurait été déportée à Saipan comme vous ?

— Pas à Saipan. Là-bas, il n'y avait que les hom-mes. Peut-être l'aurait-on internée à Longam ou à Pangdong. A mon retour des camps, j'ai cherché à savoir pourquoi l'amiral Kamarito avait agi ainsi avec ma mère. Savez-vous ce qu'il m'a fait répon-dre ? Non, bien sûr, parce que c'est inimaginable. Il a dit : « Je regrette la fin précipitée de cette dame bali-naise mais, autant que je me le rappelle, elle était vieille et délicate. Elle n'aurait pas survécu au régime des camps. » Rendez-vous compte, mon cher Xavier, elle n'avait alors que cinquante-quatre ans...

Voyant Timor très affecté, Xavier approuve. Cet

amiral Kamarito n'était qu'un criminel. En réalité, un fait moins tragique mais tout aussi important l'intrigue depuis un bon moment. Craignant d'être incompris, Xavier a différé sa question à plusieurs reprises. Cette fois, il ne peut l'éviter :

— Dites-moi, Timor, comment expliquez-vous que Sarna se soit embarquée pour Bali en laissant le kriss sacré dans l'appartement de la rue des Généraux ?

Timor examine Xavier d'un drôle de regard. Il n'apprécie guère les questions se rapportant au fameux Singha Brahma car elles lui semblent intéressées. Certes, l'attitude irréprochable du jeune médecin à son égard n'est suspecte d'aucune équivoque. Néanmoins, sa curiosité excessive retient quelque peu la confiance.

Xavier n'est pas dupe. Il interprète parfaitement le silence de Timor, aussi éprouve-t-il le besoin de s'expliquer :

— Rassurez-vous, mes questions ne servent qu'à faire avancer les choses. Derrière elles, il n'y a pas la moindre mauvaise intention !

Gêné d'avoir été surpris dans ses pensées les plus intimes, Timor se racle la gorge. Chez lui, c'est une contenance. Il dit, d'un air embarrassé :

— Je vois que vous situez exactement mes faiblesses là où elles se trouvent. Alors pardonnez-moi ces réticences stupides. Dorénavant, je vous le promets, je vais chasser ces petites mesquineries. C'est que, voyez-vous, il fut un temps où d'autres gens ont essayé de me faire parler. Enfin, quand je dis d'autres gens, il ne s'agit que d'une seule personne.

Xavier laisse aller son étonnement :

— Quoi ? On a essayé de vous faire chanter ?

— Non, non. Chanter n'est pas le mot. C'était en 1959. J'avais été invité à Amsterdam par le ministère des Affaires étrangères néerlandais. Dix ans après avoir reconnu l'indépendance de l'Indonésie, la Hollande mettait ses archives à jour. Une lubie comme une autre ! Toujours est-il que l'action menée par ma mère auprès de la reine Wilhelmine paraissait tout à coup primordiale aux yeux des historiens, lesquels se sont mis dans l'idée de recueillir mon témoignage. J'avais accepté en mémoire de ma mère, pensant qu'elle m'en saurait gré et m'enverrait un sourire de l'au-delà. Si j'ai pu, en effet, voir son sourire, j'ai également entendu sa voix. Et cette voix me mettait en garde, m'avertissant que moins j'en dirais, mieux je me porterais. En bon garçon obéissant, j'ai donc apporté une contribution si modeste que les historiens m'ont abandonné à mon sort dès le deuxième jour dans l'hôtel qu'ils m'avaient retenu. La presse avait incidemment signalé la présence à Amsterdam de l'héritier du royaume de Badung, si bien que, me préparant à partir, je reçus la visite fortuite d'un drôle de personnage. C'était un Chinois de soixante-six ans, peut-être soixante-sept. Je ne sais plus au juste. Cheveux longs et barbichette blanche, d'allure maniérée, les doigts couverts de bagues, il se présenta comme un Balinais, membre du pury de Badung, ayant échappé au massacre grâce à une coïncidence divine. Dois-je vous dire que mon sang ne fit qu'un tour car ce vieux Chinois, propriétaire d'une boîte de nuit à Amsterdam, n'était autre que Siang, l'ex-petit ami de mon père.

— Siang ? Celui qui avait eu l'idée des combats de coqs ?

— Mais oui, Siang, le mignon tout plein, le favori du balé des contre-nature, que mon père chérissait davantage que Sarna au point de venir le pleurer dans les bras de celle-ci. Et, tout en éprouvant un certain écœurement vis-à-vis de ce bonhomme gras et bouffi, je ne pouvais m'empêcher de penser que je lui devais la vie. En effet, si Siang n'avait pas trahi Alit en s'échappant du palais la veille du puputan, le prince ne serait sans doute pas allé passer la nuit chez Sarna...

Impatient, Xavier demande :

— Mais que vous voulait-il ?

— Ce qu'il voulait ? Voyons, jeune homme, un peu de bon sens !

— Le Singha Brahma ?

— Il pensait effectivement que Sarna m'avait confié le kriss sacré. Mais n'allons pas si vite. Il me faut d'abord vous préciser que Siang n'avait jamais entendu parler de moi avant ce jour et qu'il ignorait jusqu'à ma naissance. En revanche, et je déplore ici la faiblesse du prince, celui-ci lui avait appris à circuler, en sa compagnie, à travers l'inextricable dédale des souterrains qui menaient à la salle des coffres. Bien qu'il n'ait jamais eu l'occasion d'approcher le trésor, il était au moins en mesure de se repérer sur une bonne moitié du parcours.

— Si je comprends bien, vous tombiez pile !

— Pile, c'est beaucoup dire. Disons que Siang tombait sur moi plus d'un demi-siècle après avoir quitté le pury. Il était persuadé que j'étais son homme.

— Son homme ?

— Oui, ou sa bonne fée. Selon votre préférence ! Toujours est-il que mon père l'avait mis dans le secret !

— Pas possible !

— Mais si, jeune homme. Siang savait que la lame du Singha Brahma permettait d'accéder au trésor à condition d'en déchiffrer l'écriture. Aussi me proposa-t-il ses services en échange des miens. Il m'aurait mené à mi-parcours, ensuite ç'aurait été à moi de décoder les signes et de prononcer les formules magiques propres à tous les rajas de Badung !

— Et alors ?

— Et alors, vous vous doutez bien que je n'avais que faire d'un tel associé. Je jouai la surprise. J'affirmai que je n'étais pas au courant, que je n'avais jamais vu le kriss sacré de ma vie, que ma mère m'en avait caché l'existence. Naturellement, il ne me crut pas et devint tout à fait odieux.

— Odieux, vraiment ?

— Plus qu'odieux, ignoble ! Figurez-vous qu'il se mit à pleurnicher comme un enfant en évoquant les caresses que mon père lui prodiguait. Il se montra d'une telle impudeur que je dus le mettre à la porte sans ménagement.

— Mais comment avait-il atterri à Amsterdam, et depuis combien de temps ?

— Je pense qu'il avait bénéficié jadis de la protection d'un haut fonctionnaire qui l'avait sans doute ramené dans ses bagages. A quatorze ans, il devait être très beau et assez déluré pour tenter un Occidental.

— J'imagine qu'il avait essayé de s'emparer du trésor avant son départ ?

— C'est en effet fort probable. Peut-être a-t-il vendu à l'occupant le peu de choses qu'il avait apprises du prince. Néanmoins, je vous certifie qu'en cette année 1959 il n'avait ni les moyens matériels ni les moyens spirituels de faire aboutir un tel projet. Et j'en veux pour preuve la mésaventure dont j'ai fait les frais un peu plus tard. Je regagnais Paris sans me méfier le moins du monde : comment pouvais-je me douter que j'étais suivi par un ou plusieurs bonshommes ? Sans doute avaient-ils pris le même train que moi, puis le même wagon de métro. En tous les cas, je ne peux expliquer autrement la mise à sac de mon appartement peu après mon retour de Hollande. Profitant de ma flânerie quotidienne au jardin des Tuileries, ils avaient fait sauter les serrures en vrais professionnels et fouillé méthodiquement chacune des pièces.

— Ce n'était pas un coup de Jean-Claude Lorrain ?

— Non, à cette époque la Sogym ne lorgnait pas l'immeuble. D'ailleurs Lorrain devait encore porter des culottes courtes.

— Et vous n'avez jamais revu Siang ?

— Oh que si, il m'a contacté en janvier 1961.

— Seulement contacté ?

— Disons que nous nous sommes rencontrés.

— Par hasard ?

— Non, par sa volonté.

— C'est-à-dire ?

— C'est-à-dire qu'il s'était mis en tête de m'emmener à Bali. Il possédait, disait-il, de nouveaux indices susceptibles de nous faire avancer jusqu'à la lourde porte de marbre que seule la voix d'un raja pouvait faire pivoter. Je dois dire que j'ai été vivement ébranlé par cette révélation. J'ai cru qu'il bluffait et qu'il tombait juste, comme cela, en plein dans la vérité, jusqu'au moment où j'ai compris qu'il détenait un double du Singha Brahma.

Xavier ne peut s'empêcher de s'exclamer :

— Quoi ! Un double du dieu des Kriss ?

— Oui, un double de papier, une copie de la lame sur papier de riz, dessinée de la main même du prince.

Stupéfait, Xavier demande :

— Il vous l'a montré ?

— Oui, il me l'a montré. Mais, là encore, j'ai simulé la plus complète ignorance. Et croyez que ce ne fut pas facile, car ce double de papier présentait autant d'éléments justes que d'éléments erronés. En réalité, c'était un vrai casse-tête chinois, un leurre qui permettait de franchir sans encombre certains passages mais qui conduisait inexorablement le possesseur du document vers une fausse porte, ou du moins vers une porte imaginaire.

— Incroyable ! Mais pourquoi Alit aurait-il inventé ce piège ? Etes-vous sûr qu'il s'agissait bien de son écriture ?

— Tout à fait sûr. Lorsque Martial avait enlevé ma mère, celle-ci portait une amulette qui renfermait un message du prince.

— Une pensée ?

— Non, une vraie déclaration d'amour.

— Vous avez pu comparer ?

— Naturellement, mais j'ai surtout cherché à savoir ce qui avait amené le prince à fabriquer pareil stratagème.

— Siang vous a mis dans la confidence ?

— Siang ne m'a rien dit. J'ai seulement revécu les choses.

— Revécu, dites-vous ?

— Oui, revécu ce qu'ils avaient eux-mêmes vécu. J'ai « vu » Siang harceler le prince, alors que celui-ci, couché sur sa natte, se laissait griser par les vapeurs opiacées.

— Et vous avez « vu » Alit dessiner de mémoire un plan de la lame ?

— C'est cela même. Alit faisait un cadeau empoisonné à son mignon. Une manière de le mettre à l'épreuve. Voyez-vous, à mon avis, Siang était d'une nature diabolique, il attendait son heure et fondait tout à coup sur sa proie, la couvrant de mille caresses pour mieux l'endormir. Cette fois, mon père s'est montré plus rusé que ce petit fennec.

— Vous-même, vous l'avez magistralement abusé.

— Oui, je crois. Après cette ultime entrevue, il a été tout à fait convaincu que je ne détenais pas le Singha Brahma.

— Et depuis 1961 il ne vous a plus donné signe de vie ?

— Plus jamais.

— Vous ne savez donc pas ce qu'il est devenu ?

— J'imagine que nous trouverons les restes de sa vieille carcasse dans quelque partie du souterrain...

La réponse de Timor soulage enfin Xavier. Elle signifie qu'ils s'envoleront bientôt tous les deux pour Bali. Toutefois, Timor a malignement éludé sa première question. Xavier hésite un court instant et la formule à nouveau :

— Vous ne m'avez pas dit pourquoi Sarna n'avait

pas jugé utile de prendre le kriss sacré avec elle ?
Etait-ce un oubli dans l'affolement du départ ?

Fatigué par le long entretien, Timor renâcle et se
racle la gorge.

Xavier reprend :

— Je vous embarrasse ?

— Un peu, oui...

— C'est-à-dire ?

— C'est-à-dire que ma mère n'attachait pas une
grande importance au kriss. Il était bien plus serti de
remords que de pierres précieuses. Pour elle, le Singha Brahma était sacré et conduisait son possesseur
devant l'Etre suprême. En aucun cas au-devant d'un
trésor.

— Vous n'aviez pas encore déchiffré le secret de sa
lame ?

— Pas encore. Je ne m'y suis intéressé qu'à mon
retour des camps, lorsque j'ai dû refaire le plancher
de la salle à manger détérioré par une colonie de
rats. Le kriss gisait sous une lame. Il était enveloppé
d'un linge blanc à moitié dévoré.

— Et votre mère ne vous avait pas averti de sa
cachette ?

— Non, j'avoue n'avoir jamais compris. Oh, bien
sûr, j'ai tout de même une idée, mais elle est vague.
Ça n'est qu'une supposition, pas même une intui-
tion. Mais je me suis demandé si le kriss n'avait pas
été caché par Martial à l'insu de ma mère.

Xavier marque la surprise :

— Mais elle aurait protesté, hurlé, réclamé son
bien à cor et à cri !

— Mais qui vous dit qu'elle n'a pas été bouleve-
sée ? Qui vous dit aussi que ce kriss n'était pas l'objet
d'un amour si peu partagé que chacun se l'appro-
priait successivement, le cœur tantôt déchiré, tantôt
raccommodé ? Qui vous dit que le Singha Brahma
n'était pas l'instrument d'une cruauté réciproque ?
Qui vous dit qu'il n'était pas à mon image, comme un

enfant que chacun réclamait, que chacun kidnappait tour à tour ? Qui vous dit qu'il ne représentait pas une manière de s'aimer ? Une façon de rester ensemble en dépit des distances qui les séparaient... ?

Chapitre 9

La pluie argentée

Xavier l'avait prévu, la presse ne leur a guère laissé de répit. Voulant que la Touraine demeure une retraite propice à la sérénité, une sorte de Balé des jouissances spirituelles, tout comme jadis au pury de Badung, les deux hommes ont préféré donner leurs rendez-vous rue des Généraux.

Les journalistes les attendent dans la cour : une quarantaine au total si l'on compte les reporters, les enquêteurs, les photographes, les éclairagistes et les preneurs de son. Bien sûr, certains cameramen utilisent des Betacam, mais cela ne les empêche pas d'employer des assistants, des serveurs comme sur les mitrailleuses. Et Timor est littéralement mitraillé, fusillé à bout portant par les projecteurs et les flashes. Ses pauvres yeux ne voient plus. Ses oreilles n'entendent pas. Timor a bien appris sa leçon : non, il n'est pas prince de Badung. Non, il n'a jamais mis les pieds à Bali. Oui, effectivement, il a bien été interné aux îles Mariannes par les Japonais mais il n'en a jamais su les raisons. Sa mère, une danseuse de pury ? Mais c'est de l'affabulation, du roman-feuilleton. En revanche, il confirme son enfance à Pondichéry, ville du sud de l'Inde où son père, Martial Wandevelle, dirigeait le Comptoir français des Indes.

Lorsque Timor trébuche sur quelque réponse, Xavier vient à son secours. En tant que médecin, il conseille à tel journaliste un peu trop pressant de respecter le grand âge de la « vedette ». A d'autres, feignant de ne pas être écouté de Timor, il confie que le vieux n'a pas toute sa tête. Il est, dit-il, atteint de la maladie d'Alzheimer et sujet à des pertes de mémoire.

Chaque fois qu'il le peut, Xavier désamorce les questions embarrassantes et replace l'affaire dans son cadre, à savoir que la Sogym s'apprêtait à faire disparaître le propriétaire du quatrième étage pour s'approprier son appartement. Il retrace son bref passage à l'hospice de Villepinte, la désastreuse ambiance qui y régnait, cette atmosphère de lente décomposition, cette odeur de mort qui planait de chambre en chambre. On y dénombrait environ une centaine de décès par an. M. Wandevelle ne serait sans doute plus de ce monde si Beaumanière, le psy de service, avait pris ses vacances quinze jours plus tard. Il y a fort à parier que Timor Wandevelle aurait été piqué comme un chien et enterré à la va-vite, comme l'avait probablement été cette pauvre Mme Berthier du troisième gauche et cette pauvre Mme Levy qui occupait un six-pièces au même étage. En voici deux qui avaient été envoyées contre leur gré à Villepinte par Jean-Claude Lorrain et n'en sont jamais revenues. L'enquête a montré d'ailleurs que Lucienne Sinclair, la directrice de l'« hospice », touchait d'importantes sommes d'argent, de la main à la main, pour chaque personne disparue. Quant à Charreau, le surveillant-chef, il n'hésitait pas à torturer physiquement ceux qui avaient encore quelque économie sur leur compte bancaire. Il aurait encaissé plus d'un million de francs en cinq ans. Et on parle aussi de viols sur des femmes âgées, de sévices sexuels abominables.

De son côté, Timor raconte comment il s'est retrouvé dans une chambre inconnue, dépossédé de toutes ses affaires personnelles, dépouillé de sa peau et de son âme comme un lapin écorché. Bien entendu, il passe son sursaut sous silence. Pas question ici du prince de Badung se réveillant, un demi-siècle plus tard, touché par une baguette magique. Non, il a simplement eu la chance d'être écouté par le jeune médecin. La chance d'avoir été compris. La chance d'avoir été sorti de cette maudite maison. Il espère que les méchants seront punis. Ils le méritent. Il espère retrouver au plus vite la tranquillité d'esprit, la pureté, le kaja, dit-on en Inde du Sud, et bien d'autres nobles sentiments qui lui permettront à nouveau de fleurir sa rue. Oui, il espère être bientôt en mesure d'honorer ses dieux, d'aller, comme avant, déposer ses bateaux d'offrandes sur la Seine et de les regarder disparaître lentement sous les ponts. Il n'attend rien d'autre de la vie que les surprises qu'il s'offre à lui-même et le bonheur que les autres en retirent.

Tout cela ne prête guère à sensation, et bien des faiseurs de rêve sont déçus. D'autres y voient matière à broder. D'autres encore, prétexte à pourfendre les marchands de biens et les margoulins de l'immobilier.

Au lendemain de cette conférence de presse improvisée, les quotidiens se partagent les gros titres, de ceux qu'apprécient les lecteurs. En voici quelques exemples : « Le prince de Badung retrouve son quatre-pièces parisien ». « Mais qui est vraiment le miraculé de Villepinte ? » « Le vieillard paisible vivait une vie secrète ». « Un maharadjah de Pondichéry sauvé par un étudiant en médecine ». « A quatre-vingt-huit ans, il se découvre fils de prince ! » « La concierge ne savait pas que l'occupant du quatrième était l'héritier d'un fabuleux royaume ». « Le clochard achète une rue du septième arrondissement ». « L'histoire vraie des disparus de Villepinte ». « Rescapé de l'antichambre de la mort, il raconte... »« Un jeune psy met fin au trafic de vieillards ». « Marchand de bien ou marchand de mal ? » « La vraie histoire de l'homme qui en savait trop et n'en disait pas assez ! » « On a retrouvé l'héritier du trône de Bali ». « L'homme qui fait des offrandes au fleuve ». « Tout sur la vie secrète de Timor Alit ». « A Pondichéry, on se souvient des Wandevelle »...

Le dernier papier signé d'un correspondant indien donne des détails ahurissants sur la fantasque Sarna Wandevelle, une danseuse du pury de Bali ayant échappé au puputan de 1906. On dresse d'elle le portrait d'une femme de tête, un être tyrannique qui terrorisait son mari jusqu'à le priver de son fils, élevé comme un prince derrière les hauts murs d'une luxueuse demeure. Une photo illustrant l'article montre Timor à l'âge de sept ans juché sur le palanquin de son éléphant blanc. Auprès du pachyderme se tient la belle et voluptueuse Sarna drapée d'un sari fendu qui laisse voir le galbe d'une cuisse que l'on disait pour le moins légère. Le journaliste indien laisse entendre que la belle Mme Wandevelle jouait de son corps comme d'autres jouent de la cithare, pour charmer les notables français et étrangers. Ancienne élève du balé des Jouissances terrestres du royaume de Badung, elle aurait dispensé ses faveurs dans bien des palais de maharadjahs et contribué à la fondation d'un établissement similaire à Bangalore dans l'Etat de Mysore.

Craignant que Timor ne soit scandalisé par ces ragots, colportés par les négociants hollandais qui visaient surtout à détruire la bonne réputation du Comptoir français des Indes, Xavier juge préférable de ne pas mettre ce magazine sous les yeux de son protégé. Celui-ci est d'ailleurs occupé à lire les autres feuilletons et reportages qui lui sont consacrés.

Lunettes sur le bout du nez, il ne dit mot et ne montre aucune humeur. La grosse fille de salle de l'hospice est la seule à n'avoir fait que répéter la vérité. Au reporter qui la cuisinait, elle a expliqué :

— Je l'ai entendu frapper comme un sourd contre la porte. Je suis entrée et j'ai vu ce vieux bonhomme complètement affolé. Je lui ai dit : « Dites donc, mon petit père, si c'est pour les toilettes, il y a un pot de chambre dans la table de nuit. » Eh bien, non, ça n'était pas pour pipi-caca ! Il se demandait seulement ce qu'il fichait là et qui l'avait amené. Et comme j'étais pressée et qu'ils racontent tous les mêmes boniments, je m'apprêtais à partir quand il s'est mis à crier : « Je suis Timor Alit, prince de Badung ! » J'ai répondu : « C'est ça, pépère, et moi je suis Jeanne d'Arc ! » Il a hurlé : « Il faut me croire, je suis le prince du royaume de Badung ! » J'avoue que je l'ai pris pour un dingue. Un peu plus tard, j'en ai parlé au psychiatre, un remplaçant du mois d'août, un jeunot assez pâlichon. Mais figurez-vous qu'il a pris la chose au sérieux. Je ne sais pas ce qu'ils se sont dit ni ce qu'ils ont fabriqué ensuite, mais tous nos emmerdements, toutes ces descentes de police, toutes ces mises en examen nous sont tombés dessus en quatrième vitesse, même que cette pauvre Mme Sinclair a failli se suicider. Elle avait déjà préparé la seringue, et j'ai eu bien du mal à la lui reprendre !

La grosse fille de salle racontait la même chose à la télé tandis que le cameraman exécutait un long travelling dans le couloir. Portes ouvertes, pensionnaires hagards, les chambres décrépites donnaient une idée de la tenue de l'établissement.

Par chance la télé a couvert l'« affaire Timor » d'une façon beaucoup plus honnête. Elle s'en tient généralement aux interviews des deux personnages directement concernés mais elle s'évade de la rue des Généraux pour l'avenue Marceau. La Sogym y possède un immeuble de verre, toutefois les employés ne donnent guère dans la transparence. Faussement consternés, ceux-ci éludent les questions par un :

« Je n'étais pas au courant ! » Tous se retranchent derrière le patron introuvable : « Demandez donc au PDG, nous on ne sait rien de tout cela ! »

La télé est aussi entrée au domicile de Jean-Claude Lorrain, un hôtel particulier situé au cœur du Marais. Des cameramen ont bousculé les valets et les femmes de chambre pour « panoramiquer » sur les meubles XVIIIᵉ et s'attarder sur un Fragonard, deux Renoir, deux Bonnard et un immense Vuillard. Il y a bien d'autres tableaux de maîtres, bien d'autres meubles et bibelots de grande valeur, des japonaiseries et des chinoiseries, des porcelaines de Bohême, des verres de Venise, des tapisseries d'Aubusson. Cela sent le nouveau riche à plein nez si bien que les téléspectateurs sont éblouis par le clinquant davantage que par le luxe discret.

Ecroulée dans un canapé Chesterfield qui détonne avec le reste, Mme Lorrain, enturbannée façon Hollywood 1935, y va de ses « Ça n'est pas possible ! » entrecoupés de longs sanglots. Il ne manque que les violons pour tirer la larme à ceux qui dînent en face de leur petit écran. Mme Lorrain paraît vraiment désolée, absolument sincère : « Ça n'est pas possible que mon mari ait fait ça ! Ça n'est pas possible qu'il ait commis pareille chose ! Ça n'est pas possible parce que c'est un homme intègre ! Ça n'est pas possible parce que je l'aime. Ça n'est pas possible de l'accuser ainsi ! » Et comme le reporter lui demande si c'est possible de savoir où est son mari, elle répète encore : « Mais ça n'est pas possible, ça n'est pas possible, je ne le sais pas moi-même ! »

La télé, les radios et la presse quotidienne se sont intéressés à l'affaire « Timor-Villepinte » une petite semaine et ont délaissé le sujet. D'autres scoops, une actualité chargée ont accaparé les médias. Il n'y a que les hebdos spécialisés dans le croustillant pour fouiller encore le passé de l'énigmatique Timor Wandevelle. On apprend, par exemple, qu'il est vieux garçon, qu'il a mené une vie spirituelle et végétative durant un demi-siècle, qu'il a délaissé les plaisirs de la chair pour ceux de la contemplation. On ne lui connaît aucune liaison, aucun ami, aucune autre fréquentation que celle des bibliothèques et des musées, que celle des parcs et des bords de Seine, que celle du temple hindouiste de la rue des Primevères. Là, il honore les divinités, non pas en priant, car les hindouistes ne parlent pas aux dieux, mais en les couvrant de présents. Certains s'étonnent qu'il ait nourri ainsi les dieux plutôt que les pigeons ou les chats, mais tous reconnaissent que cet homme sans histoire en a certainement une et qu'il la cache au plus profond de lui-même. Tous s'apitoient sur l'horrible fin qui a failli être la sienne et tous se demandent pourquoi il n'a jamais porté plainte contre Lorrain. Pourquoi il a toujours tout encaissé sans vouloir rendre les coups à son tour. Il y a là un mystère qui dépasse l'entendement des journalistes et des Français moyens. Ces derniers, toujours si prompts à saisir les prud'hommes, à prendre des avocats, à chercher la petite bête, à user des lois et à les tourner à leur profit. Si habiles à jouir des avantages sociaux, si attachés à leur Sécu, à leurs Assedic, à leur RMI. Si rapides à calculer leurs points de retraite, ils ne comprennent pas que l'on puisse rester en marge de la société et vivre sans son soutien. Du moins interprètent-ils ce renoncement comme une dérobade. Si Timor fuyait les bienfaits de la société, c'est qu'il a eu quelque part, pour un temps peut-être, maille à partir avec elle. Pour eux, Timor s'est effacé de la vie publique pour se faire oublier de la justice. Pourtant, malgré toutes les recherches, toutes les enquêtes entreprises par les uns et les autres sur le passé du vieil homme, personne n'a découvert quoi que ce soit de répréhensible. Alors, ce Timor est-il un être à part ? Un extraterrestre apparu sur la planète un beau jour pour y rester après avoir brûlé son vaisseau ? La question se pose quelque temps. Et puis, comme toujours, on finit par oublier...

Toutefois, l'affaire rebondit deux semaines plus tard quand Lorrain est arrêté à La Bourboule, une ville d'eaux, où il faisait une cure accompagné de sa maîtresse. Il n'y a pas meilleure planque qu'une station thermale. Encore faut-il ne pas en sortir et rester dans son peignoir blanc, lequel garantit l'anonymat et l'uniformité.

Reconnu par le physionomiste de service, Lorrain s'est fait cueillir au casino. Il a craqué aussitôt et avoué ses magouilles criminelles dès le début de sa garde à vue. Veule, il s'est fait un plaisir de balancer son épouse enturbannée, un être abject pour lequel rien n'était impossible. C'est elle, avec Lucienne Sinclair, sa sœur jumelle, qui a tout imaginé, tout organisé. Lui ne faisait qu'approvisionner la maison de retraite. Comment aurait-il pu savoir qu'il s'agissait d'un abattoir ? Certes, il employait des méthodes expéditives, mais, à Paris comme ailleurs, c'est une habitude de la profession. Il y a des videurs d'âme, des casseurs de gueule, des provocateurs d'infarctus, des tueurs à gages. Aujourd'hui, avec tous ces médicaments, tous ces soins, s'il fallait attendre la mort naturelle des propriétaires et des locataires, il n'y aurait plus qu'à mettre la clé sous le paillasson et fermer boutique...

Xavier et Timor campent maintenant dans l'appartement de la rue des Généraux où bien des gêneurs viennent encore frapper. Il y a les curieux, bien sûr, mais encore quelques gratte-papier, quelques dames de charité. Il y a aussi des mal-logés, des mal-aimés qui manifestent leur bruyant soutien au courageux bonhomme. Il y a les voisins d'immeuble et de rue, ceux qui ne savaient rien de cet original qu'ils croisaient chaque matin. Certains viennent voir le prince, non sans admiration ou ironie. D'autres se contentent de lui serrer la main. D'autres encore, mystère du comportement humain, apportent des vêtements, une vieille chaise, un coffre, une batterie de cuisine.

Tous repartent avec une fleur. C'est plus beau et moins encombrant.

Lorsqu'il doit sortir par obligation professionnelle ou pour organiser leur prochain départ à Bali, Xavier conseille à Timor de s'enfermer. Il ne doit ouvrir sous aucun prétexte, pas même à la concierge prise soudain d'un amour fou pour « le Chinois ». Elle a été relâchée après avoir été entendue par le juge d'instruction, elle a témoigné avec loyauté et apporté d'importantes précisions sur les persécutions infligées aux propriétaires récalcitrants, qui, pour la plupart, ont fini leurs jours à Villepinte.

Timor a remonté vaille que vaille ses autels et ses oratoires, confectionné de magnifiques offrandes qu'il a déposées aux pieds de Vichnou et de Shiva. Les autres divinités n'ont pas été oubliées. Brahma resplendit sous la flamme d'une lampe à huile. Quant à Shanghyang Widi Wasa, l'Etre suprême, on a orné son socle d'une montagne de cartons sur laquelle repose une tortue naturalisée. Des serpentins dorés et argentés font office de reptiles. Le tout représente le monde balinais. Timor n'a pas oublié les rivières et les rizières, le ciel et les vents, le soleil et les étoiles, la lune et les planètes, les forêts et les pluies de mousson. La terre et ses éléments sont honorés. Les esprits malins amadoués ou neutralisés. L'univers n'a plus qu'à bien se tenir...

Peu après la conférence de presse, il y a eu un moment d'intense émotion. On a attendu que la cour se vide des derniers fouineurs pour regagner l'appartement dévasté et envahi de plâtre. Tout était blanc comme talc et saupoudré de poussière âcre. Il y avait des empreintes de chaussures dans tous les sens et dans toutes les pièces, à croire qu'un régiment s'était cantonné là, comme d'autres se cantonnent sous les banians pour profiter de leur ombre. Mais ici les racines du ciel n'intéressent pas les deux hommes. Accroupis dans ce qui était la salle à manger de Sarna, le jeune médecin, pied-de-biche en main, exécute les recherches sous les ordres du Raja.

Privée de meubles, la pièce paraît plus grande et désoriente Timor. Le kriss était dissimulé sous le pied droit de la table dont on ne voit plus l'empreinte. Il faut d'abord balayer la poussière de plâtre et laver cette partie du parquet à grande eau.

Agenouillé auprès de Xavier, Timor effleure les lattes du bout des doigts. Mais les interstices bouchés par la pâte mouillée du gypse ne laissent apparaître aucune proéminence. On doit gratter un à un les espaces à l'aide d'un tournevis pour trouver enfin un vide un peu plus large que les autres. Quand les doigts de Timor s'immobilisent, le vieillard gratifie son ami d'un regard entendu. Il y a un temps mort, une espèce de recueillement réciproque, puis les paupières de Timor s'abaissent. Xavier n'attendait que ce signe pour introduire le levier et pousser sur le manche d'acier. Une fois enfoncé, il ne reste plus qu'à appuyer pour soulever la lame. Là encore, on marque un temps d'arrêt comme si on craignait de ne rien trouver en dessous. Tous deux ont le cœur qui bat dans les tempes. La gorge sèche, ils hésitent. De la tête, Timor donne enfin le signal.

Xavier bascule le pied-de-biche d'avant en arrière. La lame du parquet saute d'un seul coup, comme saisie d'allégresse, et retombe plus loin.

Les deux hommes soufflent pour chasser l'angoisse qui les a tenaillés. Le Singha Brahma est bien là, au fond du trou, enveloppé dans son linge blanc.

Xavier le prend et le remet au raja. C'est à lui de

défaire le linge, à lui de le montrer. Tous deux s'assoient alors en lotus sur le plancher humide et Timor, solennellement, dépouille le dieu des Kriss. C'est une arme comme Xavier n'en a jamais vu, pas même au musée de Denpasar où sont exposées des pièces exceptionnelles.

Le kriss posé sur ses deux mains tendues, Timor lui présente maintenant le joyau royal.

— Voyez d'abord le manche d'ivoire. Il a été taillé dans la défense d'un éléphant blanc. Quelle que soit la manière dont vous le saisissez, il s'adapte à votre paume. Et si vous désirez prendre la lame, comme ceci par exemple, il est aussitôt traversé par la lumière. Quatre émeraudes de vingt-sept carats chacune sont incrustées sur les trois faces. La quatrième est laissée libre comme pour mieux faire ressortir les autres. Au total donc douze émeraudes assez conséquentes. Voyez maintenant le haut du manche qu'il serait peut-être plus juste de nommer « pommeau ». Eh bien, l'ensemble de la couronne est serti d'un seul et gros rubis de soixante-quinze carats. Comme vous pouvez le voir, en dépit du jour qui baisse, il est couleur sang-de-pigeon. C'est-à-dire qu'il n'y a ni plus beau ni plus pur.

Xavier, qui n'y connaît absolument rien en pierres précieuses, se demande d'où Timor tient ces précisions. Il risque :

— Vous avez fait expertiser le Singha Brahma ?

Jugeant cette question stupide, le vieil homme lui lance un regard acerbe.

— Vous ne parlez pas sérieusement ?

Xavier s'excuse :

— Pardonnez le sacrilège ! Je ne vous vois pas en effet trimballer le Singha Brahma chez Cartier. Il n'empêche que ma curiosité reste entière.

Timor, que la manipulation du kriss rend autoritaire, consent à s'expliquer :

— En réalité vous n'êtes pas loin. Je peux même vous dire que vous brûlez car Sarna l'a montré au plus fameux joaillier de Jaipur qu'elle a convoqué à Pondichéry. L'homme a fait un long voyage du Rajasthan jusque dans ce petit territoire français, mais il ne l'a pas regretté. Certes, il n'était guère spécialisé en kriss, car les maharanas rajpoutes, pas plus que les autres, n'utilisent ce genre d'armes, mais il n'avait pas son pareil pour reconnaître la valeur d'une pierre à ses formes, à ses reflets, à sa pureté. D'un seul coup d'œil il jugeait la qualité du corindon, qui compose l'essentiel du rubis. Pareil pour le béryllium de l'émeraude et le carbone du diamant. Et, puisque nous parlons de diamants, examinez plutôt ceux qui entourent la garde. Ils sont au nombre de huit. Mis bout à bout, ils forment cette bordure immaculée qui protège la main de toute éclaboussure de sang. Mais oui, Xavier, huit diamants de quarante carats, une rareté, quelque chose d'unique au monde. Voyez-vous, c'est même à se demander si tout le pactole du royaume de Badung n'est pas concentré ici dans cette arme divine. Et, n'étaient les inscriptions, l'écriture inversée en vieux kawi, la langue ancienne des Majapahits qui nous indique les chemins du trésor, on pourrait être tenté de le croire. Je me suis maintes fois interrogé : comment mon père, le prince Alit, a-t-il pu faire porter une pareille merveille à une petite danseuse de legong ? Certes, la tradition voulait que le Singha Brahma soit aussitôt rendu par la belle qui avait été choisie ainsi. Alors, à plus forte raison, à moins que ce ne soit que déraison, je me demande toujours pourquoi le prince est resté privé de son kriss aussi longtemps. Bien entendu cela prouve qu'il connaissait par cœur toutes les opérations à accomplir et toutes les formules à réciter. Cela prouve aussi, et Sarna en était sans doute très fière, que le prince n'a pas eu d'autre favorite après elle. Naturellement, il y a eu bien des maîtresses et bien des garçons mais aucune d'entre elles, aucun d'entre eux, pas même Siang, n'a été jugé digne de recevoir le Singha Brahma l'espace d'une matinée ou d'une soirée. Peut-être que le raja Alit avait fini par oublier le kriss, tout comme Sarna qui l'avait conservé par mégarde. Elle s'y était habituée jusqu'à ne plus le remarquer. Il aura donc fallu attendre l'imminence de la mort pour qu'Alit se souvienne qu'il devait périr par cette lame sacrée. Vous connaissez maintenant les péripéties qui ont suivi cette décision. Vous savez que Dasné, croyant bien faire, a équipé Martial du Singha Brahma afin qu'il sorte du pury, tel un noble guerrier satria. Vous savez que Martial a refusé de rendre l'arme à la vieille servante de ma mère. Vous savez que Sarna est venue elle-même le reprendre. Vous savez enfin que tout cet enchaînement de faits et de mésaventures sauva Sarna du carnage. Pour conclure ma démonstration, disons que j'ai été l'enfant du kriss, et que j'en suis à présent le vieillard.

Timor regarde Xavier d'un air conciliant et ajoute :

— Je sais à quoi vous pensez. Vous trouvez étrange que Sarna ait osé mettre le Singha Brahma sous les yeux d'un joaillier de Jaipur. Eh bien, moi aussi, figurez-vous. J'étais alors bien jeune. Je devais aller sur mes sept ans et je n'ai pu m'empêcher d'espionner. C'est que le dieu des Kriss m'appartenait. J'en étais l'héritier. Ma mère n'avait cessé de me le répéter, aussi étais-je dans tous mes états quand j'ai appris la venue de ce marchand de bijoux. Caché derrière un paravent, je vous accorde que ce n'était pas une situation de prince, j'ai assisté à l'entrevue. En réalité, et je vous prie de me croire, ma mère ne cherchait pas à le vendre, mais seulement à s'assurer de la valeur de l'objet. L'homme a examiné le kriss sous toutes ses facettes, opinant de la tête avec admiration...

Xavier prend Timor au dépourvu.

— Il a examiné également la lame ?

Timor toussote :

— La lame... oui, je crois. Mais Sarna n'en connaissait pas les vertus. Moi non plus d'ailleurs car ce n'est que bien plus tard, à mon retour des camps, que je me suis intéressé au décryptage. Sarna, hélas, n'était plus de ce monde.

— A combien le joaillier l'a-t-il estimé ?

— Alors là, je ne peux vous renseigner car le chiffre m'a paru si phénoménal que j'étais incapable de me le représenter. La somme se comptait, je crois, en milliards de roupies...

Timor devance encore une fois la pensée de Xavier :

— Ne vous faites pas de souci, le joaillier de Jaipur n'a pris ni dessin ni photographie. A aucun moment il n'est resté seul avec le kriss.

Xavier demande :

— Mais que voulait donc votre mère ? Pourquoi faire établir une expertise puisqu'elle n'avait pas l'intention de le vendre ?

Timor émet une suggestion :

— Ma mère avait peut-être l'intention de quitter Martial. A moins que ce ne soit le contraire, car elle lui menait la vie dure. Il se pourrait après tout qu'elle ait voulu assurer ses arrières. C'est que je coûtais très cher à élever, et encore plus cher à mon père adoptif. Peut-être Sarna voulait-elle simplement rembourser Martial ou bien lui gager l'arme. Ils avaient eu pas mal de conversations à ce sujet. L'un et l'autre se renvoyaient le kriss à la figure. Tantôt Sarna en avait la garde, tantôt Martial s'en emparait. En vérité, Martial préférait voir Sarna entièrement dépendante de lui. L'idée qu'elle pût un jour lui échapper le rendait extrêmement malheureux, aussi lui confisquait-il la seule chose qu'elle possédait... Oh, ce n'était pas méchamment. Il s'agissait plutôt d'un jeu, d'une partie de saute-mouton exécutée par-dessus ma tête, puisque, en définitive, le kriss me revenait.

— D'accord, mais il a bien failli vous passer sous le nez !

— En effet. Et plus je réfléchis, et plus j'ai la certitude que Martial a gentiment roulé ma mère. Bien qu'ils fussent séparés par les malentendus et des milliers de kilomètres, il continuait à nous entretenir royalement. Je pense que Sarna lui avait confié le kriss en échange de ses largesses. Martial l'aurait ramené des Indes en mai 1940 pour le cacher sous ce même parquet. Une chose me revient à l'esprit. Lorsque nous avons quitté Paris tous les trois pour nous rendre précipitamment à Poitiers chez une cousine de mon père adoptif, ville où nous ne sommes jamais arrivés à cause de milliers de voitures, de camions, de charrettes qui encombraient la route, Martial m'a averti qu'il devait m'entretenir d'une chose importante. Ma mère s'était assoupie à l'arrière de l'Hispano-Suiza qu'il conduisait au mieux, compte tenu des monstrueux embouteillages à travers lesquels il était impossible de se faufiler. Assis à ses côtés, je lui ai demandé ce qu'il avait de si important à me dire. Et je crois bien qu'il s'apprêtait à me répondre quand Sarna a ouvert les yeux pour s'enquérir de l'heure. J'ai lu alors dans le regard de Martial qu'il n'était pas décidé à m'instruire davantage en présence de ma mère. Vous savez, hélas, ce qu'il advint un peu plus tard. Un pilote allemand aux commandes de son Stuka prit la colonne en enfilade et nous mitrailla. Le pare-brise de l'Hispano vola en éclats et mon père s'affaissa sur le volant !

Xavier ne peut s'empêcher de remarquer :

— Tiens, vous avez dit mon père !

— Ah bon ! j'ai dit mon père ? Eh bien, mettez donc ce lapsus sur le compte de l'émotion.

— Je suis sincèrement désolé, Timor.

— Croyez-moi, il y avait de quoi perdre la tête. Partout ce n'étaient que blessés, que mourants, que carcasses de véhicules en flammes. Et ce maudit aviateur qui revenait sans cesse à la charge. Le pire, c'est qu'on a dû enterrer Martial dans un cimetière de la Beauce. Il y avait quarante-quatre cadavres. Le curé comme les croque-morts ne savaient plus où donner du goupillon et de la pelle. Bon, laissons là ces affreux souvenirs, et si vous le voulez bien, examinons la lame du Singha Brahma. Voyez d'abord sa forme ondulée, un vrai serpent, et les longues striures qui zèbrent l'acier. Elles ont été creusées à même le métal en fusion par les ongles d'un forgeron qui s'y est brûlé les doigts jusqu'à la première phalange. Ainsi cette lame est unique puisque l'artiste du mont Batur n'a pu renouveler l'exploit. Passons sur les incrustations d'argent et les arabesques d'or fin qui ornent la partie supérieure des tranchants et intéressons-nous aux signes qui sont gravés des deux côtés sur le plat de la lame. Je suppose qu'un néophyte n'y voit qu'harmonieux motifs de décoration. Naturellement, un lettré habitué à lire le sanscrit ancien pourrait à la rigueur reconnaître quelques lettres de l'alphabet, quelques amorces de chiffres, mais rien de plus. Non seulement toutes les lettres sont inversées et placées dans un apparent désordre, mais la phrase même, encore faut-il pouvoir la reconstituer, est codée, comme retournée sur elle-même, absolument cadenassée. Si je vous disais qu'il m'a fallu trois années pour percer à jour cette alchimie des signes et autant pour parvenir à mettre trois lettres bout à bout et encore un an avant d'être en mesure de déchiffrer le message, me croiriez-vous ? Et ici, regardez bien, on dirait une tortue avec sa carapace et son cou engoncé, mais il s'agit tout bonnement de la clé permettant le décryptage de la formule magique.

Époustouflé par la science du vieillard, Xavier demande :

— Celle qui fait pivoter la lourde porte ?

— Exactement. Et ne m'en veuillez point si je ne la prononce pas car, sait-on jamais, la porte pourrait peut-être s'ouvrir à distance...

Xavier part d'un rire franc, auquel répond le sourire de Timor.

Décidément le jeune médecin ne regrette pas ses deux semaines de remplacement à Villepinte. Il a sacrifié ses vacances pour se faire un peu d'argent. Il a abandonné son poste pour s'occuper d'un vieux bonhomme qu'il croyait déboussolé. Maintenant, devant ce kriss sacré qui rayonne de tous ses pouvoirs, il est plus que jamais solidaire de l'ex-pensionnaire de la chambre 25.

Jusqu'alors Xavier n'a fait que courir l'aventure de pays en pays. Désormais, compagnon d'une destinée, il espère bien ramener à Bali le raja de Badung, que personne n'attend plus depuis l'an 1906...

Chapitre 10

Le grand jour

Dans l'avion d'Air France qui relie Paris à Denpasar, Timor et Xavier ne passaient pas inaperçus. Déjà, à l'embarquement, bien des touristes en partance pour Bali les avaient reconnus. La plupart étaient venus féliciter Xavier et saluer le vieil homme. On trouvait Xavier courageux d'avoir dénoncé cette bande de criminels et on le lui disait. Timor, lui, imposait le respect. Peu de gens osaient lui adresser directement la parole. On avait peut-être peur d'être mal compris. Peur de déranger. Peur encore de paraître trop curieux. Les questions étaient pourtant sur toutes les lèvres : « Mais pourquoi s'en va-t-il à Bali ? Les journaux n'auraient donc pas menti ? Timor serait donc prince du royaume de Badung ? Prince de ce royaume qui s'étire de Kuta à Sanur, de Denpasar à Ubud ? » Des lieux vers lesquels ils se dirigent eux-mêmes. Kuta, Sanur : la ligne de partage des eaux et des rizières, un océan de ventres mous, massés par des vagues alanguies. Des plages étincelantes mâtées de cocotiers et gréées de voilures palmées. De-ci de-là, nichés dans une oasis de verdure, des hôtels que l'on repère aux étoiles. Tout l'Occident s'y promène, mais encore l'Australie et la Nouvelle-Zélande. Rien que des Longs-Nez et des oreilles roses. Des bouchers, des bourreaux. Des loucheurs, des coucheurs. Mais qu'importe puisqu'ils font et défont Bali, tout comme la mousson et le printemps. Et que dire d'Ubud la prestigieuse, Ubud, le village des peintres et des danseurs ? Le seul point du monde où la lumière du jour, si nécessaire à la comédie humaine, est battue en brèche par le théâtre d'ombres, où les mêmes hommes, ceux de tous les jours, tiennent des rôles de légende. L'espace d'un spectacle et les voici rois des singes et rois des hommes, rois du ciel ou rois de l'univers. Mais ils sont aussi démons, esprits destructeurs, diables sanguinaires, car hommes et rois, singes et dieux mènent sans arrêt ce même combat contre eux-mêmes. Dans la mythologie, le bien triomphe. Dans la vie, il en est autrement. En Occident la vie est un mal nécessaire. A Bali, le mal devient un plaisir. Le refuser est un crime...

D'ici quelques heures, tous ces passagers vont atterrir au royaume de Badung et se disperser autour du vieux pury grêlé, dans des palais modernes construits à leur intention. De tous les voyageurs en partance pour Bali, Timor est sans doute le moins averti des aspects de la vie courante. Pour Timor, Kuta et Sanur sont encore ce qu'ils étaient au temps du royaume. Un temps et un royaume contés par Sarna. Mis en garde par Xavier, le Raja ne veut rien savoir du Badung d'aujourd'hui, un Badung dont on ne prononce même plus le nom. Il n'y a que les chauffeurs de taxi et de bemo en maraude pour lancer encore ce mot de passe à des promeneurs balinais égarés.

Badung ! Le nom sonne pourtant comme un coup de gong et résonne en écho. Plus loin, sur la grande île de Java, il y a la cité industrielle de Bandung. C'est de Bandung que l'on expédie dans le monde entier les célèbres meubles de jardin en bois de teck. De Bandung que les navires indonésiens partent aux quatre coins de la planète. Avec les cargos philippins, ils sont les parents pauvres de la mer et traînent

nonchalamment leurs carcasses rouillées jusque
dans les ports de Hambourg et d'Amsterdam.

Roissy-Charles-de-Gaulle n'est pas un port avec
ses marins qui crachent et qui pissent en hurlant des
obscénités mais un aéroport international où tout
est aseptisé. Là, ni bruit ni désordre. On y respire un
air filtré, ce qui ne l'empêche pas d'être vicié, et l'on
entend des voix d'anges tombées du ciel qui annon-
cent des départs et des arrivées du bout de la terre.
Nul n'a jamais vu à quoi ressemblent ces voix. Et
Timor, comme tant d'autres, s'était mis à imaginer le
visage des voix. C'était peu avant l'embarquement.
Tandis que Xavier répondait aimablement aux félici-
tations, lui s'était laissé aller à la rêverie. Il aurait
aimé écouter ainsi Sarna et lui confier qu'elle faisait
aussi partie du voyage. Bien sûr, ce n'était pas un
vrai retour, comme celui qu'elle avait tant souhaité.
Non, c'était seulement un petit tour, une incursion
clandestine, un pèlerinage anonyme. Il aurait tant
désiré la combler, tant aimé qu'elle soit fière de lui. Il
déplorait ce départ si modeste. Elle l'avait élevé
comme un prince auquel on ne refuse rien, comme
un raja devant lequel on s'efface, comme un dieu
devant lequel on se prosterne. Et, au lieu de ce
prince, de ce raja, de ce roi, il n'y avait plus
aujourd'hui qu'un vieux débris, qu'un presque cente-
naire en route pour le palais des ruines. Toute sa vie,
elle avait eu l'ambition d'asseoir son fils sur le trône
de Badung. A présent, le trône était aussi vermoulu
que l'héritier.

Exposé dans une vitrine du musée de Denpasar, le
fauteuil du prince Alit excitait encore la curiosité des
gens de basse caste, mais nul ne voyait quelqu'un
d'autre assis entre ses bras dorés. Timor lui-même
n'osait y penser et s'excusait auprès de cette mère
invisible dont la voix insistante invitait les passagers
pour Denpasar à embarquer sans tarder.

Et, Timor eut beau tendre l'oreille, la voix ne men-
tionnait ni son nom ni son titre. Il le regretta pour sa

mère, laquelle avait conçu un retour au pays plus triomphal. Mais pourquoi honorerait-on un chasseur de trésor ? N'était-il plus que cela ? Un pilleur de mémoire ? Un voyou de cour ? Il s'était posé la question : « Peut-on être en même temps prince et mécréant ? Roi et brigand ? » En guise de réponse, un flot de bile lui était venu à la bouche.

Xavier avait vu Timor sortir son mouchoir et le porter prestement à ses lèvres. Il s'était inquiété de sa pâleur et l'avait conduit jusqu'aux lavabos. Là, après s'être aspergé le front d'eau fraîche, Timor reprit quelques couleurs et s'appuya sur l'épaule de son jeune ami.

C'est alors que Jean-Christophe Beauchêne avait fait irruption dans les toilettes, Betacam en batterie. Depuis un moment, le reporter de l'agence Ultra-Scoop planquait dans le coin comme un paparazzi. Il avait déjà filmé Timor en cachette dès son arrivée à l'aéroport mais, cette fois, il se montrait à visage découvert. Sans prévenir, il cadra sur le vieil homme et commenta :

— Roissy-Charles-de-Gaulle. Satellite 4. Jeudi 5 septembre, 8 h 25. Je suis en présence de Timor Wandevelle qui se rend à Bali par le vol Air France 734. Une précision, monsieur : quel est le but de ce voyage ?

L'espace de quelques secondes, on n'entendit que le ronronnement de la caméra et le bruit explosif des chasses d'eau. L'objectif enregistra le regard embarrassé que Timor jeta vers Xavier, puis Beauchêne reprit :

— Je vous ai rencontré à plusieurs reprises ces derniers temps. A la question « On dit que vous êtes Timor Alit, prince de Badung », vous avez toujours répondu par la négative. Cette fois, avec un pied dans l'avion en partance pour Denpasar, confirmez-vous ?

Excédé par ces méthodes de voyou, Xavier se retenait pour ne pas envoyer balader le type. Il enrageait intérieurement tout en sachant que la caméra dépistait cliniquement sa mauvaise humeur. Il s'apprêtait à répliquer quand Timor le prit de court :

— Eh bien, oui, je suis Timor Alit, prince de Badung.

Beauchêne, qui ne s'attendait pas à pareille révélation, faillit rater son gros plan. Il demanda :

— Peut-on savoir ce qui vous a décidé à briser le silence que vous entreteniez depuis si longtemps ?

Les yeux pétillants de malice, Timor se tourna vers Xavier et répondit :

— Oui, bien sûr. C'est grâce à M. Romanet. Je lui dois beaucoup et notamment la vie. Alors, à mon âge, lorsque l'on a la chance d'avoir un ami exceptionnel, eh bien, on fait exception.

— C'est-à-dire ?

— C'est-à-dire que l'on revient sur son existence passée et qu'elle vous apparaît tout à coup bien terne. Alors on a envie d'un peu de brillant !

— Et M. Romanet vous a procuré ce brillant ?

— Il m'a insufflé une énorme dose d'espoir !

— Vous comptez donc remonter sur le trône de Badung ?

— Oh, ça, c'est une autre affaire ! Personne ne m'attend et je n'attends personne. Bali a bien d'autres princes que moi.

— D'autres princes, dites-vous ?

— Oui, des milliers, de toutes origines et de toutes nationalités. Ce sont eux les rois et je me contenterai d'être un des leurs.

Comme Beauchêne trahissait un sérieux doute, Xavier put intervenir :

— M. Wandevelle s'est exprimé en usant d'une parabole. A Bali, les princes d'aujourd'hui, ce sont les touristes et rien n'empêche M. Wandevelle, prince d'hier, de faire du tourisme aujourd'hui.

Beauchêne n'insista pas. Il tenait son scoop et ça lui suffisait. D'ici quelques heures ses images allaient faire le tour du monde. Il serra la main des deux hommes et se mit à courir comme un voleur.

Timor sortit des toilettes le sourire aux lèvres. Comme il craignait les reproches, il éprouva le besoin de s'expliquer :

— Ne m'en veuillez pas de vous avoir désobéi, je l'ai fait pour Sarna !

— Pour Sarna ?

— Oui, elle me l'a conseillé. Mais dépêchons-nous. Elle nous appelle...

Partir avec le Singha Brahma n'avait pas été une mince affaire. Il avait fallu se munir d'une autorisation d'exporter et confier le paquet au chef de cabine. Enroulé de ouate, bien capitonné, on avait logé le kriss dans une boîte en bois.

Maintenant la boîte se trouve à l'avant de l'appareil parmi les effets personnels de l'équipage. N'hésitant pas à traverser les première classe, Timor et Xavier la surveillent à tour de rôle. Les hôtesses savent qu'il s'agit d'un objet précieux et comprennent l'inquiétude des propriétaires.

A l'escale de Kuala Lumpur, comme à celle de Singapour, ils n'ont pas souhaité descendre. C'est que ni l'un ni l'autre ne font confiance aux préposés du service de l'hygiène et du nettoyage. Trop de choses disparaissent lors de ces escales techniques. Et puis que dire des valises qui sont déchargées par erreur ou bien tout simplement volées ? Certes, on aurait pu placer le kriss sacré dans un gros bagage et le faire voyager dans la soute. Timor n'y tenait pas. Sait-on jamais : le kriss aurait pu mal le prendre et se venger d'avoir été maltraité durant un si long parcours. On a vu des avions s'écraser pour moins. On ne fait pas assez attention aux objets transportés, notamment aux antiquités, aux fétiches, aux gris-gris. Certains, chargés d'une étonnante force, refusent de se voir exiler sur un autre continent. D'autres font le mal pour le mal. D'autres encore ne visent qu'une seule personne, qu'une seule famille. Mais gare à soi si l'on est sur le même vol. Et puis il y a les objets malins, les curieux, les astucieux, qui essaient leur pouvoir, juste pour voir. Ceux-là font des trous dans l'air et l'avion s'y engouffre aussitôt. Navrés de vous avoir fichu une peur bleue, ils s'empressent de reboucher le trou d'air. Xavier se demandait d'ailleurs pourquoi la peur était bleue. Pourquoi la peur ne serait-elle pas noire ou violette ? Bien sûr, certaines peurs bleues font voir rouge. Ça, c'est après la peur, lorsque l'on a échappé à un accident causé par une banale étourderie.

Bien entendu, le Singha Brahma n'est pas un objet maléfique. Il est néanmoins en mesure de jouer des tours à son entourage immédiat. A même de bavarder et de révéler les formules secrètes des rajas majapahits. Tout à fait apte à faire des niches et des hypocrisies. Tout à fait capable de s'amuser et de refuser son assistance à la dernière minute. Mais Timor a pris ses précautions. Apprendre par cœur ne lui a pas suffi. On peut être brusquement trahi par sa mémoire, être pris d'un blanc dans la tête, être saisi d'hébétude. Et tandis que le 747 amorce sa procédure d'approche, il tire de sa sacoche une règle d'écolier au dos de laquelle il a minutieusement recopié les anagrammes qui figurent sur la lame sacrée.

D'un geste empreint de gravité, il la remet à Xavier.

— Prenez ceci, mon ami, et conservez-le bien ! On ne sait jamais. A mon âge, une trop forte émotion peut me terrasser. Imaginez par exemple que l'Etre suprême me rappelle à lui dès l'atterrissage et que vous ne puissiez conserver le Singha Brahma. Eh bien, vous en posséderez au moins une sorte de double.

Xavier, qui ne s'attendait pas à recevoir pareil

cadeau, reste éberlué. Au bout d'un moment, il se reprend :

— J'admire la calligraphie, mais je n'en devine pas le moindre mot. Vous me prenez pour Champollion ou quoi ? Et que dois-je faire si d'aventure vous disparaissiez ?

Timor répond vivement :

— Vous y rendre et le contempler.

— Aller voir le trésor ? Moi ? A votre place ? Et comment pourrais-je déchiffrer ces signes ? Comment vais-je m'orienter ?

Timor ouvre à nouveau sa sacoche, celle-là même qu'il remplissait d'offrandes à déposer sur les trottoirs du VIIe arrondissement. Malicieux, cette fois il fouille à l'intérieur en prenant tout son temps. Un temps qui paraît long.

Soudain, alarmé par le bruit affolant que produit le train d'atterrissage en sortant, il exhibe précipitamment un petit carnet noir. D'une voix mal assurée, encore tout ému par le rugissement de l'avion, il dit :

— Voici le manuel d'utilisation. Il ne vous reste plus qu'à l'étudier.

— Le manuel ? Vous voulez dire que tout est consigné, que tout est expliqué dans ce carnet ?

— Absolument, et même la fameuse formule à prononcer pour ouvrir la fameuse porte.

— Là, Timor, je me demande si vous n'êtes pas en train de me faire le coup du prince Alit.

Remis de sa frayeur, Timor laisse voir un large sourire.

— Voyons, mon cher, Siang était le petit ami de mon père, pas son ami. Siang n'a fait que le trahir.

— D'accord, mais Siang lui a procuré bien des plaisirs...

— Des plaisirs de la chair, oui, certainement. Mais vous et moi nous évoluons dans de plus hautes sphères.

Xavier n'en paraît pas moins troublé.

— Bon, admettons que je vous écoute. Je m'engage dans les souterrains, manuel à la main, lampe frontale autour du crâne. Je suis rusé et intelligent. Je franchis tous les obstacles, j'évite tous les pièges. Et j'arrive enfin devant cette porte qui mène à la salle des coffres.

Il observe Timor et poursuit :

— Vous me suivez ? Bon, alors là...

Timor le coupe :

— Là, vous allez à la page 19 du carnet. Attention, il n'est pas question de l'ouvrir maintenant.

— D'accord, je vais à la page 19 et je commence à lire la formule du genre « Sésame, ouvre-toi ! », c'est cela ?

— Oui, à peu près. Sauf que la porte ne s'ouvrira pas.

— Eh bien, nous y voilà en effet. Elle ne peut pivoter que si la formule est prononcée par un raja. N'est-ce pas ?

— Exactement !

— Alors, comment un simple mortel pourrait-il s'introduire au-delà de cette porte ? Voyez-vous, Timor, malgré toute l'estime que j'ai pour vous, je me demande si tout cela ne tient pas plutôt de la fable, si tout cela ne relève pas du domaine de l'imaginaire et de la légende.

Timor s'apprête à répondre quand la voix de Sarna l'avertit qu'il doit attacher sa ceinture et cesser de fumer. Comme il n'a jamais fumé de sa vie, il est un peu surpris. Comme il a toujours eu une ceinture, il l'est un peu moins.

En bas, on commence à entrevoir la terre. Les côtes de l'île se dessinent à travers le hublot.

Sarna ayant cessé de parler, Timor inspire profondément et dit :

— Naturellement, il se trouve que je comprends votre scepticisme. Que vous fassiez preuve d'incrédulité ne me surprend guère, car l'incrédulité est du domaine du facile. Elle domine l'esprit comme une couronne. Bien des gens préfèrent la poser sur leur tête plutôt que de se creuser les méninges. Non, ne protestez pas. J'admets moi aussi parfois les choses du facile. Un détail pourtant me chagrine, tenez, j'allais dire me révolte, mais le mot est trop fort et même trop facile. Oui, je suis peiné que vous mettiez ma parole en doute...

Xavier va s'expliquer, mais Timor poursuit :

— Laissez-moi terminer, s'il vous plaît. En effet je vous ai dit un jour que seul un raja était habilité à prononcer la formule, car la porte n'obéissait qu'à un prince de sang. Et je vous le confirme aujourd'hui encore. Alors, si vous aviez l'obligeance de déposer à vos pieds cette couronne d'incrédulité qui couvre votre tête comme une casquette de plomb, vous verriez les choses autrement. Je serais alors en mesure de vous investir de bien des pouvoirs. Vous me suivez, Xavier ?

— D'accord, je dépose ma casquette de plomb. Et ensuite ?

— Et ensuite je vous nomme raja de Badung, fils de Timor, petit-fils d'Alit. Voyez-vous, Xavier, j'en ai l'autorité et la maîtrise.

Blême, Xavier s'écrie :

— Je vous en prie, Timor, ne m'investissez d'aucun pouvoir. Il n'y a qu'un seul raja de Badung, et c'est vous. C'est vous qui irez contempler votre trésor comme l'ont fait tous les princes qui vous ont précédé...

Timor se disait que son jeune ami avait enfin laissé tomber sa couronne d'incrédulité. Il en souriait d'aise. Et puis il y eut un choc, comme si on était tombé de la Lune sur la Terre. L'avion se cabra et rebondit en souplesse. Au fracas des réacteurs inversés succéda la voix chaleureuse de Sarna. Elle annonçait que l'on venait de se poser à Bali et qu'il faisait trente-six degrés à l'ombre...

Le 747 effectua sa manœuvre et s'immobilisa en face du bâtiment principal. Comme les passagers, toujours impatients, s'étaient levés d'un même élan, Sarna reprit son micro et les fit rasseoir. On était pourtant bien arrivé à Tuban. Les hôtesses s'affairaient à l'ouverture des portes tout en surveillant leur vis-à-vis.

C'est alors que le commandant quitta son cockpit pour s'approcher de Timor qu'il salua à la balinaise, les deux mains jointes sur la poitrine.

— Si Son Altesse veut bien me suivre, je la ferai descendre en premier.

Timor ne broncha pas. On aurait dit qu'il s'y attendait. La surprise fut pour Xavier auquel le commandant confiait que le Raja était attendu par une foule considérable. La nouvelle s'était répandue dans tout le pays à la suite d'un reportage télévisé diffusé la veille au soir par satellite. Lui-même avait été prévenu par la tour de contrôle peu de temps avant l'atterrissage.

Quand Timor se présenta sur la passerelle, vêtu d'une saharienne de soie noire passablement élimée, une formidable clameur l'accueillit. Il voulut répondre en agitant les bras, mais la chaleur le cloua sur place. Littéralement asphyxié, comme si on avait posé un bâillon sur son visage, il dut quitter la plate-forme et rentrer à nouveau dans l'appareil pour reprendre sa respiration. Le tout n'avait duré que quelques secondes et, lorsqu'il réapparut, la clameur enfla de plus belle. Des dizaines de milliers de personnes contenues par d'importantes forces de sécurité scandaient son nom : « Bienvenue à notre bien-aimé raja Ida Bagus Timor Alit ! » D'autres, au rythme des orchestres de gamelans, improvisaient des chants et des louanges, de sorte que les clameurs se perdaient dans d'harmonieuses dissonances.

Un instant saisi de vertige, Timor s'était repris et saluait la foule à son tour. On n'entendait pas ce qu'il disait, mais il avait été suffisamment instruit de la politesse et du protocole par sa mère pour trouver les mots justes. Les gestes, la posture étaient princiers.

Xavier, lui aussi ovationné, gardait assez de sang-froid pour remarquer l'étonnante transfiguration qui s'opérait chez Timor. Décidément, il ne restait plus rien du pitoyable pensionnaire de la chambre 25. Il y avait de quoi ressentir quelque fierté à l'idée d'avoir sauvé ce pauvre vieillard sans histoire des sales pattes de Jean-Claude Lorrain. A ce titre, Xavier méritait sans doute celui de vice-raja ! N'était-ce pas ce que Timor avait voulu signifier ?

Une délégation de notables en habits de cérémonie attendait Timor au pied de la passerelle. Parmi ces hommes manifestant le plus grand respect pour le vieux Raja tombé du ciel, il y avait aussi des prêtres, grands pedandas et grands pemangkus, tous en extase. Timor était touché, embrassé, bousculé, entraîné.

Un peu plus loin, un groupe de femmes d'une exquise beauté présentaient des paniers d'offrandes au maître qu'elles s'apprêtaient à servir. L'une d'elles, les yeux cernés de khôl, les joues fardées de rose, les lèvres couleur rambutan, ressemblait à la petite danseuse des temps lointains. C'est ainsi que Xavier avait imaginé la favorite du prince Alit en écoutant Timor. Il ne put s'empêcher d'accrocher son regard, tout comme Martial égaré dans l'île des Femmes avait accroché celui de Sarna. Tout au long du récit de Timor, Xavier s'était trouvé des affinités avec ce Français débarqué à Bali en 1906. Il avait reproché au Raja d'avoir minimisé le rôle de Martial, dépassé et transcendé par sa propre témérité et sa passion. Un homme rejeté par ceux-là mêmes qu'il avait sauvés et qu'il continua de protéger jusqu'au cimetière. Désormais, Xavier allait s'employer à lui donner une vraie stature. Martial ne méritait-il pas d'avoir sa statue dans les jardins en friche du pury de Badung ?

Un convoi de plusieurs centaines de voitures officielles, lui-même accompagné d'une kyrielle d'autres véhicules — cars, bemos et camions, sans compter les innombrables scooters et vélos —, prit la route de Sanur.

En attendant que fût aménagée une demeure digne du raja Timor, on allait le loger au Tandjung Sari, l'hôtel le plus somptueux du lieu, fréquenté généralement par la jet-society. On avait réquisitionné les vingt-cinq bungalows à l'usage de Timor et de sa suite, formée de nobles brahmanes et de satrias, mais aussi de soudras pour assurer les tâches ingrates.

Ainsi coupé du monde extérieur, bouclé par l'armée, le Tandjung Sari était maintenant comme un pury. Il y manquait les hautes murailles, l'île des Femmes et ses eunuques, mais la végétation était à la fois si exubérante et si domestiquée, si odorante et si fleurie qu'elle valait toutes les enceintes de pierres.

Mais, s'il n'y avait pas d'île des Femmes, il y avait mieux, car toutes les femmes de l'île semblaient s'y être donné rendez-vous. Il n'y avait pas non plus de balé des jouissances terrestres, ni de balé des contre-nature, ni d'éléphant gris, encore moins d'éléphant blanc. Cependant la plage se remplissait à vue d'œil d'une jeunesse trépidante qui hurlait son amour du Raja. La beauté des filles, la grâce des garçons, l'espièglerie des enfants, la vitalité du peuple ravissaient Timor que la noblesse pressait pourtant de toutes parts.

Tous en effet venaient faire allégeance. Tous baisaient ses pieds et ses mains, à défaut un pan de son vêtement, un bouton de sa veste. Ils exprimaient une ferveur sans pareille, instituant une atmosphère de grand règne. Tous voulaient toucher le prince, mais tous voulaient également voir le fameux Singha Brahma du prince Alit rapporté par son fils.

Aucun pavillon n'étant assez vaste pour les recevoir, Timor quitta son balé qui donnait sur la mer et monta les marches d'un temple. On y avait drapé les

divinités d'un tissu à damier noir et blanc. L'escalier
aboutissait à une petite terrasse qui dominait
l'ensemble du Tandjung Sari si bien que Timor, pour
la première fois de sa vie, contemplait la côte ouest
de son royaume. Et cette côte caressée par l'écume
blanche de l'océan avait pris, ce jour, la couleur du
monde. Ce n'étaient que sarongs, sapouths et sahs
multicolores, un éblouissement d'arc-en-ciel, un
immense rassemblement d'embarcations, prahus et
pirogues à balancier, toutes de bleu et de jaune.

Acclamé par la foule, Timor n'entendait que les
sanglots de sa mère. C'étaient des pleurs de joie, des
larmes dorées, une pluie argentée qui déferlait soudain. Et la pluie était venue elle aussi en curieuse
pour admirer le kriss sacré et le rincer des éclabous-
sures de l'Occident. Le kriss avait fait un long voyage
dans le temps et dans l'espace. Maintenant, le temps
était venu de lui rendre sa pureté originelle.

Les prêtres qui étaient montés derrière le Raja
furent les premiers éblouis par la magnificence de
l'objet. Aucun d'eux n'osa le prendre en main, car il
émanait une étrange puissance, à croire que l'arme
était humaine. Qu'elle avait un cœur et une âme,
qu'elle pouvait frapper à tout instant et décider du
sort de chacun. En bas, massés autour du temple, les
gens de cour cessèrent aussitôt leurs flatteries et
retinrent leur souffle. Une fois dégagé de son enve-
loppe, le kriss leur apparut dans toute sa splendeur.
Ils admirèrent les émeraudes, les rubis, les saphirs,
les diamants. Ils s'extasièrent sur leur taille et leur
scintillement mais, plus que tout, bien plus que la
valeur qu'ils lui prêtaient en s'émerveillant, ils lui
trouvaient, eux aussi, une irradiation surhumaine.
Davantage peut-être, un rayonnement divin...

Goûtant son triomphe, Timor tenait le Singha Brahma à bout de bras, tel le sportif qui présente sa
coupe après l'exploit. Du plus loin qu'il pouvait voir,
le Raja distinguait une forêt de mains frémissantes.
Mais la pensée du raja s'élevait bien au-delà des

mains et des feuillages, bien au-delà des nuages. Il voguait dans le monde immatériel régi par l'Être suprême. Il communiait avec Sarna et Alit auxquels il dédiait le délire de cette foule. Il n'y avait pas meilleure offrande que cette dévotion. Pas meilleur cadeau que de leur adresser cette adoration par les voies du ciel. Et, dans son courrier céleste, Timor ajoutait en post-scriptum que la mort lui serait douce s'il parvenait à se détacher des tentations vénales. Il pourrait alors atteindre à l'ineffable et espérer réaliser sa moska, la fusion finale, ne faire plus qu'un avec eux deux, se fondre enfin tous les trois dans Brahma...

La pleine nuit porta conseil au raja de Badung. Dans son balé au sol de marbre rose, luxueux palais d'été jusqu'alors occupé par les Longs-Nez bien nantis, Timor décida qu'il n'avait pas d'autre choix que d'aller au-devant des tentations vénales pour mieux les combattre et s'en délivrer.

Comme Xavier, encore tout abasourdi par les fastes du retour, lui demandait ce qu'il comptait faire de son trésor, le Raja réfléchit et répondit, sur un ton sentencieux :

— Voyez-vous, Xavier, il y a maintenant quatre-vingt-neuf ans que ce trésor repose en paix et un nombre incroyable d'années qu'il me tourmente. Ne serait-ce pas mieux d'inverser les choses ? N'ai-je pas mérité le droit à la paix ? N'a-t-il pas envie, lui, d'être convoité et dilapidé ? N'a-t-il pas eu depuis si long-temps la tentation de voir le jour ? Celle de vivre, de couler entre les doigts, de passer d'une poche à l'autre ? Ah, bien sûr, aurais-je un fils que la question ne se poserait pas. Le trésor resterait à sa place avec pour seule distraction le plaisir d'être contemplé. Mais comment pourrais-je faire ce fils à mon âge ? Quelle femme voudrait de ce vieux tas d'os ? Quelle femme serait encore capable de réveiller mes sens ?

Puis-je vous faire un aveu ? Eh bien, voyez-vous, je ne saurais même pas comment m'y prendre. Bon, laissons cela de côté, la virginité ne m'a guère pesé. Certes, il y aurait bien une autre solution, mais...

Xavier s'attendait au pire, aussi prit-il les devants :

— Ne m'en dites pas davantage, Timor. Je sais que vous avez douté de ma bonne foi et même de mon honnêteté, mais l'argent ne m'a jamais intéressé. Comme tout le monde j'en ai besoin, et comme tant d'autres je fais ce qu'il faut pour en gagner. Alors, s'il vous plaît, ne parlons plus d'adoption ni d'héritier. La chose est saugrenue, pour ne pas dire déplacée.

Surpris par la vigueur des propos, Timor hésita un instant et répliqua :

— J'ai en effet douté de votre bonne foi, tout comme vous avez douté de la mienne. Mais cela n'est plus d'actualité. Nous savons maintenant l'un et l'autre ce que nous valons et ce que nous sommes. En vérité, la solution à laquelle je pensais ne vous prenait pas en compte, quand bien même je vous aurais fait raja d'honneur pour tous les services que vous m'avez rendus. Non, Xavier, j'ai pensé à autre chose. Encore faudrait-il qu'il y ait assez de bijoux et d'or, de pièces et de pierres précieuses pour être convertis en milliards de roupies. C'est que, voyez-vous, il ne me déplairait pas de voir pousser tout cet argent qui est planté depuis si longtemps dans la terre.

— Le voir pousser ou le voir fructifier ?

— Je dis « pousser », comme une plante qui pousse de bas en haut et finit par s'épanouir. L'idée germait en moi depuis quelque temps mais, cette nuit, j'ai eu la vision du pury entièrement reconstruit.

Xavier n'en revenait pas. Il observa le Raja avec curiosité, craignant quelque malignité de sa part. Enfin convaincu de sa sincérité, il s'écria :

— Reconstruire le pury de Badung, mais c'est une idée géniale !

Il s'enthousiasma :

— Je vous aime, Timor ! Je vous aime !

Timor ne se laissa pas démonter par ces marques d'affection. Il poursuivit :

— Naturellement, c'est une question de coût. Et si le trésor n'y suffit pas, je vendrai mon appartement parisien. Voyez-vous, Xavier, il fut un moment où j'ai pensé vous en faire don car je ne retournerai pas à Paris. Ma vie et ma mort sont ici. Et puis j'ai songé que ce logement était trop chargé, trop difficile à vivre. Même rénové, il porterait encore dans ses murs les stigmates d'une existence gâchée. Le malheur n'est pas indélébile, il peut déteindre sur les autres et les souiller à leur tour.

Comme Xavier s'apprêtait à manifester à la fois indignation et compréhension, Timor l'arrêta du geste et continua :

— Dans ce qui fut l'île des Femmes, j'élèverai un monument à Sarna. Peut-être vais-je l'ériger devant le palais des Bains. Qu'en pensez-vous ?

— Le palais des Bains, oui, en effet, c'est une bonne place pour Sarna. Mais vous ne devriez pas oublier Martial. Pourquoi ne pas les figer tous les deux dans le même bloc de marbre ?

Timor prit un temps de réflexion. Visiblement, la proposition l'embarrassait. Au bout d'un moment, il leva les yeux sur son jeune ami et montra un large sourire. Sa réponse réjouit Xavier :

— Moi aussi, je vous aime...

Le cortège était parti du Tandjung Sari au petit matin. Tout le monde allait à pied sauf le raja Timor que quatre gaillards de sa garde portaient sur un palanquin. On avait ressorti celui-ci du musée de Denpasar en toute hâte. Dépoussiéré, il étincelait de tous ses feux. Il n'y avait pas loin du palais provisoire à l'ancien pury, mais les gamelans étaient de la fête avec leurs frappeurs de tambour et leurs délicats xylophonistes dont les baguettes semblaient s'envoler. Massée le long de la route, une foule bigarrée applaudissait son prince et lui lançait des fleurs. Tous avaient entendu dire que le Raja s'en allait au pury pour contempler son trésor. Et tous lui souhaitaient bonne et grosse fortune. Quelques voix lui recommandaient d'en profiter, d'autres de le leur montrer. L'ambiance était joyeuse mais pas vraiment bon enfant. La gaieté masquait une appréhension. On se disait que le vieux Raja n'avait guère de chance de réussir là où tant d'autres avaient échoué. On redoutait sa déception, aussi l'encourageait-on et le félicitait-on comme si de rien n'était. A Bali, on oppose les bons esprits aux mauvais et, quand les premiers menacent de céder sous la pression des seconds, alors on hausse le ton, on chante son optimisme et on fait la fête autour des temples. A la grimace des démons, on répond par le sourire. Et, à bien regarder, il y a peu de différence entre sourire et grimace. Ce n'est qu'une affaire de rictus plus ou moins prononcé.

Lorsque le cortège arriva à hauteur de la porte nord-est qui n'était plus qu'un tas de pierres, tout comme le temple, les gamelans accélérèrent leur cadence. On piétina quelques instants avant de se glisser entre les tumulus herbeux, puis la musique qui avait pris une ampleur démesurée cessa d'un seul coup. On n'entendit plus que le silence et les pas de la multitude que les gardes refoulaient.

Timor ne discernait plus rien de ce pury que Sarna lui avait si magnifiquement décrit. En un peu moins d'un siècle, tout ce qui avait fait la grandeur des rajas majapahits avait disparu de la surface de la terre. Il ne restait, de-ci de-là, qu'un pan de mur, qu'un pilier, qu'une façade illusoire attaquée par la jungle. Seuls quelques arbres avaient survécu aux assauts répétés du temps. Au passage, Timor crut reconnaître le banian sous lequel Martial avait attendu. C'était un figuier géant au tronc et aux racines impressionnantes. Son feuillage recouvrait les trois quarts d'une petite cour où l'on recevait les visiteurs de marque qui désiraient s'entretenir avec le prince Alit.

Au-delà de cette cour, le cortège, maintenant réduit à une vingtaine de personnes parmi les plus éminentes de l'île, emprunta une allée de palas. Ces arbres sont si hauts et si droits, dit la légende, que l'homme qui parvient à leur cime est aspiré par une force mystérieuse et tourne indéfiniment autour de la planète à la recherche de son souffle divin. Il y aurait ainsi des milliers de cosmonautes dans le ciel de Bali à poursuivre éternellement leur âme. On les appelle les « mangeurs d'étoiles ».

Au sortir de cette allée dont il apprécia la fraîcheur, le petit groupe d'élus conduit par le grand pedanda se dirigea lentement vers les vestiges du palais. C'était là que le prince Alit avait eu ses appartements privés, depuis lesquels il accédait aux souterrains. Ensuite, plus personne ne savait rien, sinon que les Hollandais s'étaient acharnés à dynamiter. Et, après les Hollandais, les représentants de la république d'Indonésie. Ceux-ci avaient engagé d'importants travaux pour finalement abandonner leurs recherches à cause des éboulements et des accidents survenus en cascade. Depuis, bien d'autres pilleurs avaient eux aussi tenté leur chance, certains à mains nues sous l'effet d'un éblouissement. On n'avait jamais revu ces illuminés. D'autres, mieux organisés, étaient soi-disant arrivés jusqu'à une porte inébranlable. D'autres encore avaient été saisis au cou par le diable et quasiment étranglés. Les rescapés du diable s'étaient mis à raconter leur terrible odyssée souterraine, leur récit avait eu un effet dissuasif.

Le Raja avait écouté le grand pedanda avec intérêt. Selon toute probabilité, en dépit des nombreuses tentatives qui visaient à s'en emparer, le trésor était toujours en place. Timor ne doutait pas de sa réussite. Il possédait les moyens et les connaissances pour approcher le trésor. Le Singha Brahma était la clé universelle. Il n'avait qu'à suivre les indications de sa lame et il s'apercevrait que tous les autres s'étaient fourvoyés dans un leurre. Ce qui inquiétait le Raja était non pas du domaine de l'échec et de l'impossible, mais seulement du domaine des choses palpables. Il y avait en effet tellement à faire et tellement à dépenser pour remettre le pury en état qu'il eut soudain une extraordinaire prémonition. Et, tandis que sa suite de prêtres et d'officiels s'équipait de lampes et de torches, le Raja se livrait silencieusement à un rapide calcul. Il comptait en ringgits les espèces du siècle dernier mais aussi en kepengs et en florins, car les Chinois tout comme les Hollandais avaient exigé du prince Alit d'être dédommagés dans leurs monnaies respectives.

Comme Timor éprouvait quelque difficulté à s'y retrouver, d'autant qu'il lui fallait également convertir cette somme hypothétique en roupies et en francs français, il prit Xavier à part et lui demanda :

— A votre avis, combien d'argent nous faut-il pour rebâtir le pury ?

Xavier laissa d'abord passer la surprise, puis répondit qu'il n'en avait aucune idée. Comme Timor attendait, il lança un chiffre au hasard :

— Je ne sais pas, peut-être un milliard.

— Un milliard d'anciens francs ?

— Oui, un ou deux.

— Faites attention, Xavier, entre un et deux milliards il y a un milliard qui se promène et ça n'est pas rien.

Comme Xavier semblait se moquer, le Raja prit un air grave.

— Je vous en prie, c'est important, donnez-moi une autre estimation.

Xavier se demandait si Timor ne perdait pas la tête. Depuis quand le prenait-il pour un architecte ? Il fit néanmoins l'effort de réfléchir. Il y allait peut-être de la moska, de la fusion finale de son ami. Il prit une voix assurée et dit :

— Compte tenu du niveau de vie à Bali, je pense qu'un milliard de nos anciens francs devrait suffire.

Timor parut dépité. Il quitta son palanquin et entra dans ce qui fut la salle d'honneur du palais. La végétation envahissait les autres pièces, mais celle-ci était bien dégagée. Anxieux, Xavier s'approcha du Raja.

— Quelque chose vous ennuie, Timor ?

Timor se retourna. Il avait des larmes plein les yeux.

Xavier ne l'avait jamais vu pleurer. Le choc était sans doute trop fort. Que de bouleversements en si peu de temps ! A l'aube de la mort, on ne foule pas impunément le territoire des aïeux. Xavier voulut s'effacer. Les hommes n'aiment pas voir pleurer les hommes. Il y a là comme une indécence, une faiblesse mal admise. Timor le retint, une main sur l'épaule.

— Ecoutez ce que je vais vous dire, mais ne vous en désolez pas. J'ai fait mon calcul. Le trésor est minime, tout juste un pactole.

Décidément, Timor surprendrait toujours Xavier. Il le voyait en naufragé dans un océan d'émotions. Et voici qu'il devenait terre à terre. Il ne put se contenir et s'écria :

— Mais on se fout du pognon, Timor ! L'argent n'a aucune importance !

Timor répliqua, tout aussi vivement :

— Vous n'y êtes pas, Xavier, mais pas du tout ! Je me fiche moi aussi du pognon, comme vous dites. Mais il y a eu ici même un horrible drame que l'argent aurait pu éviter. Or il se trouve, et j'en ai maintenant la certitude, que mon père ne possédait tout au plus que l'équivalent de deux ou trois millions de francs alors que les Hollandais lui en demandaient dix fois plus. Dès lors, il ne restait au prince Alit que la solution du puputan...

Xavier resta interdit. Le vieux raja venait de lui infliger une sévère correction. Il se trouvait idiot,

malhabile, méchant. Il avait suspecté Timor de mer-
cantilisme. A présent, il regrettait son comportement. Une fois de plus, Timor devança ses pensées.

— N'en parlons plus, Xavier. A votre place,
j'aurais agi de même. Puis-je vous dire quelque
chose ?

Xavier jeta à la dérobée un regard contrit, puis il
tenta un sourire.

Timor insista :

— Puis-je vous le dire ? Oui ? Eh bien, je vous
aime...

Un instant, les deux hommes pensèrent qu'il était
inutile de continuer. Mieux valait laisser le trésor où
il était et abandonner le projet de restaurer le pury.
Ils étaient en train d'en discuter quand le grand
pedanda exhorta son raja et maître. Lui aussi souhaitait savoir si le royaume de Badung aurait pu
s'acquitter de sa dette. Plusieurs membres de sa
famille avaient péri de leurs propres mains sur les
ordres du raja Alit. Maintenant il était temps
d'apprendre si le prince avait agi par perversité ou
par honneur. Il était temps pour les historiens du
puputan de rétablir la vérité. Jusqu'alors on préten-
dait qu'Alit avait refusé d'ajouter le trésor personnel
des rajas à celui du royaume que le grand pougawah
avait en charge. Selon les historiens et malgré les
pressions dont il avait fait l'objet, le prince s'était
montré d'une intransigeance passionnelle qui confi-
nait à la plus folle des vanités.

Et le grand pedanda n'eut aucun mal à faire entendre raison à son raja tant celui-ci avait à cœur
d'innocenter son père.

Le Singha Brahma à la main, Timor s'engagea
dans la cavité que de pauvres wong-jabas avaient
mise au jour en rasant les plus importants des tumu-

lus. Il avait fallu abattre des arbres, débroussailler et piocher toute la matinée avant de découvrir la cavité. Suivi de son jeune ami, du grand pedanda et d'un représentant de l'autorité civile, chacun muni d'une lampe et d'une torche, Timor faisait merveille. Pour le moment ils avançaient en file indienne dans le leurre, là où tant d'autres s'étaient engagés avant eux.

Ils avaient déjà parcouru une centaine de mètres lorsqu'ils se trouvèrent en présence de trois couloirs qui formaient un éventail. Le dieu des Kriss indiquait clairement qu'il ne fallait emprunter aucune de ces galeries mais qu'il convenait de prendre tout droit en direction du soleil levant.

On fit alors appel aux wong-jabas, qui descendirent prestement pour démolir l'épaisse paroi de glaise à coups de barre à mine.

Laissant les intouchables au travail, Timor entraîna son groupe dans la galerie de gauche. Il avait choisi celle-ci au hasard tout en expliquant qu'il trouverait autant de squelettes dans les deux autres. De toute manière, les corridors se rejoignaient et finissaient par se confondre en un seul goulot étroit. Et ce goulot était ainsi conçu qu'il était nécessaire d'avancer en rampant, ce qu'un prince n'aurait jamais accepté. Il n'y avait que des manants ou des possédés pour se traîner de la sorte sans réfléchir jusqu'au moment où ils mouraient privés d'oxygène.

Et, comme les torches menaçaient de s'éteindre alors qu'ils parvenaient à l'entrée du boyau, le vieux Raja conseilla de s'en retourner pour voir comment avançait le travail des wong-jabas. On se dirigeait au martèlement sourd des barres à mine qui frappaient sans discontinuer si bien que l'on ne se pressa guère. On fit même un détour dans une galerie latérale où l'on tomba sur un tas d'ossements et de lambeaux de sarongs. Plus loin encore on découvrit des débris humains. Peut-être étaient-ce des prisonniers, des

forçats contraints de terrasser pour les Hollandais ?
Peut-être étaient-ce de simples voleurs ?

Soudain le martèlement cessa. Il y eut un fracas
d'avalanche, des bruits d'outils que l'on laissait chuter à terre, des voix apeurées.

Le groupe pressa le pas. Il fallut d'abord rassurer
les ouvriers qui menaçaient de s'enfuir. Le pedanda
s'y employa tandis que Timor examina un cadavre
momifié exhumé des gravats. Penchés au-dessus de
la dépouille, vivement impressionnés, les autres
s'interrogeaient sur l'identité du personnage vêtu à
l'européenne d'une combinaison bleue à bretelles.
L'homme, de type asiatique, tenait à la main un
piolet de montagne. Il avait été manifestement
étouffé par un éboulis provoqué de sa main.

Timor se redressa et regarda Xavier. Il paraissait
défiguré, mais l'ombre portée des éclairages n'arrangeait ni les visages ni les silhouettes. Tous avaient
une allure fantomatique. Il dit :

— Vous m'avez demandé l'autre jour ce qu'il était
advenu de Siang. Eh bien, le voici.

— Siang ? Vous êtes sûr ?

— Tout à fait certain.

Comme le représentant de l'autorité civile s'en
mêlait, Timor lui expliqua qui était Siang et quel fut
son rôle. Le préfet, pas plus que le pedanda, n'avait
entendu parler de ce favori du prince. Les historiens
relataient bien qu'un jeune homme du pury avait été
l'instigateur des combats de coqs qui décidèrent du
sort de la cour, mais ils n'en disaient pas davantage.

Les wong-jabas reprirent leurs barres à mine et
leurs pelles. Il y eut un autre éboulement qui laissa
enfin un trou béant dans lequel on s'engouffra. Le
Singha Brahma ne mentait pas. C'était bien là le
passage qu'Alit avait sans doute ordonné de murer
peu avant le débarquement des Hollandais. Au bout
de cette voie, où l'on pouvait se tenir debout et respirer grâce à un système de courants d'air, partaient
quatre corridors beaucoup plus étroits. Tous les

quatre étaient fléchés d'inscriptions contradictoires, mais le kriss signalait clairement qu'il fallait les éviter et retourner sur ses pas en comptant vingt-trois longueurs de lame. Là, on trouverait une trouée camouflée dans le mur.

On fit ce que disait le dieu des Kriss et on dégagea cette voie non sans quelque difficulté. Après avoir trouvé la faille, les quatre hommes se fondirent littéralement dans la masse comme des passe-muraille et arrivèrent dans une vaste salle tapissée d'un incroyable jeu de glaces. Tous, sauf Timor, eurent le souffle coupé, car il paraissait impossible de se repérer tant les images renvoyées par le jeu complexe des miroirs étaient nombreuses. Ils étaient là, des centaines et des centaines, torche à la main et lampe au front. Des centaines de Xavier et de pedandas. Des centaines de Raja et de préfets. Comme aucune de ces glaces n'avait été cassée, pas même éraflée, Timor poussa un soupir de soulagement. Il était le seul à s'en réjouir. Cela signifiait que nul n'avait réussi à parvenir jusqu'ici, pas même le pauvre Siang qui possédait, semble-t-il, quelques pièces du puzzle.

Tous mouraient d'envie d'interroger le Raja, mais tous craignirent de le distraire. Les yeux sur la lame, il comptait les miroirs, il décomptait les reflets. C'était un calcul fort compliqué auquel il s'était exercé des années durant sur une maquette. Tous ressentaient une forte appréhension, une sorte de pesanteur dans la poitrine, mais Xavier était encore plus oppressé que ses compagnons du souterrain. Curieusement il pensait à son avenir. Il n'était pas certain de pouvoir continuer ses études, pas certain de vouloir rentrer en France. Pas certain de pouvoir rester auprès de Timor. C'est que les prêtres ne voyaient pas d'un bon œil ce Long-Nez auquel le vieux Raja transmettait la plupart de ses pouvoirs. Oh, certes, jusqu'alors il avait eu la vocation de soulager les autres et non celle de peser sur leur destin. Or cette fois, en moins de deux mois, il avait complètement décroché. Dans son langage il dirait « déconnecté ». Oui, c'est cela, il était complètement déconnecté de la réalité. Peu s'en fallait qu'il ne ressemblât aujourd'hui au pensionnaire de la chambre 25. Il était aux abois, à la traîne. Il avait tout abandonné, son travail, sa famille, ses amis, pour s'intéresser au sort d'un vieillard qu'il avait soupçonné quelque temps de mythomanie. Il avait foncé tête baissée dans un rêve, exactement comme on part au bout du monde sur un coup de tête. Et maintenant que le rêve devenait réel, maintenant qu'il était au bout du monde, il en prenait un sale coup. Peut-être était-ce la faute de tous ces visages qui le regardaient ? La faute de tous ces Xavier Romanet qui lui renvoyaient sa propre image déconcertée ? Peut-être était-il tout simplement saisi d'une envie de vivre, d'une envie de courir, d'une envie d'aimer ? Il pensa à la fille aux yeux cernés de khôl. Elle lui avait offert son sourire, jeté un regard enivrant. N'était-ce pas de ce manque qu'il souffrait ? N'était-il pas atteint du syndrome de Martial ? Est-ce qu'une petite intouchable ne vaut pas tous les vieux princes du monde ? N'avait-il pas tout abandonné pour elle ? Ne l'attendait-elle pas depuis le jour de sa naissance ?

L'idée lui plut. Les miroirs lui montrèrent alors des Xavier plus riants...

Le labyrinthe de glace une fois franchi, on arriva devant la lourde porte de marbre. Là encore le Singha Brahma avait déjoué tous les pièges. Timor se recueillit un moment. Il était fatigué mais heureux. A l'inverse, le grand pedanda et le préfet montraient des signes de fébrilité. Certes le trésor était le bien du Raja, pas le leur. Le prêtre escomptait néanmoins un don, la toiture du temple était en mauvais état. Le préfet était là pour prélever la part de l'Etat. Un impôt d'inventeur en quelque sorte. Seul Xavier faisait preuve d'une belle indifférence. Naturellement il espérait un « pactole » assez conséquent. Il y avait le pury à reconstruire, le monument à ériger. Il ne put s'empêcher de penser à la fille aux yeux de khôl, aux lèvres rambutan. Elle le poursuivait, elle ressemblait à Sarna.

Timor le tira de sa rêverie. Les circonstances exigeaient de la gravité. Il dit :

— Rappelez-vous ma proposition. Voulez-vous prononcer la formule ?

Xavier répondit :

— Vous me donnez le choix ou bien c'est une obligation ?

— Vous avez le choix, bien sûr.

— Et si ça ne marche pas ?

— Eh bien, j'essaierai à mon tour.

Comme Xavier hésitait, il ajouta :

— Je vous le demande comme un service.

Xavier répliqua, sur un ton assez sévère qui ne cadrait ni avec le lieu ni avec l'événement :

— Mais, Timor, je ne fais que vous rendre service.

Timor ferma les yeux et chuchota :

— Pour la dernière fois, peut-être...

Xavier s'en voulut. On lui proposait un privilège unique au monde, un de ces tours de magie qui n'existent que dans les contes de fées, et il se payait le luxe de se faire prier. Il demanda :

— D'accord, et que dois-je dire ?

— Venez près de moi. Là, comme ceci.

Timor lui avait mis le kriss dans les mains. Maintenant Xavier en tremblait. C'était bien plus bouleversant qu'il ne l'avait imaginé. Le Singha Brahma se faisait lourd, très lourd.

D'une voix blanche, il demanda :

— Vite, vite, que dois-je dire ?

On entendit alors un bruit bizarre, une sorte de grincement étouffé, une plainte semblable à celle d'un gréement secoué par la tempête.

Les yeux illuminés, Timor s'écria :

— Encore, Xavier ! Plus fort, s'il vous plaît, plus fort, répétez !

Et Xavier, comme possédé, répéta :

— Vite, vite, que dois-je dire ?

— Encore, je vous en prie, encore !

— Vite, vite, que dois-je dire ?

A présent la lourde porte pivotait sur elle-même. Elle émettait un bruit infernal comme si elle s'arrachait à la terre et au temps.

Hébété, Xavier interrogeait Timor du regard. Enthousiasmé, le Raja s'expliqua :

— Voyez-vous, Xavier, c'est une affaire de consonances, une question de prononciation : un, un, un-un-un égale vite vite que-dois-je-dire. En madjapahit, c'est *dua, dua, dua delapan* : deux, deux, huit. La voix ainsi posée déclenche un mécanisme.

Le mécanisme s'étant enrayé, la porte n'avait fait que s'entrouvrir. On pouvait néanmoins se faufiler par l'étroite embrasure. Le Raja s'excusa. C'était à lui d'entrer en premier ; viendrait ensuite le vice-raja, suivi du grand pedanda et du préfet. Timor respectait la tradition des princes de Badung.

Timor entra. Il s'étonna. Il croyait découvrir une grande salle meublée de coffres-forts, il ne voyait qu'une minuscule chambre pas plus grande qu'une cellule de moine. Il eut beau éclairer les murs et agiter le faisceau de sa lampe dans tous les sens, aucun autre passage ne menait ailleurs. Pour tout mobilier il n'y avait qu'un fauteuil en bois de teck. Des toiles d'araignée le recouvraient d'un voile blanchâtre. Le Raja s'approcha lentement du fauteuil et aperçut quelque chose de brillant. Il braqua sa lampe sur les épais filaments. Maintenant il apercevait nettement l'objet sous le voile translucide. C'était la réplique exacte du Singha Brahma qu'il tenait.

Il poussa un cri.

Les autres n'attendaient que ce signal pour accourir.

Ils restèrent muets, consternés.

Agenouillé, Timor passa la main sous la toile fluorescente et se saisit du kriss. La lame ne portait qu'une seule inscription qu'il déchiffra aisément.

Timor émit un gloussement et se releva. Son visage irradiait de bonheur.

Comme Xavier s'inquiétait, Timor leva bien haut ce Singha Brahma qui lui tombait du ciel et s'exclama :

— Eh bien, mes amis, voulez-vous savoir ce que dit cette lame ?

Tous étaient suspendus à ses lèvres. Il respecta le silence qui sied aux grandes occasions, puis déclara :

— Cette lame dit que les princes du royaume de Badung n'ont jamais possédé d'autre trésor que celui qui est enfoui au plus profond de leur cœur. Elle nous enseigne également comment acquérir ce trésor qui est en nous tous et nous invite à la méditation. Il s'interrompit pour laisser fuser un rire, puis reprit en hoquetant :

— Je suis heureux pour mon père, le raja Alit, je suis heureux pour mon grand-père, le raja Raka, je suis heureux pour tous les rajas de la lignée des Majapahits, je suis heureux pour le raja Timor Alit.

Puis, s'adressant à Xavier pris lui aussi d'un salutaire fou rire, il conclut :

— Je suis heureux pour toi, vice-raja du royaume des chimères.

On entendit aussitôt un grincement sourd qui figea tous les rires. La lourde porte se refermait peu à peu. Xavier se précipita sur Timor qu'il voulut entraîner hors de ce maudit cachot. Comprenant qu'il n'y parviendrait pas, il pensa à sauver son âme. Il n'eut que le temps de voir la lame du Singha Brahma s'enfoncer comme un éclair dans la poitrine du dernier prince du royaume de Badung.

Table

Le Livre de Poche Biblio

Extrait du catalogue

J.G. FARRELL
Le Siège de Krishnapur

John FOWLES
La Tour d'ébène

Paula FOX
Pauvre Georges !
Personnages désespérés

Jean GIONO
Le Serpent d'étoiles
Triomphe de la vie

Jean GIRAUDOUX
Combat avec l'ange
Choix des élues
Les Aventures de Jérôme Bardini
Les Cinq Tentations de La Fontaine
Suzanne et le Pacifique

Vassili GROSSMAN
Tout passe

Knut HAMSUN
La Faim
Esclaves de l'amour
Mystères
Victoria
Sous l'étoile d'automne
Un vagabond joue en sourdine
Auguste le marin
La Ville de Segelfoss
Pan

Hermann HESSE
Rosshalde
L'Enfance d'un magicien
Le Dernier Été de Klingsor
Peter Camenzind
Le Poète chinois
Souvenirs d'un Européen
Le Voyage d'Orient
La Conversion de Casanova
Les Frères du soleil
Knulp
Berthold

Bohumil HRABAL
Moi qui ai servi le roi d'Angleterre
Les Palabreurs
Tendre Barbare

Yasushi INOUÉ
Le Fusil de chasse
Le Faussaire

Henry JAMES
Roderick Hudson
La Coupe d'or
Le Tour d'écrou
La Muse tragique
Confiance

Ernst JÜNGER
Orages d'acier

Jardins et routes
  (Journal I, 1939-1940)
Premier journal parisien
  (Journal II, 1941-1943)
Second journal parisien
  (Journal III, 1943-1945)
La Cabane dans la vigne
  (Journal IV, 1945-1948)
Héliopolis
Abeilles de verre

Ismail KADARÉ
Avril brisé
Qui a ramené Doruntine ?
Le Général de l'armée morte
Invitation à un concert officiel
La Niche de la honte
L'Année noire
Le Palais des rêves
Clair de lune
Le Printemps albanais

Franz KAFKA
Journal

Yasunari KAWABATA
Les Belles Endormies
Pays de neige
La Danseuse d'Izu
Le Lac
Kyôto
Le Grondement de la montagne
Le Maître ou le tournoi de go
Chronique d'Asakusa
Les Servantes d'auberge
L'Adolescent
Tristesse et Beauté

Abé KÔBÔ
La Femme des sables
Le Plan déchiqueté
Mort anonyme

Andrzeij KUSNIEWICZ
L'État d'apesanteur

LAO SHE
Le Pousse-pousse
Un fils tombé du ciel

D.H. LAWRENCE
Le Serpent à plumes

Primo LEVI
Lilith
Le Fabricant de miroirs
Le Système périodique

Sinclair LEWIS
Babbitt

LUXUN
Histoire d'AQ : Véridique
  biographie

Composition réalisée par JOUVE

IMPRIMÉ EN FRANCE PAR BRODARD ET TAUPIN
Usine de La Flèche (Sarthe)
LIBRAIRIE GÉNÉRALE FRANÇAISE - 43, quai de Grenelle - 75015 Paris.
ISBN : 2 - 253 - 14132 - 1